近衛龍春

嶋左近の関ヶ原

実業之日本社

実業之日本社

目次

第一章　引き抜き

一

天正十二年（一五八四）八月十一日、まだ、残暑の厳しい初秋の午後、大和の郡山城内にある閉ざされた一室には嗚咽、慟哭、啜り泣きの声が充満した。

たった今、大和一国を任されていた筒井順慶が死去した。享年三十六。

（三十余年お仕えしてきたお屋形様が……）

筒井家の家老・嶋左近丞清興は沸き上がる激情を飲み込んだ。

順慶が家督を継いだのは乳飲み子の二歳の時で、左近はその時から仕えている。若き主を教え、時には窘め、そして担いできた。ある意味、左近にとって順慶は己の一部でもあった。余命僅かと聞かされていたが、現実のものとなり、悲しみは他の者以上であった。

戦場では「鬼左近」と呼ばれる漢の瞳から涙がとめどなく滴り落ちた。

（最期に「さ」と申されたが、我が官職名を呼ばれたのではなかろうか）

左近にはそう思えて仕方なかった。

俗謡に謳われるほど有名な嶋左近であるが、その前半生は明らかにされていない。生国についても大和、近江、尾張、対馬説などあるが、大和説の信憑性が高い。嶋氏は鎌倉時代の末期に北大和の平群谷を本拠とした国人で、興福寺・一乗院の坊人となったことで、筒井氏との結びつきは三百年近くにも及んでいる。嶋氏は筒井家の家老を代々務め、左近も幼い順慶が家督を継いだ時より苦楽を共にしてきた。『名将言行録』に記されている没年から逆算すれば、この年四十五歳。それでも六尺豊かな身体は武技、遠駆けで鍛えているので肉は落ちず、いつでも自ら騎乗して先陣を駆け、兵を差配する用意はできていた。

身を切られるような悲しみの中、左近は真向かいにいる新たな跡継ぎの定次に目をやった。

（……定次殿で、一癖も二癖もある大和の者を束ねてゆけようか）

二十三歳の定次は順慶の姉を母とし、橿原に一大勢力を持つ慈明寺の総領となった順慶の叔父・順国を父とする。僧侶となるべく育てられてはいるが、軟弱な武将ではない。ただ、短慮で、戦場で解き放てば一騎駆けにて敵陣に突き入ってしまいそうな性格である。また、視野が狭く、面倒臭がり屋でもある。それでいて、おだてられると乗りやすい。

山崎の合戦後、順慶は羽柴秀吉の麾下になるべく、人質として定次を差し出した。秀吉が即座に跡継ぎとして認めたのは、扱い易いと思ったからであろう。

沈鬱となる郡山城であるが、乱世は悲しみに暮れることを許すような安寧な時代ではない。まるで計ったかのように、秀吉からの使者が訪れた。

「さすが筑前守（秀吉）殿じゃ、よう探っておるわ」

愁傷の中、左近は現実に引き戻された。

「それだけ、戦況、著しくないのであろう」

同じ家老の松倉右近丞重信が口を開いた。嶋左近ともども、筒井の左近・右近と呼ばれる存在で、共に各地を転戦し、お家のために奔走してきた。

戦況とは、小牧・長久手の戦いのこと。名ばかりとはいえ、織田信長の同盟者であった徳川家康は秀吉の拡大を恐れて信長次男の信雄を抱き込み、この年の三月、兵を挙げた。

後手に廻った秀吉は、十万ともいわれる大軍を率いて出陣した。睨み合いが続く中の四月九日、養子の羽柴信吉（のちの秀次）率いる別働隊が家康の留守を突こうとしたが、これが露見して背後を襲われ、羽柴方の池田恒興・元助親子、森長可らが討ち取られ、敗走させられた。

局地戦で勝利した家康は即座に兵を退いて再び対陣を続けた。陽動に乗ってこないので秀吉は苛立ち、信雄の所領にある城を落とす作戦に出たところだ。

筒井家も羽柴方として三月十三日に参陣し、伊勢の松ヶ島城を攻略し、六月、美濃に転戦して竹ヶ鼻城を攻めたが、順慶の容態が悪化して帰国したばかりであった。戦は膠着状態に陥っている。

「我らの忠節を確かめようとする算段であろうな」

忌々しいといった表情で左近が言うと、松倉右近が困惑した顔をする。

「出陣の催促か。かような時にのう」

「儂は暫し、喪に服すつもりぞ。葬儀は我が生家（慈明寺）にさせる。慌ただしいの」

左近らの苦悩をよそに、定次は呑気なことを口にする。

「それは、なりませぬ。お屋形様亡きあと、筒井家が羽柴様の信に足りる家と示すためにも、早々に上洛して挨拶をすませ、弓矢を取らねばなりませぬ」

子供を諭すような口調で左近は告げた。

「されば、葬儀はいかに」

「まずは仮葬するしかございませぬ。使者にも、左様の旨、お伝え下さいますよう」

「なんと、儂が使者に会うのか？　その方らでよかろう」

「使者は羽柴様に、定次様の様子を見てこいと、命じられたはず。かような時に狼狽えているようでは、大和一国、任すに足りぬと思われましょう」

「筑前守殿には、山崎ののち以来、合力（協力）しているぞ」

「それは、亡きお屋形様にて、定次様ではございませぬ。お勘違いなさいませぬよう。また、出陣を拒めば、徳川に通じてると見られ、都周辺に在する羽柴様の兵が大和に雪崩れ込んできた時は、如何致すつもりですか。筒井にとって今が一番、大事な時でございますぞ」

左近は語気を荒らげて説得した。

「このくそ暑い中、左様な大声を出さずとも判るわ。年寄りは頭が硬くて敵わぬ」

定次は面倒臭そうに立ち上がり、迷惑そうな顔をしたまま退室した。

「お屋形様が逝くのが早すぎたの。筒井もこれまでであろうか」

左近の心中を察するように、松倉右近が呟いた。

「左様にさせぬために我らがいるのではないか」

「左様であったの」

左近と松倉右近は溜息を吐きながら、今後を憂えるばかりであった。

外では順慶の死を嘆くかのように、激しい雨が降り出した。

秀吉からの口上は、即座に出陣されたしとのこと。仕方なしに、左近らは雨の中、順慶の遺骸を奈良の圓證寺に運び、密葬しなければならなかった。

（無事、帰陣致し、大和守護として改めて盛大な葬儀を行いますれば、今暫くはご勘弁のほどを。なにとぞ筒井家をお守りして下さいますよう）

叩きつける雨に打たれる中、柩に土をかけながら、左近は念じた。

翌八月十二日、筒井家は先発勢を山城に向けて出立させた。

二

八月十三日、まだ雨は降り続いているが、定次は都に近い伏見の醍醐寺にて秀吉に謁見した。左近と松倉右近も定次の背後で平伏した。

　上座の一段高いところに、赤い小袖を着し、萌葱色の袴を穿いた小男が座している。日焼けして肌はあさ黒く、皺だらけの顔で髪が薄くなっている。猿のようにも見えるが、信長からは「禿げ鼠」と渾名された羽柴秀吉である。

秀吉は尾張・中村の農家に生まれ、信長の草履取りから身を擦り減らして奉公し、着実に出世を遂げた。天正元年（一五七三）には北近江三郡を与えられ、同五年（一五七七）には中国方面司令官に任命された。同十年（一五八二）に勃発した本能寺の変後は、中国大返しといわれる退却を断行し、山崎の合戦で主の仇である惟任光秀を討って織田家の実力第一に躍り出ると、翌年には宿老筆頭の柴田勝家を賤ヶ岳の戦いで敗り、北ノ庄城で自刃させて天下に王手をかけた。まさに破竹の勢いである。

「かような大事な砌に、定次殿は出陣なされ、祝着至極」

猿顔を綻ばせ、秀吉は上機嫌であるが、金壺眼は笑っていなかった。

しばしの雑談が終わり、三人が退室すると、二十四、五歳の才槌頭をした若い武士が左近らの後を追ってきた。

「嶋殿、言い忘れたことがあると我が殿が申してござるゆえ、お戻り願えませぬか」

告げた男は、何度か顔を合わせたことのある秀吉の側近・石田三也（のちの三成）であった。

「左様でござるか。されば、ちと話を伺ってまいります」

定次に告げた左近は、三也と共に秀吉の許に向かった。

三也が秀吉に仕えた時の逸話はあまりにも有名である。長浜の新たな城主となった秀吉が鷹狩の途中で喉が渇き、近くの寺に立ち寄った。すると、喝食の三也が茶を出した。最初は温い茶を茶碗いっぱいに。二杯目は、ほどよい温度の茶を茶碗の半ほどに。三杯目は熱い茶を少々。これが喉の渇きをとる対し方で、秀吉は三也の気遣いに感心して家臣にしたという。

左近も噂には聞いている。兵站奉行を任せているところを見れば、作り話とも思えなかった。三也のすました顔からは才が滲み出ている。そんなことを考えながら再び、秀吉の前に罷り出た。

「おお、左近か。息災にてなによりじゃ」

先ほどの顔よりも、さらに表情を緩め、満面の笑みで秀吉は告げる。

「恐れ入ります」

気さくに声をかける秀吉に対し、左近は二間離れたところで畏まった。

織田麾下の時分、何度か顔を合わせたことはあるが、正式な使者として左近が秀吉の前に出たのは山崎の合戦の前日であった。光秀と姻戚の約束をし、組下の大名となっていた順慶は、通告なしに信長を討った光秀に憤りを持っていた。ただ光秀には恩もあるので、秀吉軍に参陣こそできないが、光秀に味方しないことを約束した。秀吉にその旨を告げて承諾を得たのは左近であった。

　この時、卑屈にも傲慢にもならぬ、左近の態度を秀吉はいたく気に入り、順慶が山崎の合戦後に挨拶に訪れても、咎めを受けることはなかった。

　世間話ののち、急に秀吉の視線が鋭くなった。

「定次のことじゃが、どうだ、諦めがついたであろう」

　まさに単刀直入、まるで心臓を鋭利な刃で抉るような秀吉の口調であった。

「……なんと！」

　驚きのあまり一瞬戸惑い、左近は言葉を詰まらせた。

「よいよい、儂には、そちの心中がよく判る。順慶と定次の将才は雲泥の差がある。まさに月と鼈。かような主に生涯を託すことはできぬ。そちの顔に出ておる」

　まるで左近の肚裡を見透かすような秀吉の言いようである。人の心を読む天才とは聞いていたが、改めて接してみて正直、左近は驚いた。

「左様なことはございませぬ。主は、まだ年若くはございますが……」

「左近、儂の眼を節穴と思うてか。こたび出陣よりも葬儀を優先せんとしたらしいではないか」

先程の円満な雰囲気とは違い、今にも斬りかかろうとする睥睨ぶりである。

これは滅多なことは答えられない。左近は慎重に口を開いた。

「我らが至らぬばかりにございます」

「将才と申すは生まれつきのもの。亡き信長公を始め、信玄や謙信、はたや今、敵対する家康、皆、二十歳の時には将才を現しておる。今まで安穏と暮らしてきた輩には望めぬ。違うか？」

「恐れ入ります」

「されば、儂に仕えよ。彼奴では、そちを扱いきれぬ。宝の持ち腐れじゃ」

「過分なる仰せにて、恐悦至極に存じます。されど、そればかりは平にご容赦を。今、旧主が身罷ったばかりにて、某が離れれば、筒井家は崩れてしまいます」

「左近、そちは筒井一家のみを視ているようじゃが、儂は天下を見据えておる。大和は南都とも呼ばれる大事なる地。力なき者に任せてはおけぬ。御上（天皇）も案じなされておる」

「されど、我が嶋家は代々筒井に仕えてきた家にて、簡単に主替えはできませぬ」

まさか天皇を持ち出してくるとは思わず、左近はたじろぎながら断った。

「されば、筒井を取り潰せば、そちは儂に仕えるか？」

「なんと！　左様な……」

「そう驚かぬでもよい。されど、戯れ言ではないぞ。家康めは紀州の雑賀や土佐の長宗我部と結んで儂を挟み撃ちにしようとしておる。これを、かの定次めで防ぎきれると申すのか。どうじゃ左近」

喉元に鉾先を突きつけて恫喝するような秀吉である。

紀州の雑賀衆は鉄砲を駆使した傭兵集団で、再三に渡って信長を苦しめてきた者たちである。また、土佐の長宗我部元親は、晩年の信長に公然と敵対表明を現し、今では讃岐、阿波、伊予にと版図を広げ、四国統一をするのは時間の問題であった。とても、戦にすら出たことのない定次が単独で防波堤になることは無理であった。

「……下知あらば、先陣賜る覚悟にございます」

「覚悟があっても、戦はできぬ。兵数と経験、これを支える金がなくば行えぬ。そこでじゃ、そちが我が直臣になれば、筒井の本領を安堵しよう。そちの所領は儂が安堵して定次めに仕える。これでどうじゃ。嫌なれば、狸（家康）狩りをする前に大和に兵を向ける。抛っておいても潰れるならば、いっそ儂が潰してくれる。どうじゃ左近」

まさか、秀吉が筒井家に手を出してくるとは思わず、左近は言葉に窮した。目前の男は愛嬌のある小猿ではなく、謀に長けた悪猿であることを思い知らされた。

（いかがする？　回答を先延ばしにはできまい。筒井を守るために屈するか……）

だが、応じれば、背信者扱いされる。定次と嚙み合ってないので、露骨に非難されるであろう。

（お屋形様……）

このような状態に追い込まれ、左近は亡き順慶の顔を思い出し、詫びたい気持ちだ。

「それとじゃ。これは一番の大事ゆえ、よう聞け。先の順慶は興福寺の衆徒ゆえ、奈良周辺の寺社を甘やかした。まあ、坊主どもに指出（検地）をさせたのは逆臣の光秀ゆえ、仕方ないがの」

指出とは、今風に言えば、所領の白色申告といったところ。奈良の検地は天正八年（一五八〇）九月、惟任光秀、滝川一益によって行われた。

「光秀が坊主の言いなりになり、順慶、定次が引き継いだ。興福寺などは、かなりの力を持っておるの。これは、そちの責任でもあるのだぞ」

ずばりと秀吉は核心を突いた。

まさか、検地のことを言われるとは思わず、左近は返答に困った。

「恐れながら、それは、信長様も認められたことにて……」

「されば、儂が兵を向け、直に棹入（実地検地）しても構わぬが、いかに」

「そればかりは、なにとぞお許しを……」

棹入などされれば、筒井家の面子は潰れ、奈良は混乱に陥る。さらに左近の口は重くなった。

「まあ、棹入の話は別として、元来、そちとて順慶に所領を与えてもらったわけではあるまい。順慶は信長公に大和を任されたにすぎず、そちは順慶に従っていただけじゃ。増減はあったにせよ、そちは、先祖代々の地を守っていただけではないのか」

「申されてみれば、仰せのとおりでございます」

戦国大名は殆どが国人の寄せ集めで、各々が独自の所領を持っている。国主と言っても国人衆の代表であり、今風に言えば、協同組合の会長といったところか。筒井順慶も似たようなもの。ただ、人望もあるので、麾下を参集する力には長けていた。

ほかの戦国大名に対し、唯一、信長のみが兵を農地から切り離す政策をとっていた。大和はその過渡期に本能寺の変を迎えたのだ。

「信長公が儂に替わったと思えばよかろう。定次には儂の方から申しておく。なにも今までとは変わらぬ。筒井を思う気持ちがあれば、我が意見の方がそちも安心のはず」

「は、はあ。左様なことなれば、下知に従います」

丸め込まれたような気もするが、筒井家を守るためには仕方ないことであった。

「おおっ！　よう決意したの左近。それでこそ漢ぞ」

秀吉は目的を叶え、猿顔を皺くしゃに歪めて喜びをあらわにした。

「一つご確認を。まこと筒井を蔑ろにされることはないとお約束して戴けましょうや」

「おう、儂も公卿の端くれ。つまらぬ偽りは申さぬ。安心致せ」

前年の五月、秀吉は従四位下の参議に任じられているので昇殿できる身分であった。

「畏まりました。されば、羽柴様の家臣として筒井に奉公致します。御無礼をお許しください」

改めて左近は深々と平伏して、肚裡で順慶に訴えた。

(決して筒井を見捨てたわけではなく、筒井の繁栄を願ってのこと。偽りではございませぬ)

左近の心中を知ってか知らぬのか、秀吉の行動は早い。

「佐吉(三也)、事は成ったゆえ、その旨、定次めに伝えてまいれ」

「畏まりました」

先に呼びにきた三也は、答えるや部屋を出て、筒井の陣に向かった。

のちのことになるが、秀吉が死去し、形見分けの刀を受けた者の中に『嶋』がいる。

また、『大和志料』の文禄改高に左近の所領があるので、秀吉の直臣であることは証明されている。

また、秀吉は徳川家から石川数正、毛利家から小早川隆景、大友家から立花宗茂を引き抜いて直臣にすることになる。その第一歩が嶋左近であった。他にも各大名家の勢力低下、あるいは攪乱を狙い、上杉家の直江兼続、伊達家の片倉景綱、徳川家の本多忠勝、島津家の伊集院忠棟などに声をかけ、引き抜き工作を継続する。戦国の世は江戸時代のような儒教感はないので、良い条件を提示する主君に仕えるのは常識である。ゆえに、乱世は百五十年も続いた。

三

筒井の陣に戻ると、定次を始め、竹馬の友として育った松倉右近や他の者たちも冷たい視線を向けてきた。おそらく三也は事実のみを手短に告げたのであろう。

「ここは筒井の陣ぞ、羽柴の家臣が間違えたようじゃ。誰ぞ教えてやるがよい」

定次は眉間に皺を寄せ、あからさまに左近を詰った。

「宿老が、かくも早く亡きお屋形様の旧恩を忘れるとはの」

「いや、あるいは、山崎の合戦前に話がついていたのかもしれぬぞ」

中坊秀祐や桃谷國仲ら定次の取り巻きも非難する。

ある程度、予想できたことであるが、現実となるとさすがに辛いものであった。

「我が所領は先祖代々のもの。亡きお屋形様に戴いたものではない。また、儂は亡きお屋形様幼少の砌よりお仕え致し、駆けた戦場も数知れず。お屋形様より所領を安堵して戴いたが、それは、お屋形様も信長公にされたことと同じ。ゆえに誰に憚ることはない。家督を継がれたならば、定次様が真っ先にすべきこと。さもなくば、良き家臣は他家に流れていきましょう」

「ほう、開き直りとはの。こたびは主の批判を致すか」

「羽柴殿から所領を安堵されたゆえ、もう主ではなかろう」

中坊らと同じように、すぐに定次に取り入った松浦祐次、河村正之が蔑んだ。

（おのれ！　新参や奉公薄き輩どもが、知った風なことを申しよって）

憤恚をぶちまけたい左近であるが、陣中で騒動を起こすべきではないと、堪えた。

「羽柴殿の下知ゆえ、儂も逆らうことはできぬ。されど、今までどおり、家老風を吹かせるな。筒井は他の者にて、先代にも増して繁栄させてみせる。そちには必ず後悔させてやるゆえの」

家老を引き抜かれたことを悔む定次は、その鋒先を左近に向け、挑むような口調で吐き捨てた。

「左様に申して戴けると、気が楽でござる。羽柴様の臣として寄騎させて戴きます」

売り言葉に買い言葉のようになったが、一線を引くことを口にした左近であった。

その晩、左近は松倉右近と二人で盃を傾け合った。

「そちは、なにゆえ儂に相談せなんだのじゃ」

長年、苦楽を共にしてきたので、松倉右近は他の者たちとは違っていた。

「拒めば、郡山に兵を向けられる。儂が羽柴の臣となるしか筒井を守れなかったのじゃ」

唯一、胸内を吐露できる相手であるだけに、左近は本意を告げた。

「とは申せ、そちが抜ければ筒井が崩れるは明白ぞ」

「筒井への忠節は変わらぬ。ただ、我が意は通らぬゆえ、そちを介して定次殿に伝えよう」

「寄騎となれば、そちは常に厳しい場所にて先陣を命じられることになろうぞ」

「願ってもないこと。先陣こそ武士の誉れではないか」

「後れをとれば全てそちのせいぞ。また、羽柴殿がいつまでも、そちを筒井の寄騎にしておくとも思えぬ。そちがおれば、筒井は安泰じゃが、そちには地獄。筒井を離れれば、そちに運も廻ろうが、逆さに筒井は危うくなる。かようなことになったのも、お屋形様が逝かれたゆえか」

松倉右近は盃を呷りながら洟を啜った。

「愚痴をこぼしても始まらぬ。それより、あの佞臣らを排除せねば、そちも蔑ろにされようぞ」

「左様よな。うん……」

頷く松倉右近は憤懣を紛らわすかのように酒を喉に流し込んだ。左近としても、まさかこのような酒を飲むとは思わず、飲んでも飲んでもなかなか酔いは廻らなかった。

翌八月十四日、筒井勢は出陣して美濃の大垣城に入った。遅れて秀吉が到着したので、ともに東の尾張の小牧方面に軍を進めた。

折角参陣したにも拘らず、戦は膠着状態が続き、大きな戦闘はなかった。

家康は手強く、誘いに乗ってこないので秀吉は方針を変更し、信雄領に兵を進ませ、順番に攻め落とした。信雄は次々に自領が奪われて焦り出した九月、秀吉は信雄に和議を求めた。信雄は応じたが、家康は納得しないので話は不成立に終わった。

十月になり、秀吉は定次の忠節を認めたようで、「順慶の葬儀をするがよい」と帰国することを許した。定次は殆ど戦うことなく帰途に就いた。

（出陣は、あくまでも忠節を試すためのものであったか）

馬に揺られながら、左近は定次に言った言葉を思い出していた。

葬儀に先立つ十月九日、定次は家督相続の御礼を言上するために大坂に向かった。これには奈良の寺門衆なども加わり、秀吉に金子五十枚の他、多数の贈物がなされた。寺社勢力も、定次が秀吉に認められるのか、危惧していたのであろう。多くの贈物は安堵と感謝のあらわれに違いない。

この時、定次が相続した知行高は大和で十六万石、河内で二万石で合計十八万石。因みに『慶長三年検地目録』によれば、大和の石高は四十四万八千九百四十五石。量り方の違いは否めないが、それでも、定次は全体の三割五分程度しか得ていないことになる。

減封されたのならば、僧侶たちは喜んでいないであろう。感謝の証は先代の順慶とほぼ同じであったからに違いない。信長と秀吉では検地に使う物差の長さが違っていたこともあるが、信長は順慶に大和一国を与えたのではなく、統括させていただけである。秀吉もほぼ同じことを命じただけであった。

十月十五日、奈良の圓證寺に仮葬していた順慶の遺骸を掘り起こし、郡山の長安寺に運んで葬儀が取り行われた。

（かような立場にて参列しているとはの）

左近は五番の幡持ちのあとを、ゆっくりと進んでいた。

円宣という僧侶が記した『樫尾文書』に「順慶陽舜房法印葬送次第目録」がある。

葬儀で列び進む順番を一番から二十二番まで延々、物と人名が記されている。

嶋左近は五番の幡のところに記されているが、他に井戸良弘なども含めて「殿」という敬称がつけられている。他の筒井家臣たちにはない。なお、中坊は七番の末と、十六番に、松倉右近は二十二番の三段目に記されているが敬称はない。

既にこの時、左近は筒井家の家臣でないことが伝わっているようであった。

葬儀が終わった数日後の十月二十一日、筒井家は秀吉の下知に従い、再び出陣した。

秀吉は伊勢に出陣して織田領の縄生や桑部に要害を築いて牽制し、十一月九日、信雄に講和を申し込んだ。

元来、兵数では秀吉方と勝負にはならず、加えて次々に領内に築城された信雄の戦意は萎え、十一月十一日、両者は伊勢桑名の東、矢田川原で会い、単独講和を結んだ。

信雄を擁して戦った家康は大義名分を失い兵を退いた。帰国した家康は、十二月には次男の於義伊（のちの結城秀康）を秀吉の養子にするという名目で人質として大坂に送り、一応の和睦を結んだ。

一つの局地戦では家康が勝利したが、その後は何もできず、信雄の領地は奪われるばかり。総合的に見れば秀吉の勝利に終わった小牧・長久手の戦である。

筒井家も十一月十八日には帰国した。奈良興福寺の多聞院(たもんいん)の僧侶・英俊(えいしゅん)が記した『多聞院日記』によれば、この出陣で松倉右近は比類なき働きをしたということで秀吉から褒められ、右近丞から昇格し、右近大夫(たいふ)に任じられた。ただ、実際は物見をした程度の働きである。

早速、左近は、酒を持って郡山城下にある松倉右近の屋敷を訪ねた。

「まずは、右近大夫殿におかれましては、目出たきことでござる」

笑顔で祝いの言葉を述べるが、松倉右近はあまり喜んではいなかった。

「揶揄(からか)うでない。物見で、なにが比類なき働きじゃ」

「されど、羽柴様に認められたことは事実。これでそちも参内できるわけじゃ」

右近大夫は律令制における右近衛府(うこんえふ)の判官で、五位相当にあたる。戦国時代、諸将は越前守や式部少輔などと名乗っているが、殆どは自称である。これに対し、信長や秀吉など畿内を制した武将は朝廷に金品を届けて正式に名乗ることを許されている。秀吉の公認は正式なものである。

「お陰で、定次様の目が冷たくなったわ。よもや、儂にまで手を伸ばすとはの」

松倉右近の言葉に、左近は口を閉ざした。

「まこと羽柴様は、筒井を保たれる気があるのかの」

「それは、いかに」

「大和は興福寺を始め、寺社の力が強い。敵とせず、麾下に組み入れたいはずじゃ」

平安時代、白河法皇をして、「我が意に従わざるものは、加茂川の水、双六の賽、南都（奈良興福寺）北嶺（比叡山延暦寺）の荒法師」と言わしめたほど、興福寺の僧兵は勢力を持ち、時の権力者ですら手の出せぬ聖域ですらあった。この時もその名残りはあり、同寺の一乗院方の衆徒となった筒井家ゆえに従っているところもある。

「そのために、筒井と南都を切り離すと申すか。それは、難しかろう」

「儂もそう思うが、そちや儂への切り離しをしているのは事実。慎重にせねばの」

「佞臣を傍らから放さぬ定次殿が、そちの諫言を聞いてくれればよいがの」

左近は朋輩の言葉に、不安感を深めた。秀吉の思案などまったく判らなかった。

四

天正十三年（一五八五）三月十日、正二位・内大臣に叙任したばかりの秀吉は、同月二十一日、十万とも称する大軍を率いて、意気揚々と大坂を出立した。向かう先は紀伊の国。昨年、家康・信雄に応じて秀吉の背後を窺った根来・雑賀衆を征伐するためである。

左近は筒井家の寄騎として出陣した。兵数はおよそ五千。隣国ということもあり、定次は長岡忠興、蒲生賦秀（のちの氏郷）、堀秀政、高山右近らと紀伊攻めの先鋒を命じられた。

まずは和泉の岸和田城に到着した。同城には秀吉麾下の中村一氏が籠っており、根来、雑賀衆はその南側に千石堀城、積善寺城、沢城、田中城、畠中城、中村城、窪田城などを築いて抵抗していた。いずれも根来寺の前線基地でもあった。

大軍の着陣を知り、根来衆らは城に籠って交戦の構えを見せた。そこで秀吉は養子の羽柴秀次を先陣の大将に任じ、定次、秀政、長谷川秀一に千石堀城攻めを命じた。千石堀城は東の近木川と西の見出川に挟まれた三ノ丞山に築かれた山城である。東西の川に加え、南の溜め池群が自然の要害となし、四方に掘られた二重の堀が寄手を堅く阻んでいた。

城攻めの大将・羽柴秀次は、筒井定次ら三将を前にした。

「寡勢の一揆ばらに策などなし。ただ撃破するのみ」

下知した秀次は、羽柴勢一万五千を北の背後に備え、東に堀勢、北に筒井勢、西に長谷川勢の一万五千が進んで城を包囲した。

対して根来左太仁坊法印を城将として二百の根来僧兵と周囲の領民が数百籠っていた。

秀次から命令を受けた定次は、すぐに麾下を筒井家の陣に集めた。

「左近、戦上手と謳われるそちのこと、我が代になっても変わるまいの」

秀吉の直臣になったからとはいえ、お座なりの参陣はさせぬと言わんばかりの定次である。

（これから生き死にをかけようとする者の闘気を奪っていかが致すのか）

中坊秀祐を見ると鼻で笑うような表情をしたのち、視線を背けた。多分、秀祐の忠言によって釘を刺したのであろうが、逆効果となっているのが判らないらしい。左近は失意を覚えた。

「無論、変わることございませぬ。先陣を駆ける所存。ゆえに、たとえ配下の仕寄せ具合が芳しくなくとも、定次様には大将として大きく構え、ゆめゆめ血気に逸り、一騎駆けにて乗り込み、雑兵の手に懸からぬようご自重なさりますよう」

「そちに言われんでも判っておるわ。されば、儂が出馬せずとも、そちたちだけで敵を崩し、取り詰めてみよ。さすれば、一歩たりとも陣を動かぬわ」

諫言は激昂させる結果となり、定次は腹立たしそうに吐き捨てた。

（坊主憎けりゃ袈裟まで憎いか。なにを申しても逆さに取られるわ）

戦の前でもあるので、左近はそれ以上、窘めるのは止めにした。

「よいか、筒井の力を世に示すはこの時ぞ。一番乗りを他家に奪われるでないぞ！」

憤りと闘志に満ちた定次は、家臣たちに下知を飛ばした。

「うおおーっ！」

筒井の陣に獰猛な獣にも似た咆哮が鳴り響いた。

左近はすぐさま自分の配下が待つ陣地に訪れた。嫡子の政勝を始め、下河原平太夫、梨本文平、田原口出羽守、同侍従、萩原加賀、同加介、喜多竹松、吉田内善正などなど……平群谷衆の二百五十人、皆、具足に身を固め、いつでも出陣可能であった。

「我らは先陣を賜った。されど、根来・雑賀衆は弓・鉄砲の扱いに慣れているゆえ、逸らぬように致せ。じっくり仕寄せるがよい。いざ、まいる」

「うおおーっ！」

嶋の陣に熱い闘気の雄叫びが谺した。

五十二間筋兜を冠り、溜塗桶皮胴の鎧に木綿浅黄の羽織を着用した左近は鬨の声が鳴り止まぬ中を歩み出す。これに白地に黒で『鎮宅霊符神・鬼子母善神十羅刹女・八幡大菩薩』と記された旗指物も続く。嶋の兵たちは唇を噛み締めて歩を進めた。

まずは羽柴秀次の配下の数人が前進し、鏑矢を放った。途端に三家の陣からは法螺が吹かれ、戦鼓、陣鉦が打ち鳴らされる。鉄砲組が前進し、夥しい轟音を響かせ、合戦の火蓋が切って落とされた。

城方も負けじと筒先から火を噴かせ、暫しの間、飛び道具の戦いが続く。

寄手は竹束を前にして躙り寄る。竹束とは一間（約一・八メートル）ほどの長さの丸い青竹を横幅二尺（約六十センチ）ほどになるぐらい集めて束ね、縄や針金で縛った楯である。当時の鉄砲は銃身の中に螺旋が切られていないので、玉の回転不足と丸い玉の形状によって竹束で弾くことができた。

根来・雑賀衆は鉄砲の扱いに慣れ、自ら製造し、また五、六歳の頃より射撃している。両衆の鉄砲保有数は元亀元年（一五七〇）の摂津野田・福島の戦いでは三千挺（ちょう）を携えていたと『信長公記』に記されているとおり、図抜けていた。

寄手が迫るたびに根来・雑賀衆は次々に敵を撃ち倒した。『秀吉事記』によれば、「平砂に胡麻を蒔くごとし」というほど寄手を銃弾の餌食にした。

「決して竹束を放すでない。焦らず着実に進め！」

自ら前線に出て兵を指揮する左近は、配下に怒号した。

嶋勢をはじめ、松倉右近、森好高（もりよしたか）ら順慶時代、筒井三家老と言われた者の兵は、下知どおりに動くが、城方は入れ替わり立ち代わり鉄砲を放ち、矢を射、石を投げ、岩や丸太を落とし、糞尿、熱湯を撒いて迎撃するのでなかなか破ることができなかった。

この間に、中坊秀祐は伊賀衆を率いて搦手（からめて）に廻った。城内に火矢を放たせると、そのうちの何本かが火薬蔵の屋根に刺さり、ほどなく大爆発を起こした。

まるで天地を響動（どよ）もす雷鳴（らいめい）にも似た爆音が轟（とどろ）き、地鳴りが兵の足許を揺るがした。

「申し上げます。中坊殿が搦手にある玉薬の蔵を破ったようにございます」

物見が戻り、左近に告げた。

「左様か。されば、敵の玉薬は手持ちのみぞ。皆の者、勇みおろう」

「うおおーっ！」

敵に火薬の補給が出来ぬと知り、寄手は喜び勇んで城への傾斜を登り出した。

城兵は、城の一部を崩され、火薬が少ないことを知ると、心が乱れたのか一気に命中率も下がり、また、持ち場を離れる者が続出した。

筒井勢は雪崩れを打ったように堀を越え、城壁を登り、城内に突入した。

「進め！」

配下の動きを確認した定次は、自身も活躍せんと、「筒井丸二尺七寸の太刀」を抜き、敵に向かって突撃した。

「大将首じゃ」

順慶譲りの黒漆塗頭巾形兜を見た城兵は、恩賞首を得ようと、脇から現れ、定次に鑓を突き付けた。

「お屋形様、危ない！」

あわやというところで、家臣の桃谷與太右衛門が駆け付け、運平という僧兵を討ち取った。

すると、今度は歸一坊という黒衣の荒法師が大暴れをし、定次に迫った。これを布施春次、万歳財之らが阻むが、歸一坊が振り廻す鉄棒が両名の太刀を折り、與太右衛門に肉迫した。

そこへ左近嫡子の政勝と松倉右近の嫡子・重政が駆け付けた。重政が気を引いている間に政勝が足を打ち据え、搦め取った。すぐに歸一坊の首は刎ねられた。

これを目撃した者たちは「古今の大勇力」と賞讃したという。

戦乱が下火となる中、報せは左近の許にも齎(もたら)された。

「左様か、政勝と重政殿がよき働きをしたか」

息子の活躍に左近は満足した。ただ、懸念もある。

（敵を恐れぬのはよいが、大将が雑兵の真似事をするなと、あれほど申していたに）

叱責(しっせき)したいところであるが、味方の士気を萎えさせてはならぬと、左近は堪えた。

多勢の寄手が城郭の一部を崩し、城内に突入すれば、寡勢の籠城兵には為す術がない。あとは討ち取られるか、逃亡するしかなかった。

昼に始まった戦は夕刻前には片づき、千石堀城は陥落(かんらく)した。この攻防戦で筒井勢は騎馬武者三十余人、上下四百人を討って秀吉から感状を与えられた。但し、筒井側も騎馬武者七人が討死し、四十余人の手負いが出た。

その晩のこと、落城した城で祝宴が催(もよお)された。秀吉に褒められた定次は、まっすぐ一人では歩けぬほど酔って筒井の陣に戻ってきた。

主座についた定次は注がれた盃を呷る。

「こたびの戦勝、まさにお屋形様自らの御働きにて齎されたものにございますな」

中坊秀祐の阿諛(あゆ)を受けて定次は上機嫌である。

左近は松倉右近共々、静かに盃を舐めていた。これが定次には面白くないようだ。

「左近、いかがした。酒が進んでおらぬではないか」

「いえ、充分に戴いております」

「そちの息子は天晴れなる働きであったが、どうやら、嶋の左近も寄る年波には勝てぬらしい」

定次が蔑むと、周囲の側近たちはどっと湧く。だが、左近は無表情のまま飲んでいた。これが気にくわぬらしい。

「内府殿（秀吉）は、儂の働きを褒めておられたぞ。なにか申すことはないか」

秀吉からの賛美が嬉しいのであろう。左近の忠言を聞かなくて正解だとでも言いたげだ。

（かような姿を見て、秀吉殿はさぞかし肚で嘲笑われていようの）

秀吉が猿顔を歪め、ほくそ笑んでいる姿が目に浮かぶ。

酒宴の席で諫言などはしたくないが、言わねば不忠になると左近は決意した。

「畏れながら、こたびは配下の働きで危うきを逃れました。されど、次も同じようにいくとは限りませぬ。一軍の将たるもの、軽々しく前線に出ませぬよう」

「危うくない戦がどこにあろう。左様に敵が恐ろしくば、後詰に廻っておれ」

まったく聞く耳は持っていないようであった。

少し痛い目でも見ねば判らぬであろうと、左近は肚裡で吐き捨てるばかりであった。

千石堀城の落城で、根来・雑賀衆は戦意を失い、その他の城を捨てて紀伊の領国に落ちていった。また、畠中城は城兵が自焼して退去し、沢城や積善寺は開城し、同地の戦闘はほぼ終了した。

三月二十三日、勢いに乗った羽柴の大軍は、軍を幾つかに分け、風吹峠、土仏峠、雄ノ山峠を越えて根来衆の本拠・根来寺に攻め入った。

根来寺は、大治五年（一一三〇）、覚鑁上人によって高野山に創建され、正応元年（一二八八）根来の地に移された新義真言宗の総本山である。

また、熊野信仰の篤い種子島氏と紀伊の宗徒は古からの繋がりがあり、種子島に鉄砲が伝わった翌年の天文十二年（一五四三）、津田監物によって根来に齎された。これが、隣領の雑賀にも伝わり、北紀伊は鉄砲の国になったというのが通説である。

千石堀城の戦いもあり、寄手は緊張して接近したが、寺領域内は殆どが逃亡しており、無人の状態であった。そこで秀吉は象徴とも言うべき根来寺を焼き払った。

翌三月二十四日、息つく間もなく秀吉は雑賀衆の首謀者でもある土橋平丞重治の居城を攻略したが、重治は逃亡して所在は不明であった。それでも土橋の地を押さえた秀吉は、紀ノ川を渡り、太田左近宗正の籠る太田城に兵を進めた。

およそ二町半（約二百七十三メートル）四方の太田城は平城であるが、周囲は深堀と深田に囲まれた天険の要害であった。秀吉は三千の兵をもって攻めさせたが、弓・鉄砲に迎撃され、五十一人を失って退却した。そこで、周辺の地形を見て、嘗て備中の高松城で成功を収めた水攻めにすることにした。

秀吉は紀ノ川を塞き止め、城から三町（約三百二十七メートル）ほど離れた地に高さ二間（約三・六メートル）から二間半（約四・五メートル）、幅十六間半（約三十メートル）ほどの堤を延々、東のみを空けて一里半（約六キロ）の距離を四日で築いた。これが通説であるが、実は高松城も同じで、太田は梅雨、秋には洪水に見舞われており、水害避けの堤防が築かれていた。そこで、四日間で堤を繋ぎ合わせたのだ。四月一日より入れた水は、三日から降り始めた大雨で水嵩（みずかさ）を増し、湖を建造した。

「噂には聞いていたが、かような戦があるとはの」

城を水漬けにした光景を眺め、左近は合戦の概念を変えられた気がした。

その後、多少の小競り合いがあり、堤防の決壊などもあったりしたが、月末に近づいた四月二十四日、蜂須賀正勝（はちすかまさかつ）らの要請に応じ、太田宗正を始め、主立った者五十一人が腹を切り、城は開城、籠城した者たちは助けられ、根来・雑賀平定が終了した。

ところが、秀吉はそれだけでは終わらせなかった。水攻めをしている最中の四月十日、高野山に、刀の没収を命じた。いわゆる刀狩りの初見である。従わねば根来寺同様、焼き討ちにすると脅された高野山勢力は渋々従い、寺院の刀を差し出した。

（高野山も、よもや己たちに兵を向けられようとは思うまい。いずれ筒井にも鉾先が向けられる日が来よう。今の筒井では乗り切れまい。おそらく亡きお屋形様でも……）

秀吉が信長以上に恐ろしい漢だと、左近は植え付けられた。ほどなく軍勢は帰国した。

五

帰国して三ヵ月と経たぬ六月十六日、秀吉からの使者が郡山城を訪れ、四国出陣を命令した。

土佐の長宗我部元親は、国司大名である一条家の下役から成り上がり、主家を追い、阿波の三好氏、伊予の河野氏を討って四国全土を制圧する形勢にあった。先頃は根来・雑賀衆同様、徳川家康と手を結び、秀吉の背後を脅かした存在である。天下統一を目指す秀吉としては、絶対に許すことのできぬ相手であった。

筒井家は秀吉の弟の羽柴秀長軍に組み入れられて渡航した。

左近は定次に先陣を命じられるも、力攻めの愚かさを主張すると後詰に廻され、活躍の場はなく、後方で静かにしていた。また、左近の次男・友勝が初陣をするが、矢を放つ程度であった。

長宗我部元親も奮戦するが、三方より十万を超える兵に攻められて持ちこたえられず、重臣たちの説得に屈し、七月二十五日、降伏を認めた。

八月六日、秀吉は元親に土佐一国の領有を許し、阿波一国を蜂須賀正勝に、讃岐一国を仙石秀久に、伊予の大半を小早川隆景に与えて四国の国分けとした。

（秀吉は一度も四国の土を踏まずに四国を統一するとは。信長以上の存在やもしれ

ぬ）

改めて秀吉の恐ろしさを痛感させられた。

それだけではない。これより先の七月十一日、羽柴秀吉は従一位の関白を叙任し、藤原秀吉となった。字すらない卑賤の家から出た漢が身一つで成り上がり、位人臣を極めたのは日本史上初のことであった。

戦後処理が行われる中、筒井勢は暫し四国に在していた。

その最中、秀吉は十ヵ国の兵を率いて越中の佐々成政を攻め、八月二十九日には降伏させた。

成政には新川の一郡のみが許され、その他の越中は前田利家に与えられた。これで、小牧・長久手の戦いで家康に通じて秀吉に敵対した者は皆、降伏あるいは滅ぼされたことになる。

筒井勢が帰国したのは、秀吉が越中に在している八月二十三日のこと。秀吉は関白となり、定次は紀伊、四国両攻めに参陣し、勝利を収めたので、かなりの恩賞を期待しているようであった。

左近も帰還した。

「ご無事のご帰還お目出とうございます」

妻の茶々も父子の無事な姿を見て顔を綻ばせた。

「そなたも留守中のこと、ご苦労であった」

左近も労い、しばし平穏な日々の幸福感に浸った。

だが、幸せな一時も長くは続かない。

この八月、賤ヶ岳七本鑓の一人・脇坂甚内安治に大和の高取二万石が与えられた。

当時はそれほど田畑の多い地ではないが、筒井家に危惧させる出来事であった。

八月三十日、定次は上洛した。『多聞院日記』には官位が与えられる噂があると記されている。左近は松倉右近ともども留守居であった。

閏八月十三日、留守居をしている左近の許に、興福寺内で薬師をする義父の北庵法印が訪れた。

「これは義父上、ようまいられた。茶々もさぞかし喜びましょう」

「うむ。婿殿も息災でなにより。ところで妙な噂を聞きつけての。なんでも隣国の伊賀では侍衆が悉く牢人するか、百姓になるかと、関白の奉行に命じられたとのこと」

牢人は元武士のこと。浪人はならず者を指す。

北庵法印の話を聞き、左近は強く胸を叩かれたような衝撃を覚えた。

「伊賀の国は、先頃まで脇坂殿が預かりし国。その脇坂殿は高取で禄を得た。それは、単なる加増ではなく、国替えということでござるか」

「奈良では左様な噂が流れての。婿殿はなにか聞いておらぬかと思うての」

「いや、某のところにはなにも……」

力なく答える左近は、妙な胸騒ぎを覚えた。

（いかがする？　関白から禄を得ている儂じゃ、直に聞いてみるか。されど、当時とは身分も違う上に、万が一、気分を損ね、筒井のためにならぬこととなれば……）

　即座に自ら早馬を飛ばして行きたい左近であるが、踏み切れない。じわじわと追い詰められていくようで、えも言われぬ圧迫感を感じていた。

　同月十八日、定次が近江の坂本に戻った秀吉の前に罷り出ると、伊賀への国替えを命じられた。

　定次にとっては、まさに青天（せいてん）の霹靂（へきれき）であった。移封とともに従五位下の伊賀侍従に任じられ、さらに羽柴姓を許された。ただ、大和・紀伊・和泉の太守となる秀長の寄騎であることもつけ加えられた。

　信長をも凌ぐ三十八ヵ国を従え、関白に昇り詰めた秀吉の命令を、筒井家を継いで一年余の定次が拒めるはずがない。果たしてどのような顔で受けたのであろうか。

　翌十九日、定次は郡山城に帰城し、三十余人の家臣が主殿の広間に集められた。既に移封の噂は伝わっており、皆、こわばった面持ちをしていた。

　左近は遠ざけられていたこともあり、重臣席よりも離れた下座に腰を下ろしていた。定次の取り巻きたちの中には、お前のせいだとばかりに睨む者もいた。

　静寂（せいじゃく）の中、側近第一の中坊秀祐が皆に向かって話しだす。

「さて、こたび、方々にお集まりいただいたのは他でもない。薄々耳にしている方もござろう。筒井家にとっては一大事ゆえのこと。されば」

諸将に対した秀祐は、上座に向かい一礼した。

すると一段高くなった主座に腰を下ろす定次は、言いづらそうに口を開いた。

「関白様より、昨日、当・筒井家は伊賀に国替えすることを命じられた。所領は伊賀十二万石、伊勢の内で五万石、山城の内で三万石の合わせて二十万石。先に安堵された我が所領は大和で十六万石、河内で二万石で合わせて十八万石。紀伊四国攻めの加増は二万石じゃ」

定次はここまで都合のいい解釈を口にした。但し、まだ伊賀では正式な検地が行われておらず、のちに明らかになった石高は十万石と公称より二万石少なかった。

「おおっ！　やはり……」

皆は左右の者と顔を見合わせ、驚きや悲観した表情を確かめ合っていた。

騒然とする中、定次は続けた。

「皆の心配は判る。儂より領地を与えられておらぬ者も、この中には何人もおる」

定次の視線が突き刺さるが、左近は目を合わせぬよう足下を見ていた。

「大和は少なく見積もっても四十万石。数の上の所領は半分。皆が一緒にまいれば、当然、足りなくなろう。とは申せ、我が麾下から離れれば、美濃守（秀長）殿に召し抱えられるかは判らぬ。また、我が臣も同じほどの所領を得られるか不安に思っているであろう。儂としては、皆についてきてもらいたい。とは申せ、これが真の事情にて強要もできぬ。但し、国替えに当たり、百姓を連れていくことは禁じられておる。そのことも考えた上で思案してほしい」

定次は初めて家臣たちに頭を下げた。だが、皆の顔は渋かった。

(儂にはなんの報せもなしか。致し方ない。相手は殿上人。躍らされた儂が戯けよ)

左近はなんともいえぬ、やるせなさを感じていた。

先行きの不安を感じている家臣たちは、どう答えていいか困惑していた。重たい空気の中、中坊秀祐は、待ってましたとばかりに左近を見据えた。

「嶋殿は、いかがなされるおつもりか」

嫌味な質問を投げかけられ、途端に皆の視線は左近に集まった。

「無論、伊賀にまいるつもりでござる」

「関白様より所領を得ているゆえ、減ることはない。気楽なものよな」

「当家の様子を密かに伝えていたようじゃ。裏でいかほどの禄を貰っているのかの」

陰口が周囲で囁かれたが、左近はいちいち反論はしない。ただ虚しかった。

誰も明確な意見を述べられないでいると、首座の定次が声を発した。

「左近、なにか儂に申すことはあるか」

「我が身至らず、申し訳ないと思っております」

「儂は筒井のためになると思えば、屈辱を堪え、そちを領内に置いておいたのじゃ」

「お叱りは甘んじてお受け致します」

「腹でも切ると申すか」

「某が腹切ったからと申して、伊賀への国替えは取り止めとはなりませぬ。また、かような言いようを致せば、家臣の心が離れるは必定。以後、お気をつけなさいますよう」

　言った途端に、定次は片膝立ちとなり、脇息を左近に向かって投げつけた。

「たわけ！　二股仕官の輩が尤もらしいことを申すでない」

　脇息を左近にぶつけただけでは怒りが収まらず、今にも抜刀しかねない剣幕だ。

「こたびのこと、生涯忘れぬぞ」

「願ってもないこと。さすれば伊賀も恙無く治められましょう」

「去ね」

「はっ。されば、国替えの支度を致しますれば、これにて」

　左近は一礼して主殿を後にした。廊下を歩きながら思案する。

　左近は己の無力さを実感し、虚しさと憤りを渦巻かせるばかり。

　その後も堂々回りの評議は続けられていた。

第二章　筒井家退去

一

天正十三年（一五八五）閏八月二十四日、筒井定次は早々と伊賀に向かった。この日、秀吉の直臣の伊東信直が郡山城を受け取った。

二日前の二十二日、定次の正室・十市氏と子供、それに順慶の後室の松は京都に向かった。いわゆる人質である。

（結局、どう足掻いても、関白は筒井を大和から移封させるつもりだったのじゃ。儂一人が吠えようとも、どうにもならぬ。伊賀か、遠いのう……）

移動する馬上で左近は溜息を吐くばかり、長年住み慣れた大和を後にした。とはいえ、左近は秀吉の直臣なので、平群谷の所領はそのまま。生活に困ることはなかった。これが、他の筒井家臣たちには、羨ましくもあり、また、批難の対象でもあった。

伊賀移封にあたり、予想どおり定次に従う者と、大和に残る者が出た。

筒井家の縁戚で移封したのは十市新二郎、箸尾半三郎、福住定慶、同慶之、布施春次、森好之ら。家臣ならびに麾下では、嶋左近、政勝、友勝親子、松倉重信、重政親子、小泉秀元、万歳財之、巨勢正信、吉村要之、清須美半介、同春藤、中坊秀祐、桃谷國仲、松浦祐次、河村正之、岸田忠氏、厨子和泉、十市玄蕃……であった。

定次の実父・慈明寺順国、布施春行などは大和に残留した。

大和街道を東に進み、伊賀に入った左近は周囲を見渡して感慨に耽った。

（かように狭きところであったかの）

伊賀に来たのは、このたびが初めてではなく、天正九年（一五八一）の伊賀征伐にも参陣している。萌えた山に囲まれた盆地はおよそ十里（約四十キロ）四方。大和から比べれば狭く感じる。なだらかな山々ではあるが、圧迫されるような気さえする。ゆえに、古来から伊賀の国は都の隠れ国とも呼ばれていた。

応仁の乱以降、伊賀守護の仁木氏が衰えると、閉ざされた地からか、有力な戦国大名は成立しなかった。同国には四十八を超える土豪が犇めき、時に争い、時には与し、縁組みを重ねた地域連合を築いていた。しかも、この土豪たちは奇妙な術を身につけ、各地の大名から重宝された。そして忍び、草、乱波、透波などと呼ばれ、情報収集から放火、暗殺、強盗などなんでも行った。

他国では人に従っても、自国では他人に従わぬという思想を嫌った織田信長は、二度も大軍を投入し、天正九年（一五八一）には、十万ともいえる軍勢を動員して同国を焦土と化した。以後、伊賀は信長の次男・信雄の支配地となったが、小牧・長久手で敗れ、秀吉の麾下となった。それでも、未だ土着性の強さは変わらない。在郷の曲者たちが定次を新たな国主として素直に認めるかどうか疑問であった。一揆でも起こされれば、筒井家の存続が危ぶまれる。

法度なので、農民を移動させられない。また、筒井家を去り、帰農した者や牢人した者もいる。伊賀に入国した旧大和衆で五千人は動員できないであろう。足りない人数は当然、伊賀者たちの中から参集しなければならない。果たして呼び掛けに応じるかどうか、こちらも不透明であった。

（まずは、領民が持つ所領の安堵か。これが一番難しいの。筒井の家臣ですら定かではないからの。その上で新たな家臣を召し抱えねばならぬ。城もか）

南伊賀に城や館が多数築かれているが、山城が多く国主が在するには不便であった。

「既存の城を手直しして入城致せば、やはり代官程度としか思われませぬ。お屋形様は国持ち大名の身ゆえ、多少の費用が嵩んでも、新たな国主が国造りをするための城を築くべきかと存ずる」

多数の意見が飛び交う中、評議の席で左近は私見を述べた。

当主の定次は「他家の者めが」という厳しい目で睨むが、左近と意見は一致していた。

定次は伊賀の中央よりやや北の旧仁木館跡に仮館を建て、平楽寺（へいらくじ）・薬師寺（やくしじ）跡に城を築くことにした。これが伊賀上野城である。

　標高百八十四メートル、比高四十七メートルの丘上に築かれる平山城で、北には服部川と柘植川、南に久米川、西に木津川が流れ、城と城下町を大きく取り囲む要害の地である。また、東海道に通じる交通の要衝でもあり、利便性もよい。

城は丘上を本丸とし、三層の天守を担ぎ、西に二ノ丸、北の山下に三ノ丸を配し、大手門を三ノ丸の北谷とした。実際に城が完成するのは数年後のことである。

　伊賀において、左近の所領は『伊乱記』によれば上野城と隣接する南、木津川沿いの木興村に二千石を与えられたとある。だが、これはおそらく左近の嫡男・政勝であろう。秀吉の直臣に定次が領地を与えるはずがない。

　また、伊賀における新体制が発表された。定次の補佐は松倉右近の嫡男・重政と、筒井一族の箸尾半三郎、『和州国民郷土記』によれば左近の配下であった岸田忠氏。

いずれも『伊乱記』によれば定次の伊賀入国にあたり、秀吉が命じたという。

「関白様の下知ゆえ、拒むことはできぬ。筒井のためにも粉骨砕身働くがよい」

　左近は、不安そうにする岸田忠氏に快く勧めた。重政は名張の簗瀬に八千石、忠氏は阿保に三千石、半三郎は平田に一千石を与えられたという。

　秀吉の内政干渉は度が過ぎていようが、佞臣に取り巻かれた状態を危惧した結果でもある。新たな国での新たな側近を周囲に置き、定次の前途は多難であろう。

　築城の傍ら、定次は城下町の整備、領民・土豪の掌握、さらに検地をしなければならなかった。定次が一番知りたいのは、伊賀の実質石高。これを知らずして兵の動員数を出すことはできない。

それでも、石田三也ら奉行の力を借りて、なんとか検地をすることができた。実質石高は十万石と算定された。定次とすれば秀吉に騙（だま）されたという気持ちであろう。とはいえ文句を言えるような立場ではなく、早く領民を掌握し、新田を開発して石高を増やすしかない。筒井家としては、領内整備に勤しみたいところであるが、九州への参陣を余儀無くされた。

筒井家も左近も参陣したが、さしたる活躍の場はなかった。あくまでも、天下軍団のうちの一勢力。戦の様相も、一大名どうしの戦いではなく、大きい勢力どうしが多くの鉄砲を放ち合う戦いに様変わりし始めていた。

二

九州征伐が終わり、筒井家は帰国した。一息吐けるところであるが、定次への恩賞はなく、出征費用は多大なるもので、これをやりくりする勘定方は大変であった。

天正十六年（一五八八）四月十四日には、後陽成（ごようぜい）天皇が聚楽第（じゅらくだい）に行幸（ぎょうこう）した。この出費も各大名が賄（まかな）ったもので、戦がなくとも筒井家の蔵が満たされることはなかった。

これを補うために、新田の開発をしなければならないが、簡単にいくものではない。

田を作るには、水が張れるような地を選んで耕し、土に栄養をやって実際に稲を植えるようになるには早くても三年はかかると言われている。荒地を開拓しつつ、現在得られる収穫量を落さぬようにしなければならないのが現状であった。

ところが、この年は前年の冬から雨が不足し、田植えの時期がきても、田に水が張れず、稲を植えることができぬ地域があり、農民たちは頭を悩ませていた。

渇水状況は左近の嫡子・政勝が与えられている木興村の一部でも同じであった。

水に疲弊(ひへい)するこの村では久米川から用水路を掘って水を引いていた。この水路の上流には水を塞き止めている井手(いで)（井堰(いせき)）があり、普段は堰を上げているが、久米川自体の水量が少ないので、上流の村の者たちは自分たちの田を守るために水を塞き止めてしまった。この地を治めているのは定次の側近・中坊秀祐である。

左近は伊賀上野城に登城し、秀祐に堰を上げるようかけ合ったが無下に断られた。そこで、左近は久米川のもう少し上流に井手を築き、洪水時に田を守る水路へ逆に水を流し、そこから木興村の田へ水を注ぎこんだ。すると、秀祐領の田の水路に水が流れなくなった。

秀祐は血相を変え、松倉右近と囲碁をしている左近のもとに乗り込んできた。

「嶋殿、これは、いかなることか。ただちに井手を取り壊しなされ」

部屋に入るや、秀祐は声を荒らげた。

「貴殿の助言に基づき、他の行(てだて)を考えただけじゃが」

左近は秀祐を見ず、碁盤に目をやりそっけなく答えた。

「さればとて、久米川に井手を築くとは、あまりの無法」

「井手を築いてはならぬという法度はない。同じことをされた気分はいかがかな」

あくまでも左近は秀祐と目を合わせなかった。

「おのれ！　必ず後悔させてくれる」

悔しさの籠った台詞を残し、秀祐は左近らの部屋を出ていった。

これを見て、松倉右近は話し掛ける。

「いいのか、定次様に泣きつくぞ」

「構わぬ。定次様とて領民を贔屓するほどの戯けではあるまい」

「どうかの。大坂では女子を侍らせ、酒に酩酊してばかりいると聞くぞ」

「左様か。酒に飲まれるようになった元の一つは儂かの」

左近は少々気の毒な気分になった。

数日して大坂から定次の遣いとして側近の桃谷國仲が下向し、左近の許を訪れた。

「お屋形様の下知でござる。直ちに久米川の井手を破棄せよとのことにござる」

「左様か。して、中坊の井手はいかに」

「別に下知は出ておらぬゆえ、今までどおりでござろう」

「なんと！　されば、一方の百姓を取り、一方の百姓を切り捨てるつもりか」

戦場で鍛えた左近の声は障子をも揺るがす勢いがあった。

「某は左様なことは聞いておらぬ」

左近の剣幕に気圧され、國仲は腰が引けた。

「主が家臣を贔屓していかがする！　兵の力も下がるのじゃ。皆、筒井の領民ぞ。一つの村が潰れれば、それだけ実入りが減り、双方の領民が総出で水路の流れを良くせよと申されたはず。その方ら、お屋形様なれば、左様なことも判らぬのか。亡き左様なことも意見できぬのか」

憤懣やるかたない左近は、先日、哀れに思ったことを後悔した。

「それは、口が過ぎましょうぞ。これは、主命でござるぞ」

さすがに國仲も反論するが、左近は怒号した。

「黙れ佞臣め。汝は即刻、大坂に戻り、我が言上、そのまま伝えよ！」

今にも脇差に手をかけそうな左近に、國仲は臆した。

「嶋殿、まこと、よろしいか」

顔は強ばるが、目もとは笑っていた。腹内では、してやったりとでも考えているに違いない。

「気遣い無用。さっさと帰りおろう」

左近は追い出すと、國仲は待ってましたと席を立った。

（さて、定次殿はいかような裁定を下すか）

左近は憤りながら結果を待った。

農民たちにとっては吉事で、井手における定次の判断が下る前に、早い梅雨入りとなり、連日、雨が降り出したので、水不足は解消され、農民は遅い田植えに勤しんでいた。

田植え歌が聞こえる中、大坂で定次の近習を務めていた次男の友勝が、木興の嶋屋敷に帰宅した。

「いかがした？　なにゆえ戻ってきたのじゃ」

「伊賀で蟄居しろ、と申されました」

悔しげに友勝は告げた。

（文句があるならば、儂に申せばいいものを。筋が通っているゆえ言えぬのか。情けない）

握りしめた拳の中で爪が掌に突き刺さった。左近は口惜しくて仕方ない。

（もはや主と仰ぐに値せぬな。かような人物に命をかける気にはならぬ）

左近の忠義心はぷっつりと切れた。

（結局、上様は正しかったようじゃ。疎まれる家に残る必要などなかろう。世には求める御仁がおる。平群谷に戻ろう。儂が抜ければ目の上の瘤も消え、定次殿も家を纏めやすくなろう）

思った途端に、覆い尽くしていた黒い雲が消え、青空の下に立ったような爽快な気分になった。

雨降る夜陰に乗じて、左近は一族郎党を率いて木興を発った。中には筒井家から離れることを拒み、伊賀に残った者もいるが、左近はできる限りの施しをして別れた。出奔するようにして木興を出たのは、追撃を避けるためのこと。どんなに雄々しくも清廉な態度を取ろうが、討たれてしまえば、やはり負けである。生きていればこそなんでもできる。定次相手に死をかけるのは惜しいと思えてのことであった。

（順慶様、申し訳ござらぬ）

馬上の左近は、筒井家を大和から追い出し、見捨てたような罪の意識に苛まれていた。

（されど、馬首を返す気は毛頭ない）

これも、前年、筒井三家老の一人・森好之の息子である好高が、定次と仲違いを起こし、出奔していたからだ。好高は奈良の傳香寺に寄食していた。

雨の夜陰ということもあり、追手を受けることはなかった。足の弱い女子供もいたが、それでも、翌日の夕刻前には平群谷に到着し、左近は居城の西宮城に帰城した。

「やはり、故郷はよいものよな」

左近が帰国したので、平群谷の領民たちは、こぞって歓迎してくれた。

左近は何年も前から秀吉の家臣なので、書状を一枚送れば事は足りるが、筋を通さねば気がすまなかった。帰国した翌々日には大坂に向けて出立し、激怒する定次の許に出仕した。

　すでに筒井家を脱したことは定次にも届けられているようである。眉間に寄った皺は消えず、今にも火を噴かんばかりの形相であった。

「ほう、これは関白様の御家臣が、伊賀に追いやられた小大名の筒井に何用でござろうか」

　首座につくなり、定次は嫌味をあらわにした。幾分、目もとが赤かった。

（日暮れ前から酒を飲んでおるとはの）

　左近のことを抜きにしても、大坂であまりいい待遇を受けていないことが窺えた。それでも諫言すべきが家臣の役目であるが、今の左近は立場が違うので控えた。

「老体には伊賀の水は苦きものゆえ、大和に戻った次第にござる」

「思い通りにならずば、逃げ帰る地があっていいのう。肖（あやか）りたいものじゃ」

　酒が入っているせいか、皮肉も濃いものであった。

「されば、当主を御辞めになられ、隠居なされるがよかろう。人の上に立たれる御仁は逃げることは叶わず。亡きお屋形様は、昼から酒など飲んでござりませぬぞ」

　定次の態度が女々しく感じ、左近は押さえていたものが口から出た。

「黙れ！　汝（うぬ）に儂の苦労が判るか。返り忠が者の分際で一端のことを申すな」

「これはしたり。某、返り忠などした覚えはござらぬが」

「ようも言えたものじゃ。上様の意を受け、儂を大和から追い出し、一緒についてきたふりをして己だけ大和に戻る。汝は儂を、筒井を売ったのじゃ」

定次の目は怒りを通り越して憎悪に満ちていた。

「いかに捉えるかは定次様の勝手。されど、亡きお屋形様の宿老を遠ざけ、佞臣を傍に置いて我らの進言を聞き入れなかったは定次様にござる。某は言い訳をするつもりはござらぬ。これは、最後の忠義ゆえ、ようお聞き下され。まず、昼からの酒はお止めなされませ。次に中坊（秀祐）、桃谷（國仲）、松浦（祐次）、河村（正之）の佞臣を遠ざけ、昔ながらの松倉右近、これに上様がおつけになられた息子の松倉豊後守（重政）、岸田（忠氏）、箸尾（半三郎）を傍に置き、国の仕置きをなさりませ。さすれば上様から信頼も受け、伊賀もよき国となりましょう」

「黙りおろう。上様に媚び諂う汝こそ佞臣じゃ。本来ならば一刀のもとに斬り捨ててやりたいところじゃが、汝は上様の家臣ゆえの。こたびは許して遣わす。二度と儂の前に姿を晒すでない」

その時は斬ると言わんばかりの定次は、汚物でも見るような目を向けていた。

「ご忠告、忝なく存ずる。色々とお世話になり申した。改めて御礼申し上げます」

憤恚を堪えながら、左近は平伏した。そこに定次から脇息が投げられ、右肩に当たった。多少の痛みを覚えたものの、左近はなにも言わず退出した。

（愚痴をもらすほどに疑われ、疎まれることが判らぬか。脇息を投げるも女子の行為に等しい。とは申せ、儂とて、いかほどの者かの。世間から見れば、筒井を見捨てた者じゃ。まあ、これよりは、上様の家臣として、日本の統一に尽力するだけじゃ。儂

の新たな世の始まりじゃ）

　左近は、全て前向きに考えるようにした。

　その後、左近は上洛し、聚楽第に在する秀吉に謁見した。

「御尊顔を拝し、恐悦至極に存じ奉ります」

「おう、左近、よう来たの。ようやく諦めがついたようじゃな」

　左近が平伏するなり、秀吉は鷹揚に言うが、その目は、やはり自分の言うとおりになったであろうと、愚弄し、また、見下した視線であった。

「お恥ずかしながら、先見の明がなく、上様の仰せのとおりでございます」

「よいよい、忠義のあらわれじゃ。余にも覚えがある」

「恐れ入ってございます」

「うむ。さて、こののちのことじゃが、そちが在する平群谷は、我が舎弟の大和大納言（秀長）の領内にある。そこで、大納言に仕えよ」

　せっかく、天下人に仕えられると思っていただけに、秀吉の言葉に左近は戸惑った。また、そっけない態度に僅かながら失意を感じた。

　秀吉は、徳川家の石川数正を引き抜く時は、もの凄い労力をかけるものの、これが成功すると、急激にその興味が冷めていくようである。数正は和泉で八万石を与えられ、秀長の寄騎にされていた。左近も同じなのかもしれない。

「恐れながら、それは、上様に禄を賜るのではなく、大納言様にということにございましょうか」

「いや、儂からであることは替わりない。その上で大納言に仕えるのじゃ。不服か」

「滅相もございませぬ。謹んでお受け致します」

秀吉の直臣であることに安堵したが、またも妙な構図であることに左近は不安を覚えた。勿論、天下人の命令に逆らえるものではなく、承知するしかなかった。

それでも秀吉との謁見で路頭に迷わずにすんだ。まずは一安心する左近であった。

三

秀吉に命じられた左近は、早速、上洛中の秀長の許に向かった。

秀長の前に罷り出ると、秀長は笑みを湛えて迎えた。

「よう、まいってくれた。ようやく、そちの力を貸してもらえる時がまいったの」

秀吉とは違った脹よかな頰であるせいか、非常に温かみのあるもの言いに聞こえた。

「恐れ多きお言葉、微力ながら、この嶋左近、粉骨砕身、励む所存にございます」

「期待しておるぞ。そなたは武功ある士にも拘らず、亡き順慶殿を幼き頃から育て、大和の守護にまでしたとのこと。そこでじゃ、我が養子となった秀保の面倒をみてもらいたい」

「は、はあ」

秀長は、男子に恵まれなかったので、この正月、十歳になる姉・智(とも)の末子の秀保を幼い長女・於菊(おきく)の婿に迎え、養子としたばかりである。左近は、秀吉の命令で天下人の実弟に仕えると決まり、僅かながらも天下の政に関われるとばかり思っていたので、失意に暮れた。

「浮かぬ顔よな。嫌か？」

「決して左様なことではございません。ただ、亡き順慶様も某も小豪族の出にて、自ら鑓働きするのが常でございました。されど、三ヵ国の太守となられました大納言様ならびに秀保様は、おそらく、こののち左様なことはなされぬかと存じます。果たして某の任が正しいか否か」

「案ずるな。儂などは百姓の倅(せがれ)じゃ。これに対し、そなたは小なりといえども武士の出、戦功を重ねておる。加えてそなたは猪武者ではなく、『孫子(そんし)』・『呉子(ごし)』を極めておる。勝敗を共に知るそなたなればこそ、秀保の傅役(もりやく)に相応しいと思うておる」

『孫子』は紀元前五百年頃の中国春秋時代の軍事思想家の孫武(そんぶ)の兵法書である。『呉子』も同じ頃に記された兵法書で、著者は書に登場する呉起(ごき)やその門人と言われている。

「過分なるお褒めに与り、恐悦至極に存じます。されば、身を賭(と)して働く所存でございます」

上手な口廻しに乗せられた気がしないではないが、左近は一応、承諾した。

早速、左近は大和に戻り、嘗て筒井家の居城であった郡山城に登城した。

伊賀移封となって三年の間に、郡山城は大幅な普請が施されていた。堀幅は広く深く、各門も厚くなり、各寺々から石を徴集しているので、石垣も以前より堅く荘厳な造りになっていた。

町並みも変わっていた。秀長は奈良の商人を郡山に移して商人町を作り、各町は一月ずつ持ち回りで支配する箱本十三町の制度を敷いたせいか、町は急速に富んだ。

登城すると、家老の横浜一庵と対面した。

「上様の命により、大納言様にお仕えさせて戴くことになった嶋左近でござる」

「ようまいられた。嶋の左近殿と申せば、鬼をも欺くと謳われた漢。よしなにの」

一庵は左近よりも十歳若いこともあり、筒井家の中坊らのように見下すような態度はとらず、慇懃であった。それだけ左近の武功を評価しているのであろう。

その後、一庵は左近に、次席家老の本多俊政、羽田正親、堀内氏善などを紹介した。

羽柴家には懐かしい顔もいる。定次の伊賀移封に従わず、大和に残った筒井一族の定慶、順慶の妹を娶る箸尾高春などである。

他にも何人かの紹介を受けた。石田三也の岳父である宇多頼忠や藤堂高虎らである。

顔こそ合わせはしなかったが、秀長の家臣には惟任光秀の旧臣がいる。箕浦大内蔵は本能寺の変で活躍した武士。また、天野源右衛門貞成は旧名を安田作兵衛国継と言い、鐺に秀でていた。本能寺の変では森乱丸を討ち、信長に手傷を負わせたという逸話を持っている。和泉・大和・紀伊合わせて八十四万三千余石の大所帯だけに、秀長は寛大で様々な者を召し抱え、家臣たちは多様性に富んでいた。秀吉の命令とはいえ、左近もそのうちの一人であった。

　左近は一庵に従って本丸の北に築かれている二ノ丸に向かった。間には東西二百余、南北五十余メートルの鷺池があり、これを越えると二ノ丸であった。

　二ノ丸は秀保が与えられている城郭である。中に入り、部屋の下座で待っていると、一庵に連れられた秀保が訪れた。目が細長く、狐のようである。頬骨が張って、少年の愛らしい顔つきではない。母は秀吉や秀長の姉・智で、父は三好吉房。この年十歳になる。

　因みに二人の兄、長男の秀次、次男の秀勝は共に秀吉の養子となっている。

「あれなるは嶋左近と申す剛勇にて、今より秀保様にお仕え致す者でございます」

　二人の間に座す一庵が、左近を秀保に紹介した。

「お初にお目にかかります。嶋左近丞清興にございます。お見知りおきを」

　子供とはいえ、一応、主と仰がねばならないので、左近は丁寧に挨拶をした。

「うむ。役目大儀」

　おそらく秀保は教えられたことをそのまま口にしたのであろう。口もとが覚束ない。

「左近は戦功をあげること数知れずゆえ、戦のことはなんでもお聞きあれ」

「戦は楽しいのか」

「中には楽しいと思える将もいましょうが、某にとって戦は生き残るための術。命のやりとりをする場所にて、決して楽しいものではございませぬ」

「されば、左様なところには行きとうない」

「誰でも行きたくはありませぬが、行かねばならぬのが武士の定めでございます」

「我らがお守りいたしますので、ご安心を」

今一つ、覇気のない秀保に対し、一庵が口を挟んで顔合わせは終わった。

「秀保様は、あまり身体が丈夫ではないゆえ、武技や遠乗りなどは苦手での。ゆえに、我がお屋形様は貴殿を側につけられた。三国の太守に相応しい武将に育てるよう、頼むぞ」

一庵はまるで他人事(ひとごと)だ。難事を左近に押し付けることができて安堵しているようでもある。

左近にお鉢が廻ってきたのは、手を焼いているからであろう。先行きを思い遣られるばかりであった。

四

梅雨明けの早朝、郡山城の二ノ丸の中庭に幼い掛け声が響いていた。

「えい、やーっ」

秀保は穂のない短鑓を手にし、左近に向かって突き込んだ。

「左様に遅き形(なり)では敵に討たれますぞ。もっと早く踏み込み、突き出しなされ」

左近は突かれるごとに軽く木刀で左右に弾く。

虚弱体質であるせいか、今まであまり武技をしなかったのであろう。少し動くだけで秀保は肩で息をする。十回ほども繰り返すと、急に動きを止め、手にしていた短鑓を地に捨てた。

「いかがなされた」

「鑓働きは雑兵のすることではないのか。上様はそう仰せになられた」

「確かに多くは足軽が手にしましょう。されど、上様とて鑓働きなされたゆえ、皆が従っているのでござる。また、万が一、いずれかの曲者と相対してしまい、近くに家臣がいなかった時、秀保様は一人で切り抜けなければなりませぬ。それとも、黙ってその首を刎ねられますか」

「それゆえ、儂は戦に行くのは嫌なのじゃ」

「武家に生まれ、戦に行くのが嫌なれば、坊主にでもなるしかござりませぬが」

「そちは家臣であろう。家臣の分際で無礼じゃ」

言い捨てるや、秀保は左近に背を向け、二ノ丸の中に向かって歩みだした。

「お待ちなされ。まだ、止めていいとは申してござらぬぞ」

「儂が止めたいから止めるのじゃ。そちの意は受けぬ」

言うや秀保は歩きだした。

「待たれよ」

左近は秀保の左袖を摑むと、秀保は必死に腕を振払って逃げようとする。

「止めろ、放せ。放せと申しておる。放せ、放せ、おのれ」

子供の力で左近から逃れられるわけはない。これを悟った秀保は右手で脇差を抜き、左近に斬りつけた。

歴戦の兵がそのようなことで驚きはしない。左近は秀保の手首を押さえ、捻りあげた。途端に脇差は手から離れて地に落ちた。

「これが戦場であれば、秀保様の首は斬り放されてござるぞ」

「放せ、誰か、誰か、此奴を斬れ」

左近に腕を摑まれている秀保は、地に転がり喚き、叫んだ。周囲に数人の近習はいるものの、さすがに命令には従えず、困惑した表情をしていた。

「なにごとでござるか」

そこへ秀長に仕える藤堂高虎が訪れた。

「組み打ちの最中じゃ。邪魔だて無用」

左近は気にせず、職務を全うしようとする。

「高虎、此奴を斬れ。我が意に逆らい、かような目に合わせておるのじゃ」

秀保は地獄で仏にでも逢ったように、命じた。

「組み打ちとは申せ、若君に度が過ぎていよう。まずは、手を放されよ」

高虎が真顔で言うので、左近は不満ながら、一応、助言を受けた。

すると、秀保は高虎の後ろに逃げるように廻った。

「朝餉(あさげ)の用意ができたようでございます。戻られませ」

高虎が言うと、秀保は待ってましたと半べそをかきながら二ノ丸の中に小走りで消えていった。

「武勇名高い左近殿も、秀保様には随分と手を焼いているようにござるの」

「前の傅役が仕事をせぬゆえの。それに、女子のように育っては、大将にはなれまい」

「まあ、確かに。されど、あまり嫌われると、教えたくとも、教えられぬのではござらぬのか。あっ、いや、これは出過ぎたことを申した。されば、某はこれで」

言うと高虎は左近の前から去っていった。

（さして、厳しくしたとは思えぬが、今少し優しくせねばなるまいか）

左近には二人の息子がいるが、いずれも武士の子として恥ずかしくないよう鍛えあげた。息子たちも、厳しさには音をあげず、従ってきた。そうでなければ、乱世を生き延びることはできないからだ。

（大納言殿になにかあれば、家臣たちは、あれな志の低い童(わらべ)に仕えねばならぬ。教育係を命じられた儂も責任をとらされて、童の家臣にされかねぬ。まずは書物のほうか

ら入って意識を変えさせるしかないかの）

朝餉ののち、左近は『孫子』を講義するために、秀保の許に向かった。

「申し訳ございませぬが、秀保様は気分が悪いと申され、伏せっておられます」

応対に出た小姓が答えた。

「まことか。されば、見舞いたいが」

身体はあまり強くないと聞いていたが、汗すらかかぬ程度の稽古で倒れたのかと、左近は驚くと同時に呆れ、さらに疑いと心配が混雑した。

「誰にも会いたくないとの仰せにて、こたびはお引き取りなさいますよう」

頑（かたくな）に拒むので、左近としても引き上げざるをえなかった。

「左様か。されば、明朝まいるほどに、大事になされますように、お伝えなされよ」

告げて二ノ丸を後にしたが、仮病ではないかとの疑念が残った。

翌朝、登城すると、やはり、具合が悪いからと拒絶された。

「左様でござるか」

力なく告げて左近は下がった。その後、毎日のように通うが、具合が悪いというばかりだ。

とにかく顔を合わせぬことには始まらない。そこで、左近は、少しでも気に入られるように、人形や木造の玩具など贈ってみた。さらに、堺より、金平糖なども取り寄せ、贈ってみたが、左近と会おうとはしなかった。さすがの左近も困り果て、家老の横浜一庵に相談してみた。

「小耳に挟んでいたが、嫌われてしまっては、もはや二度とは会うまいの」

「と申しますと」

「秀保殿は好嫌が激しく、一度、腹を立てられたならば、二度とその者と会おうとせぬ。ゆえに、小姓や侍女などの側近も、皆、秀保殿のお気に入りじゃ」

「左様に片寄った人物が大納言様の跡継ぎでよろしいのでござるか」

「我らも悩みの種じゃ。ゆえに貴殿に期待したのじゃがの。が、決して愚鈍ではなく、読み書きは小姓どもよりも出来たりする。難点は誰もが困るとおり、あの性格じゃ」

「性格は滅多なことでは直りませぬぞ」

「母御の許にいた時は違っていたようでござるが、引き離されたことを恨み、さらに、二人の兄が上様の養子なのに対し、自分は大納言様の養子になったことで低く見られたことを不満に思っている様子。加えて御次男の秀勝様の処遇じゃ。おそらく、大人を信じられぬのであろう」

秀吉の養子となった次男の小吉秀勝は、信長五男（諸説あり）の御次丸秀勝の遺領を継ぎ、九州征伐にも参陣したが、恩賞不足を秀吉に申し出たために怒りを買い、除封となっていた。

「左様でござるか」

「大変ではあろうが、今少し尽力なされよ」

あくまでも一庵は他人事であった。

（言うは易し、成すは難しか。大納言様は、まこと跡継ぎになされるつもりかの）

左近は思うほどに溜息が出た。

嘆いていても仕方がない。左近は別の行を考え、婚約している秀長の娘・於菊に贈物をして気を引く努力をしたが、相変わらず左近を受け入れようとはしない。強引に会いに行くと、布団を冠って伏せった真似をする。障子ごしに怒鳴りつけたが、梨の飛礫であった。

徳川家康に続き、毛利輝元を大和で接待した秀長は疲労が溜まったのか、九月七日、倒れたような状態となり、十日には伊勢の湯ノ山へ湯治に向かった。それでも、なかなか回復せず、興福寺宝寿院の住職らが秀長を見舞った。秀吉の補佐は、相当に体力を消耗するようである。

一方の左近であるが、けじめをつけようと、秀保の許に向かったが、相変わらず頭が痛いと近習が答える。ところが、部屋の奥からは楽し気に侍女らと遊んでいる声が聞こえる。

「失礼致す」

許可も得ず、左近は大股で、大きな足音を踏み鳴らしながら進み、閉じられている障子を両手で勢いよく開いた。

その音と、突然のことに、部屋の中にいた侍女や秀保、小姓たちは瞠目し、一瞬、声を失った。

「秀保！　そちは、それでも男子か。秀長殿が病を押して政に奔走されておるに、女子を侍らせて双六遊びに興じるとは親不孝も甚だしい」

障子を揺るがすほどの声で咆哮し、左近は双六紙を蹴り上げた。

「ひっ！　だ、誰かある。く、曲者ぞ」

秀保は恐怖の中で助けを求めた。周囲の近習は鬼左近の剣幕に気押され、誰も反応しない。というよりも刃向かっても勝てるとは思っていないのであろう。

「誰も儂を相手に打ちかかる者などおらぬ。儂が憎ければ、儂を倒せ。部屋には太刀もあろう。それで儂に斬りかかれ。されど、儂はそちごときに斬られる腑抜けではない。そちが太刀を手にするより早く、そちの首を刎ねてくれる」

左近が腰の脇差の柄に手をかけると、いっそう秀保の顔は引き攣った。

「いかがした？　曲者が部屋に乱入したに、そちは女子も守れぬ腰抜けか。それで、上様や秀長様と同じ血を引いていると申すのか。この腑抜けが」

「おのれ！」

罵倒すると、さすがに憤恚したのか、秀保は背後の太刀持ちが持つ太刀を抜き、左近に向かって斬りかかった。

「左様なことで人が斬れるか」

左近は秀保から太刀をもぎ取ると、思いきり右手で頬を張り飛ばした。途端に秀保は襤褸雑巾のように畳に這いつくばり、少しして嗚咽をあげた。

「お許しくださいませ」

侍女が秀保を庇うように懇願するが、左近は秀保に向かう。

「今、斬りかかったことは褒めて遣わす。男子とは、負けると判っていてもやらねばならぬ戦いがある。嫌だからと申して目の前のことから逃れていては、先には進めぬ。儂が申したき儀はそれだけじゃ。あとは好きなだけ双六でも致せ。もはや、二度と会うこともあるまい」

告げると左近は太刀を畳に突き刺し、秀保の部屋を出た。

（元来、秀吉殿が武家奉公せねば、あの童は百姓の子として土を耕す生涯であったはず。されど、幸か不幸か天下人の血筋となってしまった。とは申せ、結局、狼の皮をかぶっても、羊は狼にはなれぬもの。跡継ぎは過ぎた地位よな。まあ、儂も同じか……）

三十数年ぶりに傅役を命じられたが、満足に果たすことができず、禄を失いつつある左近は、己と幼い秀保を重ね合わせて、口許を歪めた。

（順慶様が死去なされてからというもの、儂は主に恵まれぬ。これも不徳の至りと申すものか）

とは言え、秀保を叩き伏せたことを後悔する気持ちはなかった。

下城した左近は、城下の屋敷を綺麗にするよう命じ、沙汰を待った。

このことは、すぐさま湯治中の秀長にも届けられた。当然、左近は叱責を覚悟していた。不本意であるが、切腹を命じられることも……。

ところが、半月が経っても、何の音沙汰もなかった。このまま郡山城下にいても仕方ないので、左近は家族、家臣に対して平群谷に戻るように命じた。自身は奈良に向かうことを横浜一庵に告げ、屋敷を発った。『和州諸将軍伝』によれば、興福寺内の持宝院に隠棲したことになっている。同院は左近の父・豊前守が庇護した塔頭であった。

五

持宝院の暮らしは悠々自適なもの。なにせ興福寺は畿内における学問の中枢であり、まず手に入らぬ読み物はない。また、情報の集結場所でもあるので、様々なことが耳に入ってくる。左近は妻の茶々を呼び寄せ、書を読み耽り、僧侶との会話を楽しみ、隠居生活を満喫していた。

それでも、秀吉や秀長からの呼び出しもなく、禄の召し上げもなかった。左近に叱責された秀保は、少しは大人たちの言うことを聞くようになったという。これが功を奏してるのかもしれない。また、秀吉、秀長は共に忙しく、細かなことに構っていられないのかもしれない。

左近が奈良に隠棲してから、世の流れは急速に動き出した。

天正十七年（一五八九）五月二十七日、秀吉の側室・淀ノ方（茶々）が山城の淀城にて待望の男子を出産した。赤子は鶴松と名付けられ、秀吉は歓喜した。

九月一日、秀吉は諸大名に対し、人質として妻子を在京させることを命じた。

十月、左近の旧主である筒井家が慌ただしくなってきた。同月二十五日、秀吉から筒井家に一万石の加増があった。一見喜ばしいことであるが、全て定次に対してではなく、二千五百石は布施春次に、一千石は十市新二郎に、一千石は井戸覚弘に与えられ、残りが定次であった。秀吉が筒井家の家臣に差配せねばならぬほど家中が乱れていたようである。

というのも、十一月二十七日の『多聞院日記』によれば、「浅野弾正（長吉）の調停にてひとまず事が収まった」とある。また、二十九日の条には「伊賀から国替の噂があり、春まで延期になった」ともしている。十二月四日になると、ようやく「伊賀の国替、ひとまず定まった」とある。いかなる理由かは記されていないが、前日に、秀長が伊勢の湯ノ山湯治から戻ったが、都でかなりの重病になったことが記されている。おそらく、なにか関係あるに違いない。暮れの二十八日には、「伊賀の国は秀長のものとなり、筒井が落ちる先は知らない」とある。中坊らの横暴で、筒井家の家臣が反発し、どうにもならなくなっているようであった。天正十八年一月十九日の条では「筒井衆、方々に奉公することが浅野弾正より申し遣わされた」とある。これにより、一応、内紛は収まったようである。

これとは別に大局で動きがあった。天正十七年十一月二十四日、秀吉は小田原の北条氏直に宣戦布告状を送り、諸大名に関東征伐を宣言した。

北条家は秀吉が伝えた関東奥両国惣無事令を無視し、秀吉の下した名胡桃事件の裁定を踏みにじったことによる。

本能寺後、上野の沼田領を巡り、北条氏と信濃上田の真田氏が争っていた。

そこで秀吉は沼田領のうち、三分の二は北条家のものとし、残りの名胡桃の地は代々の墳墓があるために動かせず、真田領にするという裁定を下した。沼田城は北条家に明け渡された。これで丸く収まるはずであったが、それは秀吉の本意ではない。秀吉は北条家が惣無事令を破るように真田、上杉を使って挑発させた。

一方、北条家の方は、秀吉の肚裡など知るよしもない。城を奪ってしまえば後はどうにでもなると、高を括っていた。前当主の氏政は甘い認識のままに、弟・氏邦の奉行として送り込んだ猪俣邦憲に命じて十月二十四日、名胡桃城を奪取させた。

城を奪って喜ぶ北条家だが、まんまと秀吉の策に引っかかった。

というのも、北条家が城を奪う半月ほど前の十月十日、既に秀吉は関東攻めをするため、諸国に軍役を定めていたので、待ってましたと、関東への出陣を命令した。

書状を受けた北条家は、慌てて家康に取りなしを懇願し、秀吉の家臣に弁明書を送るものの、もはや後の祭りであった。秀吉は北条征伐のために二十万石の米、黄金一万枚を用意させ、また、二十万を超える兵を出陣させる命令を下した。

天正十八年（一五九〇）が明け、東海から西日本の諸大名は、関東出陣の用意で慌ただしかった。

上洛している秀長の容態は思わしくなく、大和の者たちは先行きを憂えていた。一方の左近は奈良で隠棲生活を楽しんでいる。そのせいか、左近の許には様々な人が訪ねて来る。この日は薬師・義父の北庵法印であった。二人は菓子を摘みながら雑談を交わしていた。

そこへ、秀吉の遣いが訪れ、上洛することを命じてきた。

「いよいよ某も皺腹を切る時がまいりましたなあ」

笑みを浮かべる左近は、腹を左手で擦りながら、右手で切腹する真似をした。

「左様に縁起でもないことを。他人事ではござらぬぞ」

とんでもないといった表情で北庵法印が言う。

「ははは、冗談でござる。この時機での呼び出しゆえ、左様なことはなさるまい。上様のこと、使えるものはとことん使うつもりでござるよ」

切腹させるならばとっくにさせている。左近は自分の言葉に自信を持っていた。

「されば、こたびの東国攻めに」

「左様。厳しき闘いとなる地に宛がうはず。これでようやく武士らしき働き場所が得られると申すもの。願ってもないことでござる」

左近は久々に胸を熱くしながら、上洛の途に就いた。

入洛すると、増田長盛を奉行とした人足が、賀茂川の三条に幅六尺の大きな橋を架けていた。それまでの舟橋は外され、軍勢が堂々渡れる橋である。これも派手好きな秀吉の演出か。

左近は聚楽第に登城し、秀吉への拝謁を願い出た。相変わらず、控えの間であろうとも、畳は青々しく井草の芳しい香りが鼻孔を擽った。

ほどなく、秀吉の近習が訪れ、謁見が許されたことが告げられた。左近は従った。広間の下座で控えていると、秀吉が現れた。赤金の小袖に白銀の袴。お世辞にもいい趣味とは言い難いが、成り上がりの財を象徴する出で立ちは、見る者を驚かせるには充分の衣服であった。

「左近か、久しいの。近こう、もそっと近こうまいれ」

一段高い首座から、秀吉は気さくに声をかけるので、左近は二度、三度立ち止まり、恐れ多くて近づけないという室町幕府のしきたりを行いつつ、秀吉から二間ほどのところで平伏した。

「面をあげよ」

下知に従い、顔をあげると、秀吉との間には石田三成が座していた。三也は天正十三年（一五八五）に従五位下の治部少輔（じぶのしょう）に任じられたのを機に三也から三成に改字している。

「御尊顔を拝し、恐悦至極に存じ奉ります」

関白・太政大臣となっても猿顔は変わらぬと思いながら挨拶をした。

「余の甥である秀保を叩き伏せたそうじゃの」

「はっ、役目にございますれば」

「うむ。見上げた性根じゃ。おそらく秀保にとって生涯、最初で最後やもしれぬ。良き教授となったことであろう。されど、なにゆえ蟄居致しておるのか」

「上様ならびに大納言様のご沙汰をお待ち致しておりました」

「すると、一年少々、ただ飯を喰らっていたと申すか」

金壺眼が見開き、日焼けした猿顔が一瞬、強ばった。

「禄は蓄えておりますれば、いつにてもお返し致せます」

「左様か、殊勝なことじゃ。ところで、こたび余が、そちを呼び出した訳は判るか」

「東国出陣に参じよと命じるためかと存じます」

「腹切らせるとは思わなんだか」

「上様は使える者を斬るようなお方ではございませぬ」

「ははは、度胸は相変わらずよな。どうじゃ、治部、使えそうか」

秀吉は、傍で折り目正しく座している三成に目をやった。

「はっ、必ずや上様のお役に立つ者と存じます」

才槌頭を縦に振り、三成は答えた。

「左様か。されば、左近、こたびの出陣にあたり、そちは治部の寄騎として参じよ」

「はっ？　治部殿の寄騎でございますか」

左近は我が耳を疑った。激戦の最前線にでも当てられると思っていたが、奉行の手伝いを命じられるとは思っていなかった。今まで一度としてしたことがない。

「奉行の手伝いなどできぬと申すか」

「いえ、左様な……」

「図星じゃの。されど、左近、奉行なくして戦はできぬぞ」

「はあ、それは、存じております」

信長の戦い方を受け継ぐ大量物資の移動と補給体制、いわゆる兵站（へいたん）奉行なくして、秀吉の急速な西日本支配はありえない。これを可能にしたのは三成らの奉行である。しかも十数人いる奉行の中で三成は実力筆頭。多忙と困難を極めることになろう。

「されば、文句はあるまい。奉行の大事さを身で知るがよい」

「承知致しました」

問答無用な秀吉の下知であるが、左近は平伏するしかなかった。

また、慣れぬ役かと、答えてから多少の後悔をするが、開き直る心境の左近であった。平伏ののち、ちらりと三成を見た途端に、素朴な疑念が浮かんだ。

（よく思案致せば、上様が急に儂を奉行の寄騎にしようなどと思い付くのは疑わしい。この男が上様に申し出たに違いなし。されど、なにゆえ儂か？　奉行なれば、他にも人がいように）

左近はなかなか三成の思考を理解できなかった。

秀吉の許を下がった左近は、三成と別室にて膝をつき合わせた。

「こたびのことは治部殿の思案でござるか」

「左様。さすが左近殿。ご明察でござる」

「某になにをお求めか。奉行の手助けならば、他に適した方がござろう」

「上様の引き抜きなどござったが、筒井殿は左近殿を家老として使いきれなかった。されど、某ならば左近殿を当家に迎え、力を存分に発揮させられると思ってござる」

「なんと、寄騎ではなく家臣でござるか」

意外にも大胆な発言に、左近は正直驚いた。寄騎がそのまま主従になる場合は珍しくない。浅野長吉、黒田孝高、蜂須賀正勝、堀尾可晴（吉晴）、山内一豊などは信長の命令で秀吉の寄騎となり、本能寺の変の前より、秀吉の家臣となっていた。

「近く上様は日本を一つになされます。その時、某も出世しておらねばならず、左近殿のような方を家老とせねば、安心して上様のお傍にはおれませぬ」

「某とて、まだ出世の望みを捨てた訳ではござらぬが」

「されば、蟄居などせず、また、今少し人の顔色を窺い、取り入っていたはず」

「単に不得手なだけ」

「されば、望みはござらぬ。某に力をお貸しくだされ」

「ははは、されば、某は禄を減らさねばならぬ訳でござるか」

「いずれ、左近殿に満足のいく禄が与えられる身分になるつもりです」

三成はきっぱりと言いきった。他の者が聞けば、生意気な大法螺ともとれるかもしれないが、面と向かって告げた言葉は、左近には小気味よく感じた。

「それは、楽しみでござる。その節にはお世話になろう」

秀吉の命令で秀長の麾下となり、器量の低い秀保の子守で蟄居しているよりは、政の中枢にいる三成と行動を共にした方が面白そうである。それが左近の口から出た真相だ。今の秀長は、起きるのもままならぬ状態にあった。

因みに、この時、三成は近江の水口で四万石を与えられていたというが、誤りである。天正十三年より中村一氏が水口城主となっている。三成が預けられたとすれば、賤ヶ岳の合戦後の僅かな間であろう。また石高も武功第一の福島正則の五千石を超えることはありえない。では佐和山城主かといえば、この年の八月一日まで堀尾可晴が在する史料が存在するので、これもありえない。

では、三成の所領はどこにあったのか。史家の間でも問題にされてきたが、次の折紙つきの判物が疑問を晴らしてくれる。

「濃州（美濃）北方の内において百三十六石五斗、末守村の内で六十八石壹斗四升、松尾村の内で四十五石三斗六升、合わせて貳百五十石を扶助致す。全て領地する者なり。立石の普請番、その他の諸事・軍法法度のことは寄親に任せるので、（これに従えず）覚悟の上で申し出るのならば、少しも構わぬ所存。法度に背かぬように。

天正十九年五月三日　　治少（石田治部少輔）花押

北畠助大夫殿」

翌年の書状であるが、領地を持っていなければ与えられない。代官であれば、安堵するのがいいところ。三成の所領はなんの因果か美濃の大垣から関ヶ原周辺にあった。

左近は一旦、帰国することにした。

第三章　関東征伐

一

天正十八年（一五九〇）三月一日。凍てつく比叡颪（ひえおろし）も和らぎ、辺りでは桜の花が咲き乱れる晴天の日、豊臣秀吉は満を持して都を出立した。

秀吉がこの日を選んだのは、三年前の九州征伐に因み、縁起を担いだものである。

終始、上機嫌の秀吉は、この日のために築いた三条大橋を威風堂々押し渡った。率いる軍勢は三万二千とも、一説には四万とも言われている。派手好きの秀吉が天下軍を華美に披露したのは、旧主の織田信長に倣い、祭、催し物さながらの観兵式をやることもあるが、関東から奥州までを一気に平定するために、東国の武士を畏怖させる狙いもあった。

石田三成の寄騎となった左近は、寄親の三成ともども軍勢の中ほどにいた。

三成は、物資の移動、参集状況を確認しつつ、常陸（ひたち）の佐竹義宣（さたけよしのぶ）、下野（しもつけ）の宇都宮国綱（うつのみやくにつな）、米沢の伊達政宗、山形の最上義光らに書状を遣わし、小田原攻めの参陣を求めていた。

「奉行とは、まめで手間のかかる仕事でござるな」

三成の傍にいる左近は、つくづく感じた。

「左様。誰にでもできることでござらぬ。されど、猪武者どもはこれが判らぬ」

三成は顔を顰めた。おそらくは加藤清正や福島正則らを指しているのであろう。

奉行は品物と書付の照合をし、それらを分けて各拠点に送り届ける。届いたら、また書付を確認するが、到着する品が一部だったり、行き先が幾つかに分かれたりもする。さらに、先に欲しがる者もいれば、先送りする者もいる。これが全て紐付きで把握しなければならない。

筒井家の家老であった頃の左近は、自分で行わずとも理屈で判っていればよかった。あとは奉行に命令しておけばよかったが、このたびは、ほとんど己でやらねばならない。前線で矢玉に身を晒す危険がない反面、遅れれば諸将から激烈な苦情が浴びせられる。また、計画どおり行っても褒められることはなく、失態をせぬのが当たり前とされている。先陣を駆けるのが当然であった左近にとって、裏方の仕事は憤懣ばかりが溜まった。

豊臣本軍は緩慢な行軍である。中国ならびに大垣（賤ヶ岳の戦い）からの二つ大返しによる神速さはなく、まさに物見遊山のようにゆっくりと進んだ。

秀吉が頼りとする秀長は起きることができず、秀保はまだ十一歳の少年なので出陣はできない。そこで、藤堂高虎や横浜一庵らが名代として三千程度の兵を率いて参陣していた。

小田原攻めの先陣である徳川家康をはじめ、織田信雄、蒲生氏郷（がもううじさと）、池田照政（いけだてるまさ）、羽柴秀次（ひでつぐ）、大谷吉継（おおたによしつぐ）などなど……の諸将は、既に出陣をすませていた。諸将は駿河で徳川・北条の国境を流れる黄瀬（きせ）川の東にあたる沼津（ぬまづ）に着陣しつつあった。

北国（ほっこく）勢の前田利家、上杉景勝（うえすぎかげかつ）、真田昌幸（さなだまさゆき）、依田康国（よだやすくに）らは信濃（しなの）から上野（こうづけ）へ兵を向けていた。

九鬼嘉隆（くきよしたか）、加藤嘉明（かとうよしあき）、脇坂安治ら軍船を仕立てた水軍は着々と駿河の清水湊（しみずみなと）に集結していた。

三月二十七日、秀吉が駿河の三枚橋（さんまいばし）城に着陣すると、すぐに家康、信雄が出迎えた。

この時、家康、信雄は企んで秀吉を暗殺するという噂が流れていた。

「先に呼び出した方がよろしいのではないでしょうか」

三成が助言するが、秀吉は、気遣い無用と余裕の体であった。

ところが秀吉は二人に会うや、突然、太刀の柄に手をかけた。

「信雄、家康、逆心ありと耳にした。さあ、立ち上がり候え。一太刀参らせん」

大音声で叫ぶと、信雄は咄嗟のことに驚き、声も出せず狼狽えるばかりであった。

それに比べて家康は、ずかさず機転をきかせて、諸将に向かった。

「上様が戦始めに御太刀に手をかけられた。これはまことに目出たきこと」

これを聞いた秀吉は笑みを作り、満足気に騎乗して通りすぎた。

（さすがに家康、うまいこと躱すものじゃ。苦労は立てではないのう）

三人のやりとりを見て、左近は家康の対応に感心した。

同日、陸奥・堀越城主の津軽為信、ならびに下野・大田原城主の大田原晴清が早々と秀吉に拝謁し、本領を安堵された。

翌二十八日、秀吉は家康らと共に三枚橋城を出立し、黄瀬川を渡河して、遂に北条領に足を踏み込んだ。三島を経て山中城の西側にある高台に登り、同城、韮山城を遠目に視察すると、長久保城に入城し、翌日からの城攻めを命じた。

山中城攻めには秀吉の甥・秀次ら三万七千八百。家康の三万が後詰にあたり、同城が落ちれば箱根方面に進む予定である。

もう一方の韮山城には織田信雄ら四万五千七百。後詰は秀吉本隊の四万余であった。同城は中山城よりも南方にあって遠いため、信雄らはその日のうちに移動した。

同日、北陸勢は碓氷峠を越え、大道寺政繁の籠る上野の松井田城を攻撃した。

三月二十九日、羽柴秀次らは山中城に攻め寄せ、総攻撃をはじめた。城には城主の松田康長を始め、北条氏勝、間宮康俊以下、およそ四千の兵が籠っていた。

城兵も必死の防戦を試みるも、多勢に無勢は否めない。昼からはじまった戦いは日暮れ前に決着がつき、松田康長、間宮康俊は自刃し、北条氏勝は逃亡した。

豊臣方では秀吉股肱の一柳直末が討死し、秀吉は悲観に暮れた。

同じ日、織田信雄らも四万五千七百の軍勢で韮山城を攻撃した。城には城将の北条氏規をはじめ、横井越前守、小机修理亮以下、三千六百四十の兵が籠っていた。この城は、まだ伊勢新九郎と名乗っていた家祖の北条早雲が堀越公方の足利茶々丸を攻めて奪い取り、東侵の足掛かりとした城で、生涯を閉じた城でもある。その血を引く氏規は家臣を指揮してよく防御した。また、同城は山中城とは違い、独立した丘陵城郭なので、簡単に落ちる城ではなかった。

秀吉は緒戦で力攻めは無益と判断し、付城を築いて兵糧攻めに切り替えた。

山中城を落し、韮山城を包囲しているので、豊臣勢の侵攻を止める兵はいない。北条家が西の押さえ、天険の防壁としていた箱根の嶮を楽々通過した。

四月一日、徳川家康は、箱根周辺の鷹巣城、宮城野城、足柄城、新庄城を呆気無く攻略した。山中城が落ちているので、城兵たちは揃って小田原城に退いたせいもある。

また、伊豆方面では、徳川水軍を率いる本多重次が、梶原景宗、三浦茂信らが守る西伊豆の安良里砦を落した。同じく徳川水軍の向井忠安は南伊豆の田子砦を攻めた。守将の山本常任こそは取り逃がしたものの、城は落している。

豊臣水軍の脇坂安治、九鬼嘉隆、加藤嘉明、長宗我部元親らは大挙して下田沖に至り、清水康英らが籠る下田城を攻めた。

さらに秀次隊から分かれた村上頼勝、溝口秀勝、堀秀政らは道を日金山に取り、小田原から一里半（約六キロ）ほどの海岸線に建つ根府川城を陥落させた。

この日で多数の城を攻略し、秀吉は満足の体で箱根山に着陣した。

鎧袖一触された北条家では、氏政、氏照兄弟が出陣を主張するが、筆頭家老の松田憲秀が二人を宥め、あくまでも籠城に徹していた。

侵攻を阻止する者は皆無。四月三日、秀吉は小田原西の丘陵に向かい、家康は小田原城の北東にあたる久野の諏訪原に陣を敷いた。

四月五日、秀吉は北条家菩提寺の早雲寺を本陣とした。それでも北条家は動かなかった。

秀吉の到着で、小田原城の包囲が固まった。

城東、徳川家康・三万。

城北、羽柴秀勝・二千五百。羽柴秀次・一万七千。

城西、宇喜多秀家・八千。

城南、池田照政（のち輝政）・二千五百。丹羽長重・七百。堀秀政・八千七百。長谷川秀一・三千六百。木村重茲・二千八百。

本営　豊臣秀吉・三万二千。合計十万七千八百。

また、相模湾の浜沖には水軍も二、三日後には船先を揃えた。

東海の酒匂口、長宗我部元親・二千五百。加藤嘉明・六百。菅達長・二百三十。

西海の早川口、九鬼嘉隆・一千五百。脇坂安治・一千三百。来島通総・五百。

徳川水軍の小浜景隆ら兵数不明。

合計六千六百（徳川水軍を除く）。この他にも豊臣秀長、宇喜多、毛利の水軍が兵糧、武器弾薬の輸送を行っている。

この段階で小田原城を陸と海から十一万以上の豊臣勢が城を囲んだ。まさに蟻も這い出ることができぬ態勢であった。

さらに韮山城を攻めた織田信雄・一万七千。蒲生氏郷・四千。織田信包・三千二百。長岡忠興・二千七百の二万六千九百が近日、小田原包囲勢に加わる予定であった。

「それにしても上様に刃向かうだけあって、北条の城は見事なものよな」

偵察に出た左近は早雲寺と小田原城の中間にある笠懸山に登り、眼下の敵城を見下ろした。

小田原城は八幡山に主郭を置き、西の早川、東の山王川を外堀として、土塁、空堀を備え、町を取り込む様相は総延長十一キロにも及ぶ惣構えを誇った巨城である。かつて、上杉謙信、武田信玄と戦国の二大英雄が攻めても攻略できなかった城はまさに難攻不落。謙信に至っては十一万余の兵で攻めても城壁すら崩すことができなかった城である。

左近らから報せを受けた秀吉は、笠懸山に本営となる城を築くことを命じた。のちに石垣山の一夜城と呼ばれる城は、関東では初となる荘厳な城であった。

「上様が申された城の石垣、その石を集めるだけでも至難でござるな」

全長約八百メートル、山を石垣で固めるような城が、秀吉の命じた城である。三成から話を聞いた左近は溜息を吐く。今まで付城、砦、陣城など敵地で築いてきたことはあるが、小田原城に籠る北条勢を驚かせるような城は初めてであった。しかも、この頃の関東では、安土や大坂城のようにふんだんに石垣を使った城はない。見知らぬ地で、石を切り出すのは困難であった。

「なに、すでに調べはついてござる。伊豆で切り出せばよい」

三成は胸を張るように答えた。

のちのことになるが、伊豆半島の熱海、多賀、宇佐美、稲取、河津、大瀬、一条、安良里、宇久須、戸田からは良質な伊豆石が切り出され、江戸城や駿河城を築城する際に海上輸送されている。陣鐘は三島の法華寺から徴用した。

「なるほど、さすが治部殿、抜かりはござらぬな」

三成の奉行能力には、頭が下がるばかりであった。

すぐさま近江の穴生衆を始めとする人足が派遣され、石の切り出し及び運搬が行われた。これを管理、遂行させるのも当然、寄騎とされた左近らの役目であった。

二

北条氏は関東諸将とその主力を小田原城に入城させたので、居城は留守居ばかりしかいなかった。豊臣軍は片っ端から城を開城させ、五月中旬には、残る城は十城を切るほどになっていた。

五月も中旬から下旬にさしかかる頃、三成と左近は早雲寺にいる秀吉に呼ばれた。

「三成、ただ今まいりました」

礼儀正しく細面の顔を下げる。その後ろに寄騎の左近は控えた。

「のう、治部。そちの目から見て、この関東攻めはいかに映るか」

秀吉は信長を真似て、すぐに人を試したがった。

「はっ、あと、一月半、遅くとも二月（ふた）で恙無く終わるかと存じます」

「左近はどうじゃ」

「治部殿が申したとおり、二月ほどで終わるのではないかと存じます」

「うん。されど、広い関東の地に、余（よ）の威光を見せつけるには、些か物足りぬとは思わぬか」

一旦は、満足したような表情をした秀吉だが、すぐにこれを打ち消した。

「威光でございますか？」

城は落せばいい。左近には秀吉の意図が判らなかった。すると三成が口を開く。

「こたびは渇（かつ）（兵糧）攻めをしている日にちもなし。されば、水攻めにございましょうか」

「さすが治部じゃ。余の思案と一致しておる。関東の田舎者に、我が豊臣家の金と人の力を見せつけるにはもってこいの攻め方よ」

満足気に頰を緩める秀吉は天正十年（一五八二）には備中の高松城を、二年後には紀伊の太田城を水攻めにした。水攻めはただ勇猛が取り柄の武士が行う総攻めとは違い、金と時間がかかるが、自然をも変更させるという土木工事は、敵を畏怖させるには最高の演出であった。

「して、これを遂行できる者は誰がよいかの」

秀吉は悪戯っぽい目を三成に向けた。

「某でございましょうか？」

驚きつつも勘のいい三成は、答えた。

「左様。それゆえそちを呼んだ。いや、そちにしかできぬと思うたゆえじゃ。なにか不都合か」

「いえ、左様なことは……」

俊英の三成にしては歯切れが悪い。さすがに知的な顔を困惑させた。秀吉としても城攻めの大将を命じるのは、今回が初めてのこと。戸惑うのも無理はないと思う。

（それで儂を寄騎としたのか。されど、水攻めとは……適する地があろうか）

左近は、この段階になって、秀吉の真意を理解した。

（上方にいる時より、思案していたとはの。さすが天下様は違うわ）

秀吉の展望には驚かされるばかりだ。

「安堵致せ。同陣致すのは、そちと昵懇の刑部少輔（大谷吉継）や、同じ奉行の大蔵大輔（長束正家）、他には近く謁見しにまいる佐竹、宇都宮ら東国の者どもじゃ。新参者は武功をあげんと必死に働こうぞ。それに、背後には戦上手もおる。どうじゃ治部」

「上様のお心づかいは感謝の極みにございます。されど……」

大役は嬉しいが、やったことがないことを、当て推量で出来るとは言わぬ三成。それだけに、秀吉はこの男を信頼しているのであろう。

「左近、どうじゃ」

「はっ、上様の仰せどおりだとすれば、水攻めには弓や鑓は必要ありませぬ。治部殿の奉行としての才覚があれば充分。幸いにも治部殿は常に上様の傍にあり、その段取りを目にされたはず。それをそのまま披露すればよいものかと存じます」

「さすが左近、よう申した。治部、奉行の才覚をふんだんに使ってみよ」

「奉行の才覚で城攻めを？」

「左様。堀の埋め立て、土塁や堤の構築。これを行えば、矢玉など放たずとも勝手に落ちるというもの。この地味な戦い、なんとか華やかに飾るがよい。さすれば、そちも主計頭（加藤清正）や、左衛門大夫（福島正則）の鼻を明かしてやれるであろう」

秀吉と同郷の尾張出身の加藤清正、福島正則ら武功派は、近江出身の吏僚派である三成たちを、戦を知らぬ青瓢箪、筆や算盤で戦う臆病者と、常に侮蔑してきた。これを覆す好機である。

「上様のご期待に添えるよう、命を賭して働く所存にございます」

三成は覚悟を決めたようであった。

「されば、未だ落ちておらぬ城じゃが、武蔵の鉢形城は既に北国勢が囲んでおり、八王子城、津久井城は山城ゆえ水攻めはできぬ。それゆえ、そちは上野の館林城と武蔵の忍城を仕寄せるがよい」

「館林城と忍城でございますか」

「さよう。簡単な絵図を見るかぎり、館林城は渡良瀬川と利根川に挟まれており、城の南東には広い沼がある。また、忍城も利根川と荒川に挟まれており、城の周囲は深沼の湿地だそうじゃ。両城とも水攻めに適しておる。いずれを選ぶかはそち次第」

北条征伐に先駆けて、秀吉は下野・佐野家の血を引く天徳寺宝衍（のちの佐野房綱）を派遣し、関東諸城の略絵図を集めていた。

「畏まりました。必ずや上様の御威光を関東者に植えつける所存にございます」

「期待しておるぞ。左近ものう」

「はっ」

二人は深々と頭を下げて秀吉の前から下がっていった。

「余計なことを申しましたか」

歩きながら左近は三成に話し掛けた。

「いや、貴殿の言葉が覚悟を決めさせてくれた。礼を申す」

「いや、少々（石垣山）城の普請に飽きただけ。それよりも、さすが上様。日本の平定が済めば、豊臣の政を支えるのは治部殿ら吏僚。奉行の指令に重みを増すためにも、このたびは武功をあげてもらわねば困る。ゆえの出陣。おそらくは落し易そうな城を選んでくれたのでござろう」

「とは申せ、水攻めとは、絵図だけでは判らぬ。直に敵城の地を見てみねばなんとも」

「左様にござるな。まあ、出来ねば出来ぬでよろしいのではござらぬか。戦は生き物。机上の思案どおりにはいかぬ。上様の方がご存じでござろう」

「左様。されど、我ら奉行がわざわざ選ばれたのじゃ。奉行らしい戦をせねばの」

三成は喜ぶ風もなく、顔を困惑させるばかり。まだ見ぬ地を本気で水攻めするつもりだ。

我ら奉行という言葉が引っ掛かるものの、久々に戦場に赴く。左近は胸を熱くした。

三

三成らが石田家の陣に戻ると、親友の大谷刑部少輔吉継が訪れた。通称・大谷刑部で知られる吉継は三成よりも一歳年長で、共に奉行や検地に精を出してきた者である。

細身で端整な面持ちをしている。

「治部よ、また、たいそうな役目を仰せつかったの」

「刑部か。他人事のように申すな。そちとて一緒ではないか」

「ははは、左様であったの」

以前は佐吉(さきち)、平馬(へいま)と幼名で呼び合う二人であったが、任官に伴い、官職名を口にするようになった。成り上がり者の秀吉が権威に固守することに因んでのもの。尾張者に比べて近江者は外様の風潮があるので、主君に気に入られようと両人も必死だ。

「簡単な絵図を目にしたが、現場を見ずして、果たして水攻めなどと決めてもよいものかの」

吉継の顔から、戦の話とともに笑みが消えた。左近はさすがだと思う。

「上様の下知だ。やらねばならぬ」

「ああ、やる。我らを愚弄してきた者を見返す好機だ。されど、不安はないのか?」

「刑部らしくもない。上様は常々刑部に百万の兵を持たせて戦をさせてみたいと仰せになられていたではないか。それが叶うのだ。しかも、こたびは水攻め。これはどこその猪武者にはできぬ兵略。川の流れを読み、堤を築く地を選び、大きさ、長さを算出し、人夫を集め作業させる。まさに我ら奉行が得意とする仕事。いや、我らにしかできぬ城攻めだ」

三成は秀吉の受け売りよろしく熱く語った。

「そちが、その気なれば恐い者なしだ。我らが力を見せつけようぞ」

二人は意気盛んに闘志をあらわにした。

吉継が戻り、ほどなくすると、佐竹義宣ら北関東の武将たちが秀吉に謁見するため、小田原から五里（約二十キロ）ほど北東に位置する相模の平塚に到着したという報せが、三成の許に届けられた。

「左近殿、申し訳ござらぬが、佐竹の様子を見てきてくださらぬか。会うのは右京大夫（義宣）殿ではなく家中の中務大輔（東義久）にお会いしてくだされ」

「承知致した」

左近は三成からの書状を受け取り、平塚に控える佐竹義宣のもとに向かった。

佐竹家は義宣の父・義重が信長と書状のみであるが友好関係にあり、秀吉もこれを引き継いだ。実際に書を交わしたのは三成で、佐竹家は二十年以上に渡って北条家と敵対していた。このたび、呼び掛けに応じて北条方の城攻めをしていた武将である。

左近はその日のうちに平塚に移動した。佐竹義宣は平塚の八幡宮を陣所としていた。黒地に『五本骨扇に月丸』の家紋を染めた陣幕が張られていた。

「お初にお目にかかる。石田治部少輔三成の遣いにてまいった嶋左近丞清興でござる」

左近は本殿に入り、堂々と挨拶をした。

「ご高名は予々お伺いしてござる。佐竹右京大夫義宣が家臣・東義久でござる」

東義久は佐竹一族の筆頭で、秀吉からも書状を受けている者である。

挨拶ののち義久は書状を開き、目を通した。

「特別に筆を取る。義宣が平塚に到着したことは尤もなこと。今日はそこで休息し、明日、関白上様の本陣に御成りになられるよう。ついては、義宣が御若気ゆえ、上様は前々から貴殿一人に佐竹中の仕置きを仰せ付けようとしていたところ、近頃は数多、御用を仰せ付けられて忙しいとのこと。されど、ただ今の諸事情など貴所の才覚をもってすれば、指図せずとも何事もすませることができるはず。義宣からの御進物等のことは見苦しい限りで、相応しくない。貴殿が御進退をこの節に決められることは、一廉の準備となろうが尤もなこと。佐竹家中において、上様が御存じなのは貴殿一人である。然る時に諸書を遣わす御思慮にて、義宣の御為と思うことは勿論だが、今のままでは、その方や御手前まで落度あるように思し召しめされる。残った家中衆には憚らず、前々のごとく御異見加えられるようにする。御家に相違ないように分別この時に究められるよう。なお、使者は嶋左近（清興）に申し含める。返書は望まず。謹んで申し上げる。

五月二十五日　　　　石田治部少輔三成（花押）

佐竹中務大輔（東義久）殿　御陣所」

書状を読み終わった東義久は、驚きを見せず、嶋左近に目を向けた。

「確かに石田様のお考えを拝読させて戴いた」

「して、ご返答はいかに」

「ご好意は有り難きことなれど、某は右京太夫を支えるので手一杯。佐竹家に仕えることにより、僅かながらも関白上様のお役に立てるよう励む所存でござる」

隙を突かれぬよう、また、気を悪くしないように東義久は断った。

秀吉は左近や石川数正のように東義久を佐竹家から引き抜こうとしていたのだ。

「左様でござるか。されど、上様の鉾先を躱すのは大変でござるぞ」

同じ境遇に置かれた者どうし。左近は口許を歪めた。

「いざという時は腹切ればすむことでござる」

「さすが、新羅三郎義光（しんらさぶろうよしみつ）の血を引く佐竹一族の方は胆が据わってござるな」

雄々しい義久を目の当たりにして、左近は感銘を受けた。

その後、しばし談笑したのち、左近は帰陣し、子細（しさい）を三成に告げた。

「左様でござるか。されば、頼りになりましょうな」

三成は頷いた。というのも、秀吉は家康とともに笠懸山の普請場から小田原城を眺め、二人で立ち小便をしながら関東移封を伝えている。秀吉にとっての強敵家康、この横腹を押さえるのが北条・伊達と戦い抜いてきた佐竹家に決めていたのだ。

五月二十七日、三成の案内で佐竹義宣を始め、同家の東義久、北義憲（きたよしのり）、太田三楽斎（おおたさんらくさい）、麾下の宇都宮国綱（うつのみやくにつな）、多賀谷重経（たがやしげつね）らが秀吉に拝謁し、豊臣麾下の大名となった。

その後、突如、秀吉は方針を変更した。

「治部、そちらは館林、忍攻めは後廻しとし、鉢形城の後詰に廻れ」

「はっ」

落胆した三成であるが、神とも崇(あが)める秀吉に背くことはせず、応じた。即座に三成は、その旨を佐竹義宣、宇都宮国綱に書で伝え、鉢形城に向かわせた。

鉢形城は北条氏政の弟・藤田(ふじた)氏邦の居城であり、氏邦はこの戦の引き金を引くことになった猪俣邦憲の主でもある。命じられるままに、義宣らは武蔵に向かった。

「まあ、そう気を落されますな。聞くところによれば、鉢形城を取り囲む兵は数万。我らが参じたとて、矢玉が城壁を傷つけるところにさえ近づけませぬ。おそらくは、包囲陣を叱咤激励するため、上様特有の活(かつ)でござろう」

左近は三成を慰(なぐさ)めた。

「なかなか、貴殿も判ってきたようでござるの。されど、我らはただ従うのみ」

失意を誤魔化すように三成は告げ、小田原を出立した。

すると、突如、豊臣秀吉は前言を撤回し、三成らに館林城、忍城攻めを命じた。

「ようございましたなあ」

雨の中の移動の最中に報せを受け、馬上の左近は三成に声をかけた。

「我らは、ただ下知に従うのみ」

と答える三成であるが、やはり嬉しそうな表情をしていた。

東海道を北に進む三成らは武蔵で西に折れることなく上野に兵を向けた。

上野の館林城は北条氏規の属城であるが、氏規はもう一つの属城・伊豆の韮山城に籠っているので、城代と領民が入城して守備していた。

三成らが館林城を先に選んだ理由は、北条家直轄の城が落ちれば、勢いに乗って忍城を攻略できるという判断からである。

城攻めに向かう顔ぶれは、石田三成、長束正家、大谷吉継、速水守久、野々村雅春、伊東長次、中江直澄、松浦宗清、鈴木重朝ら。これに投降した北条一族の氏勝。さらに、常陸の佐竹義宣・多賀谷重経、下野の宇都宮国綱の兵が加わり、合計で二万ほどの軍勢になった。

すでに梅雨入りして小雨が降っている。それでも三成らは意気揚々と上野を目指し、五月二十八日、館林城に到着した。

三成と左近、そして吉継は小高い丘に立ち、眼下の館林城を目の当たりにした。

「確かに、水攻めには打ってつけではあるの」

城の様子を眺め、大谷吉継が口を開いた。

館林城は上野の東端にあり、北に下野国境の渡良瀬川、南に武蔵国境の利根川が流れている。いずれも半里ほどで川に到着する。辺りは湿地で、しかも城に隣接する南東には城沼と呼ばれる沼が広がる。秀吉に命じられた水攻めには適した地域であった。

城には城代の南条因幡守昌次をはじめ、真下越前、渕名上野介、片見因幡守、冨岡秀長ら周辺の豪族領主ともども領内の民、山伏、僧侶、寺法師までを掻き集め、約五千名が籠っていた。

「そちの目から見て、館林城を水の中に沈めるのに幾日かかるか」

三成は吉継に問う。

「五百人を集めて兵も全て使い、昼夜を問わず堤を築いたとして、およそ半月はかかろうか」

「さすれば、今一つの忍城には、別の者が仕寄せることになろうの」

「左様の。されば、こたびは水攻めにせぬと申すか？」

「昨日、遣わされた上様の使者を思い出せ。上様は苛立っておられる」

岩付城を落した浅野長吉らが、秀吉の指示を仰がずに降伏した者たちの助命を認めたことに激昂したことも重なったようである。

「とは申せ、忍城が適さぬ城であった時はいかがするつもりか」

「戦は生き物だ。思惑どおりにはいかぬ。上様とて、華々しく、かつ素早く城を落しさえすれば満足なされよう。今の大事は、まず早さである」

と吉継に言った三成は左近に目を向ける。

「よかろうかと存ずる。されど、忍城からの遣いはまだ戻られぬか」

「じき戻るはず。まずは、仕寄せたいと存ずるが」

「要害ゆえ、総攻め致せば、かなりの手負いが出るはず。その覚悟はおありか」

「戦ゆえ、ある程度は仕方なかろう。戦は勢いが大事と存ずる」

「不様な敗走を致せば、士気が萎えますぞ」

「そのために、貴殿が我が陣にござる」

「厳しき要求をなされるの。まあ、まずは軽い一当てとしましょう」

三成の主張で水攻めは取り止めとなり、左近は久々に前線で指揮することになった。

何度、経験しても、開戦時の昂揚はどうにもならない。命をかける危険性があるから緊張するのであろう。左近の昂奮は頂点に達した。

「かかれーっ！」

石田勢の前線を任された左近は、大音声で指揮棒を振り下ろした。

「うおおーっ！」

途端に咆哮が梅雨空に響き、寄手は三方から攻撃した。

西の大手は石田、速水、中江、これに佐竹、宇都宮の七千。

東の搦手は長束、野々村、伊東らの六千八百。

北東の加保志口は大谷、松浦、鈴木らの五千六百。

圧倒的な兵力差であるが、館林城は天然の要害で辺りは湿地、城に近寄る間もなく泥濘(でいねい)に足を取られると城兵の矢玉の餌食(えじき)となり、寄手は周囲に屍(しかばね)を晒した。

果敢に攻めさせても、結果は同じ。誰一人、城壁によじ登ることすらできなかった。

「まあ、城攻めの緒戦(しょせん)はこんなものよ。退き貝を吹かせ」

失敗であるが、味方には軽い様子見とし、左近は退却命令を出した。

不首尾であっても三成は、くよくよ過去にはこだわらず次の策を思案する。

「周囲に住む者の家を壊して橋を架け、道を作れば城に仕寄せることができる。家を失った者には銭をやると言えば、納得しよう。いかがか」

「強引でござるの。されど、総攻めよりはよかろうかと存ずる」

即座に行動に移った。近郷に触れを出すと、ほどなく二、三百人が集まった。

ここは奉行の腕の見せ所。三成は昼夜に人夫を分け、周辺の家を壊し、山林から木を伐採させ、二日間で八、九間の橋を完成させた。

「いかがかな」

「さすが治部殿。後はお任せあれ」

用意は整い、左近は四方向から攻めたてた。

今度は功を奏し、寄手は城壁まで接近し、激戦を繰り広げた。

寄手も必死ならば城兵も必死に抵抗し、なんとか、城門を破られずに日没となった。あと一歩のところだったが、左近は意気揚々と引き上げさせた。

夜になり、雨が降り出した。月は出ないので暗闇である。城兵は夜陰にまぎれて橋を壊し、一晩のうちに沼の中に沈めた。

翌朝、これを知った三成は愕然(がくぜん)とした。

「ちっ、驕(おご)りがあったか」

舌打ちするが、破壊された橋は元には戻らない。さすがの三成も消沈した。敵も橋の重要性を知っているので、簡単には造らせてはくれない。とは言え、三方向からの攻撃では攻めきれない。

三成らは雁首を突き合わせて今後のことを相談するが、いい案が浮かばなかった。

「まこと、水攻めに致そうか」

長束正家は弱気になり、秀吉の作戦を主張しだした。

「某が、説得してみましょう」

豊臣方に下った北条氏勝が名乗り出た。主家を裏切ったからには、役立つところを見せねば今後に影響するということであろう。

「されば、お願い致す」

三成らは許し、その間に次の策を考えた。

予想に反して、説得は成功した。常に北条家の先陣を駆けてきた玉縄(たまなわ)北条家を継ぐ氏勝が豊臣方につき、人命の保証と、今後の働き次第で直臣になることもあると語ったので、城代の南条昌次は素直に応じ、次なる忍城攻めの先陣を誓ったのだ。

「なにがあるか判りませんな」

感心というよりも半ば呆れる左近であった。

開城の日にちは諸説あり、『館林記』では五月二十五日。『小田原編年録』では二十八日。『三河後風土記』では二十九日。『関八州古戦録』では三十日となっている。いずれにしても五月中に降伏したのは確かであった。

この日、秀吉は優雅に小田原で茶会を開いていた。

そこへ八十島助左衛門(やそじますけざえもん)が戻り、三成に忍城のことを報告した。

「恐れながら、忍城を水攻めに致すのは些(いささ)か難しいかとお見受け致します」

「左様か、御苦労」

労う三成であるが、顔は顰めたままである。

「まずは、評議を致しますか」

士気を下げぬよう、左近は気を遣うと、三成は頷いた。

「それと、一応、開城するよう遣いを送ろう。北条の書も添えての」

水攻めに適さぬと聞き、館林城と同じでも構わぬと、考えたようである。

四

上野の館林城を開城させた石田三成らは、統治の規則を定めると、城内の主殿で忍城の絵図を広げ、評議を開いた。

三成、嶋左近清興、長束正家、大谷吉継、速水守久、野々村雅春、伊東長次、中江直澄、松浦宗清、鈴木重朝。

これに降将の北条氏勝、北関東の天徳寺宝衍、佐竹義宣、宇都宮国綱らの諸将と、下ったばかりの館林城代・南条昌次が居並んだ。

「北条殿の勧告にも応じず、忍城は籠城の備えをしてござる。それゆえ、まず一戦は避けられぬことを承知なされたい。そこで、忍城のことでござるが、我ら上方の者よりも、関東の諸将の方が詳しいはず。北条殿、ご説明願おう」

前置きした三成が促すと、諸将の目は氏勝に集まった。

氏勝は次男に生まれたせいか、本家からではなく、武蔵の松山城主・上田朝直の娘を妻にしている。そのためか、本家に対して忠義心が薄かったゆえに豊臣家に下ったと言われている。降伏するにあたり剃髪し、頭には灰色の頭巾を冠っていた。

「絵図にあるごとく、忍城は湿地に囲まれ、また、沼に浮く島に郭を築いて橋で繋げた変わった城でござる。城に通じる道は七つで、いずれも細く一気に多勢が仕寄せるには難しき城でござる」

氏勝は扇子で各々を指しながら解説した。ここまでは細作を放って調べさせたことと同じである。左近は頭の中で確認した。

「かつて、足利政氏、上杉謙信が攻めても落ちなかった堅固な城でござる」

注意のつもりか氏勝は一言付け足した。これに三成は憤る。

「北条殿、余計なことは申されずともよい。兵の数も戦の仕方も違う時代の者が失敗したこと、我らになんの関わりがござろうか」

叱咤さながらに言い放つと、氏勝はたまらず口を噤んだ。おそらく攻撃する前に味方の士気を下げる馬鹿がどこにいる。そのような体たらくゆえ、主家を裏切り敵の先導をするはめになっているのが判らぬのか、と腹内で思っているようであった。

（人の上に立つならば、この癖は直された方がいいの）

三成を見ながら、左近は思うが、この場での注意はしなかった。

「実際に見ねば、なんとも申せぬが、湿地とあれば、仕寄せるは難しい。この城のごとく橋を架けるか、あるいは水攻めにでもするしかあるまいの」

同じ奉行の長束正家が意見を言う。

これを聞き、この場で作戦を決めるのは早計と、左近は三成に目をやった。

「絵図だけで兵策を決めるはいかがなものか。されど、敵が降伏せぬ以上、城に仕寄せるは至極当然。そこで、持ち場だけは明らかにしておこうと存ずるがいかに」

否とは言わせぬ口調で三成は諸将に尋ねた。秀吉が全幅の信頼を置く懐刀に誰も異議を唱える者などいなかった。

「合意には感謝致す。されば……」

三成は忍城攻めの配置場所を発表した。

城の北東。北谷口から長野口にかけて――。

大谷吉継、堀田勝嘉（のちの盛重）、松浦宗清、佐竹義宣。この他に下野の鹿沼や、南条昌次ら館林の降者たち合わせて六千五百。

城の南東。佐間口から下忍口にかけて――。

長束正家、速水守久、中島氏種、宇都宮国綱。他に関宿などの下総の諸将を合わせて四千六百。

　城の南西。下忍口から大宮口にかけて——。

　石田三成、伊東長次、鈴木重朝、北条氏勝、天徳寺宝衍。この他に下野の足利、下総の栗橋などの諸将を合わせて七千。

　城の北西。皿尾口から北谷口にかけて——。

　中江直澄、野々村雅春に下総や武蔵の降者を合わせて五千。

　合計で二万三千百。（配置場所、兵数ともに諸説ある）城の西側の持田口だけは、窮鼠猫を嚙むの例えから空けておくことにした。

　評議が終わった。左近は主殿で三成と二人になると、三成から意見を求められた。

「遠慮はいらぬ。文句でも構わぬ。寄騎殿の意見を聞きたい」

「されば、まずは、言い方。大谷殿ら旧知の方はなんとも思わぬかもしれぬが、つき合いの浅い者は嫌悪しましょう。特に北条への言いようは完全に見下し、愚弄したように聞こえますぞ」

「蔑んでおるのだ。評議でつまらぬことを口にした」

「貴殿は豊臣の中でも頭の回転の早さでは飛び抜けておる。他の者が愚かに見えるも仕方なし。されど、蔑まれた者はいかに思われようか」

「さあ。別に嫌われようが忍城を落せば構わぬと思うが」

「常に上様の傍にいる貴殿の言葉とは思えませぬ。言い方は悪いが、上様は当所（目的）のためには敵も味方もとことん利用した。人のあらゆる能力を引き出したゆえ、身一つでここまで上り詰めたのではござらぬか。貴殿が知らぬはずはない。大将となって焦っておられるのか」

先々のこともあるので、左近は寄騎として鋭く指摘した。

「左様に映るのでござろうの。図星かもしれぬ」

「上様が命じられた水攻めに、あまりこだわることもござるまい」

「戦上手の貴殿としては、やはり総懸かりにて陥落させたいようでござるの」

「戦は生き物。我らの都合どおりにはいくまい」

「いや、単に城攻めをさせるならば、岩付城を落した者たちを向かわせたはず。上様は関東で水攻めをするために儂らを選んだのだ」

「忍城を水攻めできねばと、懸念しておるわけでござるか。俊英も人の子でござるの」

左近は口許に笑みを作った。

「それゆえ、上様は儂とともに、貴殿を水攻めの兵に加えた。違いますかな」

「さればこそ申してござる。劣った者にも気遣いなさるよう。水攻めをするにしても堤や土塁を築くは人でござるぞ。人は脅しや利だけでは動きませぬぞ」

「そう致そう。機嫌取りも才覚の一つか」

人望の篤い左近の言葉だけに、三成も頷いた。

「それ、それがいかぬ。本意は腹内に隠しなされ。才を隠さねば、それ以上大きくなれぬ。さすれば、貴殿のみの損ではなく、上様の損になろう」

「されば、貴殿はどうなのだ」

「儂でござるか？　儂は一生、貴殿を諫める役になるかもしれぬ」

「家臣になってくれるのはありがたい。されば早う忍城を落さねばならぬの」

「家臣の話は別として、城は早う落しましょうぞ」

左近は相槌を打って頬を上げた。三成も満足しているようであった。


六月四日。グレゴリウス暦では七月五日にあたる。

昨日までは鬱陶しい雨が続いていたが、この朝は上がっていた。空は厚い雲に覆われて蒸し暑い。地元の者の話では、あと四、五日もすれば梅雨も明けるという。天候に左右されず、左近らは先触れどおり館林城を発ち、南西の武蔵の忍城に向かった。形とすれば戻るような格好である。

館林城から忍城までおよそ四里（約十六キロ）。のちに日光脇往還と呼ばれる道を南に進むと、利根川に達するので、川俣の渡しに舟橋かけて渡河し、さらに進軍した。遮るものはなく、卯ノ刻（午前六時頃）に出立した軍勢は申ノ刻（午後四時頃）には忍城に到着した。報告どおり、辺りは一面に湿地が広がり、水面には蓮が大きな緑の葉を広げ、早咲の花が濃い桃色の花弁を広げていた。

三成は忍城から半里ほど南東にある丸墓山古墳（直径百五メートル。高さ十八・九メートル）の少し南・渡柳（わたりやなぎ）に本陣を据えた。

早速、三成は左近ら数人と、日本最大の円墳とも言われる丸墓山古墳の頂上で忍城を遠望した。

「……」

目にした左近は愕然とし、言葉を失った。沼も湿地も絵図や報告のとおりであるが、辺り一帯が平地で起伏がない。おまけに忍城の構えたるや川と沼を利用して濠となし、辺りには深田が続き、城への道は狭くとても近寄れたものではない。まさに水城である。城兵が三千に満たぬとは言え、簡単に落ちるとは思えなかった。

「水攻めにするならば館林城の方が向いていたの」

吉継がぼそりと口にする。言葉のとおり、忍城を水攻めにするのであれば、ただならぬ長さの堤を築かねばならなかった。

「刑部らしくもない。過ぎたことを振り返っても仕方なし」

と言った三成は左近に目を向けた。

「左近殿はいかに」

「左様、周囲の細き道から進めば、鉄砲の的。深田に入ってもまた然り。総懸かりを行うならば、深田から水を抜いて田を乾かし、その上で仕寄せるが利。さもなくば、水攻めであろうか」

三成の心中を察し、左近は命令を出しやすく誘導した。とは言え、吉継が口にしたとおり、忍城は水攻めに適した城ではない。左近は水を抜く策がいいと思っている。

「まずは、敵がいかな反応を示すか調べる必要がある」

慎重な吉継が主張した。

「されば軽く一当て致すか」

親友の助言を受け入れ、様子見の攻撃が決まり、諸将に告げられた。と同時に堤を築くための人夫を参集する高札を立てさせた。

三成ら奉行の抜擢は水攻めを大々的にするためのものであるからだ。

（水攻めか。難しいのう……）

丸墓山古墳から忍城の方を眺め、左近は希望的観測の目を向けるばかりであった。

忍城の城主・成田氏長は精鋭とともに小田原城に籠っており、城には氏長の叔父・泰季を城代とし、その息子の長親や氏長の長女・甲斐姫、家臣の須加泰隆、本庄長英、酒巻長安、正木丹波守など領民を含めた三千七百四十人が籠っていた。

城の北西。皿尾口方面の攻将は中江式部少輔直澄と、野々村伊予守雅春。

「一気に踏みつぶせ！」

中江直澄は怒号し、狭い道にも拘らず兵を送り込んだ。

この日の先陣は、北条配下として下総の古河城に籠っていた旧古河公方の家臣たちであった。落城とともに豊臣家に従い、三成の下につけられた。今後のこともあるので必死であった。

一方、皿尾出張（砦）を守る備頭は田山又十郎と中條数馬。

又十郎は逸る兵を押さえ、有効射程距離に引きこみ、一斉射撃を行った。

号令とともに鉄砲は轟音をあげると、寄手は悲鳴をあげて泥に突っ伏した。

それでも、かまわず中江直澄は進撃を命じる。古河勢も遮二無二突撃を試みる。三度目の咆哮が響いて屍が横たわるが、寄手は夢中で突進し、ついに皿尾出張の外塀に達した。

「引き倒せ！」

中江直澄の下知に従い寄手は塀に熊手をかけて引きに引く。

「蹴散らせ！」

田山又十郎の命令に応じ、兵は手鑓を握り、木戸を開いて敵の側面を突く。鹿子田齋宮、毛利五郎助、佐野浦玄人、向崎弾正信稠、亀井数度右衛門など五十名ほど。さらに皿尾口を守る成田土佐守も到着して横腹を突いた。途端に古河勢は崩れた。

古河勢は退くが、湿地、深田に足を取られて素早くとはいかない。これを城兵は追い討ちをかける。城兵は寡勢なので、深追いはせず、すぐに城内に引き上げた。

「迂闊に近寄れませんな」

戦を眺め、左近は三成に言う。

力攻めが困難だと知った寄手は、二手を送りこむ真似はしなかった。

夜になって雨が降りだした。田山らは下知に従い、雨音にまぎれて城内に入った。寄手はこれを知らないので、翌日の未明、江戸、河越の兵が攻め寄せたが、蛻の殻で肩透かしを喰らい唖然としていた。逆に城内の者たちはそれを見て呵々大笑した。

「やはり仕寄せにくいのう」

緒戦ながら左近は呟く。苦戦を予想させられた。

第四章　汚名甘受

一

六月五日。丸墓山古墳近くの石田三成本陣――。

夜陰に降った雨は黎明(れいめい)にはあがり、朝から湿気が肌に纏いつく。少しずつ気温が上がり、朝食後には蒸し暑さを覚えるほどである。梅雨明けも間近であった。

本陣には各持口の攻将が集まり、床几(しょうぎ)に腰を下ろして楯を並べた机を囲んだ。すでに忍城方が放棄した皿尾出張を占拠したことが伝えられているが、諸将の表情は暗い。軽い一当てとは言え、碌(ろく)な打撃も与えられず排除されたことは事実。しかも予想どおり簡単には城に近づけないことが明確になった。他の攻め口でも同じことが考えられる。さらに城側からは間違っても出陣して来ることはない。

上座で楯机の上に広げた絵図に目をやる三成の面持ちも冴えない。

総懸かりは犠牲を生むばかりで益がない。命令を受けた水攻めは地理的に適していない。また、沼中の城なので、水が涸れることはなく、食い物も十分に用意されているであろうゆえに、兵糧攻めもできない。さすがに浮かれた表情はしていられない。それは左近も同じであった。

「折角、人足を集めてござるゆえ、深田を土で埋めさせて城へ近づいてはいかがか」

降将の北条氏勝が進言した。水攻めという概念はないらしい。

「忍領の民全てが城に籠ったわけではなし。一揆でも起きれば城攻めどころではござらぬぞ」

代わりに寄騎の左近が否定した。

「昨日は一ヵ所のみ兵を向けたゆえ、失敗した。されば、全ての持口から進ませてはいかがか」

同じ奉行の長束大蔵大輔正家が意見を言う。

「城には三千数百以上が籠っているゆえ、四方八方から仕寄せたとて結果は同じでござろう」

またも左近が打ち消した。すると、正家が不満気に問う。

「貴殿は先程から文句ばかり申すが、いかに考えておるのか」

「されば申しあげる。忍城は小田原城にも匹敵する要害。おそらくは倍する兵で取り囲んだとしても、城に兵糧、矢玉がある限りは落ちはすまい。総攻め致せば手負いが増えるばかりゆえ、城を遠巻きにして昼夜を問わず仕寄せ、不意打ち、夜討ちをして城兵を眠らせず、弱らせた上で内応を呼びかけ、内を乱した上で攻めたてるが上策。焦ることはござるまい」

左近は正家に答えると言うよりも、三成に向かって主張した。

「確かに忍城は関東に二つとない堅城。されど、水に守られようとも平地の孤城。いかな要害とて、後詰のなき籠城では、二万三千の兵をもって仕寄せれば落ちぬこともなかろう。ことに成田の精鋭は小田原にあり、城に籠るは老人と女人や童ばかりと聞く。恐れることはござらぬ」

左近の進言に応えると言うよりも、三成は諸将に向かい覇気を煽った。

「治部殿の申すとおり。多勢の闘気が寡勢の戦意を挫(くじ)くというもの」

正家は三成に同調すると、ほとんどの者が頷いた。

左近と吉継は反対したが、今度は南東の佐間、南の下忍、北東の長野の三方向から力攻めすることに決定した。諸将は各々の持ち場に戻っていった。

皆がいなくなった石田本陣で、左近は三成と二人になった。

「士気を下げぬという、貴殿の思惑は判る。されど、総攻めの無駄は、判らぬはずはござるまい」

二人きりになったので、左近は遠慮しない。

「大蔵大輔の申すがごとく、他方面から迫り、敵の臆病心を煽れば陥落もあるはず」

「希望や臆測で兵を動かすとは、貴殿らしくもない。焦っておられるか」

「別に焦ってなどおらぬ。予定どおりだ」

「されば、貴殿は無駄な総攻めを繰り返し、駄目だと納得させて水攻めに切り替えるつもりか」

「それも一つの案。手は幾つか用意しておかねばならぬ」

「治部殿、城攻めを安易に考えてはならぬ。味方の失敗は敵を勇気づけるだけでござるぞ」

左近は、身を乗り出し、諭すように説いた。

「勝ちは驕り、油断に繋がる。されば付け入る隙が出てこよう」

「隙を作るために多くの犠牲を払うつもりか」

働き手、稼ぎ手を失った家族をさんざん見てきているので、左近は無闇な総攻めを嫌った。

「大将は犠牲を惜しまずに行動せねばならぬ時があるのではないか」

「貴殿は上様ではござらぬぞ。貴殿が上様の真似をすれば、鵜の真似をする烏と言われるだけ。無理な背伸びはせぬがよい」

「左近殿、助言はありがたいが、評議で策は決まった。自が功名を得るための城攻めと、万全な豊臣の世を築くための仕置き。いずれが大事か貴殿も思案致されよ」

産声をあげたばかりの豊臣政権の秩序は、自分が作るとでも言いたげな三成である。

「左近殿、おそらく貴殿は正しい。されど、我らが一番遅れてはならぬのだ」

城が落せず援軍を差し向けられることは屈辱以外のなにものでもない。大将となった以上、三成としては、それだけは避けたいようであった。

「万全な豊臣の世を築くための仕置きか……」

確かに決意は窺えたので、左近は三成を見守ることにした。

ただ、地形を調べるほどに水攻めは無理だという気持ちを強くする。次に取る手は調略と総攻めを合わせたもの。これは表裏一体なので、躊躇してはならぬのだ。

大将の重圧を受ける三成を横にし、左近は水に浮かぶ忍城に目をやった。

三成は意気込みを見るために、まず関東勢に攻撃命令を出した。城の東から南にかけてに集中させて気を引き、西を突く策であった。

城の北東の長野口は南条昌次ら上野衆と鹿沼の下野衆らが五百。

城の南東の佐間口は宇都宮国綱ら下野衆と結城晴朝ら下総衆らが四百。

城の南の下忍口は北条氏勝ら相模・武蔵衆と天徳寺宝衍ら下野衆が四百。

三方向の寄手は鉄砲衆を前に出し、城から一町ほどのところで停止した。後続の鉄砲組は深田に足を踏み入れて散開し、轟音を響かせた。途端に城内からも応戦してくる。

一方、城側の所有する鉄砲数は少ないが、玉ごめをする間、弓や飛礫を放って補佐した。

寄手は多勢でも、半数は深田の中なので、連携も玉ごめも遅れがちであった。

頃合を見て、三成は西側からの攻撃もさせた。

昨日の汚名を返上するため、城の北西・皿尾口に古河勢ら四百ほどが接近した。

城方では、城代・成田泰季の命令を受けた成田土佐守、篠塚山城守らが、待ってましたと鉄砲を浴びせ、矢、石の雨を降らせた。これでは、簡単に近づけるものではない。

しばらく弓・鉄砲による遠戦が続くが、城の勢いは止まらぬと、寄手から退き貝が吹かれた。

城門を開くと弓衆、飛礫組が飛び出し、退く敵を威嚇する。続いて手鑓を持った足軽が、獲物を逃さんと追い掛ける。この瞬間が、一番楽に敵を討てる瞬間である。各口で泥濘に足を嚙まれる寄手は、簡単に逃れることはできない。成田勢は鹿追い、猪狩りでもするかのように、次々と寄手を仕留めていった。

ほどなく寄手は撤収した。昨日同様、攻め方の敗北であった。

六月六日の朝一番、三成のいる本陣に小田原からの使者が戻った。

「……早う水に沈む城が見たいと、上様は仰せになられました」

「左様か」

使者の口上を聞いた三成は、短く不快気に呟いた。

（上様は、この地を御覧になられても、水攻めにしろと仰せになられるであろうか）

左近は、日本史上稀に見る英雄の秀吉に直接会って聞きたいぐらいであった。

なにせ、忍城の周囲は湿地であるが、平地なので堤を築くとなると、それこそ荒川と利根川を結ぶことになりかねない。直線で結んでも三里（約十二キロ）ほどにはなる。完成すれば忍領の半分をも水に浸すことになる。効率よく行うとすれば、その倍以上は構築しなければならない。また、凄まじい水圧に耐えねばならぬので、幅とて五間半（約十メートル）ほどでは足りないかもしれない。

一方、総攻めが成功すれば、一日たらずですむ。七つの持口のうち、一ヵ所を突破できれば、本丸まで辿りつけるであろう。日にちの制約がなければ、すぐにでも水攻めに着手するが、小田原落城前には陥落させねばならないので、そうもいかない。

（水攻めが一番か、それとも総攻めで落城させるが一番か）

ちらりと横を見れば、左近同様、聡明な三成も珍しく戸惑っていた。これも初めて城攻めの大将に抜擢された重圧か。今までは秀吉という類い稀なる戦国武将の背後で才能を発揮していればよかったかもしれないが、一軍の長となった以上、主を頼るばかりでもいられない。催促が来た以上、方針を決定しなければならなかった。

「人夫が集まるまでは矢玉にて威嚇を続けるしかござるまい」

左近が進言すると、思案と一致したのか三成は頷いた。

「左様、筏（いかだ）を浮かべて仕寄せてはいかがか。されば深田に嵌（はま）ることもあるまい」

三成が考えたので、左近は、あえて止めはしなかった。

「権五郎（ごんごろう）、高札を書き直せ」

三成は右筆兼、石田家の奉行・駒井（こまい）権五郎に命じた。

「一人につき、昼は扶持米のほか、永禄銭六十文。夜は扶持米一升のほか、永禄銭百文ずつ与えるものなり」

という高札に変えさせたが、三成は困難な水攻めよりも、力攻めする方を選んだ。

「まずは敵に打撃を与えることが先決」

水攻めを成功させるためにも半数の持口に攻撃を命じた。今度は沼地に筏を浮かべて攻めさせたが、俄作りのものでは水軍を擁したようにはいかず、城方の一斉射撃で潰された。

他は先日と同じで、各方面の道は狭く、寄手は一列にならねば攻められない。順番に討たれ、散開すれば深田に足を取られて矢玉の餌食となる。後は退却するだけだ。

ただ、その日の夕方、忍城の城代で戦上手の成田泰季が急に倒れた。一説には、仲の悪い弟の泰光が豊臣方に寝返り、毒を盛ったとも言われているが、定かではない。

看病の甲斐もなく翌七日、泰季は死去した。息子の長親が代わりに城代となったが、まだ三成や左近らはそのことを知るよしもなかった。

二

炎天下の中、三成と左近は本陣近くの丸墓山から忍城を眺める。周囲の湿地の水面を蓮が覆い、緑の絨毯が城を囲んでいるようであった。

「総攻めは無理。されば、上様が申すよう、もはや水攻めしかござるまい」

三成は懇願するよう、左近に同意を求めた。秀吉から催促されている以上、ある程度の危険は覚悟しなければならない。

「されど、陸地から仕寄せるのも同時に行えば、隙ができるのではござらぬか」

地形を見るほどに水攻めは無理と考えるので、あくまでも同時策を忘れない。

「されば、堤を築きつつ、総攻めしてはいかがか。見せつけるように作業をさせれば、城外に誘い出せるやもしれぬ。城外で相対致せば、あとは兵数で決まる」

「今はそれしかござるまいの」

左近も応じざるをえなかった。

三成の思案で、給付する銭高を上げ、米の量を増やすと、忍領はおろか、周辺の領民たちも作業の意欲を示した。すでに、奉行の駒井権五郎に命じて堤を築く地は調査済みであった。

あとは号令をかけるだけ。早速、三成は諸将を集めて、発案を披露した。

「これはまた、大それた策でござるの」

「かつてない長さよな。上様も目を見張ろう」

誰しもが驚駭（きょうがい）した。三成が示した堤は、利根川から荒川にかけて忍城の北東から北西にU字型を描くもの。総延長にしておよそ七里（約二十八キロ）にも及んだ。

寄手にとって有り難いことに、荒川側の鎌塚（かまづか）から石原（いしはら）村にかけて、成田家が川の氾濫防止のために堤を築いていた。これを修復すれば、水攻めの堤として使用できる。また、忍城の北から東にかけてにも、似たようなものがある。実際に築く距離はそう長くはないが、高く広くする必要があるので、大変な工事には違いない。瞠目（どうもく）するが、異議を唱える将はいなかった。それは単に三成が大将を命じられているからではない。綿密に三成が計算したものなので、それ以上の堤を設計できる者がいないからであった。

「いつまでに完成させるつもりか」

親友の大谷吉継が、皆の心配を代表するように問う。

「困難であることは重々承知しておる。されど七日と考えておる」

「七日とな！」

さすがに諸将は唖然とした。呆れ顔の者もいる。

「我らが絶対に犯してはならぬことは二つ。一つ目は城を落せぬこと。二つ目は小田原落城よりも遅れること。総攻めができぬならば、水攻めしかない。要害から放たれる矢玉に身を晒すがよいか、不眠不休で堤を築くがよいか二つに一つ。いかがか」

力攻めが有効ではないと知る諸将は水攻めを取るしかなかった。

「七日眠らずとも死にはせんじゃろう」

「堤さえ築けば、あとは心行くまで眠るわさ」

皆は口々に水攻めに納得した。

「同意には感謝致す。されど、水攻めは最後の切り札とし、堤を築くは城から敵を引っ張り出す餌。あくまでも総攻めをするための布石と考えて戴きたい」

「さすが治部殿。寡勢の敵を城から引きずり出せば、赤子の手を捻るようなものじゃな」

同じ奉行の長束正家が三成を称讃する。

「それゆえ、堤の構築は手抜きのないよう。敵が出て来ぬ時には、ただちに水攻めに移行致す。そのつもりで普請させてくだされ」

厳しい口調で伝えた後で、三成は諸将に堤を築く場所を指定した。

家臣の人数により距離は違うが、差別なく頭数で均等に割り振った。平地なので有利不利はない。これにより、競争意識が働くので作業を促進できることを期待した。

また、堤の形、大きさも決めた。幅が最低でも十間（約十八メートル）以上。高さはおよそ二間（約三・六メートル）。現在、埼玉県鴻巣市に残っている石田堤は幅十九メートル、高さ三・二メートルの半円球をしている。

この日から豊臣勢の士卒二万三千は、鎧甲冑を脱ぎ捨てた。半裸となった者たちは、弓、鑓、鉄砲を置いて鋸、鉈、斧、鎚、鋤、鍬、畚などに持ち替え人夫と化した。これに周辺の領民・三千ほどが加わり、炎天下の中、玉の汗を滴らせ、遮二無二、堤構築の作業に勤しんだ。

樹を切り倒して台地に杭を打ち、柵板をはめて周囲を土俵で固め、再び杭を打って固定する。そこに土を盛る。地固めには、童をも掻き集めて走り廻らせる工夫もさせた。

（この作業を見れば必ず出てくる。出てこずば武士ではない）

丸墓山の上に立つ左近は、希望と正論を重ね、忍城を睨めつけた。

翌九日。朝から刺すような日差しが照りつけ、肌は一刻とかからずに焦げそうである。それでも包囲勢および周辺の民たちは、堤の構築に汗を流していた。

三成と左近は丸墓山の山頂から作業の様子を眺めていた。

「未だ、敵が出てくる気配はないようでござるな」

眩しいので目を細めながら左近が話しかける。

「堤の構築は順調。とは申せ、敵も多少は気づき、探っている様子とか」

「それは重畳。知れば驚くであろう。よもや水攻めなどと考えも思いつくまい」

「いや、逆に勘づいてくれねば困ると言うもの。なにせこの地に湖を築くのでござる」

「出来上がった暁には石田湖とでも名付けるか。とは言え、諸将は水攻めに頼り切ってござる。いざ、合戦という時、戦鼓が鳴っても、果たして諸将は勇むかどうか」

「皆にも両方の攻めができるよう伝えたではござらぬか。今さら作業を止められぬ」

「治部殿、ずっと考えていたのだが、まこと湖は造れるのであろうか」

左近は改まり、疑念に満ちた目を三成に向けた。

「さすが左近殿。貴殿なれば判ると思うておった」

「備中の高松城は判らぬが、紀伊の太田城は洪水を防ぐ堤を逆手に取って水を流しこんだ。されど、この辺りは平地じゃ。しかも、北や西の方が僅かに低い」

「水は高い方には上らぬか。川を塞き止めれば、堤に沿って流れていく。されば、終いには城をも飲みこむ。懸念は無用でござろう」

「勢いがなくなれば逆に流れ出しますぞ。常に南や東に水を流し続けねばならぬ。急造の堤が暴れ川（荒川）の流れに耐えられるや否や」

「耐えられるよう考えて差配した。某の勘定を信じられませぬか」

軽い冗談のつもりで三成は言ったようだが、左近は深刻であった。

「治部殿の冴えた思案で、我が不安を打ち払ってもらいたくての」

「儂とて不安じゃ。されど采は投げられた。もう、後戻りはできぬ」

嚙み締めるように三成が言った時、作業場からの使いが訪れ、跪いた。

「申し上げます。忍城の者が人夫に紛れて探っております。捕らえて斬りまするか」

報せを聞き、二人は顔を見合わせた。獲物が餌の匂いを嗅ぎつけ、様子を窺いだした。あとは本気で喰らいつくように仕向けねばならない。

「捨ておけ。いや、決して捕らえたり、危害を加えてはならぬと普請役に申せ。その上で忍城を水底に沈める。いずれ荒川を泳ぐ雑魚の餌にしてくれると言いふらせ」

すかさず使者を作業場に送り返し、三成は再び左近に目を向ける。

「やはり、敵とて怯えておるのだ。水攻めにされると思えば、いつまでも城に籠っていられず、降伏するか、または打って出るしかない。思惑どおりでござろう」

三成は久々に笑顔を作った。

「水攻めは成功せぬと、いっそう城門を堅く閉ざすやもしれませぬぞ」

「その時はまことと全員溺れさせてくれる。利根川だけで足りぬならば、荒川も塞き止めるだけのこと。まあ、安堵なされよ。陥落も間近というもの」

初めて強気に出た三成であった。

三

六月十日。この日も朝から晴れている。まるで天に炙(あぶ)られているようであった。

忍城方は城兵を農民に変装させ、他の民とともども堤普請に向かわせていた。

作業を見終えた左近が、丸墓山近くの石田本陣に戻ってきた。

「忍城に籠りし者たち、昨日よりも堤を築く作業に多く加わってござる」

「目先の銭、米に眼が眩み、己が首を己が絞めるとは知らずに作業に来るとは、戯けた輩どもでござるの。奉行衆の様子はいかがでござるか」

「間違っても捕らえたり、斬ったりしてはならぬと念を押してござるゆえ安心なされ。

「このままの調子でいけば、予定どおり、七日ほどで完成しましょうな」

破格の報酬を払っており、完徹で作業させているせいもあり、工事の方は順調であった。とは言え、堤を築いている辺りは古墳が群集している。そこで、古墳の盛土を削り取り、中世墳墓までを破壊する手荒い方法を取っての工事である。なりふり構っていられない切迫さがあった。

「それは御苦労。ところで、先ほど小田原から使者がまいりましての」

三成は難しい表情をする。

「なにか、よからぬことがありましたか」

「どうやら、北条の重臣・松田尾張が返り忠したとのことにござる」

予てから秀吉は北条家の筆頭家老・松田尾張入道憲秀に内応を呼び掛けており、憲秀は誘いに応じた。一説には出撃策を阻止し、じり貧で籠城するよう説き、石垣山城を笠懸山に築くよう勧めたのも憲秀とさえ言われている。

六月八日、その憲秀に対して、秀吉は伊豆、相模の二国を与えるという書を送らせている。当然、北条を滅ぼしたのちに、家康を後釜に据えようとしているので、松田に対して約束を守るつもりなど、さらさらなかった。得意の謀である。

「関東者が上様の恐さを知る時は、首に刃を突き立てた時でござろうの」

「まさしく。奥州の独眼龍(どくがんりゅう)も跪いたようでござる」

「伊達政宗でござるか」

　同月九日、秀吉は笠懸山の石垣山城の普請場で政宗を引見した。蘆名氏を滅ぼして奪った会津の他、安積、岩瀬を没収の上、本領の他に二本松、塩松、田村は安堵した。これにより政宗は秀吉の麾下に属することになった。

　同月十日、八十島助左衛門が慌ただしく三成、左近の許に走り寄った。

「申し上げます。忍城内の成田泰光より、使者がまいりました」

「ほう」

「やはり、長大な堤に臆したか。泰光とは確か城代の弟でござったの」

「左様。それ以上のことは某にも判らぬ」

　左近に答えた三成は、再び助左衛門に目を向ける。

「成田の使者は、なんと申しておる？」

「はい。それが、重大なことゆえ、殿へ直々に申しあげると、申しております」

「いざという時は、嶋の左近殿がおられる。よい、これへ連れてまいれ」

　三成は笑みを作って命じると、身体を検査された者が現れた。

「某、成田近江守泰光が家臣にて浅岡政兵衛と申します」

「儂が石田治部少輔三成じゃ。して、子細を申せ」

　三成は鷹揚に相対した。

「主は関白殿下の下知を賜り、城内の者に開城を勧めておりますが、城代の肥前守がこれを拒んでおりました。されど、先の七日、肥前守は死去致しました」

「なに！　城代が死んでいたと」

驚きと憤りなどが複雑に絡み合い、三成は珍しく声を荒らげた。

「はい。主の謀によって肥前守を死に至らしめました」

「左様か。して、城の様子は？」

「肥前守死去ののち、城代は息子の長親が継ぎ、御台所や娘をはじめ、他の者たちが、これを支えておりますれば、主一人ではなんとも開城まで漕ぎ着けられませぬ」

「ふん。己一人助からんという命乞いか」

下衆め。と三成は吐き捨てる。

（されど、正しい選択であるの。これが追い詰められた者の動きよな）

一緒に聞いている左近は人間の本質に納得していた。

「されば、我らが仕寄せた際、返り忠をして下忍口の城門を開け」

「畏まりました。さればこれにて」

浅岡政兵衛は一礼すると、三成らのいる本陣から退出していった。

「左近殿は、あの者の申すこと、信じてよいと思われるか」

「罠やもしれぬゆえ、調べさせましょう」

早速、左近は細作を放って泰季死去の真実を調査させた。城に籠らなかった農民から、普請に加わった城兵に聞かせると、浅岡の言葉は事実であることが判明した。

その日の夕方、左近が三成に報告すると、逆に相談してきた。

「明日、総攻め致そうと存ずる。敵が動揺しているうちに一気に叩くがよい。こたびは各攻口より、本気で迫る。いかがでござろうか」

「手負いが多く出ますぞ」

「もとより覚悟の上。戦じゃ。仕方ない。新米の城代では城を一つに纏めることはできぬ。明日こそ必ず落してみせる」

「明日は、久々に鑓働きをする機会が訪れましたの」

　ちょうど残照が左近の顔を茜色に染めている。戦意も夕焼け同様、赤く燃えていた。


　六月十一日の卯ノ刻（午前六時頃）。石田三成の本陣は、忍城から五町（約五百五十メートル）ほど南に敷かれている。

　視線の先には、沼に守られている忍城が浮かんで見える。時おり蓮の葉がない水面に眩しい朝の日差しが当たって煌めいていた。

「各攻め口の様子はいかがか」

　眉庇の下から城を睨めつけながら、三成は家臣に問う。

「はっ、すでに配置を終え、総攻めの下知を待っております」

　奉行の駒井権五郎が答えるように、各将は包囲網を狭めた。

「そろそろ頃合でござろうか」

「左様でござるの」

問われた左近は頷いた。陽が高くなるにつれて気温が上がる。暑いと注意力が散漫（さんまん）になり、士気が低下する。とにかく早く、一気に陥落（かんらく）させるべきである。

三成は床几から立ち上がり、采を忍城に向けて振り下ろした。

「貝を吹かせよ！　今日こそ目の前の小城を叩き潰せ！」

怒号とともに攻撃を命じる法螺の野太い音が青い空に響き渡った。

各攻め口で果敢に攻撃を繰り返すが、月初めに城攻めした時同様、狭い道と深田、湿地に悩まされ、思うように攻められず、犠牲を出すばかりであった。

忍城の南にあたる下忍口には、大将の石田治部が参陣した。

先陣は鈴木重朝、二陣は北条氏勝、三陣は天徳寺宝衍、四陣は大将の三成、後陣は伊東長次。総勢七千の軍勢であった。

三成は天徳寺勢の七百と伊東勢の一千五百を城の南西に位置する大宮口に廻した。そして、先陣の鈴木勢ともども城に接近させた。

先陣の鈴木孫三郎重朝は、かつて大坂の石山本願寺に籠り、織田信長を散々に苦しめた紀州・雑賀鉄砲集団の棟梁・鈴木孫一重秀（まごいちしげひで）の弟である。

重朝率いる雑賀衆は『八咫烏（やたがらす）』の旗差物（はたさしもの）を靡（なび）かせて城に迫り、大量の鉄砲を構えて咆哮した。途端に辺りは硝煙（しょうえん）で灰色に染まる。鉄砲放ちは五、六歳の頃から修業するという雑賀衆。轟音が途絶（とだ）えることはなかった。

下忍口の備頭である本庄長英は、細い道を進む雑賀衆に鉄砲を集中させる。

道からの攻撃を避けて、深田の中に散開するが、泥に足を取られて動きが鈍くなり、そこを狙われて犠牲者が続出した。さすがに精強な鉄砲集団も沼と湿地に守られた忍城には攻めあぐねた。

鈴木勢に代わり、二陣の北条氏勝が前線に出た。常に北条家の先陣に靡かせた『地黄八幡』の旗差物が接近した。北条勢は勇猛果敢な鑓衆を揃えるが、雑賀衆ほどの鉄砲は持っていない。

本庄長英の下知で補佐役の酒巻右衛門次郎は自ら十文字鑓を握り、城門を開いて出撃した。北条勢は逆茂木と乱杙に足留めをされて、進みあぐねていた。

北条勢の後続に対して、城からは鉄砲を浴びせるので、酒巻右衛門次郎らに矢玉を放つことはできなかった。細い道の上ではほぼ同数の敵味方が干戈を交えた。

酒巻右衛門次郎は重臣・靫負亮長安の弟。鑓の腕にかけては成田家でも指折りの剛勇である。北条勢が繰り出す鑓を跳ねあげて貫き抉り、叩き落としては刺すと、次々に仕留めていった。

犠牲を多数出すものの、北条氏勝は主家を裏切っているので、簡単には後退できない。手負いを顧みずに兵を送りこみ、遂に逆茂木と乱杙を破壊した。

氏勝の玉縄北条家は殆どの戦で先陣を任された精鋭揃い。成田家が力を発揮できるのも、城に籠っていればこそ。城外で踏み止まられては、勝負にならなかった。

だが、矢沢基直らの後詰が、大手門を出て東に廻り、町屋の間から北条勢の横腹を突いた。基直は馬上鑓を持って北条勢の列に乱入すると、悪鬼羅刹のごとく暴れ廻り、屍の山を築き、深田は朱に染まった。これに軍勢を立て直し、酒巻らが反撃した。挟撃をされては、精強な玉縄衆もどうにもならず、陣は崩れて退いていった。

「ええい、どいつも、こいつも役立たずどもめ」

本陣の三成は前線の戦ぶりを眺め、吐き捨てた。

「いよいよ、某の出番でござるの」

告げると、黒毛の駿馬に跨がり、左近は城に向かった。五十二間筋の兜を冠り、溜塗桶皮胴の鎧に木綿浅黄の羽織を着用した左近は戦鼓が鳴り続く中、馬足を進める。すると、白地に黒で『鎮宅霊符神・鬼子母善神十羅刹女・八幡大菩薩』と記された旗指物も続く。

嶋勢二百と難波田斎宮の五百が一手。二手は河瀬織部の五百。残りの一千を三成が率いた。

左近が接近すると、城方もなにかを感じたのであろう。態勢を整えた。

先手に酒巻右衛門次郎。二手に関大膳。三手に矢沢基直。各々百ずつ。

歴戦の左近は、本庄長英らが手ぐすね引いて待っていることは察しがつく。

(されど、ここで気概を見せねば同陣する諸将も鼓舞せぬ。それに遠間から鉄砲を撃ちかけるだけでは、成田勢は城外に出てこぬ)

城兵を引きずり出すためにも先の鈴木、北条勢以上の力攻めが必要であった。

「かかれ！」

逆茂木、乱杭がなくなったので遮るものはない。鉄砲を撃たせ、兵を突撃させた。

「うおおーっ！」

餓えた野獣のような雄叫びと馬蹄が鋒矢となって忍城に突進する。城のすぐ側に達すれば、そこは開けているので野戦が可能である。乱戦になれば、城兵も鉄砲は使用できない。そのため、もの凄い速度での進軍であった。

「敵は上方の弱兵。大将首は間近ぞ。返り討ちに致せ！」

石田本陣からの先手を敗走させれば、次はそう簡単に攻撃してこれない。そのため、本庄長英も城内から弓・鉄砲を放つだけではならず、本腰を入れて打ち払わねばならない。嶋勢に応答するように城門を開き、兵を繰り出した。

（願ってもない）

城真際の開けた地に達し、左近は出陣してきた城兵と剣戟を響かせた。

「天下兵の力、関東の田舎者に見せつけよ」

騎乗する左近は怒号し、長刀を引き抜き、繰り出される鑓を弾き、敵を斬り倒した。

白兵戦なので飛び道具は使えない。双方、渾身の勇力を絞っての肉弾戦であった。

互いの穂先がかち合って高い金属音とともに火花が飛ぶ。兜や甲冑がぶつかり合い、衝撃音が辺りに響く。鋭利な鉾先が皮膚を斬り、肉を削ぐ。骨を断ち、内臓を抉り、頸を切断する。酸鼻を極めた光景であるが、野戦では兵数の大小で優劣が決まる。寄手が押す。

　これを見た本庄長英は、すぐさま新手を投入した。別府（べっぷ）三郎左衛門（さぶろうざえもん）顕清（あききよ）、日根飛騨守（ひねひだのかみ）、本庄長英自身が嫡子の陽之助（ようのすけ）、青木兵庫（あおきひょうご）、小沼但馬助（おぬまたじまのすけ）らを率いて寄手に当たった。

　新たに加わった三隊は側面から攻撃を仕掛け、寄手の侵攻を止めた。

「敵は寡勢じゃ。今の者らを討てば終いぞ」

　左近は馬上、下知を飛ばし、群がる敵を斬りまくる。ところが、城内から攻城勢の中ほどに矢玉を降らせると、軍勢は分断される形となった。元来、やってはならぬ戦い方であるが、寡勢の城方に理論や常識に囚われている余裕などなかった。

「今ぞ押し返せ！」

　本庄長英が吠えると、配下は従い遮二無二敵を押しだした。

　そこへ、背後から退き貝が吹かれた。

「なんと、今少しのところで」

　左近は地団駄踏んで悔しがるが、大将の命令を無視できない。

「退け」

　残念で仕方ないが、配下に命令を下した。

　この時、城方の一勢に三成本陣のすぐ近くまで攻め込まれたので、三成は退却命令を出したとも言われている。

　城方の負傷者も多く、兵も疲労困憊（ひろうこんぱい）しているので激しい追い討ちはない。ただ、背後で勝鬨を聞き、憤恚を深めるばかりであった。

四

「なにゆえ、かような小城を攻略できぬ。城代は今出者（新人）だというに」

石田三成は渡柳にある本陣近くの丸墓山に登り、忍城を眺めて愚痴をこぼす。

いくら天険の要害とはいえ、城に籠る兵は僅か三千数百。対して寄手は二万三千。六倍以上の兵力差がある。おまけに敵兵を城外に引きずり出し、野戦で勝負したにも拘らず、敗走させられた。さすがに失意に暮れたようである。

「大将が後悔しても始まらぬ。余裕がないと、皆が不安を抱きましょうぞ」

攻めきれなかった左近も不満だらけであるが、寄騎として三成を励ました。

「多勢が優位な野戦でも勝てなかった。儂の采配が悪かったのでござるか」

「なにを弱気な。勝負は時の運。それよりも堤を早急に完成させるが肝心でござる」

「左様であったの。されど、堤を築いたとて、この地は水攻めに適した地ではない」

珍しく三成は落ち込んでいる。

「采は投げられた。治部殿自身が、左様に申したのだ。もう、後戻りはできぬ」

「当初、左近殿は水攻めに反対であったはず」

「総攻めは成功しなかった。されば、次の手を選ぶ。それゆえ水攻めがよい」

陣中なので前向きに考えるしかない。

「左近殿が同じ陣にいてよかった」

「仕寄せきれなかったゆえ、詫びの言葉もござらぬが、そう申されると気が晴れます」

二人の顔に笑みが戻った。

その後、成田泰光の使いが現れ、兵を引き入れられなかったことを詫びた。さして期待していた訳ではないが、敵城内に水攻めをすることを触れるよう命じて帰城させた。三成も左近も、本気で水攻めに頼りだした。

六月十三日の丸墓山の陣に秀吉の使者が訪れ、三成に書を渡した。

「忍城のことは徹底して成敗するように堅く申しつけたが、たっての願いと、色々命乞いをしてくる者もいると聞く。城内には一万ばかりの者がいるらしいが、水攻めにする際には、これらの者をいかにするか、思案せねばならぬ。しかれば、隣郷も荒れ地となるゆえ、これらを助け、城内、小田原に籠る者ども、足弱（女、子供、老人）以下は城の端に片づけ、いずれも城を受け取るがよかろう。岩付城同様に鹿垣（ししがき）（敵の侵入を阻止するもの。逆茂木）を結び廻して入れ置き、小田原のことが決まる間は扶持方を申し付ける。

その方を疑ってないので、別の奉行を遣わすことはない。本城の受け取りのこと、しかと申し付ける。城内家財ともども、散らさぬよう、政道以下堅く申し付ける。

　六月十二日　（秀吉朱印）

　　石田治部少輔（三成）殿」

書を読み終え、三成は安堵したようである。任を解かれることはなかった。但し、水攻めにして城を攻略し、そのあとの受け取り方までも指示してきている。もう、他の策を用いることはできなかった。これで、決心がついたのは事実であった。

三成は、鉢形城を囲んでいる浅野長吉、木村重茲に返書を宛てた。

「昨日、河瀬吉左衛門尉を遣わしたところ、懇ろなる返事ならびに口上を仰せられたこと承知致しました。忍城のことは大方準備は整いましたので、先手の者を引き取りたいとの仰せ。そのように申し付けましたが、諸将、水攻めの用意にて、城に押し寄せることも罷りならぬ有り様です。城内に御手筋の半数の兵を出せば、攻略する時期がさらに遅れます。ただ、忍城側が人数の半分を質に出すと詫び言を申してきたならば、受けようか迷っております。今は押し詰めようか返事を待っているところです。なお、細かいことは含ませていますので、口上にて申しあげさせます。恐々謹言。

　六月十三日　　　　石田少　三成（花押）

浅弾（浅野弾正少弼長吉）様

木常（木村常陸介重茲）様　御陣所」

鉢形城攻めをしている浅野長吉、木村重茲から書があり、三成は多少の見栄を張って陥落は近しと答えた。戦国の武将ならば殆どの者が同じ解答をするはずだ。

すると鉢形城を攻めあぐねた浅野長吉らは、三成宛てに援軍の要請をした。と言うのも、同じ陣に本多忠勝、平岩親吉、鳥居元忠ら徳川家の兵が新たに加わり、しかも家康から最新鋭の大筒を借り受けて来たのだ。

他家の者に戦功を奪われぬために浅野長吉らは、背に腹は替えられぬというところで、三成に頼みこんだというわけである。まさか、懇願されるとは思わず、三成は同陣する諸将が緩慢だと他人のせいにし、言い繕った書が右のもの。

通例では三成が秀吉の真似をして水攻めしたように言われているが、右の二通で、秀吉の命令で水攻めを行わざるをえなかったことが判る。また、堤を構築するのが困難であることも。

「とにかく、一刻も早く堤を築くのだ。もはや後がないと思え！」

書を読んだあとの三成は、総攻めに費やした日の遅れを取り戻さんと、陣頭に立って堤工事を指揮した。左近もこれを補佐した。

六月十四日。前田利家ら五万にもおよぶ北国勢が囲んでいた武蔵の鉢形城が降伏した。剃髪した城主の藤田氏邦は、利家らの先導役を命じられた。これで北条兄弟の一角が崩れたことになる。

北条家の支配地で、未だ豊臣勢に下っていないのは、伊豆の韮山城、武蔵の忍城と八王子城、相模の津久井城と小田原城だけになった。

残る五城のうちの一つが忍城。寄手ものんびりとしてはいられない。それでも、城側の妨害工作がなかったせいもあり、昼夜を問わぬ作業のかいもあり、堤の構築は順調に進み、この日の午刻頃、ようやく大体のところが完成した。

蜿蜒(えんえん)続く堤の距離はおよそ七里（約二十八キロ）。一日、総攻めで潰したので、実質は六日で造りあげた。古墳や堤防、丘などを繋ぎ合わせたので早く築くことができた。

三成は丸墓山から仕上がったばかりの堤に目をやった。

「明(みん)の国にある万里(ばんり)の長城(ちょうじょう)とは、かようなものかの」

利根川から荒川にかけて、忍城の北東から北西にU字型を描く巨大な堤は壮観な眺めである。

「これだけを見れば、上様の堤を上廻ったことになるかもしれませぬの」

突貫工事を差配した左近も満足の体で口を開く。

「これだけとは心許ない。儂らが苦労して築いたのではござらぬか」

「とは申せ、まだ、完全ではござらぬな」

「完全にせずとも、そうそう水はいっぱいにはならぬ。また、水は低い地から満ちているもの。残りはのちの普請で十分に間に合う」

自信ありげに三成は言う。

「それゆえ、水が満ちるまでは、ちと気がかりでござるの」

「己を信じよとは、左近殿の言葉。眼下に湖が出来上がれば、自信が漲るはずだ。どれ、儂が貴殿の不安をかき消してみよう」

言うや三成は采を高々と上げ、ゆっくりと振り下ろした。途端に総攻めに使われる法螺貝が鳴り響いた。川の堰を切る合図だ。既に二万三千の兵は、堤の外に移動して、今や遅しと、三成の指示を待っているところであった。

「おおーっ！」

周辺に唸る法螺の音を聞き、包囲する士卒は響動めいた。これで寄手は血を見ずに敵城を攻略できると、上下を問わず喜んだ。

豊臣勢を始め、普請に参加した周辺の領民たち、また忍城に籠る者ら、様々な思惑が交錯する中、忍城の北西、利根川の江原と間々田の間から水を引き入れた。

台風や集中豪雨があった時のような勢いこそはないものの、川から水が流れこんだ。田の水位を上げ、畑を湿らせ、茂みの中を縫う。支流の水嵩を増し、通りを濡らし、畦を埋める。川の水はじわりじわりと浸透するように忍の地に広がっていった。

その光景を三成と左近は見ている。北の方からきらきらと陽に反射した水の手が近寄ってくる。思いのほか緩慢で、表情は不満顔であった。

「上様よりも広い地を水に浸すのでござる。すぐにはいかぬ」

すかさず左近は慰めた。計画では、およそ一億五千万平方メートルもの土地を浸水させねばならない。言葉のとおり簡単にはいかない。

「まずは皆を集め、落成を労い、盃を傾けるが大将の勤めでござろう」

「左様でござるの」

気のない返事を口にする三成であるが、諸将を丸墓山に呼び、酒を振る舞い、労いながら、眼下が水に覆われていく様を眺めていた。


翌六月十五日の早暁。左近は三成ともども丸墓山に登った。

まだ、辺りは紫がかっており、夜は明けていない。空には満月よりも一日若い月が出ており、青い光を放ち、堤の中の水面を輝かせている。

「おおっ、遂に、ここまで水はやってきたか」

思わず歓喜の声をあげ、三成は改めて目をやる。すると、辺り一面、水に浸っていた。これで漸く気掛かりが消えた。

ほどなく辺りは白み、やがて朝日が差し込めてきた。いつにない眩しさであった。だが、明るいぶんだけ、景色を明確に映し出す。大雨があった後のごとく、確かに水は満ちているが、およそ二、三寸程度でしかない。陽が二人を落胆させた。

「かようなはずはない。至急、利根川の引き込み口を探ってまいれ」

三成は駒井権五郎に命じて配下を駆けさせた。

四半刻（約三十分）ほどして権五郎の家臣は戻った。

「利根川は穏(おだ)やかにて、川から流れる水は僅かにございます」

「左様か……」

三成は溜息を絞り出した。少し見込みが甘かった。堤の中をいっぱいにするには、大きな利根川を塞き止めて、総ての水を流し込まねばならない。これは堤を築くよりも困難なことだ。

「そう気落ちせずとも、じき雨も降りましょう」

左近は慰める。だが、傷を舐められて頷いていられる三成ではない。

「利根川が駄目ならば、荒川から水を引き込もう」

三成は自ら陣頭に立って荒川を川沿いに馬足を進めた。探す中、熊谷(くまがや)の上流で川を塞き止められそうなところを発見した。

「よい、ここで水を止めて堤の中に引き入れる」

三成は傍観(ぼうかん)する諸将に下知を出し、配下を総動員した。さらに、自身の指揮の下で普請させる。

「よいか、荒川の水は総て堤の中に引きこむのじゃ！」

声を嗄らして叱咤する。これが成功しなければただの笑い物となるので必死だ。そのかいあってか、昼すぎには用意が整った。

「よし、落せ！」

号令とともに堰は落された。

途端に物凄い勢いで荒川の水は堤に向かって流れだした。

「おう、さすがに暴れ川よな」

怒濤の勢いで堰堤を落下する水は濁流と化し、巌を噛み、渦を巻き、土砂を抱いて狂奔する。まさに荒川だ。畑を潰し、田を飲みこみ、細い木々を薙ぎ倒していく。昨日とは雲泥の差であった。刻が経つたびに水は水を呼んでより強力になる。倒木を流し、民家を組み伏し、家畜を沈める。遠慮など皆無の津波であった。

荒川の流れが堤に向かうに従い、下流に這う水が減る。

「荒川の水は一滴たりとも下流には流さぬ。堤を築け」

すぐさま川を横断するように堤防が築かれ、忍城に向かう水は増した。

「こたびこそは成功でござるの」

堤の上から肩を並べ、左近は三成に告げた。

「こたびこそは」

三成は眼下を見ながら何度も大丈夫と自分に言いきかせていた。

五

翌六月十六日。一日にして湖ができあがり、忍城内は騒然としていた。

「なんて、ひでえことしやがる」

「おらの田んぼが水に埋まってやがる」

城に籠った農民たちは、城外を眺めながら怒りと悔しさで今にも泣き出しそうである。荒川の水は一滴残らず堤の中に流れこみ、人工の湖を造った。その中心にぽつんと忍城が起立している。

城内はといえば、濠や池から水が溢れ、膝ほどまで水位が上がっていた。敷地の中に小屋がけしている民たちは、高台の二ノ丸や本丸の庭に避難している。

周囲の田では、青々と育った稲は総て水の中。おそらくこの秋の刈り入れは見込めないであろう。これは農民たちだけでなく、成田家にとっても重大事であった。

忍城内ではあれこれ評議をし、筏を浮かべ、上に二、三人ずつ乗り、歌を唄い、鼓（つづみ）を打ち、貝を吹いて真夏の湖上遊びを楽しんで余裕を見せていた。

これを見た寄手は憎らしいと鉄砲を撃ちかける。だが、堤の上から放つ鉄砲は遠すぎて届くものではない。虚しい銃撃音をあちらこちらでさせていた。

「申し上げます。堤の上からでは敵の筏まで届きませぬ」

丸墓山にいる本陣に鉄砲組頭が来て告げる。

「見れば判る。無駄なことを致すな！」

三成は吐き捨てるように叱責した。

「こちらも筏を浮かべて仕寄せてはいかがにございましょう」

　奉行の駒井権五郎が進言するが、三成は賛成しない。

「さすれば敵は引き上げて矢玉を放つだけだ。同じ失態を繰り返すでない。よいか、敵は一見、呑気を装(よそお)っておるが、単なる強がりじゃ。城内は逼迫(ひっぱく)しておるゆえ、余裕のあるところを見せて、水攻めは無益と思わせようとしているだけの稚拙(ちせつ)な策じゃ。元来はおののいておる」

「畏れながら、地元の者に聞きますれば、忍城は浮き城にて水に沈まぬと申しております」

「戯けめ。されば、あれなる城全てが筏の上にでも乗っていると申すのか。天文、地理の観点から思案してもありえぬわ」

　家臣の意見を一笑にした三成は、再び口を開いた。

「よもや、この泥水を飲めまい。また、兵糧も水の中。さらに水中で眠ることもできず、一両日中には降伏を申し出るは必定。敵に惑わされず、警戒を怠るな」

　全兵に触れを出させた。

「あと一息の辛抱でござる。じき野分（台風）の季節。我慢比べでござる」

　焦りの見える三成に左近は柔らかく伝えると、こわばる三成は頷いた。

　この状況で雨乞いの加持祈禱(かじきとう)などをさせては、内外に弱味を見せることになるのでそれもできない。また、どれほどの効果があるのか、知れたものではない。本意は口に出さず、ただ、雨を願い、降伏の使者が来ることを待つばかりであった。

包囲勢の願い虚しく、二日経っても雨は降らず、六月十七日はこの夏最高の暑さであった。一刻も素肌を晒していれば日焼けしてしまいそうである。

三成らの希望的観測で城内の兵糧が尽きると口にしたが、すでに高床の蔵に運びこんでいたので、水に浸ることもなく、日に二度、籠城する者の口には万遍なく行き渡っていた。また、井戸の周囲は石垣で守っているので泥水が中に入りこむことはない。周辺は湖と化しているので、地下からの水が涸れることはなかった。

ほどなく申ノ下刻（午後五時頃）より厚い雨雲がたちこめ、夜かと思うほど真っ暗闇になった。颪も強く、湿気も高まり、雷鳴も轟きだした。誰がどう考えても一雨きそうな雰囲気である。思惑は違うものの、籠城側、寄手側、ともに夕立ちの到来を喜んだ。

やがて一粒、二粒と滴が落ちてきた途端、地を叩くような大粒の雨が降り出した。一間先の顔すら判らぬ状況は、まるで滝の中に入ったようである。秘密工作にはうってつけであった。

城方の本庄長英配下の脇本利助、坂本兵衛ら十数人は、各々得意の得物を持ち、湖と化す水の中に身を沈めると、雨風にまぎれて忍城を出ていった。

時折り浮かんでは息継ぎをし、再びまた潜る。まるで獺のような者たちであった。いっそう強くなった雨がその姿を隠していた。

脇本利助と、坂本兵衛は途中で二手に別れた。脇本らが、三成本陣近くの渡柳。坂本らは十二町ほど南の下忍。寄手に勘づかれず堤に到着した。

様子を探りつつ、脇本、坂本らはともに内側から鋤や鍬で縦に削っていく。両方とも既存の堤と新たに構築した継ぎ目にあたり、土固めがあまりなされていないので、苦もなく土を掘ることができた。ほうっておいても、いずれ決壊（けっかい）しそうだ。

掘り返していくと、工事を焦ったことが窺えた。柵の打ち込み、板の渡しなどがいい加減ですぐに外れる。あるいは、忍領の領民や城内から普請に参加した者たちが、いい意味で手抜きをしたのかもしれない。これにより作業は捗（はかど）った。三刻もしないうちに目的を達した脇本らは、頃合いよしと道具を捨てて城に戻った。

雨は三成の希望どおり降り続き、水位は刻を追うごとに増した。明日こそは、降伏であろう。丸墓山で増水を喜んでいる時、衝撃の言葉を聞かされた。

「大変です。堤が崩れかけております」

報告を受けた刹那、応える前にもの凄い轟音が耳朶（じだ）に響いた。

グオオーッ！

「殿、堤が決壊、水が押し寄せてまいります」

家臣の声が聞こえるや、津波と化した水が三成本陣を襲う。堤の中の水は弱い場所を見つけると、激流となる。あたかも弱き者は三成だとばかり、猛然と唸り、攻めこんできた。

「退かせよ！」

暗雨の中、怒号するが既に遅い。石田本陣は懸河に突き落とされたようになり、まるで龍にでも喰われたように石田勢は瓦解した。流される者、溺れる者など様々で戦以上の打撃であった。

「なにゆえ……」

雨の中、三成は呆然と立ち尽くしていた。今、目の前でおきていることは夢としか映らなかった。『三河後風土記』によれば「死する者二百七十余人」。『成田記』には三成自身も奔流に飲みこまれ、「九死に一生を得た」とある。ほどなく雨は止んだが、荒川を塞き止めていた堤も流され、崩れた万里の長城のような堤が虚しく闇の中に薄っすらと浮かぶだけであった。

翌朝は雲一つない晴天。水を溜めていたところは泥濘となり、とても人馬が足を踏み入れられる場所ではなかった。

「自然に逆らったゆえ、天の罰が当たったのじゃ」

領民たちは口々に言い合った。

六

六月二十一日、秀吉からの書状が三成の許に届けられた。

「その方から送られた絵図を見た。水攻めの普請は油断なく行うことを申し付ける。浅野弾正（長吉）、真田（昌幸）をさし遣わすので、両人とよくよく相談致すこと。水攻めの普請ができたならば、使者をよこして秀吉の承認を受けること。正しい判断ができるよう、おのおの入念にくわしく調べて、申し聞かせるようにすること。

六月二十日　（秀吉朱印）

石田治部少輔とのへ」

秀吉はあくまでも水攻めに固執していた。

正直、三成は失望した。おまけに鉢形城を落した浅野、真田が合流するという。大将としての資質を疑われたわけである。

「かくなる上は、利根川を潰し、水を総て引き込まねばならぬの」

左近にも意地がある。三成の尻を叩く。

「左様、今までの普請どおりではいかぬ。強固なものを築かねばならぬ。左様、これは、防塁じゃ。矢玉も水も通さぬ土塁を築かねばならぬ」

後がなくなった三成は、愚痴を言い、落ち込んでいる暇などない。とにかく、浅野、真田らが到着する前に完成させねばならない。手抜き工事をされてはかなわぬと、人夫の呼び掛けはせず、陣頭指揮を取りながら、寄手だけで作業に当たった。

同月二十三日、前田利家、上杉景勝ら北国勢に攻められて、武蔵の八王子城が落城した。城主の氏照は小田原城にあって、居城にはいなかった。城主のいない城は脆い。まだ、普請の途中だったこともあり、城は僅か一日で陥落した。

同月二十四日、包囲勢が攻めあぐねていた伊豆の韮山城であるが、旧知である家康の説得で、城将の氏規は小田原の徳川の陣に使者を送り、開城する旨を伝えた。

これを受け、秀吉は黒田孝高と滝川雄利を小田原城に遣わし、城の北東を守る太田氏房に、和睦に近い開城を勧めた。すぐさま氏房は兄の氏直にこれを伝えた。元来、戦に反対であった氏直は、和睦に応じる気配を見せたが、父の氏政は断固これを拒んだ。

同月二十五日、徳川家の家臣・本多忠勝、平岩親吉らにより、相模の津久井城が陥落した。これにより、落ちていない城は、小田原城と忍城の二城になった。

関東攻めも大詰め。一気に畳みこもうと、秀吉は浅野長吉、木村重茲、赤座吉家、水谷蟠龍斎（正村）ら加勢を遣わした。これにより、包囲勢は二万七千になった。

「確かにこれでは、簡単に仕寄せることはできぬの。見ると聞くでは大違い。絵図では伝えきらぬものよな」

丸墓山に到着した浅野長吉は、忍城を眺めて三成に言う。

浅野長吉は秀吉の正室・北政所の妹婿にあたる。同じ奉行的役回りが多いので、三成は競争意識を持っている。長吉の派遣は、三成らには歓迎されざる援軍であった。

「戦下手とお笑いであろう」

「確かに、この地を見るまでは左様に思っていたが、どうも、上様の策に無理があるようじゃ」

長吉は公然と秀吉を非難した。これも縁続きの甘えか。戦陣では無思慮であった。

「浅野殿、我らは命じられたことに全力を尽くすだけにござる」

左近には愚痴の一つもこぼすが、浅野長吉には弱味を見せぬ三成であった。

「左様だの」

気をつかってやったのに、なんという言いぐさか。長吉の目が睨んでいた。

「陣は思うままに布いて構わぬかな」

気を悪くしたのか、長吉は不快そうな顔で聞く。

「ご随意に。但し、城の西にあたる持田口は空けるように」

「窮鼠、猫を嚙まぬためか。敵を追い詰めているとは思えぬがの」

捨て台詞を残し、長吉らは丸墓山を後にした。

六月二十六日、遂に石垣山城が完成し、秀吉は早雲寺から移動して、挨拶がわりの一斉攻撃を小田原城に行ったのちに、間にある樹木を切り倒した。

突如、現れた城に小田原勢は度胆を抜かれた。おまけに夥しい火器の集中砲火で夜中まで硝煙が消えなかった。それでも落城には至らない。ただ、城兵の動揺がより大きくなった。

この報せは、陽が落ちてから忍城の陣にも齎された。

(いよいよ石垣山城が完成したか。それに比べて……)

己だけが蚊帳の外にいるようで、左近は焦燥感にかられた。と言うのも堤の修築は、前回の失態を反省して念入りに補強しているので、あと半月ほどはかかりそうである。その間に、小田原城は落ちてしまうのではないかという心配が募った。

多分、三成も同じ心境に違いない。顔を困惑させていたが、すぐに顔を上げた。

「連日の日照りで、かなり土は乾いている。小田原が落ちれば同時に忍城も開城となる。さすれば我らは無能の烙印を押されるのみ。やはり、堤の普請をしつつ、総攻め致すしかない。今の我らは、綺麗事は言っていられぬ。いかがか」

同意を求めるというよりも、懇願口調の三成であった。

「やるしかござらぬの」

無理だと判りつつも、左近は同意した。それだけ逼迫していたのだ。

三成は諸将に総攻めの触れを出したが、結果は何度試みても、天険の要害に阻まれて、敗走させられるばかりであった。

六月二十九日、秀吉は忍城の総攻めに失敗したことを聞かされると、北国勢の副将・上杉景勝に忍城攻めに加わることを命じた。だが、すぐに下知は訂正され、真田昌幸が派遣された。

黒地に白の『六連銭』の旗差物が夏空に靡き、忍城に向かう。六文銭は三途(さんず)の川の渡し賃と言われている。いついかなる時も死を厭(いと)わないという意味である。秀吉と画策して北条攻めの切っ掛けを作った真田昌幸。忍城は新たな展開を迎えようとしていた。

六月三十日。真田安房守(あわのかみ)昌幸が三千の兵を率いて忍城攻めに合流した。これで寄手は三万に達する。石田三成にとっては、さらなる好ましからざる援軍であった。

武田信玄をして「我が両眼のごとき者」と称讃させ、豊臣秀吉には「表裏比興(ひょうりひきょう)」と言わしめ、のちに徳川家康が恐れた真田昌幸。調略に富み、上野では国人、豪族を寝返らせ、天正十三年（一五八五）、上田合戦では二倍近い徳川勢を敗走させている。

七月朔日、四日と真田勢を加えた軍勢で再び総攻めをしたが、相変わらず、結果は同じで寄手は敗走させられた。

すると同じ日、浅野長吉の許へ秀吉からの書が届けられた。

「一昨日（朔日）、皿尾口を乗り破り、首三十余を討ち取ったとのこと。また、絵図も見せてもらった。堤が破れたようだが、尤もなことかもしれぬ。普請のせいであろうが、とにかく忍城は水攻めにする。このことしかと申し付けるものなり。

七月三日　（秀吉朱印）

浅野弾正少弼（長吉）とのへ」

無謀であろうとも、秀吉は水攻めを諦めていなかった。

七月五日、雨の中、北条家五代目の氏直は、父・氏政の許可を得ず、弟の太田氏房のほか数人の近習を連れて密かに城を抜け出し、舅である家康の陣を訪ねた。氏直は、自分が腹を斬るので父をはじめ城兵全てを助けてほしい、と懇願した。事実上の降伏である。

これを聞いた家康は、秀吉に疑われるのを恐れ、氏直を厄介払いするように、井伊直政をつけて滝川雄利の陣に向かわせた。

滝川雄利、黒田孝高はすぐに石垣山城の秀吉に報告をした。

秀吉は猿顔を真っ赤にして喜び、小田原城受け取りの手筈を整えさせた。

一方、寝耳に水であった父の氏政とその弟の氏照は驚愕し、城内で徹底交戦か降伏かの小田原評定を行った。どう強硬論を唱えても氏直が秀吉の手にあるので、これを切り捨てることができず、仕方なしに秀吉の要求を受け入れ、無条件降伏をすることとなった。

同月六日、片桐且元、脇坂安治、榊原康政らが小田原城を受け取った。

同日、秀吉は、氏政、氏照、松田憲秀、大道寺政繁らを切腹させ、籠城した者は助命すること。また、即、本丸に兵を入れること。その方たちは早々に忍城に行き堤の工事を手伝うように。自分は十四、五日には岩付城に行き、その後、忍城を見物に行く。普請のこと油断するなと前田利家、上杉景勝に書で伝えた。

小田原城の落城が決まっても、秀吉はまだ水攻めをする気でいた。

このことは丸墓山の三成にも早馬で伝わった。

「……」

報告を聞いた左近は消沈し、言葉が出なかった。三成も同じである。

（遂に小田原城が落ちたか。忍城よりも先に……。儂は寄騎の役を果たせなんだ）

悔しさと情けなさ、城兵の奮闘ぶりへの怒りなどが螺旋を描いて蟠った。

（今より、水攻めを致す必要があろうか。いや、せめて城兵全て溺れさせるしかあるまい）

虚無感にかられる左近であるが、残された最後の使命だと認識した。まだ、堤の修築は終わっておらず、急がせるしかなかった。

当然、包囲されている忍城の者たちは小田原落城を知らなかった。

同月七日、小田原城に籠っていた兵は解放され、続々と城を出た。

城内で虜同然になっていた成田氏長も解放されたが、他の者たちとは少々状況が異なっていた。小田原城が落ちたのに、未だ己の居城である忍城は籠城を続けたまま。

これでは撫で切りは必至。氏長は秀吉の前に跪き、城兵の命乞いをした。

あくまでも水攻めにこだわる秀吉ながら、既に小田原城は落ちている。小城を落すのに日にちをかけていては、奥州征伐に支障をきたす恐れがある。そう判断して使者を向けることを許した。そのかわり、小田原城に籠った者は人質として残された。

使者は松岡石見ただ一人。これに神谷備後守が上使としてつけられた。二人は早馬を飛ばし、その日のうちに忍城に到着した。

使者は忍城に拒まれたが、再び秀吉の親戚の木下吉隆、北条家の家臣の遠山直定、松岡石見は即座に忍城に向かい、城内に入るや荷物は各人に任せることを秀吉が約束したことを伝えた。これで、漸く諸士は納得した。

開城は十一日と決まった。僅か三日間で引き渡しの用意をせねばならず、城内は荷物を纏める者、掃除をする者が忙しく働いていた。

ついに運命の十一日——。

この日、小田原城下の薬師・田村安栖軒の家にて北条氏政と氏照は切腹した。松田憲秀と大道寺政繁は切腹ではなく斬首された。五代目の氏直は高野山に追放されることになった。

明応四年（一四九五）、北条家の祖・伊勢新九郎が大森氏から小田原城を奪ってからおよそ九十五年。戦国大名としての北条五代はついに滅亡した。

くしくも、忍城が開城する日、堤の修築が完成した。

（こたびこそは成功したかもしれぬのに……）

丸墓山から城を出て行く一行を眺めながら、左近は独りごちる。おそらく、同じ心境に違いないと、隣(となり)に佇む三成を見た。

「これは、全て儂の失態。上様の下知は的確であった。全て儂が仕損じたのだ。日輪の子は間違った判断をせぬ。儂が戦下手なのだ。左様に心得てもらいたい」

三成は汚名を一身に背負うことを決意し、己に言い聞かせていた。

戦下手の烙印を押される三成であるが、この城攻めがいかに困難であったということは、同陣した諸将が知っている。三成が戦下手でなかった証拠はのちに証明される。

関東を制した豊臣軍は奥州に向かい、秀吉が帰洛したのは九月一日のこと。

徳川家康は東海から関東六ヵ国に移封となり、また、その東海に移封を命じられたことを拒んだ織田信雄は改易となり、佐竹義宣に預けられた。

伊達政宗は侵略した会津を取り上げられ、蒲生氏郷が四十二万石を与えられて移封となった。

十月に奥州で一揆が起こり、三成は浅野長吉と共に鎮定(ちんてい)奉行として派遣された。関東攻めで三成の寄騎としてつけられた左近は、その後も三成と行動を共にしている。

一揆は徳川、佐竹、相馬(そうま)、岩城(いわき)氏などが鎮静した。これにより、秀吉の天下統一は完成した。

第五章　栄光と陰鬱

一

天正十九年（一五九一）一月二日、奥州の大崎・葛西の一揆が鎮圧され、三成と左近は陸奥の相馬から帰京の途に就いた。

一行は帰国道で常陸（ひたち）の舞鶴（まいづる）城に寄り、前当主である義重の饗応を受けた。義重は前年の九月に上洛し、秀吉に謁見したことで、息子の義宣が常陸の一国支配を任されている。これにより義重は十二月に水戸城を奪い、さらに、領内の敵対勢力を討伐する許しを内々に受けていた。

これを斡旋したのは三成である。関東に移封となった徳川家康の横腹を押さえる佐竹家には、かなりの力を保持してもらわねばならないからであった。

一月の中旬には上方に到着した。三成の寄騎となった左近は一旦、大和の平群谷に戻り、戦塵を落して、のんびりしていた時であった。

一月二十二日、早馬が西宮城に駆け込むと、下河原平太夫が慌ただしく跪いた。

「申し上げます。郡山城の大納言様がご他界なされました」

「真実か⁉」

前々から容態が思わしくないと聞いていたので、それほどの驚きはなかった。

「果たして、あの跡継ぎ（秀保）で和泉・大和・紀伊の三国が治められようか」

左近の心配はそちらの方であった。

秀長が死去した時、金子が五万六千枚、銀子は二間四方の部屋に棟まで積み上げられていたと『多聞院日記』には記されている。倹約していたともとれるし、重税を絞ったともとれるが、兄・秀吉のように、無駄に銭を遣わなかったのは確かであった。

一月二十九日、大徳寺の古渓宗陳を導師とし、葬儀は郡山城で行われた。畿内にいる大方の諸将は参列し、城は多数の人で溢れた。沈鬱な雰囲気の中、秀吉の落ち込みようは尋常ではない。縁者が少ないのみならず、政権を支えてきた右腕である。日本国としても大きな痛手であった。

（儂を評価してくれたが、子守に据えられたお方か）

左近にとって、秀長はそれほど恩ある武将ではないので、順慶の時のような悲しみはなかった。但し、同じ年齢なので感慨深いものがあった。

前年、三成の寄騎とされた左近は、年が改まってもその立場は変わっていない。葬儀の晩、半月ぶりで三成と会い、郡山城下の嶋屋敷で酒を注ぎ合った。

「ようやく、日本が一つとなった矢先、大納言様もさぞ、無念でござろう」

左近が情をこめて言うと、三成は涼しげな顔で口を開いた。

「大納言様は人柄もよく人望もござったが、情に頼る仕置をなさってこられた。されど、日本が一つとなった以上、新たな政は、定められた法度によって忠実に行わねば諸将は納得致しませぬ」

「厳しき批評でござるの。されど、的は射てござるな」

「まだ奥州など、一山、二山ござろうが、こののち、確かなる政の仕置を致すのは、我ら奉行でござる。今後とも力をお貸しくだされ」

三成は盃を置いて頭を下げた。頼んではいるが自信に満ちた態度であった。

「どれほどお役に立てるか判らぬが、某でよければ」

すでに武は終わったというような口調には反論したい。寄騎はあくまでも秀吉の命令であるが、昨年の関東・奥羽征伐に参じ、苦労を共にしたことは離れ難い腐れ縁のようなものを感じた。三成は天下の政権の中枢にいることにも惹(ひ)かれている。山中で燻(くすぶ)っているよりは面白い。左近は複雑な心境で答えた。

三成が目指す政の一環かどうか定かではないが、秀長と両輪であった茶人の千利休(せんのりきゅう)が二月二十八日、秀吉の命令にて切腹させられた。理由は朝鮮出兵への諫言や、大徳寺の山門に自己の木像を安置して、下を潜る人々を足下に見下したことが咎(とが)められたなど諸説あるが、多聞院英俊は日記の中に「新たな茶道具を用意して高値で売る売僧(まいす)

の頂上」と記入している。

利休は信長の御茶頭を務めており、秀吉が無位無冠の頃より知っているので、なにかと政に苦言を呈したりしたのかもしれない。秀吉もこれを受け入れ、豊後の大友宗麟が薩摩の島津氏に圧されて助けを求めてきた時、弟の秀長は「公儀のことは某に、内々のことは宗易（利休）に相談なされよ」と伝えたことはつとに有名である。

これに対し、秀吉を頂点にする奉行制度を確立しようとする三成らにとって、秀長や利休は政敵の一人であったことは事実である。

（政は綺麗ごとを言っているだけでは行えぬ。政の中枢近くにいることは、嫌なものも見なくてはならぬ。これも戦の一つやもしれぬ）

三成の寄騎をやるからには、左近も覚悟しなければならなかった。

これまでの功労などもあり、四月二十七日、秀吉は近江・美濃における秀吉直轄領の代官に三成を任じた。蔵入目録朱印状によれば合計で四万五千余石。三成の収入になるわけではないが、権限が増えたことは事実である。さらに、近江の佐和山城を預けられた。あくまでも代官の延長であるが、左近の仕事も増えることになった。

同じ頃、陸奥の南部地方で九戸政実が反乱を起こし、前年、大崎・葛西の一揆に参じた者たちが応じた。背後で伊達政宗が糸を引いているとも言われている。

すぐさま会津の蒲生氏郷、米沢の伊達政宗に鎮圧の先鋒が命じられ、徳川家康、羽柴秀次も奥州に出陣した。三成は軍監として浅野長吉とともに奥州に向かった。当然、左近も一緒である。続いて常陸の佐竹義宣、下野の宇都宮国綱も参陣した。

五千ほどが籠る宮野（九戸）城に対し、六万とも十万とも言われる兵で囲むがなかなか落ちず、およそ三ヵ月後の九月、政実の降伏をもってようやく乱は治まった。秀吉が出陣しなければ本気では攻めない数だけの衆ということを露呈した討伐戦であった。

このたびの功で蒲生氏郷は政宗旧領七郡の加増を受け、七十三万四千石（文禄三年の検地では九十二万石）となった。また、政宗の領地は北に広がった。

十月、三成らが帰洛すると、秀吉は失意に暮れていた。

八月五日、秀吉の一粒胤であった鶴松が死去し、翌日には東福寺に入って髻を切っている。陽気な秀吉であるが、さすがに笑顔にも力がなかった。

髻を切った日、秀吉は相国寺の西笑承兌禅僧を呼び、朝鮮出兵の供奉を命じた。その上で九月十六日には出兵の期日を定め、諸将に準備を下知。さらに、十月十日には肥前の名護屋に前線基地となる城を築くよう加藤清正らに命じた。

これより前の六月、秀吉は対馬の宗義調の息子・義智を朝鮮の釜山に派遣し、明国が日本に来貢するよう朝鮮国王に仲介を求めたが、朝鮮国王の宣祖は秀吉の申し出を拒んだ。

ならばと秀吉は仮途入明を申し入れた。これは秀吉が明国に兵を進めるので朝鮮国に道を開けて先導役を務めろと高圧的に求めたが、問答無用で拒否された。明国を宗主と仰ぐかのような朝鮮が、親ともいう明国に背き、日本の道案内をするはずがない。そこでまずは朝鮮を討つために出陣するというものである。

「唐入り(からいり)は真実のようにござるの」

噂や大言では何度も聞いていたが、現実とは思えなかった。左近は大坂の石田屋敷の一室で三成に確認する。

「左様のようでござる」

口が重い。三成としても賛成はしていないようであった。

「治部殿らはいかがなされるつもりか」

「諫めてきましたが、ことここに至っては難しゅうござる」

いつもの冴えた三成としては歯切れが悪い。

「無益な戦ではござらぬか。せっかく日本は上様の下で一つとなり、皆は安心して暮らせるはずなのに、国をあげて戦をするのでござるか」

戦に臆するものではないが、左近には納得できなかった。

「仰せのとおり。されど、もはや日本には恩賞として与えられる土地がござらぬ。南蛮諸国が明に手をつけて草刈り場になることが予想できます。これを手を拱い(こまね)て見ていることはない、という考えにございます」

「諸将も同意なされてござるか」

「皆、一応は諫めました。されど、徳川のみは、本意ではござるまい。あの狸、豊臣の士卒を唐に送り、なんのかんのと申して己は絶対に渡海しないはず」

「豊臣の力を削いで、再び上様に挑むと？」

「おそらく」

自信に満ちた態度で三成は頷いた。

家康のもとに秀吉の遣いが訪れ、大陸出兵のことが伝えられた。取次いだのは謀将の本多正信で、家康に伝えた。しかし、家康は深く思案していて一言も口をきかない。そこで正信は「殿は朝鮮に渡海あるべきや」と尋ねたが、やはり黙っている。仕方なく正信は三度質問した。

すると家康は、「なにごとぞ、やかましいではないか。人が聞くぞ。箱根を誰に守らすべきか」と答えた。これを聞いた正信は「さては早くから御思慮は定まっておりましたか」と言い退室したという。

「とは申せ、万が一、上様が命じられ、江戸の狸が拒めば、再び戦になるやもしれぬ。なかなか簡単に事は運ばぬのでござる」

三成の本音であり、秀吉の真意でもあろう。秀吉の全国平定戦に不満を持っている者は多々いる。ここで、関東二百数十万石を有する家康が起てば、領地を減らされた諸国の武将も呼応することは間違いない。前回の反省も踏まえ決起するであろう。

「なるほど。あとは殿下と奉行殿の知恵比べでござるか。ただ、気をつけられよ。治部殿は殿下の政を忠実に執行されているゆえ、恨みや不満が集中致しましょう」

「忠義に手心はござらぬ。精一杯、尽くすのみでござる」

「殿下が聞けば、さぞかしお喜びになられましょうな」

軽口でその場を流す左近であるが、他の諸将と同様、大陸出兵には賛成できない。

だが、秀吉と秀吉を神と崇める加藤清正らは出陣に向けて疾駆していた。

三成らの思いも届かず、秀吉は大陸出兵を実現するために、暮れの十二月二十七日、甥の秀次を正式な跡取りとして豊臣姓を与え、関白職を譲り、自身は太閤と称した。

左近は三成の寄騎となったので、家族を佐和山に移している。

二

天正二十年（一五九二）が明け、一月五日、秀吉は都の聚楽第において、改めて諸大名に向かい、大陸出兵を宣言した。

二月二十日、三成と左近は秀吉に先駆けて、大谷吉継とともども畿内を発ち、三月初旬には肥前の名護屋に到着した。他には浅野長吉、羽柴秀勝なども従った。

「おおっ、これはまた豪勢な」

左近は名護屋城を見上げて感嘆をもらした。

大陸出兵のために建造された名護屋城は、東松浦半島の北に位置する鎮西の地で、玄界灘に向かって突き出した波戸岬の付け根に隆起する標高九十メートルの丘陵に築かれた巨大な平山城である。城の面積は十七万平方メートルで、天守閣は五重七階。三段構えの渦郭式の城は、大坂城に次ぐ規模を誇っていた。

周囲の狭い地に所狭しと陣屋が立ち並んでいる。石田家の陣屋は城から半里（約二キロ）ほど南の唐津街道を押さえる野元の里、上堤という地にあった。

長旅を終え、少し休息をしたいところであるが、三成と左近は安穏とはしてられない。即座に状況を確認した。

すでに秀吉は小西行長と宗義智を朝鮮に派遣し、再度交渉を行わせていた。加藤清正には朝鮮に近い壱岐の勝本城に、九州、四国・中国の諸大名は対馬で待機させていた。

加藤清正や鍋島直茂などからは、出陣の命令はまだかという催促があり、黒田長政や小早川隆景などからは、交渉は成功したのかという確認が相次いで届けられた。

「戯けどもめ。益なき戦になること判らぬのか」

三成は清正らの遣いが来るたび、嫌悪感をあらわに吐き捨てた。

「殿下の要求はあまりにも無謀。万に一つも受け入れるとは思われませぬ。やはり諸将の渡海は避けられませぬな。摂津守（行長）殿は何と申されておられるか」

激昂する三成に対し、左近は静かに問う。

「かくなる上は仕方なし。摂津守には、戦を優位に運んでいるうちに和睦を結び、適当なところで切り上げてもらうしかござるまい」

渋い顔で三成は言う。三成と小西行長が最後に考えた案であった。

（机上の空論じゃの。おそらく治部殿も判っていよう）

無益な戦を止められぬもどかしさに締め付けられていた。

小西行長は堺の会合衆（えごうしゅう）・小西隆佐（こにしりゅうさ）の次男として生まれ、備前（びぜん）・岡山（おかやま）の商家に養子として入り、若い頃から宇喜多家に出入りし、その才を当主の直家（なおいえ）に認められ、半士半商として仕えていた。その後、毛利攻めの大将として派遣された秀吉と親しくなり、直家死後は秀吉に仕え、天正九年（一五八一）には播磨（はりま）で所領を与えられた。同十三年の雑賀攻めには水軍を率いて功名をあげて出世した。行長は商家の出身なので、国外との戦は交易を滞らせ、多くの商売を疲弊させることを認識している。三成とともども、なんとか戦を回避しようとしていた一人であるが、奇（く）しくも交渉が失敗した暁には先鋒の一番を命じられていた。

交渉は決裂どころか、朝鮮側に無視される形となり、話し合いにはならなかった。

すると三月十三日、秀吉は遂に激怒し、渡海命令を出した。

一番組の宗義智、小西行長、二番組の加藤清正、鍋島直茂らとする九番組の編制で、合計、十五万八千七百余人。

船手衆は加藤嘉明、九鬼嘉隆、羽柴秀保（実際は家臣の藤堂高虎）、脇坂安治らの九千二百人。

四月十二日、小西行長らの一番組が朝鮮の釜山浦（プサンポ）（港）に上陸し、翌十三日、釜山城を抜いたことを皮きりに、七年に亘る戦争の火蓋が切って落とされた。

諸将は続々と渡海し、戦いに挑んだが、島津義弘は、小西行長が渡海した頃、ようやく国許から兵糧を積んだ私船が到着するような始末。仕方なしに、この船に乗船して壱岐(いき)に向かい、国許に船も碌に集まらず、哀れでならないと国許に書き送っているような状態で、決して大船団が揃って出陣したわけではなかった。

秀吉が名護屋城に着陣したのは四月二十五日のこと。すでに徳川家康らの諸将も到着しており、後詰の軍は十万ほどに膨れ上がり、名護屋は京、大坂に次ぐ大都市になった。

三成は大谷吉継、岡本重政(おかもとしげまさ)、牧村政吉(まきむらまさよし)らとともに船奉行を命じられていた。同奉行は、兵を上陸させてしまえば終わりではなく、武器、弾薬、兵糧、資材等の輸送ならびに補給など、兵站奉行も兼ねていた。当然、左近も三成を補佐している。

朝鮮半島に上陸した日本軍は快進撃をした。小西行長らは平安道(ピョンアンド)を、加藤清正らは咸鏡道(ハムギョンド)を、黒田長政らは黄海道(ホアンヘド)を、毛利吉成らは江原道(カンウォンド)を、福島正則は忠清道(チュンチョンド)を、小早川隆景は全羅道(チョルラド)を、毛利輝元らは慶尚道(キョンサンド)を、宇喜多秀家らは京畿道(キョンギド)を進軍し、開戦一ヵ月余で漢城(ハンソン)（現・ソウル）を占領し、さらに平壌(ピョンヤン)をも制圧した。まさに破竹の勢いであった。

道(ド)とは道路の名ではなく地域（行政区）のことを指している。

五月十六日、漢城占領の報告を受けた秀吉は、自ら渡海するための準備を諸大名に命じたが、六月、島津家の家臣・梅北国兼が渡海を拒否して帰国し、兵を集めて肥後の佐敷城を奪い取って籠城してしまった。また、海戦では藤堂高虎、脇坂安治、九鬼嘉隆、加藤嘉明らの水軍は、李舜臣率いる朝鮮水軍に敗れ、制海権は奪われてしまった。

　これらの理由で渡海を中止した秀吉は、六月三日、石田三成、増田長盛、大谷吉継の三人を軍監とし、代わりに朝鮮に派遣することを命じた。

「異国との戦にござるか。腕が鳴りますの」

　左近は三成から話を聞き、それほど乗り気ではないが、士気を高めんと鼓舞した。

「いや、左近殿にはこの名護屋に残って戴きたい」

「なんと！　それでは寄騎の役目を果たせぬではござらぬか」

「この名護屋のこと、殿下のこと、また、佐和山のこと左近殿にお頼み致したい」

　珍しく三成は頭を下げた。左近を信頼しているあらわれだ。また、石田家も人材不足であった。

「左様でござるか。承知致した。くれぐれも身には気をつけられますよう」

　異国兵との戦に興味はあるが、男を見込まれた以上、拒むわけにはいかなかった。

　朝鮮に向かう前日、左近は三成と膝を詰め合い、細々としたことを相談していた時であった。

「左近殿に会うて戴きたい者がござるが」

「お会い致しましょう」

答えると、三成が手を叩く。すると、襖が開き、女性が入室して端座した。年の頃は十七、八歳といったところか。細面の美しい女人であった。

「この女子は石田村の出にて、於ゆうと申す。身の周りの世話にお遣いくだされ。よもや、天下に聞こえた左近殿が、女子を遠ざけることはござるまい」

下働きをする女人ならば下女と呼び、身の周りの世話といえば、侍女ではなく妾を指す。

「なんと、左様な……。嫌いではござらぬが……」

珍しく左近は狼狽えた。この年、左近は五十三歳。まさに祖父と孫ほども年が離れている。どう考えても、息子たちに似合いの年齢である。

「某の遠縁にも当たるゆえ、某と左近殿の結びつきを強くしたいとお考え戴きたい。よもや、左近殿をお慕いしている女子を無下にもできますまい」

三成は悪戯っぽい目を向けた。どうやら、三成にして追い込まれてしまった。

「左様なことであれば、お受け致そう」

情まで口にされて拒めば、於ゆうの立場はない。左近は承諾した。

「於ゆうでございます。不束ではございますが、よろしくお願い致します」

含羞みながら於ゆうは俯き、三つ指をついた。

まさか、五十を過ぎて妾を持つとは思わず、逆に左近も恥ずかしさを感じた。

なぜ名護屋の陣に女性がいるのかと言えば、秀吉の一言で決まった。女好き、派手好きの秀吉は小田原征伐の時より、妻妾を在陣させることを公然としたので、当然、名護屋にも呼び寄せ、上方にいるように、なんの変わりもない生活を送っていた。秀吉が勧めるので、諸将も天下人に倣(なら)っている。但し、熱心なキリシタンで一夫一婦制を守っている者を除き、ほとんどの武将は、天正十七年の触れどおり、京都に正室を置いているので、名護屋には側室といったような形を取っていた。

一昔前ならば、戦陣に女性を置くことは非難されたが、血の毛が多い男が一ヵ所に集まり、長陣していれば争い事は絶えない。寧(むし)ろ秀吉の女好きは、和を取り持つ方に傾いていたようである。

翌朝、どんよりとした梅雨空の中、三成は朝鮮に向かって出航した。

連日、秀吉は酒宴を催し、時には自ら瓜売りに扮装(ふんそう)したりするなどの遊びに興(きょう)じていた。一時は、渡航する意思を示したものの、本気ではないようで、徳川家康、前田利家らの諫言を始め、後陽成天皇より綸旨(りんじ)が下されたこともあり、思いとどまった。後は遊興に耽るばかりであった。

朝鮮に上陸した日本軍は、八月になると、加藤清正は豆満江(ドゥマンギャン)を越えて兀良哈(オランカイ)（現中国東北部）にまで攻め込んだほどである。

日本軍が猛進撃できた理由としては大きく四つ。まずは戦国末期に差し掛かり、数十年にも及ぶ戦乱の中で、集団による統一的な闘いに慣れていたこと。二つ目は奇襲さながらの先制攻撃であったこと。三つ目は鉄砲の大量使用。そして、四つ目は世襲官僚制をとる李（イ）朝政府内は腐敗し、朝鮮人民の不満による厭戦（えんせん）であった。

そんな最中の、七月二十二日、秀吉の生母である大政所が没し、秀吉は同月二十九日、大坂に戻った。

それでも、名護屋の陣は至って平穏、左近は三成のような奉行の権限を持ち合わせていないので、代理として取次のようなことばかりをしていた。

これより少し前の七月六日、奈良で所領争いによる騒動が起こった。発端は、過ぐる天正九年（一五八一）、信長によって吐田孫太郎（はんだまごたろう）が郡山で斬られ、葛上郡（かつじょう）にある吐田氏の所領は没収された。その地はのちに左近に与えられた。これを孫太郎の弟の栄順坊（えいじゅんぼう）が不満に思っており、同郷の武士が名護屋に移って手薄になっている頃を狙い、奈良の浄瑠璃院（じょうるりいん）に放火した。ところが、同院の僕（しもべ）に見られて追われ、逃げられぬと覚悟した栄順坊は今辻の辺りで切腹した。これは『多聞院日記』に記されていることである。葛上郡は河内と接する大和の中程に位置する。左近の所領は依然として大和にあった。

十月十四日、諸事を片づけるために、左近は一旦、佐和山に帰城した。

仕事をすませた左近は、佐和山の城下に仮住いしている屋敷に戻り、久々に正室の茶々と水入らずになった。茶々は隣で酌をする。於ゆうのことを、どのように切り出そうかと考えるが、なかなか見つからず、盃を口にする回数が増えた。

「名護屋では、よき女人を傍らに置くようにしたとか」

「あいや、その、そは、そのことだが……」

突然、切り込まれたので左近は慌て、口ごもった。

「政に口を出すつもりはございませぬ。また、年老いた父を奈良に置き、遠き名護屋で殿の身の周りの世話をすることも難しゅうございます。それに、もう妬くような歳でもございませぬ。されど、心まで全てお移し致せば、承知致しませぬ」

そう言って茶々は左近の手を抓った。

「痛っ、判っておる。判っておる。そなたは我が正室。そなたが一番ぞ」

戦場では鬼と恐れられる左近も、正室の前では形なしであった。

その晩、左近は久しぶりに、茶々と褥をともにした。

三

決河の勢いで朝鮮半島に侵攻し、制圧をしていた日本軍であるが、年も改まった文禄二年（一五九三）一月五日、李如松率いる明の大軍に攻められ、小西行長らは平壌城を捨てて漢城に撤退を余儀無くされた。以降、日本軍は押され出す。二十万を擁する明軍の参陣と朝鮮人の抵抗、さらに、秋からの慢性的な兵糧不足に悩まされた。

日本軍は刈田狼藉、敵城奪取で相手の食料を確保しようとしていたが、旱魃によって農作物の収穫量は乏しく、食料不足の兵を相手に戦っていたので、早く陥落をさせることができた城も少なくはない。城を奪って蔵を開くと、空であったという状況である。奉行の三成はこの不満を一身に受け、名護屋にいる長束正家に催促をした。

これに応じて兵糧を送ろうとするが、李舜臣率いる朝鮮水軍に阻止されて、簡単に運びこむことができなかった。そこで、秀吉は毛利秀元に命じて、国許の安芸で沈みづらい巨大船を建造させている最中であった。

日本軍は評議の結果、明国と和睦することになり、四月半ば、沈惟敬ら明の使者と行長、三成らで和議をはじめた。

明は二つの要求をしてきた。

一、清正が捕らえた二王子とその陪臣を朝鮮に還すこと。

一、日本軍は漢城から釜山まで撤退すること。

右の条件が満たされたら、和睦を許す。

これに対し日本も二つの要求をした。

一、開城に在する明軍は、日本軍の漢城撤退を確認したら、明に帰国すること。

一、明は講和の使者を日本に派遣すること。

右の条件が満たされたら、二王子とその陪臣を還し、漢城から撤退する。

互いに出した条件では折り合いがつかず、とりあえず一時停戦ということで纏まり、五月十五日、三成と行長は謝用梓、徐一貫、沈惟敬を連れて帰還した。

漢城に在していた日本軍は朝鮮半島の南側に撤退した。

「無事の生還、なによりでござる。よう、お戻り下された」

三成を労う左近であるが、その容貌の変化に驚いた。痩せてはいたが、さらに頬は痩け、骨が浮き出て、目が窪んでいるように見えた。明らかに食料不足であることが窺えた。書状で読んではいたが、相当、苦労したようである。

「貴殿も、よう働いてくだされた。子細は兄から聞いてござる」

「なんの。某は日本で安穏と過ごし、下知に従っていただけにござる」

謙遜ではなく、本意であった。

その晩、明使の饗応が行われたあと、左近は久々に三成と盃を重ねた。

「異国での戦は地獄でござる。日本では、城主が腹を斬れば籠城兵は助けられる」

「当然でござるの。さもなくば、その領地を耕す者がいなくなってしまう」

「左様。されど、言葉が通じぬ上に、敵対した者は助からぬと思い、最後の一兵までも抵抗する。ゆえに、味方の死傷者も多く出て、矢玉の消耗も多い。海を押さえられ、なかなか補充もできぬゆえ、殺めた敵兵の身体を裂き、鉛玉を取り出し、鋳造し直す始末でござる。また、矢も然り」

「悲惨でござるの。うまく講和が結ばれればよいのでござるが」

左近は盃に酒を注ぎながら告げる。その光景が目に浮かぶようである。

「左様。必ず、結んでもらわねば困る。僅かばかりとは申せ、地を得ることができた。

これを恩賞として諸将に与え、あとは深入りせぬことでござる。これ以上、介入致せば、日本を疲弊させるばかり。いかな手を遣っても講和させるしかござらぬ。版図の拡大は歳月をかければよい」

三成の意気込みは戦場に向かう武将と同じであった。左近は頷くばかり。

明使を引き渡した三成は、即座に吉継、長盛、行長共々釜山に引き返し、朝鮮の二王子を送還すること、慶尚道の拠点である晋州城を攻略することを伝えた。城は六月二十九日に陥落した。

秀吉が名護屋城の天守閣で明使に会ったのは五月二十三日のこと。そして、七ヵ条からなる講和を提示したのが六月二十八日であった。内容は次のとおり。

一、明皇帝の公主（姫）を日本天皇の皇后にすること。

一、勘合による官船、商船を往来させること。

一、日本と明国の大臣の友好。

一、朝鮮南四道の割譲。

一、朝鮮の王子と大臣を日本に人質として差し出すこと。

一、加藤清正が捕らえた朝鮮の二王子を朝鮮に還すこと。

一、朝鮮の大臣は今後、日本に背かない旨、誓紙を差し出すこと。

朝鮮を無視した日本と明の講和条件である。謝用梓ら偽りの明使節は書状を受けて日本を離れたが、勿論この七ヵ条は明皇帝には届けられなかった。

講和条件に対する明国側の返答があるまで、日本軍は釜山を中心にして、四十五キロほど北東の西生浦（ソセンポ）、二十五キロほど西の熊川浦（ウンチョンポ）にいたる沿岸地帯の十八ヵ所に城を築き、次の下知に備えた。

城が完成すると、諸将は留守居を置いて帰国の途に就いた。三成も朝鮮を後にした。

この間、左近は名護屋の陣にいた。また、左近の正室茶々は、父の北庵法印の具合が悪く、六月二十三日、二十七日、七月十二日と大和に足を運んでいた。

三成が名護屋に戻ると、労う暇もなく、秀吉は越後の検地を命じた。

「太閤殿下は治部殿を擦り減らすおつもりですかの。死因は過労になりそうですな」

左近が冗談を言うと、三成は顔を歪めた。

「声が懸かっているうちが華でござろう。端に追いやられたくはないもの」

「治部殿ほどの方を遣わぬ主がいましょうか」

「されば、やはり早死には免れそうもござらぬの。まあ、政は面白きものでござるぞ」

という三成は、帰国しても、一向に休むような素振りは見せなかった。

（面白きものか。が、まだ儂はその域には達しておらぬ。我が面白きものは戦場になろうか）

戦場に出るのは好きではないが、戦鼓が鳴ると、えも言えぬ昂揚感（こうようかん）が身を包みこむ。最近、湧いてこないせいもあるが、妙に懐かしく感じた。

下知に従い、七月二十二日、三成は長盛、吉継らと共に代官を越後に派遣した。同国は三成と同じ歳の親友、直江兼続が宰相を務める上杉景勝の領地ということで、隠し田の摘発などする必要はないので、家臣で充分であった。

八月三日、大坂城で淀ノ方が待望の男子を出産した。報せを聞いた秀吉は猿顔をくしゃくしゃに歪めて歓喜し、同月二十五日、大坂に帰城した。男子は拾と名づけられた。のちの秀頼である。諸将は挙って上坂し、祝った。

三成も秀吉に従って上坂したが、すぐに名護屋に下向し、さらに再び釜山へと渡航していった。

「なんと、お忙しきお方か。あれほど太閤殿下のために忠実に働いておるに、諸将から睨まれるとはの。奉行とは損な役廻りよな」

左近は三成を見て不憫に思う。このたびの戦いで諸将は十二分に活躍した。これは左近も認めるが、まだ休戦協定の最中であり、朝鮮で確保した土地の分配などはなされていない。ゆえに、恩賞はまだ与えられていなかった。さすがに誰もが、秀吉に文句を言う訳にはいかない。そこで、側近第一の三成に憤懣がぶつけられるのだ。

秀吉のために働いているということでは、先陣を馳せる者たちとなんら替わりはない。にも拘らず悪人呼ばわりされては、割りがあったものではない。

「治部殿も哀れでござるの」

文句が出るたびに左近が言うと、三成は鼻で笑う。

「主計頭（清正）や左衛門大夫（正則）は農民の出ゆえ、その程度の思案しか廻らぬのは仕方ない。おそらく陰で糸を引いておるは、江戸の狸（家康）あたりでござろう。彼奴も三河の百姓を主とした国造をしおる。そう、気にすることはござらぬ」

三成の思案は、まったくぶれてないようであった。

九月の中旬、三成は名護屋に戻ると、慌ただしく大坂に向かった。左近も翌閏九月八日、佐和山に帰城した。『多聞院日記』には「祝着のよし」とある。

しばし、佐和山で戦塵を落としたが、気掛かりもある。妾にした於ゆうが妊娠しているのだ。正室の茶々を気遣いつつも、心は新たな生命の誕生にあった。

文禄三年（一五九四）が明けた。三成は相変わらず忙しい。前年の閏九月二十日、秀吉は正式に聚楽第を関白の秀次に与え、自身は築城していた伏見城に移り住んだ。そこで、三成は大坂と聚楽第、伏見の間を忙しく疾駆した。遣い勝手がいいので、花見や鷹狩などにも同行させられた。

九月十四日には、島津領の薩摩、大隅、日向の検地を命じられ、家臣の大音新介を総奉行として黒川右近助、大橋甚右衛門、坂上源之丞らを向かわせた。

十月には佐竹義宣領の常陸、磐城、下野の検地を命じられ、家臣を奉行として派遣した。

また、拾が誕生したことで、秀吉は養子にしていた秀俊が疎ましくなり、三成に命じて小早川隆景の嗣子とする段取りを組ませ、十一月十三日、成立させた。

十二月二十九日、島津領の検地を終える。従来の知行二十一万四千余石を五十七万八千余石に書き換えることになった。まさに恐るべき増領である。

豊臣政権が全国を統治する上で行ったのが、検地と刀狩りである。特に、奉行たちは取次制度を用いて検地や、その報告の仕方、加えて近世の築城方法などを伝授した。これにより、常陸の佐竹義宣や、越後の上杉景勝、薩摩の島津龍伯などは正確な石高を把握できて喜んだ。

対して、会津の蒲生秀行は、父氏郷の死去後に蔵入地の不正申告が露見して減俸の上、移封となり、大和の柳生宗厳などは隠田が発覚して改易された。一部の武将を除き、大概の武将は検地を喜んでいた。

三成が上方にあり、石田家中において名護屋には主立った家老が滞在していないので、左近は同地にいた。於ゆうが身籠っていることを知る三成の配慮でもあった。

穏やかに暮らしていることもあり、この年、於ゆうは女子を出産した。

「おおっ、なんと愛いことか。そなたによう似て美しゅうなるの」

曾孫と言っても過言でない女子を見て、左近は破顔した。赤子は於さいと名づけられた。早速、左近は佐和山の茶々にも報告した。生まれたのが女子ということもあり、茶々も安堵したことであろう。すぐに祝いの品が届けられた。

また、左近の長女である於たつが福知山城主の小野木重次に嫁いでいる。嶋家にとって、まずまず、順風満帆な年であった。

四

文禄四年（一五九五）二月、左近は諸用で佐和山に戻っていた。

同じ時期の二月七日、京都の伏見屋敷で蒲生氏郷が急死した。信長に、その才を認められて愛娘の冬姫を正室に迎え、諸戦場を疾駆。秀吉にも才を買われ、徳川家康と伊達政宗の楔役（くさび）として会津九十二万石（前年の検地により増石）の大領を与えられた。まだ、四十歳の若さである。突然の死に毒殺説が噂された。実行指示は三成だという。

左近は噂を耳にしたが、真に受けなかった。

所用が済んだので、左近は都の伏見城内にある石田屋敷を訪れた。おそらく日本で一番忙しい奉行の三成は文机に向かっている時であるが、左近と顔を合わせた。

「相変わらず、嫌われておりますな。悪い噂は皆、治部殿の仕業でござる」

「今に始まったことではないゆえ、気にはしてござらぬ」

「それでは、こののち、いい目は見れませぬぞ」

「豊臣の世が続くことこそ、いい目ではござらぬか」

「左様に割り切れればよろしいが」

左近の皮肉に、三成は、あえて応えはしなかった。

「今年は、いろいろと厳しき年になるやもしれぬ」

少しして三成は口を開いた。

「会津のことでござるか。あるいは、朝鮮」

「いろいろござるが、全ては豊臣家の御ため。左様に心得て戴きたい」

三成はそれ以上は口にしなかった。なにか思いつめたような表情である。

「あまり一人で背負い込まれますな。そのための寄騎でござる」

「忝ない。なにかの時には相談に乗って戴きましょう。貴殿が寄騎でよかった。我が家臣ならば、もっとよいのでござるが」

三成は僅かに口の両端を上げ、文机に向かって筆を走らせた。

左近は挨拶をして名護屋に向かった。

朝鮮の陣では和平協定が結ばれている最中でもあるので、日本の前線基地である名護屋は至って平穏。左近は於さいの成長を楽しみながら、三成の代理を務めていた。

下向して一ヵ月ほどたった四月、衝撃的な報せが届けられた。十六日、かつて傅役にもなったことのある秀長の養子の秀保が死去した。病弱な秀保は大和の十津川で療養していたところ、病状の悪化を悔いて気が触れた。すると、いたたまれなくなった側近が秀保を抱えて一緒に十津川に身を投げたというもの。突如、曲者が現れ、川に突き飛ばしたという噂も流れた。

「秀保殿がのう」

一度は関わりを持ったことがあるので、左近としても辛い気持ちになる。

都を出立する前の三成の表情を思い出すと、もしかしたらという思案が浮かぶ。

（この時点で、豊臣家における男子の血脈は本人を除けば、拾様と関白の秀次様だけ。太閤殿下は全てを嫡子の拾様に与えたくて、他の者を排除しようとしておられるのか？　身内の少ない殿下じゃ。左様なことをすれば、のちのち豊臣の家は傾こうぞ）

左近は豊臣家の先行きを危惧した。

六月三日、長束正家、増田長盛、石田三成、浅野長吉、前田玄以による『豊臣氏奉行連署奉書』が毛利輝元に出された。

内容は、病死した蒲生氏郷の跡目を息子の鶴千世にすることは相違ないことを仰せつけた。すると蒲生家の年寄どもは、知行について、不届きな書状で不服を申してきたので、秀吉は、かの書に加筆し、御朱印状を出した、というもの。

俗に言う五奉行が初めて名を列ねた書状である。現存する中で、また年月日が特定されている中で一番古い書状である。なぜ、この時期に五奉行が組織されたのか。拾への相続を速やかにするためなのかもしれない。

まず、五月二十五日、前権中納言・山科言経は「伊勢の福院なる奇特の呪術師が伏見に訪れ、貴賤の群集を集めていた」と日記に記している。この時、関白秀次は聚楽第ではなく伏見屋敷にいて、拾の夭折を呪詛させたとのこと。

右のようなことで、関白秀次に謀反の疑いがあるという噂が立った。それはすぐに拡散し、七月三日、秀吉は石田三成、増田長盛らを差し向け、詮議をさせた。

一、拾が太閤秀吉の実子ではないと宣教師に語ったこと。

一、毛利輝元から忠誠の誓紙を取った真意。

一、遊猟に鉄砲衆を伴ったのは軍事訓練なのか。しかも、正親町上皇諒闇中の文禄二年（一五九三）二月十七日である（所謂「野瀬大原御猟」のこと）。

一、政務を疎かにし、日夜酒宴を催していること。

いずれも言い掛かりなので、秀次は言い訳しても疑惑は晴れない。

七月八日、秀次は官位官職剝奪の上で豊臣家を追放され、十三日、紀伊の高野山に出立した。

同じ七月十三日、『甫庵太閤記』によれば、五奉行から青巌寺の住職・木食応其上人宛に、秀次を切腹にすることを告げた書が出されている。

切腹は七月十五日に行われた。

秀次謀反の連座により、五奉行の一人、浅野長吉は能登に流され、しばしの間、政から遠ざかるが、秀吉が死去する約一ヵ月前の慶長三年七月二十四日、近江の神崎郡内で五千石の加増を受けている。また、八月一日には、長吉、長継（のちの幸長）親子に二十二万五千石の知行目録が出された。

流罪の身であった浅野長吉がどうして加増されたのか。それは、円滑に秀次切腹を遂行させたからではなかろうか。

浅野長吉の正室やや末津姫（末津子）は秀吉の正室・北政所（於禰）の妹。秀吉は自分以外の身内でさえ、関白秀次を見限ったという事実が欲しかったに違いない。長吉を復職させることは、秀吉の肚一つでいつでもできるわけだ。

五奉行の仕事は山ほどあれど、その最初の大きな仕事は関白秀次を切腹させ、天下人の跡継ぎを拾にするためであった。

八月二日、政権の混乱を防ぐために六ヵ条からなる「御掟」が秀吉に提出された。連署したのは前田利家、小早川隆景、毛利輝元、宇喜多秀家、徳川家康の五人。これが五大老の基礎とされている。

内容は、秀吉の承諾がない諸大名の婚姻禁止。諸大名間の昵懇、誓紙交換を禁止。喧嘩口論の禁止。妻妾の多抱禁止。大酒の禁止。乗り物の規定であった。

翌八月三日にも同じような内容の御掟に右の五人が署名した。内容は四条が詮議の糾明に変更し、五条が消え、さらに「御掟追加」に上杉景勝が加わった。

上杉景勝が加入したとすれば当初は六大老で、慶長二年（一五九七）に隆景が死去したことにより、五大老となったことになる。

因みに、当時は「大老」という言葉は使用されておらず、三成ら奉行は自らを年寄と呼び、家康らは自らを年寄、三成らを奉行と呼んでいた。

報せは名護屋の左近の許にも届けられ、急遽、上洛するように伝えられた。

「やれやれ」

書に従って急遽左近は入京し、伏見屋敷で三成に顔を合わせた。以前は純粋な青年奉行という印象を強く感じていたが、今はどことなく暗い陰りがあった。

「随分とお疲れの様子でござるな」

「いや、さほどでもござらぬ。左近殿の方こそ急に呼び立てて申し訳ござらぬ」

「一連のことは殿下の下知でござるか」

三成の顔を見据えて左近は問う。

「一連とは人聞きが悪い。秀保殿は事故。秀次殿は罪人ゆえ致し方ないこと」

「儂には、左様には思えぬが」

「それは、いかに」

終わったことは蒸し返すな、とでも言いたげな三成である。

「秀次殿は武将としての器量は乏しかった。されど、決して頭は悪くなく学問には長けていた。ゆえに、諸将や公家衆との仲も良かった。この事実に、殿下は、秀次殿が周囲と結託して拾様の代になった時、天下をお譲りしないのではと恐れられた。あるいは、譲られても拾様の意が通らなくなると考えられた。ゆえに、先手を打たれた。妊婦の腹を裂いたなどという殺生関白説は、これを断行するための流言にすぎず、禍の芽は早く摘んだのではござらぬか」

「裏読みのしすぎでござる。左様なことでお身内を斬るはずがござらぬ」

とは言う、三成であるが、やはり表情は暗い。

「まあ、それも政の一環。秀次殿が敗れただけにすぎず。ただ、かようなことをして拾様お一人にして、天下を守れるとお思いか」

「我らがいるではござらぬか。殿下がお造りになられた豊臣の天下、我らが身を挺してお守り致すのみ。他意はござらぬ」

陰りある中でも、三成の意気込みはただならぬものがあった。

（治部殿も力を欲せられたか。されど、己が天下人というものではなさそうよな。強いて申せば、鎌倉の時代における執権（しっけん）、連署（れんしょ）。足利における管領（かんれい）のようなものか）

誰にでも権力欲はあるもの。今まで、口にしなかった方が不思議だったのかもしれない。政治は綺麗事ではすまない。三成は秀吉の命令を忠実に果たしたのであろう。

「ご安心めされ、某は貴殿の寄騎でござる。なんでも指示してくだされ」

先行きに不安を感じるものの、豊臣家の天下を守り抜こうとする決意には惹かれる。

「それを聞いて安堵しました。某もまたいろいろと忙しくなりましての」

まず秀次事件後、秀吉は三成と長盛に京都所司代を命じた。

さらに秀吉は秀次の領地を没収し、改めてその一部を纏めて三成に湖北四郡（伊香、浅井、坂田、犬上）十九万四千余石と佐和山城を与えた。『多聞院日記』には「石田治部少輔へは三十万石の知行を与えられ」とあるが、これは三成の所領の他に代官領七万石と、父である隠岐守正継（おきのかみまさつぐ）の三万石、兄である木工頭正澄（もくのかみまさずみ）の一万五千石を加えたのであろう。三成は九月九日より家臣の藤林善二郎に浅井郡で領地を与えている。これを見れば、やはり秀次事件の恩賞と思えて仕方ない。

「なるほど、領内整備と城の普請も、し直さねばなりませんの」

今までは預けられていた佐和山城なので、好きに普請できなかったが、今度は可能である。

「なにゆえ、某が佐和山を与えられたか、お判りか」

「都や大坂から近いということもあろうが、おそらくは東の敵（家康）を佐和山で食い止めろということにござろうか」

「さすが左近殿。ゆえに堅固であり、また、素通りすることができぬ城を築きたい」

三成の顔は少年のように希望に満ちた表情になった。

「腕がなりますな」

「それと、右衛門尉（長盛）殿が大和の郡山城（二十万石）を与えられた。大和は興福寺等の勢力との結びつきが強いゆえ、検地も大変。そこで、大和と馴染みの深い左近殿に合力（協力）願いたい」

「左様なこととなれば、いつにても」

左近は素直に応じた。嫌な形で秀次・秀保兄弟を排除したものの、国造、城造は男子として、武士としての本懐でもある。左近も胸をときめかせた。

早速、大和の検地が行われた。『文禄検地帳』の平群郡岡崎村の検地奉行の項に嶋左近と記されている。同郡竜田村では石田治部少輔、他の郡では増田右衛門尉など検地の責任者の名であろうが、左近は三成らと同格に扱われていたことが判る。また、左近が平群郡に棹入したのは、依然として自分の所領があるからだ。

因みに『大和志料』には「和州高付帳同記所引曰平群郡、大将嶋大和守清澄、同左近清勝、文禄改高、一四百七石八斗六升七合、椿井村、嶋大和守、一七十七石八斗三升五合、椿井村、嶋左近」とある。この時、左近は大和守と称していた可能性もある。

左近は新たな枠組みの中で、持てる力を発揮し、検地ならびに城造に勤しんだ。佐和山城の西に広がる松原湖に鈎状に築かれた百間橋があり、左近が架けたと伝えられている。また、城の西側、搦手のところに左近の屋敷が築かれた。ちょうど現在の清涼寺辺りである。

三成同様、寝る暇もないほど忙しく働いた左近は、文禄五年（一五九六）が明けた一月十四日に倒れ、これを聞いた北庵法印が急遽、佐和山に見舞ったことが『多聞院日記』に記されている。

「もう、年なんですから、ほどほどになさりませ。政勝や友勝がおりましょうに」

正室の茶々が枕元で愚痴をこぼす。本気で心配しているようである。

「判ったゆえ、左様に申さずともよい。少し寝ていれば治ろう」

そう言って安堵させた。事実、一月ほども療養して快然した。

病み上がりということもあってか、左近は三成から、過酷な仕事をいいつけられなかった。しばし佐和山城の普請をしながら、人らしい暮らしをしていた。

半年ほど過ぎた閏七月十三日、畿内で大地震が起き、伏見城は倒壊した。幸いにも佐和山城はそれほどでもなかったが、都はかなり酷いものであったという。

この時、一番に駆け付けたのは謹慎中の加藤清正で、その忠誠ぶりに秀吉は感激して謹慎を解いたという。但し、徳川家康、前田利家の取り成しのお陰ともいう。

なぜ、清正が謹慎処分を受けたのか。清正は朝鮮で、秀吉の講和条件を忠実に実施しようとしていた。これに対し、三成や行長は、一つ二つの条目に目を閉じても、まずは講和を結び、早く外征から兵を撤退させようと考えていた。三成らにすれば、清正は講和を妨害する不忠の臣として映り、些細な失態を秀吉に諫言した。すると秀吉は激怒し、召還（しょうかん）命令を出したという経緯があった。その理由の一つに、秀吉が任命した先鋒の行長を町人呼ばわりしたり、秀吉の一族であると敵側に言ったりしたことがあったという。

九月二日、秀吉は明の使節を饗応し、相国寺の西笑承兌に明の詔勅（しょうちょく）を読ませた。三成や行長らは、秀吉が不快に思いそうなところは飛ばしてくれと頼んだが、正直者の承兌は、己の学識も疑われると、詔勅をそのまま読み上げた。

「特に、爾（なんじ）を日本の国王とする」

これを聞き、秀吉は激怒した。

「余（よ）は王になろうと思えばいつにでもなれる。なにも明の輩（やから）に封を貰（もら）う必要などない。

しかも、余が王になれば、御上はなにになられるのじゃ」

秀吉は再び朝鮮出兵を決意した。

地震や天候不順などがあり、十月二十七日、文禄から慶長に改元した。

十一月十五日、清正は他の諸将よりも早く熊本を発って朝鮮に向かった。

十二月十七日、秀吉は待ちきれず、拾を秀頼と改名させた。

年が改まった慶長二年（一五九七）二月二十一日、秀吉は朝鮮、再征軍の部署を定め、十四万を超える日本軍が再び、泥沼の戦へと向かっていった。

秀吉の宣言に伴い、左近は再び名護屋詰めとなった。

第六章　落星の激変

一

慶長三年（一五九八）一月、左近は三成からの指示により、他の石田家臣と共に、筑前に赴き、小早川秀秋の旧領から年貢を徴収していた。

事の発端は朝鮮の陣における秀秋の行動であった。秀秋は総大将格として出陣したにも拘らず、軍律をたびたび破った。軍監より本国に報せが届き、十二月四日、秀吉は秀秋に帰国命令を出した。戦功を欲する秀秋が下知を無視し続ける最中に蔚山（ウルサン）城での戦いが行われた。僅か三千の兵で籠城する加藤清正らを六万近い明・朝鮮連合軍が攻撃した。他の諸将と共に救援に駆け付けた秀秋は、自ら鑓を揮って明兵十三人を討ち取った。

この行為も、大将にあるまじきことと、のちに叱責される理由の一つであった。

秀秋は小早川隆景の養子になるが、隆景は慶長二年六月十二日に死去したので遺領を継いだ。筑前の博多は貿易湊であり、また朝鮮出兵への後方支援をする重要な地であった。

秀吉はこの重要地を癇の強い若き秀秋に任せておけぬと考えた。できれば直轄領として貿易の利益を秀頼に与えようと思案していたところ、都合よく秀秋が軍律違反をしたので、これ幸いと帰還命令を出した。すでに領地召し上げの下知は出されている。秀秋の申し開きなど、最初から聞く気はなかったのだ。しかも、蔚山城での活躍は、いずれ秀頼の将来に危うき芽となる恐怖も抱いたという。

（治部殿も、憎まれたものだ）

左近は筑前と筑後を見て廻り、領民の冷たい目を見て感じた。秀秋の領地没収に関して、全て三成のせいにされている。ただ秀吉の命令に忠実に従っただけであるが、あからさまに秀吉を批判できないので、一番の側近に鉾先が向けられている。

（いずれ殿下も逝かれよう。さすれば治部殿は皆に狙われような……。はて、万が一、殿下が死去したおり、寄騎の下知は、いかにあいなるのかの）

素朴な疑問を感じた。通常であれば、跡継ぎもしくは次の政権の主が本領を安堵したり、前職を認めたりするものであるが、まだ秀頼は齢六歳。判断などはできない。

（とすれば、儂は皆から命を狙われる寄親の傍にいるわけか。我が命も殿下の寿命とそう変わらぬのか。されば、少しでも長く生きてもらわねばの）

そんなことを思いながら、年貢の徴収具合を見て廻った。

左近の寄親である三成は忙しい。左近は筑前、筑後の任に当たっている頃、会津に赴き、蒲生家が移封するに伴う検地を行っていた。

文禄四年（一五九五）、蒲生氏郷が死去し、九十二万石の遺領は幼い鶴千代が元服して秀行（秀朝・秀隆を経て）となり、家康の三女・振姫を娶って相続することになった。

当主に就任してすぐのこと。重臣の蒲生郷安が、秀行の寵臣・亘利八右衛門を無礼討ちにした。怒った秀行は郷安を処分しようとすると、郷安は石田三成に泣訴した。秀吉にとっては願ってもないこと。お家騒動を起こした家は改易か移封の上で減俸させることができる。その上で都に近い地を治める大名を遠くに追いやり、側近たちを配置する。信長がやった手法を秀吉も真似た。

お家騒動を起こしたことにより、蒲生家は下野の宇都宮十八万石に移封された。一時は近江で捨て扶持二万石にされかかったが、家康らの取りはからいで宇都宮に落ち着いた。それでも、七十四万石の削減である。

減俸による移封により、多数の家臣が蒲生家を離れざるをえなかった。そのうち蒲生頼郷や北川平左衛門ら十八人が三成に仕えたので、氏郷毒殺や移封の画策は三成と噂されている。

ただ、元来、秀吉が会津という要地を氏郷に与えたのは、伊達政宗への牽制もあるが、本意は徳川家康への押さえである。氏郷亡き後、幼い秀行では心許ない。

秀吉にすれば秀行を動かす理由は、なんでもよかったのである。

一説には、氏郷の正室・冬姫（信長の娘）が未亡人となったので、秀吉が側室になることを申し出ると、拒絶されたためと『氏郷記』に記されている。冬姫は織田家の血を引く女の中で、誰よりも秀吉が憧れたお市御寮人に似ていたという美女であった。

蒲生家の後釜には、越後から上杉景勝が入部した。景勝は養父・謙信の没後、もう一人の養子である景虎と家督争いを制して、織田信長と最後まで戦いぬいた豪傑である。秀吉とは早くから手を結び、五大老の一人に選ばれた武将でもあった。

上杉家の会津移封に先駆けて、秀吉は景勝に質問したという逸話が残されている。

「はて、中納言殿の石高はいかほどであったかの」

「七、八十万石ほどでございましょうか」

正直に言えば賦役を増やされるかもしれないと、景勝は低い石高を答えたという。

「中納言殿ほどの武将が七、八十万石とは少ないゆえ、会津百二十万石を与えよう」

秀吉の方が一枚上手であったとのこと。だが、太閤検地で諸大名を雁字搦めにしており、上位に位置する上杉家の石高を秀吉が知らぬはずがない。また、申告の失態で取り潰されている大名もある。景勝が偽りを口にするはずがない。しかもこの時の上杉家の所領は越後、佐渡、北信濃と南出羽と越中の一部で五十五万石ほどであった。

逸話は逸話で移封は現実となり、恙無く行われた。空いた越後には堀秀治、村上頼勝、溝口秀勝が入部した。

一方、小早川秀秋は二月に帰国し、四月に秀吉に謁見した。秀秋は蔚山城での戦いを褒められるとばかり思っていたが、逆に譴責(けんせき)を受けた上で、筑後・筑前三十万七千余石は召し上げられ、越前十六万石に移封が決まった。だが、徳川家康らの取り成しにより、秀秋は一先ず伏見屋敷で謹慎することになった。

この時、秀吉は三成に秀秋の旧領を与えようとしたが、三成は鄭重(ていちょう)に断った。

「なにゆえ断られましたか？　家臣たちも喜びましょうに」

武士はより多くの所領を得るために戦うものである。左近は首を傾げる。

「大きい声では申せませぬが、殿下のお身体が思わしくない」

秀吉は五月八日、有馬の湯治に行く予定であったが、それすらもできぬほど衰退してしまった。三月十五日、醍醐で大々的な花見が催されたが、その頃より寝小便をするほど身体は衰えていたという。

「薬師はなんと？」

「いいことは申しませぬな。それゆえ、病身の殿下と離れ、都から遠い九州を本領とすれば、また新たな仕置きをせねばならず、そちらに力を注ぎ、伏見の政が疎かになります。東には息を潜めて天下を狙っている御仁がござる。重要な拠点である佐和山を任せられる武将がおりませぬ。これを殿下にお伝え致し、ご納得して戴きました」

当然といった表情で三成は言う。

「石高によって抱えられる兵が決まります。石高の多さは力です。しかも異国の船が泊まれる博多が眼下にある。東のお方（家康）と事を構えることになるならば、国許のことは家臣に任せ、有り難く拝領しておいたほうがよかったのではござらぬか」

　勿体無いと左近は言う。

「構えさせぬようにするのが我ら奉行の仕事。中央にいなければなにもできませぬ」

　三成はあくまでも政の中枢にいることにこだわりを持っていた。

（戦場で書状や官位を翳しても矢玉の楯にはならぬ。奉行には判らぬかのう）

　左近は三成の自信を懸念した。

　移封の中止を渋々頷いた秀吉は秀秋の旧領を蔵入地とし、三成に代官として二十万石を管理させることにして、下向を命じた。

　移封の話は真実だっただけに、三成が秀秋を陥れたという噂は当然のように広がった。謀を人々が信じたのは、前年、小早川隆景が死去したのち、隆景の側近だった高尾又兵衛。神保源右衛門、清水景治、曾根高光らを三成が召し抱えたことにもよる。

　但し、毛利輝元は又兵衛らが牢人せず、碌を得たことを三成に感謝する書を出している。また、三成も輝元の許可を得ていた。

　輝元の書ならびに、三成が移封を断ったことで、三成が秀秋から領地を取り上げたというのは誤りである。ただ、秀吉の命令に忠実に動いただけのこと。それでも、年寄衆が奉行に気遣いしなければならぬほど三成が力を持っていたという見方もできる。

　三成は六月十六日、筑前の博多に到着し、久々に左近と再会した。

「随分とお疲れの様子。おそらく、治部殿は今、日の本で一番お忙しいお方でございますな」

「お家の大事でござる。安穏とはしていられぬ」

「お家は石田ではなく、豊臣でござるか。殿下はお喜びになられましょうが、ご家族や家臣たちは嫉妬しましょうな」

「豊臣が傾けば、石田など潰れる。嫉妬で済めば安いものでござる」

「それほど殿下の容態は悪いのでござるか」

左近の質問に、三成は一旦、口を閉ざした。

「察して戴きたい。ゆえに、某とともに帰国してくだされ」

「左様でござるか。こののちも、忙しくなりそうでござるな」

相槌を打ちながら、左近は考えさせられた。秀吉が倒れたことが朝鮮に伝われば、敵の勢いは増し、日本軍はますます不利になる。どのように終戦させるのか思案致さねばならない。頭が痛くなるばかり。三成も悩んでいることが窺えた。

六月二十二日、三成は博多で年貢など民政に関する九ヵ条の掟書を布令したのち、帰国の途に就いた。下知どおり、左近も妾の於ゆうと娘の於さいを連れて従った。

七月に入り、左近は三成と共に上洛した。伏見城に登城し、三成に連れられて秀吉の寝所に向かった。もはや起きることもできないようであった。

隣の控えの間には、御典医・曲直瀬道三(まなせどうさん)の助手が控えていた。

小姓の許しを得たのち、左近は三成と共に寝所に入った。寄騎の左近は入ってすぐのところに端座し、三成は、一段高くなったところに近づいた。

寝台の上には柔らかそうな布団の上に埋まるように、老人が横たわっていた。

小声で三成が言葉を交わすと、他の小姓と共に背を支えるように起こした。

「近こう」

蚊が泣くような声が発せられた。大声で有名な秀吉とは思えぬ変りぶりであった。

「左近殿、殿下のお許しが出された。遠慮のう近くにまいられませ」

聞こえなかったのではと、三成は気遣ったのであろう。

「はっ」

左近は秀吉というよりも、三成の言葉に従い、寝台に近づいた。

「おお、左近か。左近か」

かつて、高圧的な態度で左近を見下ろし、筒井家から引き抜いた同じ人物とは思えぬ姿。皮膚は乾き、土気色に染まっている。痩せさらばえ、今や一人で上半身を起こしていることもできぬ身体である。しかも小便臭い。何度変えても間に合わぬようである。もはや死を待つ、ただの老人であった。

「はっ、嶋左近……これに」

「左近や、佐吉を、佐吉を頼むぞ」

秀吉は譫言（うわごと）のように小声で呟いた。できれば見たくない光景であった。同時に、三成が先行きの不安を感じているのが理解できた。

対面はそれだけで終わり、左近は秀吉の前から下がった。

（あれでは、そう長くないの。この夏を乗り切れるかどうか。遅くとも秋か）

青々とした畳の廊下を歩きながら、左近は思案した。三成がなぜ、先の見えた秀吉に会わせたのかも考えていた。

（儂にも覚悟しろということか。左様のう、今さら誰かに仕える気も湧かぬ。殿下が逝かれたら、治部殿に仕えるか。それで一族郎党、家臣、領民が健やかに暮らせればよいかの）

そんなことを考える左近であった。また、左近は於ゆう母子を佐和山には連れていかず、東山に与えられている嶋屋敷に住まわせることにした。

二

左近は伏見城の本丸から戻ると、三ノ丸の南隣に築かれている治部少丸に入った。三成の曲輪であり屋敷である。いかに秀吉から信頼されているかが窺える。

ほどなくして三成も戻ってきた。

「治部殿が焦っておられるのが、よう判りました」

「見てのとおり、いつ逝かれてもおかしくはござらぬ」

「用意はできてござるのか？　まず、なにから手をつけられますか」

　政のみではなく心のことでもあった。

「異国と戦の最中ゆえ、喪は伏し、その上で和睦を結ばせ、撤退させる」

　心はできているようであった。

「日本の軍勢は急襲さながらに上陸して兵を進めた。ゆえに、和睦をとり結んだとしても、敵が黙って退くのを見過ごすとは思われませぬの」

「左様、手負いが出るは覚悟の上。されど、より少なくして退かせねばならぬ」

　考えるだけで胃が痛くなるような撤退戦に、左近は二度、三度頷いた。

「して、殿下が身罷（みまか）ったのち、政はいかになさるおつもりか」

「秀頼様がご成人なさるまでは十人衆（年寄、奉行）が相談していくことは、殿下も申されてござるゆえ、この形でいくことになりましょう」

「そう、うまくいきますかな。一人、年寄では満足できぬ御仁がおられよう」

「内府（家康）でござるか。やはり、皆の見るところは同じでござるな。一応、内府を牽制するための雛形はできてござる。貴殿は信が置けますので、ご覧になられよ」

　言うや三成は文机の上にある文箱の中から長々と記した書を取り出し、左近に渡した。

「忝ない。されば」

　左近は『豊臣秀吉遺言覚書』と言われる書に目を通した。大まかな内容は次のとおり。

「太閤様が御煩いなされたので、内々に仰せ置く覚書である。

一、徳川家康は長年、律儀に過ごしてきたので、近年昵懇になった。そのため孫婿の秀頼を取り立て、前田利家と年寄衆五人が居る所で申し、仰ぎ出ること。

一、前田利家は幼友達の頃から律儀なのを知っているので秀頼の傅役とし、徳川家康と年寄衆五人が居るところに度々姿を見せて御意を申すこと。

一、徳川秀忠は秀頼の舅なので、徳川家康の死後は家康のごとく世話をし、右の衆の居るところにて御意を申すこと（秀忠の娘千姫は秀頼と婚約している）。

一、前田利長は前田利家の死後は秀頼の傅役として世話をすること。はしたての御壺、吉光（よしみつ）の御脇差（わきざし）を下す。役儀をも十万石になることを許すこと。

一、宇喜多秀家は幼少の頃より取り立てられているので、秀頼のことを避けることないように。奉行（年寄）五人にもなったのだから、おとな五人のうちにも入り、諸事おとなしく贔屓や片寄りがないよう、世話をすること。

一、上杉景勝、毛利輝元は律儀なので、秀頼を取り立てること。輝元には直に、国許にいる景勝には、そう伝えること。

一、年寄ども五人は、誰なりとも御法度に背いたということを聞いたならば、提げ鞘にても罷り出し、双方へ異見し、口添えすること。もし、不届きな仁があって斬ったならば、追い腹もある。または、上様に斬られることがあっても、それ以外は面（つら）をはられ、つっかかり直そうとも上様と思い、秀頼を大切に世話すること。

一、年寄をなす五人、御算用のことを聞いてもよく究め、徳川家康、前田利家へお目にかかり、受け取りを取られ、秀頼が成人するまで、御算用方に尋ねる時は、右の二人に確認すること。

一、なにごとも徳川家康、前田利家の意見を聞き、その次第を究めること。

一、伏見には徳川家康を置き、諸職の世話をすること。城々の留守は徳善院僧正（前田玄以）、長束正家が仕り、何時でも徳川家康が望めば気がねなく天守までも上がってもらうように。

一、大坂城は秀頼の居城なので、前田利家はここに詰めて全ての世話をするように。御城番は皆で協力して務め、利家が天守まで上がりたいと言えば、気兼ねなく上がってもらうように。

右の一書のとおり、年寄衆、その他の者も御座し、女房衆たちまでにも聞かせること。以上」

というものであった。

ここでは三成は自身のことを年寄と言い、家康らを奉行としていた。

「なるほど。内府と大納言（利家）殿を特別視することで、互いに牽制させ、他の三人の年寄と五奉行が補佐するということでござるか。毛利は頼りになりませぬか」

「ならぬことはござらぬが、やはり隆景殿あっての毛利。宇喜多中納言殿はまだ若く、上杉殿は移封したばかりにて、すぐに対抗というわけにはいかぬが実情」

「さもありなん。されど、承知していると思われるが、乱世において、誓紙などただの紙きれ。殿下がそのこと一番ようご存じであるはず」

日頃思っていることを口にした。

「それゆえ、これより雁字搦めにしていく所存」

「お手並み拝見でござるな。されど、奉行衆から転ぶ者が出ては、まずいのではござらぬか」

「弾正少弼（浅野長政。長吉から改名）でござるか。それも手は考えてござる」

「さすが治部殿。頼もしい限りでござる。されど、油断めされるな」

「承知してござる」

左近の忠言に三成は噛み締めるように頷いた。

七月十五日、大坂と伏見に集められた諸将は、秀頼に対する忠節を誓う起請文を書かされた。この時、先の『豊臣秀吉遺言覚書』も発行された。

七月二十四日、秀吉は思い出したように、浅野長政に近江の江崎郡の地で五千石を加増し、他の蔵入地は代官として管理させることにした。秀吉の正室・北政所の妹ややを正室にもつ長政は、五奉行の中で唯一、尾張出身で秀吉の親族。自分の死後、なんとしても秀頼を見捨てないようにしようと必死であった。

七月二十五日には、秀頼のためにと、秀吉は朝廷に白銀を一千枚献じ、諸門跡、公卿、諸将にも金銀、刀剣を与えた。死ぬ前になんでもしておこうということである。

同日、諸大名に秀吉の遺品・遺金の分配が行われた。その目録は『甫庵太閤記』の「秀吉公御遺物於加賀大納言利家卿館被下覚如帳面写之」に詳しく記されている。

主だったところの十人衆では次のとおり。

徳川家康は遠浦帰帆図と金子三百枚。前田利家は三好正宗の太刀と金子三百枚、さらに金子百枚と吉光脇差。上杉景勝は鷹之絵。宇喜多秀家は最巻。毛利輝元は七台。浅野長政は吉光脇差と金子五十枚。徳善院僧正は貞宗脇差と金子五十枚。石田三成は吉光脇差と金子五十枚。増田長盛は国次脇差と金子五十枚。長束正家は吉光脇差と金子三十枚というもの。この他、二百人ほどの秀吉直臣が分配されている。

注目すべきは、嶋大和守（左近）は景光脇差、岸田伯耆守（忠氏）は則重脇差、松倉豊後守（重政）は国吉脇差を分配されていること。このことを見ても左近が直臣であったことが判る。また、岸田忠氏、松倉重政は共に秀吉の命令で筒井定次の補佐につけられた者であるが、左近同様、引き抜かれる形で秀吉の直臣となっていた。

八月五日、秀吉は五大老と五奉行に誓紙を提出させ、それぞれ交換させた。自身は自筆にて五大老に懇願調の遺言を認めた。

「かえすがえす秀頼事、たのみ申し候。五人の衆たのみ申し候〳〵。いさい五人の者に申しわたし候。なごりおしく候。以上。

秀頼事、なりたち候ように、この書付の衆としてたのみ申し候。なに事もこのほかは、おもいのこす事なく候。かしく。

秀吉御判

八月五日

いへやす（徳川家康）

ちくせん（前田利家）

てるもと（毛利輝元）

かけかつ（上杉景勝）

秀いへ（宇喜多秀家）

まいる」

死期が近づき、秀頼の行く末を見ずして逝く己が名残惜しくて仕方ない。天下人に上り詰めた老人の妄執が滲み出る書状である。さらに秀吉は手を打った。

八月六日、秀吉は徳川家康、前田利家、毛利輝元、宇喜多秀家を枕頭に招き、懇ろに後事を託した。この時、家康は秀吉の手をとりながら、涙をこぼしたが、目の奥では嗤笑していたという。

真実かどうかは定かではないが、同盟者の家臣に天下を掠め取られ、政略結婚させられ、人質を取られ、移封させられたことを思えば、納得できないこともない。一方、秀吉にすれば、健康な家康が憎らしくて仕方なく、叶うならば刺し違えたかったことであろう。そのような力さえも、もはや老体には残っていないようであった。

八月七日、秀吉は浅野長政、増田長盛、石田三成、徳善院僧正、長束正家の五奉行には、互いに姻戚を結ばせ、結束を固めさせた。

八月八日、秀吉は大津の京極高次に近江蒲生郡の土地を与え、醍醐寺三寶院に寺領千石を寄進した。また、徳川家康、同秀忠、前田利家、同利長、宇喜多秀家には五奉行に誓書を提出させた。

「一、秀頼に奉公すること。一、秀忠にも御諚どおり、充分に言い聞かせ、秀吉への奉公を疎んじられぬようにする。一、御隠密に呼ばれたことは、他言しない」

家康は以上の三ヵ条を五奉行に提出した。

また、八月十日には国許に在している上杉景勝を除く四人の年寄は秀吉に三ヵ条の連署契状を出し、翌十一日には五奉行が家康、利家、秀家に起請文を提出している。

遺言書や誓紙など、己がさんざんに踏みにじり、兵の前には何の役にもたたぬ、ただの紙切れ一枚にしかすぎぬこと、自身が一番よく判っていたろうが、藁をも摑みたい心境に違いない。

この頃より秀吉の意識は朦朧とし、記憶喪失、あるいは記憶違い、いわゆる認知症の症状が現れる。

運命の八月十八日、丑ノ刻（午前二時頃）、前関白にして従一位・太政大臣の豊臣秀吉は伏見城にて身罷った。

享年六十二。辞世の句と呼ばれているのが次のもの。

「つゆとをち、つゆときえにし、わがみかな。
なにはの事も、ゆめの又ゆめ　松」

死に臨んで急に詠んだものではなく、万が一の場合を想定し、事前に作っておき、侍女の孝蔵主（こうぞうす）に保管させておいたとも言われている。

病床にあった秀吉は己の死期を知ると、浅野長政と石田三成を呼び、くれぐれも喪を伏せるように命じたという。遺言に従い、秀吉の遺体は三成らにより、夜陰の中、密かに運び出され、東山三十六峯の一つ、阿弥陀峯（あみだがみね）中腹の油山（あぶらやま）に葬られた。

いずれにしろ秀吉の死により、国内に新たな戦雲がたちこめ始めていた。

三

秀吉が死去した翌八月十九日の早朝、三成は当初の取り決めを破り、家臣の八十島助左衛門を徳川家康の許に遣わし、秀吉の死を知らせた。

同じ奉行であるが、三成と仲が悪い浅野長政は、徳川家康とは親しい間柄。そのため、早々に遺命を破って秘を漏らすであろうと考えた。そこで三成は、家康に長政への疑念を持たせようと、先に秀吉の死を報せたのだ。

三成は浅野長政に嫌悪感を持っていた。冬の寒いある時、奉行溜りで火鉢を囲んでいたところ、突然、家康が姿を見せた。この時、長政は下座に下がって平伏をしたが、三成は頭巾を冠ったまま火鉢にあたり続け、軽く会釈をする程度で挨拶をすませた。これを見た長政は三成に無礼だと二度注意したが、三成は聞かない。長政は三成の態度に怒り、頭巾を毟り取って、「いいかげんにしろ」と叱責して火鉢の中に捨てたということがあった。

家康は年寄筆頭で内大臣、石高も二百五十五万余石という秀吉に次ぐ実力者であることは誰でも知るところ。三成は十九万四千石と石高では遥かに劣るものの、秀吉の下では家康も三成も同じ家臣。浅野長政の媚びを売るような態度こそ卑しいというのが三成の理屈であった。他にも似たようなことがたびたびあり、三成は秀吉の姻戚というだけで奉行になった長政を蔑んでいた。

助左衛門はちょうど登城途中の家康に出合い、報せを告げた。

すると家康はすかさず徳川屋敷に戻り、息子の秀忠を江戸に帰国させた。おそらく、本能寺の変における信長親子の終焉を思い出したのではなかろうか。上方に在する徳川家臣の数は微々たるもの。親子揃って討たれれば、徳川家の行く末が危ない。また、近い将来、必ずや戦になると踏み、軍勢を整えさせるのが目的であろう。

家康が徳川屋敷に引き返した日、三成は日が暮れたあと石田曲輪に帰宅した。

三成は多忙なので翌朝話をしよう。左近はそう思っていると、逆に三成の方から声がかけられたので、居間に向かった。

「内府に、浅野殿よりも先に報せたとのこと。さすが治部殿やりますな」

「左近殿に褒めてもらえるとは光栄でござる」

「して、こののちはいかがなされるか」

問題は山積み。三成がなにから手をつけるのか、興味津々である。

「まずは速やかに朝鮮から兵を撤退させること。至急、評議を行い、奉行の何人かを博多に向かわせねばなりません」

「船や兵糧の用意を短い日にちで揃えて送るのは至難の業。かようなことができるのは日本広しといえども、治部殿しかおりませんな」

「おそらくは。そこで、某に代わり、伏見のこと、左近殿にお任せしたい」

三成は左近の目をじっと見据えて懇願した。

「内府を亡きものにしろと？」

左近が口にした途端、居間の空気は一瞬にして張り詰めた。

「とんでもない。殿下がお亡くなりになったばかりにて、まだ、朝鮮からの撤退も済んでおらぬのに、混乱を招く争いは避けねばならぬ」

三成は断固反対した。

「治部殿は甘い。殿下が亡くなり、一番喜んでおるは内府でござるぞ。こののち必ずや自(おの)が天下を狙いましょう。ゆえに、今のうちに芽を摘んでおくべきでござる。なんの、配下には伊賀者も多くいるゆえ、討ちもらしは致しませぬ」

「いや、待たれよ。仮に内府を討てたとしても、江戸には無傷の軍勢がいる。さすれば手が廻らず、円滑な撤退が行えぬ」

「治部殿、内府は戦上手。長久手では殿下の兵が敗れておること存じているはず。戦国最強と謳われた信玄ですら討てなかった漢。戦場で討つのは困難ですぞ」

　家康の戦歴は調べ尽くしたつもりだ。

「承知している。されど、暗殺はならぬ。彼奴は豊臣の政の中で押さえ込む」

「誓紙など何枚書いても同じでござる。矢玉の楯にはなりませぬぞ」

「左近殿、なにを焦っておられる。温厚な貴殿らしくもない」

　やる気満々の左近を、三成は宥める。

「今まで封印してきたものが、殿下の死により、解かれたのやもしれぬ。某も今年で五十九歳。あと何十年も生きられるとは思えぬ。こうなれば、なにか生きた証を作りたいもの。豊臣の世を揺るがす内府と刺し違えたとなれば、殿下の直臣としての冥利（みょうり）というもの。江戸の中納言（秀忠）は内府の器ではなし。内府さえ討てば、豊臣の世は安泰でござる」

　左近は珍しく力説した。

「その命、某に預けてくだされぬか。内府とて、高齢（五十七歳）、そう長くは生きられぬはず。万が一、内府が禁を犯し、秀頼様を蔑（ないがし）ろにした時こそ、貴殿に兵を率いて戴きたい。それまでは貴殿を失いたくはござらぬ」

「それは、某を家臣にと申されるか」

「左様、殿下の下知にて、今まで某のような若輩の寄騎になって戴いたことは感謝してござる。されど、今こそ貴殿を必要としてござる」

　三成は切実に訴えた。三成とすれば石田家の内部の内の内まで知られた左近を放したくはないはずだ。また、寄親と寄騎という立場では不安なのであろう。

「某が治部殿の家臣となれば、大和の所領は返上せねば天下に示しがつきますまい。また、今後、いかなることになるか判らぬ時ゆえ、禄は幾らあっても足りぬはず。かような折りに、某が豊臣家から賜る所領を治部殿は出せますまい」

「なんの、湖操（琵琶湖の湖運）の収入は予想以上に見込め、新田の開発も進んでござる。また、商いについても、某は殿下を感心させたこともござる。貴殿を今と同じ一万五千石で召し抱えられるならば安い買い物。但し、申し訳ござらぬが、今の某にはこれが手一杯。いかがか」

　真剣な三成の求めに、左近は暫し口を閉ざした。

　若き日の三成は秀吉から五百石の加増を言い渡された。その時、三成は淀川の川原に茂る葭葦を刈り取る運上（課税権）が欲しいと申し出た。葭葦は屋根を葺いたり、簾作りに使うなどの生活必需品で、運上は一万石にも相当したとのこと。これを聞き秀吉は唸ったという。

　静まり返る部屋の中であるが、障子越しに秋虫の音が微かに聞こえる。

沈黙を破り、会話を再開したのは左近であった。

「お受け致そう。かような動乱の中で、内府に対抗するは治部殿一人。また、亡き殿下にも頼まれてござる。面白い、内府の横鑓、見事防いでみましょうぞ。これよりは殿とお呼び致します」

言うや左近は胡座をかいたまま両手をつき、三成に頭を下げた。

「おおっ、お受けして下さるか。忝ない。忝ない左近殿」

三成は破顔し、左近の手を取った。

「臣下に敬称をつけるは、他の家臣に示しがつきませぬ。お気をつけなされませ」

「さ、左様か……」

左近に注意され、どこかぎこちない三成であった。

その晩、二人は盃を傾け合い、互いに展望をぶつけ合った。

左近以外にも、三成が佐和山の城主となってから、名だたる者が多々召し抱えられた。

羽柴秀長旧臣の舞兵庫、大場土佐、大山伯耆、武田旧臣の小幡信世、蒲生旧臣の蒲生将監、蒲生頼郷・大膳親子、北川平左衛門、小早川旧臣の曾根高光、高尾又兵衛、豊臣秀次旧臣の高野越中、徳川家康旧臣の津田清幽など。他にも渡辺勘兵衛、樫原彦右衛門なども前後して仕官した者である。また、三成の義父・宇多頼忠は豊臣家に仕えたまま石田家の寄騎の立場を取っていた。

左近が領していた大和の地について問題がなくはない。秀吉の死後、秀頼が成人するまでは新たな知行の宛てがいはしないという定めがある。奉行たる三成がこれを破る訳にはいかないので、左近が隠居し、次男の友勝に家督を譲り渡したという形をとった。これにより、友勝は豊臣家の直臣になった。『和州国民郷士記』には「嶋修理介の知行一万石秀頼卿より、同・持宝院陵尊房一万石、石田三成より」とある。

当の左近は身軽になり、三成に召し抱えられたことになった。また、左近の嫡男・政勝は父に従い、三成から三千石が与えられた。

この日、『木俣土佐紀年自記』や『前橋舊藏見聞』などによれば、三成が私的に家康を討とうとしたというが、どうやら史実とは違うようである。

左近は正室の茶々がいる佐和山城下の嶋屋敷に帰宅し、一連の子細を告げた。

「それは、ようございました」

友勝が一本立ちできて、茶々は喜んだ。通常、次男はよほど裕福な家でない限り、嫡男が死去した時の代役であり、平時は部屋住みの穀潰しと厄介がられる場合が多い。一、二万石程度の家では、切実なる問題であった。

新たな門出を祝う帰宅であったが、泥を塗るような事件が起こった。

左近の下人が刃傷沙汰を起こして捕らえられた。罪人に例外を作るわけには行かず、斬首することにした。左近は股肱の下河原平太夫に命じた。

「平太夫、見せしめに、そちが首を刎ねよ」

「はい。されど、拘束する者を斬るは気が引けます。縄を解いても構いませぬか」

た。

「左様か、仕損じるでないぞ」

念を押して左近は許した。そして、罪人は縄から解き放たれた。

その刹那、平太夫は太刀を抜き、一閃したが罪人は躱し、手負いのまま逃亡を始めそこへ、大山伯耆が鉢合わせとなり、罪人と知って組み伏せ、仕留めた。

「かようなことを我らに内緒でするとは遺憾でござる」

二十歳に満たない大山伯耆は、言い捨てると門外に出ていった。

左近は刃傷沙汰に関わったかもしれぬ罪人の父と弟を捕縛させるために配下を向かわせた。親子は嶋屋敷とは反対側の外れにあった。

すると、大山伯耆は先回りしていて、脇道を通るであろうと待ち伏せ、先に子を斬れば父は逃げないであろうと、そのとおりのことを実行した。この一件で大山伯耆の名は上がった。

左近は残務処理をしたのち、暗雲渦巻く都に向かった。

四

左近が伏見城の石田曲輪に戻ったのは、八月二十五日の夕刻であった。

「ご迷惑をおかけ致しました」

伏見城の石田曲輪に戻った左近は、佐和山でのことを三成に詫びた。

「済んだことじゃ。それよりも大山伯耆を褒めてやらねばならぬの」

先日の左近の助言どおり、三成は言葉使いを心掛けているようであった。

「それより、伏見はいかなことになっておりますか」

「本日、内府と大納言が相談し、殿下の喪を秘したまま、殿下の下知として徳永式部卿法印（壽昌）と宮城丹波守（豊盛）、それに徳川家の山本新五左衛門（重成）を渡海させ、朝鮮に在する諸将を帰国させることが決定した」

「妥当な指示ではありますな。して、殿には？」

「まだじゃが、明日、明後日のうちには決まるであろう。博多に行くことになる」

「前田大納言殿は信のおけるお方と存じますが、正直、殿は好かれておりませぬ」

「なにが言いたい？」

「五人の年寄衆とは申せ、二大巨頭と、これを他の三方が補佐するのが実情。殿は二大巨頭に疎まれているとあらば、せめて、他の三方と誼を通じていなければなりません。その上で大納言殿も味方に引き入れるようにしなければ、内府に対抗できませぬ」

「ようも申すわ。されど、上杉、宇喜多とは良好じゃ。両人が内府に靡くことはあるまい」

「とは申せ、殿は小早川移封のことで、毛利からも憎まれておりますぞ」

「さればいかがする。毛利から誓紙でも取るか。なるほど、そう致すか」

三成は左近の謎かけを理解したようで、扇子で太腿の上をピシャリと叩いた。

（それにしても、妙よな。親子ほども歳下の主に仕えていながら、愉快じゃ）

おそらく、徳川家康という強大な男から豊臣家を守るという大義名分を掲げているせいであろうか。そういえば、嘗て、筒井順慶に仕え、三好家の大きな軍事力を背景に奈良に攻めこんできた松永久秀と戦っているような感じがする。ただ、久秀との戦いは、押しに押され、織田信長という異端児の出現なくば、危うい状況であったが。しかしながら、順慶の死以降、仕えた主君たちよりも生き甲斐を感じている左近であった。

八月二十八日、三成は毛利家の外交僧を務めていた安国寺恵瓊を使者として毛利輝元のところに遣わし、浅野長政以外の四奉行宛に起請文を提出させた。

「太閤様が御他界したあとも、我らは秀頼様へ無二の御奉公を致す覚悟である。万が一、世上にいかなる動乱があろうとも、秀頼様御取立之衆と心を合わせ、表裏別心なく働く所存である。太閤様が仰せ置かれたことは、こののちも忘却することはない。各々の間柄を時に悪いように申そうとも、隔る心なく互いに申しあらわし、幾重にも仲良きよう申し合わすこととする」

と書かれた本文の横に、補足するように小さな文が添えられている。

「このたび御定になった五人之奉行（年寄）の内、いずれも秀頼様に逆心にあらずとも、心々にて、長盛、三成、徳善院、正家と心違いを申す者があれば、我らにおいては、右の四人衆と相談致し、秀頼様に奉公すること」

どれほどの効果があるか定かではないが、三成らは四奉行と対立する者が年寄衆の中に出た場合、奉行らと行動を共にすることを誓わせることができたわけだ。

同日、上杉景勝を除く四人の年寄は、黒田長政、立花親成（のちの宗茂）に撤退命令を出した。また、毛利秀元、浅野長政、石田三成を博多に派遣し、諸将の帰国準備をさせることに決定した。

「毛利殿は、いかな様子でございましたか」

「儂が誓紙を書かせたわけではないが、恵瓊殿の話では難色は示さなかったとのこと」

「左様ですか。それはそうと、毛利への取次ぎは恵瓊殿にさせるおつもりですか」

「本人が任せよと申している。殿下も一目置く僧ゆえ、無下にも断れまい。また、それで毛利百二十万石が内府の反目に廻るならば、安きもの」

「こたびの朝鮮出兵でお判りかと存じますが、間に人が入るほどに真実が伝わりにくくなるもの。殿が本気で毛利殿と与したくば、直に接するようになされませ」

「……左様よな。心得ておこう」

人からなにかを言われるのを嫌う三成であるが、左近の助言は嫌々でも頷いた。それだけ、頼りにしているのであろう。話し合いは続いた。

九月二日、秀忠は江戸に到着し、早速、上洛の準備を開始した。

三日、年寄・奉行の十人衆は各々互いに連署して、秀頼に対して六ヵ条の誓書を提出した。但し、この時、上杉景勝は在国中で、十月に上洛した時に追記している。

五日、四人の年寄は連署して出征中の黒田長政、島津義弘・忠恒親子、毛利吉成らに書状を送り、撤退して帰国することを命じた。

八日、十人衆は連署して、再度、起請神文を発した。

その晩も三成は左近と膝を交えた。

「本日の内府の顔、そなたにも見せたかったぞ」

「こう、たびたび誓紙や起請文を書かされては、嫌悪感を示しましたか」

「いや、文句一つ申さず、賛成した。他の者は血判を押すゆえ指を斬らねばならず、傷の治る暇がないとでも言いたげであったが、内府は表情を変えぬ。ゆえに怪しい。いかに自が欲望を押し殺しておるのかの。一度、腹の内を覗いてみたいものじゃ」

思いのほか三成の表情は明るい。

「歴戦の内府から見れば、闘志満々嚙みついて来る殿が、目障りでしょうな」

「案外、騒動の元にできると、喜んでいるやもしれぬ」

「それがお判りならば、敵の挑発に乗ってはなりませぬな」

「児戯な手に乗るものか。それよりも、最悪の場合、儂は渡海せねばならぬ」

三成はじっと左近を見据えた。

「畏まりました。下知あり次第、十日ののちには出陣できるよう致しておきます」

渡海することになれば戦を覚悟しなければならない。

「うむ。敵は朝鮮のみならず、内にもおるゆえ留守のこと頼むぞ」

左近に念を押した三成は翌朝、博多に向かって出立した。

三成が都を留守にしている間の世の流れは大方次のとおり。

九月十四日、家康は、秀次事件に連座して陸奥の南部利直(なんぶとしなお)に預けられていた淡路(あわじ)・荘田(しょうだ)城主の船越景直(ふなこしかげなお)を召還させた。景直は家康に恩を感じ、家臣のように接するようになった。

十九日、朝鮮にいる小西行長は、明の劉綎(りゅうてい)と会見しようと城を出たが、敵が途中に伏兵を隠していることが露呈し、順天(スンチョン)城に帰城した。

二十一日、明の麻貴(まき)らが加藤清正らが籠る蔚山(ウルサン)城を囲んだ。

二十四日、明の劉綎らは順天城の小西行長らを攻めた。

二十八日、泗川(サチョン)旧城の攻防があり、島津勢の川上忠実(かわかみただざね)らは奮闘して明軍を押し返し、三十日、城を出て、島津義弘らがいる泗川新城に逃れた。

十月一日、義弘らは敵を城下に引き付けて撃退した。「於朝鮮国泗川表討捕首注文之事(ちょうせんこくしせんおもてにおけるくびとりちゅうもんのこと)」によれば、討ち取った首は三万八千七百十七級とある。大勝利であった。

同日、徳永壽昌、宮城豊盛らは博多を発ち、泗川には八日に到着する。

同月三日、明の劉綎・陳隣(ちんりん)らは水陸の兵を合わせて順天城の小西行長を攻めた。

同月七日、家康は黒田長政に守備を固めるように注意した。

三成が博多に到着したのは十月上旬のこと。三成は博多の商人の島井宗室や神屋宗湛などの協力も得て、撤退のための船を集め、釜山に向かわせていた。

主が留守の最中、石田曲輪に珍しき客が訪れた。先に名を聞かねば判らなかった。

「お久しゅうございます」

左近の前に出た青年は潑剌と挨拶をした。四角ばった輪郭に眉は絵に記されるような流曲線を描き、二重瞼で目はさほど大きくない。唇は薄く、鼻は大きく胡座をかいている。この年二十六歳になった柳生又右衛門宗矩であった。

「おお、久しいの。見違えたぞ。柳生谷以来か」

左近は両目を大きく見開き、笑みで応えた。

「お恥ずかしゅうございます。左近殿も昔と変わらず」

「今は確か徳川家に仕えていると聞いたが」

「はい。お陰様を持ちまして」

柳生家は羽柴秀長が大和に入国したのち、検地で隠し田が発覚して改易にされた。その後の文禄三年（一五九四）、宗矩は父の石舟斎宗厳とともに京都郊外の紫竹村で家康に謁見し、柳生新陰流を披露して以来、徳川家の旗本となった。

「石舟斎殿はご息災か」

「はい。父は甥の兵庫（利厳）に自が兵法を全て教え込むと日夜勤しんでござる」

「それは、難儀なこと。されど、会得できれば天下無双となろうの」

左近の記憶では兵介(ひょうすけ)といった童の兵庫しか思い出せなかった。

「父に言わせれば、某よりも力量は上とのことでございます」

「ほう、それは会うてみたいものよな」

その後も暫し昔話に花が咲いた。頃合を見て、左近は尋ねた。

「して、こたびの赴きはいかに」

「左近殿はいかほどの禄(ろく)で石田家に仕えているのかと思いまして」

宗矩の言葉を聞いた瞬間、また引き抜きかと嫌悪した。

「殿下に戴いていた禄高と変わらぬが」

「不足してはござらぬか」

「質素倹約に努めてきたゆえ、沢山戴いても使い方を知らぬようじゃ。今の禄でも、微力ながら充分に働けるものと思っておる」

「世間では、左近殿のことをこう申してござる。『三成に過ぎたるものが二つあり、嶋の左近に佐和山の城』と」

「ほう、これは恐れ入る。されば、以前はかような俗謡を聞いたことがある。『家康に過ぎたるものが二つあり、唐の頭に本多平八』と。内府殿には恐れ多いゆえ、一度、本多殿に聞いてみたいの。いかな気持ちであるかの。ははは っ」

左近は軽く笑い捨てた。

「左近殿、我が主は年寄筆頭にて、こののちも政を引いていかれるお方。石田殿とは地位といい石高といい、比べものにはなりませぬぞ」

「地位や石高は低くとも志は高い。儂は左様な武将に仕えていることを光栄に思っておる。帰って徳川殿に申されよ。左近は石田三成の家臣で充分でござるとな」

左近は半ば追い返すようにして宗矩と別れた。一度領地を失い、ようやく仕官できた柳生家。家康の命令で嫌々来たのであろうが、禄で動いた兵法者にやや失望した。

家康の軽い腹芸はいざ知らず、年寄として役割はしっかり果たしていた。

十月十五日、年寄衆は連署して朝鮮に在陣する諸将に対し、順天(スンチョン)城の援軍は水路を取ること。他の城々の守兵は巨済島(コジェド)、竹島(チュクド)に撤去すべきこと。明軍撃退後は釜山浦(プサンポ)に集合して帰国すること。蔚山(ウルサン)城が包囲されるならば、それが片づくまで西生浦(ソセンポ)城を堅守すること。不慮の場合は早々に釜山浦に引き上げることなどを告げた。

十九日、家康は独自に、黒田長政、加藤清正に二人で謀って釜山浦に引き上げ、無事帰国することを告げている。将来を見据えた自軍への抱え込みである。

二十二日、年寄衆は寺沢正成(てらざわまさなり)に五ヵ条の書状を送り、撤兵を命じた。

同日、年寄衆は、在国の御弓・鉄砲衆に対し、明軍が順天城に迫るので、十月十日を期して大坂表に集合後、肥前の名護屋に在陣し、博多にいる浅野長政、石田三成らの下知次第、撤退軍の後詰として壱岐・対馬に渡り援助することを命じた。

二十七日、家康は再び黒田長政に書状を送り、釜山に撤兵させた。

朝鮮では、秀吉の死が漏れているらしく、日本軍への圧迫が強まった。というのも、申靈（シンリョウ）（申炅（シンケイ）・申炅用（シンケイショウ）・申暻（シンケイ））が記した『再造藩邦志（さいぞうはんぽうし）』には、小西行長が朝鮮軍に内通し、たびたび配下を寄越して作戦行動や対策を教えてきた。これにより、行長は朝鮮側から便宜（べんぎ）を受けたと書かれている。

これに対し、日本側に明確な史料は存在しない。ただ、日本軍の中から朝鮮に投降した降倭（こうわ）が出たのは事実なので、行長の家臣が勝手に行動したかもしれないということは否定できない。

十月三十日、小西行長・島津義弘ら西部方面の武将は撤退の協議を行った。

十一月八日、行長は翌日をもって諸勢を乗船させる命令を出した。

十日、行長は敵の水軍が帰路を遮るのを見て再び順天城に戻り、翌日、明の陳璘に使者を送り、再度、講和の交渉を行った。

十五日、東部方面の武将たちが釜山浦に向かい撤退を開始した。

十七日、巨済島に集まっていた島津義弘・宗義智・立花親成らは、小西行長が足留めされていることを知り、艦隊五百をもって援軍に向かった。

十八日、露梁（ノリャン）海峡で日本軍と明・朝鮮軍の海戦があり、島津勢が敵の名将・李舜臣を戦死させるものの、日本軍は押され、巨済島に退いた。また、一部は南海島（ナムヘド）に座礁した。この間に小西勢は脱し、二十日、巨済島に到着し、南海島に上陸した兵も無事逃れ、西部方面の撤退は完了した。

二十三日、加藤清正らは蔚山城を発し、二十四日、毛利吉成らが釜山を、二十五日、小西行長、島津義弘らも釜山を発して帰国の途に就いた。

十二月上旬、諸将は博多に上陸して、改めて秀吉の死を知り愕然としたという。

この地で加藤清正は憎むべき石田三成と対面し、一悶着あった。ささやかな酒宴が設けられ、三成は諸将に対し、労いの言葉もそこそこに次のように言った。

「諸公は、まず伏見に上って太閤殿下の喪を弔い、秀頼様にご挨拶をすませたのちに領国に戻って戦塵を落されよ。明くる年、入京致したおりには茶会など開き、長年の労をお慰め致そう」

これを聞き、兼ねてから憎しみを持っている清正は怒髪衝天。

「朝鮮で戦をせなんだ汝らは、蓄財していたゆえ茶会を催すこともできよう。されど、我らは渡海すること七年、泥水を啜り、土を喰らって戦い、戦い、戦い！　一銭も残さず茶もなければ酒もない。ただ稗粥をもって返答するのみじゃ」

清正が吐き捨てると、浅野長慶（長継から改名）も続いた。

「我らの帰国は治部少輔（三成）の欲せざるところであろうよ」

痛烈な皮肉を聞き、三成は顔を顰め、深く恨みに思ったという。

戦は進撃よりも退却の方が厳しいと言われるが、まさにそのとおりであった。

この間、家康はしきりに黒田長政、加藤清正へ書を送っている。自派に取り込もうとしていた。また、三成と仲がいい小西行長へは、ただ見つかっていないのかもしれないが、年寄の一員としてしか書を送っていない。最初から取り込みは無理だと諦めていたのかもしれない。

秀吉が信長の下で学んだことは、金にものを言わせて圧倒的な兵力と物量、さらに付城政策と神速な兵の移動。それにも増す下準備であった。

天正六から八年（一五七八から八〇）にかけて行った播磨の三木城の干殺し。米を買い上げた上で攻めた翌九年の鳥取城でのかつやかし殺し。翌十年の高松城の水攻め。中国大返しから情報戦を駆使して勝利した山崎合戦。同十一年、二度目の大返しとなった賤ヶ岳の追撃戦。大兵力で制圧した同十五年（一五八七）の九州征伐、同十八年の小田原攻め。山崎合戦以外は下準備ができていた。

勝利の方程式は完成していたはずなのに、秀吉は大陸の出兵にあたり、敵の兵力、気候、文化、言語などなど……どれほどの情報を得ていたであろうか。得意だった大量の物流も兵站の確保ができずに、前線の士卒は食い物にも困る始末。結果からいえば、朝鮮出兵はただ、豊臣政権を弱体化するだけの出征に終わった。

秀吉は出自に劣等感を持っていた。天下人になっても陰では蔑まれていることも承知しているので、信長ができなかったことを幾つも行うことによって払拭しようとしたのかもしれない。これが準備不足の出陣になったのではなかろうか。あるいは、もしかしたら秀吉は自身の寿命を判っていたので、出陣を急いだのかもしれない。いずれにしても豊臣家にとって、このつけは、どうにもならぬほど大きなものになってしまった。

ただ喜んだのは徳川家康。その家康は早くも牙を剝き、秀吉の遺命を破りだしていた。

左近は、事細かく三成に書で報せていた。三成が帰京したのは十二月の末であった。

第七章　主君の隠居

一

慶長三年（一五九八）も暮れた頃、石田三成は伏見城の治部少丸に帰宅した。

「つぶさな報せには感謝しておる。左様に頻繁か」

三成は戻るなり左近に問う。

「もはや天下人のように諸将はご機嫌伺いに訪れてござる。されど、気遣いも怠らず、自らからも足を運んでござる。『御掟』の違約でござる」

左近は徳川家康の行動を指摘した。

家康は三成が博多にいる頃、頻りに諸将と顔を合わせていた。皆が徳川屋敷を訪れる他、家康は敵味方の分別を兼ねて十一月二十五日には増田長盛邸を、翌二十六日には長宗我部元親邸を、十二月三日には新庄直頼邸を、六日には島津龍伯（義久）邸、九日には長岡幽斎邸、十七日には有馬則頼邸を訪ねた。以上は記録に残っているものだが、まだありそうだ。

右のことは文禄四年（一五九五）八月二日に署名した『御掟』の二条「大小名における深重の契り、誓紙を交わすことを停止する」に背いている。

「左様か。されど、右衛門尉（長盛）にも会っているところを見れば、届け出はされているのであろうの。にしても、不用意じゃの」

「増田殿は腰の定まらぬところがござるゆえ、お気をつけなされ」

「うむ。儂からも注意しておこう。他は？」

「これこそ『御掟』に触れてござる。かなり確かな噂でござる。婚儀のこと」

左近は一件ずつ順番に説明し始めた。

家康は極秘裏に伊達、福島、蜂須賀家と婚約を交わしていた。家康六男の忠輝と伊達政宗の長女・五郎八姫、松平康元の四女・満天姫を福島正則の養嗣子・正之に、小笠原秀政の娘・氏姫をそれぞれ家康の養女として、蜂須賀家政の息子・至鎮にである。これら姻戚を結ぶことは先の『御掟』の第一条、「諸大名で縁戚を結ぶ時は、（秀吉の）御意を得て、申し定めるべきのこと」としている。秀吉は死に臨んでも固く守るよう誓紙を書かせた。秀吉が死去しているので、十人衆の席で大名間の婚儀は話し合われねばならないが、家康は公然と破ったのだ。

「それは、聞き捨てられぬの」

「はい。年明けには秀頼様が伏見から大坂にお移りなられるゆえ、伏見に残る内府と諸将との間は自ずと広がりましょう。その前にと思ったのでございましょうな」

「おそらくの。それまでに証拠を揃え、詰問致す。いずれにしても正月を寛ぐ訳にはいかぬようじゃの」

三成は顔を顰めた。

慶長四年（一五九九）が明け、諸将は伏見城に登城し、七歳の秀頼に歳首を賀した。

「内府め、なに喰わぬ顔で列席しておって」

帰宅した三成は吐き捨てた。

「あの漢、感情を面には出しませぬな。殿も見習われませ。今の殿では腹内を読まれますぞ」

「儂に腹黒くなれと申すか。それより、年明けゆえ、内府の不正を一つずつ潰してくれるわ」

左近の冗談を真に受ける三成。正義感に燃えていた。

一月三日、島津龍伯が家康の許を往来していることを摑み、三成は詰問した。

文禄三年（一五九四）、三成は配下を派遣して島津領の検地を実施した。この結果、公称二十一万四千余石が五十七万八千余石に書き換えられた。島津家とすれば、大助かりだ。朝鮮出兵などで余計な出費が出るはめにはなったが、それでも石高が明確になったことにより、領国経営がし易くなったのは事実。義弘（当時名）は礼として六千二百石を三成の蔵入地としている。

また三成は島津家の取次役もしていたので、豊臣方あるいは石田方と見ていた。その思案が崩れ、正直、龍伯の行動には衝撃を受けていた。

詰め寄ると龍伯は、全て自分から申し出たことと詫び、弟の義弘とその息子の忠恒に、家康と往来したことについて他意はなく私的なことで島津家とは関係ないことを起請文にして提出した。

まずは楔を打ち込めたと思っていた矢先のことであった。

七日、家康は茶会を開き、名目上の当主・島津忠恒を饗応した。

九日、家康は前田利家と相談し、朝鮮における慶尚道（キョンサンド）泗川（サチョン）の戦功を賞し、義弘・忠恒親子に五万石の加増を行った。秀頼成人まで新たな知行宛はしないという法に背いている。

治部少丸に戻った三成の顔は、苦虫を嚙み潰すような表情をしていた。

「大納言殿も、内府に屈しましたか」

すかさず左近が問うと、三成はさらに顔を歪めた。

「今少し押しが強い方と思われたがの。どうも体調が思わしくない様子じゃ」

「困りましたな。嫡男の利長（としなが）殿は実直が取り柄。とても内府に対抗できませんぞ」

「とは申せ、そうすぐに逝きはすまい。その前になんとか釘を刺さねばの」

「釘よりも矢玉を当ててた方がよろしいのではございませぬか。明日は移徙（わたまし）（貴人の転移）の儀。秀頼様の警備は厳重でも、内府自身は、甲冑で身を固めるような真似はできますまい」

「早まるでない。内府のこと、左様なことぐらいは想定していよう。いらぬことをして、あの男に兵を集める口実を作ってはならぬ。あの男なれば、自作自演の狂言ぐらいしかねぬ。それに、移徙が終わり次第、儂は内府に厳しく詰問するつもりじゃ。彼奴を正面から追い詰めたい」

「殿はお若こうござるな。たった一本の矢が当れば、つまらぬ心配などしなくてすむというに」

「つまらぬとは何事ぞ。儂は真剣じゃ」

「左様でございました。某は左様な堅物に仕えておるのですな」

好機を見逃すのが、左近にはもどかしくて仕方なかった。

翌一月十日、秀頼は秀吉の遺命に従い、山城の伏見城から大坂城に船で移徙した。十人衆も船に乗り、多数の諸将が川の左右を警備した。

「やはり、好機を逸しましたな。川の両端に腕利きを伏せておけば事足りました」

三成と一緒に船に乗る左近は、僅かに戸を開けて外を眺めながら言う。天候は雨で時折、風が吹いて視界を悪くしている。暗殺には好機であった。

「内府の配下には伊賀・甲賀者が多いと聞く。警戒しているはずじゃ。諦（あきら）めよ」

三成は仕物（しもの）にかけることには、まったく興味ないようであった。

翌日、晴れてはいないが雨は上がっていた。左近は三成と二人で大坂城の天守閣に登り、周囲を見渡すと、城下は秀頼の到来を喜ぶかのように遠くまで賑わっていた。

「天下擾乱（じょうらん）の世に太閤殿下が現れ、群雄を次々に従え、五畿七道を掌握なされた。今も、かように繁栄し、民の喜ぶ姿が見え、歓声も聞こえる。皆が秀頼様の永世を祈っているあらわれよな」

三成は窓の外を眺めて感慨深げに言う。

「左様でしょうか。いつの世も、力を持つ者の傍らには上下を問わず集まるもの。それは、主の人徳ではなく利でござる。確かに城下は栄えてござるが、二、三里も離れれば、風雨を凌（しの）げない者どころか、死人が道端に転がっているのが実情。これらの者が城下の者と同じように暮らせるならば、豊臣の世は安泰でござろう。されど、眼下の繁栄に満足し、他の下々の辛苦を思わず、武具を蓄え、城郭を構築しても徳と礼儀がなければ倒れるも、そう先のことではなくなりましょう」

「厳しいの。されど、それを実現するのが我らの務め。ゆえに、内府を押さえ込まねばならぬ」

三成は家康への詰問に燃えていた。

（殿の志は理解できる。されど、歴戦の内府と口の勝負をしても、適当に躱されようし、二百五十五万余石との戦もままならぬ。折角、手薄な大坂にいるのだから、一気

に首を討ってしまえばよかろうに）

　左近は三成の行動力のなさに不満を持っていた。

　三成は奉行衆や小西行長らと相談をしていた。

　一方、大坂に屋敷を持たぬ家康は、わずかな供廻と一緒に片桐且元の弟・貞隆の屋敷を宿所としていた。暗殺を試みるならば、絶好の機会であった。

　その夜、左近は自分の屋敷にいた。場所は大坂城の西側で、惣構えと呼ばれる城下の中にある。すぐ北には淀川が流れ、現在その地は島町と呼ばれている。屋敷の縁側に座す左近の前には、暗い紫みの赤い色をした蘇芳染めの忍び装束に身を包んだ者が跪いていた。

「屋敷には片桐家臣が二十余名、徳川は内府を含めて十三名。屋敷の塀はさほど高くはなく、堀の幅も短く、越えるには雑作もございませぬ」

「左様か。して、屋敷の周囲を警備する者はいかに？」

「正門と裏門に夜警が二人ずつでございます」

「左様か、今しばらく、敵に勘づかれぬよう見張らせておけ」

「はっ」

　返事をするや、忍びの者は音も立てずに左近の前から走り去った。

（大坂に来て二日目か。まだ、警戒していようの。殿が詰問するのは二、三日のちのこと。されば、その晩か、翌晩あたりは警戒も薄れていよう）

左近は行動の日にちを、三成が詰問したあとに決めた。

ところが、左近が監視させていた忍びを、徳川方の伊賀者が目撃して家康に報せた。すると家康は十二日の夜明け前、突如、十二名の供廻と片桐屋敷を出立した。

報せはすぐさま左近のもとに届けられた。

「ちっ！　露見したか」

舌打ちした左近はすぐに着替え、屋敷にいる者を集めた。

「よいか、逃すでない。敵は江戸の狸じゃ」

下知した左近は自ら騎乗し、配下を連れて追い掛けた。一応、三成のことを考えて顔は覆面で隠し、目だけを出した。これは、寒気から鼻を守る意味もある。

夜明け前の薄紫色の中、馬蹄が響き、あとから弓・鉄砲を持った者が十数人続く。家康も周囲を騎馬で固め、伏見に向かって疾駆する。城の北東の守口(もりぐち)から船に乗船して淀川を北上した。左近らが到着した時は、出航してから半刻（約一時間）ほどあとであった。

「くそっ、船か。上りの船は遅い。どこぞで馬を求めよ」

配下に命じた左近は、ほどなく馬を揃えさせ、淀川沿いに遡(さかのぼ)った。追い掛けること約三里（約十二キロ）、辺りは白み、視界もかなり良くなってきた。ようやく枚方(ひらかた)の辺りで家康の乗る船を発見した。

「あれな舟に敵が乗っておる。先廻りして用意致せ」

下知を飛ばした左近は、目的を果たせると勇み、自身はそのまま船を追った。

配下は十町（約一・一キロ）ほど先の土手に潜み、火を起こして火縄に火を灯していた。

すると、家康方もこれに気づいたらしく、そのまま北岸に着け、下船した。

「戻れ！」

左近は怒号して配下を引き戻す。その間にも家康らは川原を北に向かって走った。

「ええい、構わぬ。放て！」

号令と共に、十挺の筒先は火を噴き、轟音を静寂な朝の中に響かせた。思いとは裏腹に距離は三町（約三百二十七メートル）ほどもあるので、当たりはしなかった。

そこへ夥しい馬蹄が北の方から接近してきた。夜中のうちに家康が使いを出して呼び寄せたのであろう。地響きのような音はさらに近づき、止まった。

駆け付けたのは徳川四天王の一人・井伊直政であった。『東遷基業』や『武家閑談』によれば、直政が伏見から率いてきた軍勢は二千だという。

僅か十数騎と二千では勝負になるわけがない。

「逃げ上手も武将のうちか。老先短い命、大事にしておくがよい」

聞こえぬであろう捨て台詞を残し、左近は帰途に就いた。

家康も軍勢に守られて伏見に向かった。前田利家は大坂城にあって秀頼を後見し、家康は伏見城にあって政務を見るというのが秀吉の遺言であった。

二

「申し訳ございませぬ」

左近は一連のことを三成に報告すると同時に謝罪した。

「なんと！　これより襟首摑んで詰問できたというに」

三成は拳で畳を打って悔しがった。

「お叱りは覚悟の上、いかな罰にも従いまする」

「今は左様な責めをしている時ではない」

言うや三成は、即座に備前島にある石田屋敷を出た。三成は至急、大坂城の一室に浅野長政を除く四奉行や小西行長、宇喜多秀家、前田利家などを集めた。

三成や長盛らの奉行は、家康の違約を羅列して、厳しく追及することを主張。対して、利家や秀家、行長ら常に戦陣に身を置いてきた武将は、詰問では甘く、大坂に呼び出して詰腹を切らせることを言い切った。互いに意見をぶつけ合ったが、なかなか纏まらず、日にちを重ねていた。

この情報を摑み、伏見に走った者がいる。藤堂高虎である。高虎は左近と共に、秀長、秀保に仕えていたが、秀保死去ののち一旦、高野山に出家するも、秀吉がその才能を惜しがって直臣とした。伊予の板島城主となった高虎は朝鮮出兵では水軍を率いて奮戦した。秀吉の容態が悪くなると、すかさず家康に接近し、信頼されるようにもなった。良く言えばめざとく、悪く言えば節操なく主を変える武将である。

一月十九日、『関ヶ原覚書』や『戸田左衛門覚書』によれば、有馬則頼が伏見の自宅で宴を開き、諸将を持て成した。家康もこれに参加していた。宴の最中、高虎から報せを聞いた井伊直政が耳打ちすると、家康は顔色を変えて帰宅した。伏見で改めて高虎から子細を聞いた家康は、徳川屋敷を厳重に警備させた。

同日、三成らは中村一氏、生駒親正、堀尾吉晴ら三中老と相国寺の高僧・西笑承兌を使者として伏見の徳川屋敷に向かわせた。

二十一日、使者たちは家康に威圧されながらも詰問した。

「大名間の縁組は禁じられていること御存じのはず。にも拘らず、不正を致すのは異心があるからでござろう。もし、明確なご回答ができぬならば、十人衆の位から除き申す」

使者の尋問に対し、家康は待ってましたと口を開いた。

「縁組が違法であることは、うっかり忘れておった。近頃、物忘れが酷くて敵わぬ。とは申せ、物忘れを取り上げて、儂に逆心ありとはいかなる魂胆か。貴殿らは儂を秀頼様から遠ざけようとしているようだが、それこそ太閤殿下の遺命に背くことではないのか。このこと、いかに？」

百戦錬磨の家康は悪びれることもなく言い返した。

「いや、それは……」

老練な家康に切り返され、使者たちは、闘気虚しく退散した。

使者は奉行の指示を仰ぎ、まずは伊達屋敷に足を運び、政宗に真意を尋ねた。

「堺の今井宗薫（いまいそうくん）が仲人役ゆえ、詳しきことは宗薫に聞くように」

政宗は、自分には関係ないと言わんばかりの口調で返答をした。

次に使者たちは福島正則の許を訪ねて詰問した。

「縁組のことは内府（家康）殿の申し出ではなく、当家から持ちかけたこと。儂は太閤殿下の親戚筋ゆえ、内府殿と縁続きになれば、秀頼様の御為にもなろう」

正則も政宗と同じように非を認めなかった。

子供扱いされた使者たちは、なんとか成果をあげんと蜂須賀至鎮の許を訪れた。

「縁組が違法であることは存じておるが、なにせ某（それがし）は弱輩者。仲立ちが誰であれ、内府殿との縁組であれば、断ることができましょうか」

齢十四歳の若い至鎮だけが、非を認めたことになるが、三成らとしても至鎮だけに罰を与えるわけにもいかず、縁組の件は有耶無耶（うやむや）になった。

「さすがに内府、うまく皆と口裏を合わせ、言い逃れたものでござるな」

報せを聞き、左近は三成に話し掛けた。

「呑気なことを申している場合ではない。やはり、あの腰弱たちに行かせたのがそもそもの間違い。ゆえに儂が行くと申したのに」

左近の軽口も重なってか、三成は、憤りをあらわに太腿を拳で叩いた。

「いかが致しますか。内府は兵を集めていると聞きますぞ」

左近が口にしたとおり、まずは番替えで上洛途中にあった榊原康政は、三成方の家康暗殺計画の報せを受けると、戦さながらに兵を進軍させ、二十九日に伏見に到着した。


また、大坂にいる四人の年寄と浅野長政を除く四奉行との間が険悪となり、家康は伏見の徳川屋敷の周囲を竹柵で結び、新たな外郭を築き、また楼櫓を急造し始めた。

これを心配した反三成派の武将たち加藤清正、浅野長慶、福島正則、黒田如水、同長政、蜂須賀家政、長岡忠興、池田照政（のち輝政）、森忠政、加藤嘉明、藤堂高虎、京極高次などが屋敷の周囲に兵を布陣させ、大坂方の来襲に備えた。この時は三成の親友である大谷吉継も加わっており、いっそのこと大津の城に退いてはどうかと助言するほどであった。

「あの、たわけどもが。事を大きくして豊臣家に亀裂を入れんとする内府の企てが判らぬのか。鑓働きしか知らぬうつけどもは、これだから困るのじゃ」

三成は蔑み、また吐き捨てた。

「こちらが兵を用いずに、敵の武装を解除するのは困難。理不尽を覚悟でこちらから詫びるか、御上の綸旨でも賜らねば、収まりがつかぬかと存じますが」

「我らに非がないのに、なんで詫びられようか。戯れ言も大概に致せ」

三成は怒りをあらわに言い捨てたが、解決策は見つからぬようである。

一触即発の中、三中老が間に立って仲を取り持ち、和睦を勧めた。家康は、まったく譲るつもりはなく、謝罪しろと主張する。また、年寄衆も引かないので、奉行衆に皺寄せがきた。奉行衆は剃髪して家康に詫びる形になった。

この事に関して権中納言の山科言経は日記に「秀吉の遺言に従い、徳善院（前田玄以）を除く四奉行は出家した」と記している。実際に家康の要求を受け入れたのは浅野長政と徳善院だと言われている。

これを謝罪の形にして二月五日、家康は年寄と奉行の九人に、九人は家康に誓紙を差し出した。

「一、大名縁組のことは、大老・奉行の意見を承知する。

一、太閤様の遺命、十人衆の誓紙には背かず、違反する者があれば意見する。

一、このたび、双方に昵懇する者につき、遺恨に含まないこと」

五奉行のうち最初から僧籍にある徳善院を除き、四人は名の下に「入道」と記していた。

これにより、ようやく伏見では武装解除された。それでも、諸将の兵は万が一に備えて各々の伏見屋敷に残しているので、なにかあれば、再び参集する事態は変わらなかった。

「こたびは、まんまとしてやられましたの」

左近は三成の青く剃り上がった才槌頭を見ながら、少々罪の意識を感じていた。

「戯け。そもそもの原因はそなたぞ。敵を褒めてる場合ではない」

「それゆえ、殿と同じように頭を丸めてござる」

左近も剃った頭を撫でながら言う。

「いい大人が、頭を剃って事を収めておるのでは話にならぬ」

「されど、一人を除く十人衆の方々と結束できたのは事実。これを機に、本気で」

家康の要求を受諾した浅野長政は徳川方と左近は見ている。

「左様、そのつもりじゃ」

「大納言殿の容態はかなり悪い様子。動けなくなる前になんとか致しませぬと」

「心得ておる。しっかり包囲して、切り崩す。殿下の仕寄せ方は儂が一番近くで見てきたのじゃ。同じようにやって見せようぞ」

三成は語気を強くする。

「殿、一つよろしいか。亡き太閤殿下は当所（目的）のためには、平気で自尊心を捨て、土下座も厭わぬお方。ゆえに内府を取り込むことができた。対して殿は横柄で人を引き込むのが下手でござる。これを直さねば人は動きませぬぞ」

これが左近の疑念であった。

「気をつけよう」

他の者には激しく言い返す三成も、左近の助言には頷く。但し本心で直そうと思っているかは問題ではあるが……。

石田方の隙を突く家康が仕掛けた軽い喧嘩は、家康が勝利するような形で終了した。負い目を感じる家康が、暗殺に話を掏り替えたとも言える。いずれにしても、この一件で、より家康派と、反家康派の色分けが鮮明になってきたのも事実であった。

三

三成は左近の助言を踏まえ、徳川方の切り崩しを始めた。最初は家康と縁組をした奥州の覇者・独眼龍こと伊達政宗である。

二月九日、大坂城の書院にて、三成は政宗、宇喜多秀家と小西行長、それに博多の商人・神屋宗湛を交えて茶会を開いた。あとから三成の兄・正澄も加わっている。

政宗が応じた理由は奇抜な性格も然る事ながら、縁組の仲立ちをした今井宗薫の赦免が理由であった。三成は応じて心証を良くすることに気づかい、徳川方の情報を聞き出すことに努めた。ただ、再三、秀吉に噛みついてきた政宗だけに、上辺で景気のいい話をしても、なかなか本心を見せないのが実情であった。

それでも三成は熱心な仲間の獲得作戦を続ける。同月十二日、三成は神屋宗湛と共に、島津義弘・忠恒親子を大坂城の御番櫓に招き茶会で持て成した。

三成は神屋宗湛を使い、同月二十八日には毛利輝元、小早川秀包を伏見で持て成し、二十九日も輝元を、三月一日には大谷吉継を交え、同じ日の晩には毛利吉成(もうりよしなり)、三日には安国寺恵瓊、増田長盛。その後も小早川秀秋、長束正家、山中長俊(やまなかながとし)などを茶会で接待させ、味方への取り込みを行った。

一方の家康も味方の獲得に余念はない。相変わらず、家康の居る伏見と三成らがいる大坂の対立は続いたままであった。

そんな中、前田利家が折れた。嫡子の利長と娘婿の長岡忠興が、大坂・伏見の間を懸念してという建て前になっているが、本当は健康不安を危惧したのであろう。

二月二十九日、利家は忠興、加藤清正、浅野長慶と共に伏見の徳川屋敷を訪ねた。出発に先立ち、嫡子の利長が同行しようと申し出ると、利家は叱咤した。

「儂が内府に斬られに行くのは、太閤に斬られるも同じこと。されど、こたび内府が儂を斬らぬということは『百にして一つなり』。万が一、斬られたならば、その時こそ、兵を揃え、そのまま弔(とむら)い合戦をして勝利を得んとは思わぬのか」

そう言った利家は腰の刀を抜き放ち、利長に決意を示した。

「内府に対面して、事あらば、この刀にて一刀に当たるを幸いに討ち放すべし」

決死の覚悟で出向いた利家に対し、家康は途中まで出迎えるなど、鄭重に持て成した。お陰で会談は始終和やかに進んだ。この時、利家は三成らが陰謀を企てているので、手薄な徳川屋敷では危険なので、屋敷を向島(むこうじま)に移すことを勧めたという。

利家が伏見に向かうことは前から三成ら奉行にも知らされていた。ほどなく会談の様子も前田家の者からそれとなく知らされた。

「戯けたことを。儂が謀殺など命じるはずがなかろう」

濡れ衣を着せられた三成は、悔しげにもらした。

三成には悪いと思いつつも、左近は隙あらば家康を仕留めるつもりでいるので複雑な心境だ。

「老先短くなると、殿下がそうであったように、後のことが心配になるようですな」

「殿下のことは申すな。それより、かようなことになれば、大納言を伏見にやらねばよかったわ」

「仲立ちは長岡越中守（忠興）とか」

「越中守め、本能寺の変が起こった砌、彼奴は恩ある惟任日向守を見捨て、我が方にも与しなかった腑抜けじゃ。こたびも徳川と前田の間でうまく立ち廻るつもりよな」

虫酸が走ると言わんばかりの三成。本能寺の変では羽柴、惟任両軍に加わらなかった筒井家中にいた左近は、耳が痛いというよりも少々気分を害した。

「長岡親子の不参陣に、筒井も倣い、中川、高山が合力し、殿下が山崎で勝利できたのは事実。まあ、それはさておき、大納言が屈したとなると、我らの旗色はますます悪くなりますな」

「いや、秀頼様の御ためにも、大納言を屈しさせはせぬよう、何度でも足を運ぶつもりじゃ」

三成は熱心であった。そんな主を見て、左近は思う。

(身体が優れず、折れた心を直すのは病を直すことと同じほど困難。それより、本気で内府を封じるのであれば、大坂城に呼び出して仕物にかけるが容易い)

あくまでも左近は現実的であった。

三成が利家の様子を窺っている時、家康は大坂にいる利家を見舞うことを告げてきた。

(好機! こたびこそは逃すまいぞ)

報せを聞き、左近は胸を熱くした。どんな卑怯な手を使おうが、家康さえ討てば、豊臣家の天下は続く。ひいては三成のためでもある。三成は秀頼を守り立て、鎌倉幕府における、執権や連署のような形で政を行っていける。制度など作らせれば、右に出る者はまずいない。

対して家康はいかがわしい血筋にも拘らず、近衛前久によって系図を書き換えさせ、事あるごとに源氏であることを主張している。豊臣家から政権を奪い取り、征夷大将軍にでもなろうとするような者である。だからこそ討たねばならぬのだ。

三月十一日、家康は大坂の前田屋敷を訪問した。この時も清正、長慶、忠興らは警備として家康に随行した。隙あらばと配下を町中に配置していた左近は、自ら町人の姿になり、笠を冠って顔を隠し、様子を眺めていた。

(まるで家臣のようじゃの。殿下が見たらいかに思うやら)

さらに、三成や行長らが襲撃するという噂が立ち、家康は用心するために高虎の勧めを受け、藤堂家の輿を遣い、高虎は病を押して輿の横を歩き、藤堂屋敷に案内をした。家康は高虎の屋敷を宿所とし、前田屋敷に向かった。

（これは無理じゃの。それにしても、藤堂が儂の邪魔をするとは、なにかの因果かの）

羽柴秀保の傅役を掠め取るような形で就任した高虎。左近は妙な縁を感じた。

家康の訪問を受けた利家は、非常に低頭姿勢であったという。

すでに利家は死期を悟っていたらしく、もはや家康と対抗するような気力は残っていなかった。前田家の行く末や嫡男の利長を、ただ家康に縋るばかり。

「これが今生の御暇乞いでござる。儂は果てるので、利長のこと頼み申します」

と『利家夜話』に記されている。まるで末期の秀吉を思わせる哀れな老人である。

しかしながら、興味深いことも続く。

「このたび内府の御出につき、道や番所に兵を仰せつけ、櫓には弓衆四十上下を備えた。その朝、利家は利長、利政兄弟、村井長頼、奥村永福の五人でなにやら談合いたし、その間、入口には長頼の息子・長明一人があり、一切の出入りがなきよう利家が仰せつけた」とある。あるいは家康の暗殺計画が話し合われたのかもしれない。

また、『利家公夜話首書』には、鑓の又左を彷彿とされることが記されている。

この日、利家が利長に向かい、「内府の御入来につき、心得たるや」と問うと、利長は「今朝より馳走(ちそう)の義を申し付けておきました」と答えた。家康が前田屋敷を出たのち、利家は病床の布団の下から抜き身の刀を出して利長に見せた。

「先ほど、その方に問うたことに対し、器量があって返答したのであれば、たちまち家康を殺したであろうが……。その方は天下を手にすべき者ではない。(中略)その方のことは、よくよく家康に頼んでおいたゆえ、儂が亡くなっても当家に別状はなかろう。天下はやがて家康のものになろう」と言ったという。

確かに好機であったが、利家にはそのような力は残されていなかった。利家は、嫡子が領地を守り、家名を繫げるという保守的な思案をしていたのであろう。

いずれにしても、暗殺計画の噂の中、敵地に踏み込んだ家康の勝利である。この件で前田家は家康に屈した。百歩譲っても対決しない事を鮮明にしたので、家康としては満足の会見であった。

会見が終わると、家康は厳重な警備に守られて藤堂屋敷に入り、翌十二日、伏見に戻っていった。

機会を窺っていた左近であるが、一発の矢玉も放つことができなかった。

「前田は当てになりませぬな。余程のことがない限り、我らに与しませぬぞ」

帰宅した左近は三成に言う。

「とは申せ、加賀百万石、掻き集めれば三万余の兵がおる。これをみすみす内府側に立たせるは、あまりにも愚かじゃ。粘り強く交渉せねばならぬ。それに腰の重い者にはそれなりの役目と使い方があるもの。見放すには惜しい武将じゃ利長殿は」

さすがに三成も利家の方は諦めたようである。もはや起きられぬ状態であった。

「某の経験で申せば、甘い期待は身を滅ぼしますぞ。惟任日向守のように」

「使えるものはなんでも使う。それが太閤殿下の政。案じるよりも産むが易しと申すであろう。否定ばかりでは先に進めぬ。そなたも斬るより使うことを考えよ」

三成はあくまでも肯定的であった。この前向きな姿勢には、左近も頭が下がる。

それでも家康は着実に行動を続け、三月二十六日、利家の勧めに応じて屋敷を向島に移した。ここは宇治川と巨椋池に囲まれた天険の要害で攻めるに難く守りに易い地であり向島城とも呼ばれていた。とても、急襲、暗殺など行える地ではなかった。

三月の月末、利家は、いよいよ危ないという報せが石田屋敷に齎され、三成は急遽、大坂城内の前田屋敷に赴いた。利家に反徳川の言葉を言わせ、利長への遺言とするためであり、利長に対しては前田家を心配しているということを植え付けるためである。

薄れゆく意識の中でも、鑓一筋で乱世を生き延びた利家は三成の期待することは口にしなかった。利家は閏三月三日卯ノ刻（午前六時頃）、死去した。享年六十二。

家康と対抗させようとした亡き秀吉の思惑は、わずか八ヵ月しか持たなかった。

四

前田利家が死去すると、長年、憎しみ続けていた石田三成を討とうと、加藤清正、福島正則、黒田長政ら七将が決起した。因みに『関原始末記』では、池田照政、福島正則、長岡忠興、浅野長慶、黒田長政、加藤清正、加藤嘉明。『慶長年中卜斎記』では清正、長政、忠興、嘉明、正則、長慶、脇坂安治となる。

利家が死去した時、左近は城北の備前島にある石田屋敷に詰めていた。ほどなく、利家病死の報せは齎された。さらに、よからぬ情報も届けられた。

「申し上げます。加藤主計頭、福島左衛門大夫、黒田甲斐守（かいのかみ）など十名近くの将が、我が殿を討たんと兵を集めているとのことにございます」

「まことか！」

左近はすぐさま前田屋敷に使者を向かわせた。

時を同じくして、三成と昵懇の桑山次左衛門（くわやまじざえもん）が前田屋敷に駆け込み、子細を告げた。これを聞いた三成は、即座に石田屋敷に帰宅した。

「おおっ、よう無事でございました」

左近は三成を見て安堵の表情を浮かべた。また、舞兵庫、樫原彦右衛門、八十島助左衛門、磯野平三郎（いそのへいざぶろう）、林半介（はやしはんすけ）など大坂詰めの家臣たちも同じ顔つきであった。

「慮外者（清正）どもが騒いでいると申すはまことか？」

「はい。おそらくは内府の意を受けてのことに違いありませぬ」

「大坂には二百名ほどがおります。城は難攻不落、迎え撃ちましょうぞ」

左近と同じ秀長旧臣であった舞兵庫が、威勢のいいことを言う。

「戯け、それでは秀頼様にご迷惑がかかろう。戦などはならぬ」

三成は反対であった。

「殿が左様に思われても、敵は鉾を収める気はありませぬぞ。それこそ秀頼様に訴え、年寄の宇喜多殿を呼び、争乱を起こした者たちに討伐の下知を賜るべきです」

左近は弱気な三成を叱咤する。

「左様なこと、秀頼様の周囲がお許しになるはずがない。また、かようなこと、自が手で片づけられぬで、なんの奉行ぞ。なんの城主ぞ」

「されば、いかがなされるか。主計頭らに理屈は通りませぬ。首を討たれてから文句を申しても始まりませぬ。なんとしても難を逃れることこそ豊臣への忠義ですぞ」

現実主義の左近は、理想を語る三成がもどかしくて仕方ない。そこへ近習が声をかけた。

「申し上げます。佐竹右京大夫殿がまいられました」

「おおっ、佐竹殿か、ここへ通せ」

命じると、すぐさま佐竹義宣が現れた。

「火急のことゆえ失礼致す」

義宣は軽い挨拶をするや、三成の前に胡座をかいた。三十歳の青年武将である。常陸の水戸に居を置く佐竹家は、徳川家とは違い、新羅三郎義光の血を引く正統な清和源氏である。但し途中で関東管領の上杉家から養子を迎えている。佐竹氏は室町幕府より守護職に任じられ、小さいながらも乱世の激動を生き抜いた。小田原の北条家に対抗したことにより、十九代当主・義宣は、早くから秀吉と結び、三成とは書で友好を結んでいる。豊臣軍の小田原攻めでは麾下に参じ、北条側の城を幾つも攻略した。

その後、南常陸で佐竹家に従わぬ豪族三十三人を館に集めて一網打尽にした。本来、惣無事令に背く行為であるが、事前に報せたこともあり、豊臣家は黙認した。その上、太閤検地では三成の熱心な指導のお陰で、五十四万五千余石を有する大大名となり、常陸の旗頭を命じられた。優遇の目的は家康を北東から牽制するためである。

というのも、佐竹一家は五十四万五千余石だが、義宣の次弟で蘆名家の養子となった義廣は別に江戸崎で四万五千石を与えられている。さらに三弟の貞隆は岩城氏の養子となって十二万石、四弟の宣隆（宣家とも）は多賀谷氏の養子となり六万石を得ている。さらに、南陸奥の牛越で六万石を有する相馬義胤は佐竹氏の寄騎、これらを合計すれば八十三万余石になる。北関東から南陸奥にかけて一大勢力であった。

「すでに主計頭らのことは耳にしてござろう」

「戯けた話でござる」

「左様に悠長なことを申されている時ではござらぬ。この屋敷では心もとない。ゆえに宇喜多殿には話をしてござる。まずは、そちらに移られよ。輿も用意してござる」

備前島のすぐ近くに宇喜多家の屋敷があるが、秀家は玉造(たまづくり)の屋敷にいた。

「それは、忝のうござる。されば殿、佐竹殿の好意に従いましょう」

左近は義宣の行動力に感心しながら、三成に勧めた。若いながら、さすがに北条、伊達を始め、関東の諸将と戦い、引けを取らぬ武将であることを思わされた。

「されば、お言葉に甘えさせて戴く」

義宣や左近の勢いに押されてか、三成は承諾した。

屋敷の外に出ると普通の輿と女輿が用意されていた。

「用心のために輿は二手に分かれさせます。窮屈でも治部殿は女輿に乗られませ」

「忝ない」

三成は言われるままに女輿に乗り込んで石田屋敷を出立した。向かう先は秀家のいる玉造屋敷であった。顔を笠で隠し、左近は女輿の後ろを小走りで従った。大坂城があるので、直線には進めない。一行は城を迂回して道なりに半里ほど駆け、城南の宇喜多屋敷に向かった。

すでに報せを受けているのであろう。門前には具足に身を固めた宇喜多兵が配備されており、物々しい雰囲気である。そんな中、一行は屋敷の中に駆け込んだ。

宇喜多秀家はこの年二十八歳の青年武将。数多い秀吉の養子の中で秀吉に期待され、豊臣方に立った武将の中では一番将才のある人物であった。

秀吉が信長配下で中国攻めをしていた時、秀家の父・直家が他界して未亡人となった於ふくは、秀吉に近づいて宇喜多家の将来を託した。

美人で名高い於ふくを得た秀吉は了承し、秀家を我が子のように可愛いがり、養女としていた前田利家の四女・豪姫と婚儀を結ばせた。

成人した秀家は備前、美作の五十七万四千余石を与えられ、常に秀吉の戦に参陣し、最前線で奮戦した。朝鮮の陣でも大将格として戦い、忠義を示した。ゆえに五人の年寄に名を列ね、官職も権中納言を任じられ、武将たちからは備前宰相の名で知られている。

重臣の浮田詮家に案内され、三成、左近、義宣らは広間に通された。

すぐに秀家は現れた。緊急の事態を危惧し、端正な顔は緊張していた。

「まあ、方々、くつろがれよ。なにがあろうとも、貴殿らに指一本触れさせぬ」

秀家は鷹揚に言うと、皆は安堵の一息を吐いた。玉造の屋敷と、備前島の屋敷の兵を合わせれば二千にも及ぶ。言葉には重みがあった。

「ご迷惑をおかけします」

三成は素直に頭を下げた。正直、嬉しそうである。

そこへ、義宣の組下大名である相馬義胤と、会津の上杉景勝も駆けつけた。

「忝のうござる。方々には感謝致します」

改めて三成は謝意を示した。

気持ちは左近も同じだ。横柄者（へいくわいもの）として諸将から嫌われているとばかり思っていた三成であるが、慕ってくれる武将もいるのだ。しかも、ここにいる上杉、宇喜多、佐竹の石高を合わせれば、二百五十万石を超える。石高だけならば家康に対抗できる。但し、石高が揃えば戦に勝てるものではないことは重々承知している。

諸案が出された。一番現実的なのが、年寄である景勝と秀家が仲裁するというもの。

「吝（やぶさ）かではないが、一時は治まっても、すぐに話は拗（こじ）れ、騒動を起こさぬという誓紙を互いが出すには年寄全員の署名がいる。大納言が死去した今、年寄を纏めるのは難しい。特に、陰で糸を引いているであろう内府に頭を下げる気はない」

秀家は否定した。

「とすれば戦うしかございませぬな。善は急げと申します」

左近が意見を出した。

「秀頼様のお膝もとで矢玉を放つなど言語道断。喜ぶのは内府ばかりでござる」

三成が拒否した。

「しかれば、いかがなされる。主計頭らは一両日のうちにもここを嗅ぎ分けよう」

義宣は心配した表情で言う。

「されば、伏見城内の治部少丸に行ってはいかがでござろうか」

　ここぞと、左近は主張した。

「伏見と？　内府が手ぐすね引いて待っておるぞ」

　秀家が注意をすると、他の諸将も頷いたが、三成は目を大きく見開いた。

「それは、名案。伏見城は殿下が築かれた堅城ゆえ、簡単に落ちるものではござらぬ」

「左様、その間に、某は佐和山に戻り、軍勢を率いて伏見に向かいます。内府の兵が七、八万あろうとも、伏見に来るには早くとも半月はかかりましょう。対して、我らは一日で到着致します。敵が向島に籠ったとて、数千の兵があれば、半月以内に落してみせましょうぞ」

「おおっ、さすが鬼の左近。見事な思案じゃ」

　秀家は賛同し、無口な景勝は二度、三度頷いた。

「主計頭に追いかけられて、明確な証も握っておらぬのに内府を討ったとあれば、儂は逆賊ではないか。左様なことはできぬ」

　三成は首を縦に振らない。

「されば、いかがする」

　怪訝な表情をして秀家が聞くと、皆も、三成の思案が判らぬようで、じっと直視する。

「方々の思案どおり、主計頭らを嗾けたは内府でござろう。しかも、わざと秀頼様のいる大坂で争わせたのでござる。ゆえに、この騒動を内府の隣に持って行く。あの男が年寄筆頭としていかに事を治めるのか、見届けたい。これを不当に扱うようならば、戦も辞さず。いかがでござろうか」

「なるほど、見事な気概じゃ」

秀家が感じ入ると、諸将も納得した。

「甘もうござる。討てる時に討たねば二度と好機は訪れませぬぞ。勝てば逆賊にはなりません。惟任日向守は負けたゆえ逆賊になったのです」

左近にとって、煮え切らぬ三成がもどかしくてならない。

「そなたの気持ちは判る。ゆえに佐和山に戻り、兵を整えてくれ。されば内府の肚裡も、より鮮明になろう。引き延ばそうと致せば、江戸の兵を待つつもりぞ。その時は問答無用で討つ。ゆえに、あの狸を震え上がらせるよう重圧をかけてくれ」

「……畏まりました」

不満は残るものの、三成の決意に左近は打たれ、承諾した。

決まるとすぐに、義宣の軍勢三百ほどに守られながら、三成は伏見に向かって出立した。伏見城の治部少丸に入ったのは閏三月三日の夜であった。左近も主に同行し、三成が伏見城に入城したのを確認したのち佐和山に足を進めた。

左近は佐和山に戻って出陣の準備を始めた。

同月五日、三成の困惑ぶりを楽しんでいる家康は、浅野長慶に書を送った。

「御念入りの書状を戴き、祝着に存ずる。伏見へ軍勢を引き連れてこられるとの通知を戴き、その意には得心した。弾正（父の長政）が具に申されるであろうし、書状を届ける二人も口頭で説明するゆえ、細かくは記さない。謹んで申し上げる」

また、七人の武将に返書をした。

「二度までも懸念される書状を戴き、祝着に存ずる。仰せのごとく（石田三成は）伏見に来ている。なお、代わりの処置があれば、これに従って申す。大坂御番の件は両人の申されるようにするのがよい。万事そちらで、良いように計らってほしい。子細は井伊直政が申すであろう」

宛先は長岡忠興、蜂須賀家政、福島正則、藤堂高虎、黒田長政、加藤清正、浅野長慶。第一級史料における七将である。

おそらく、家康に三成を討たせて欲しいと申し出た七人に対する返書であろう。

この書に名はないが、先の『関原始末記』や『慶長年中卜斎記』などに記される池田照政、脇坂安治、加藤嘉明なども憎んでいたはず。東寺長者の義演は閏三月十日の日記に「大名十人衆とやらん、申し合わせて訴訟す云々」と記している。照政らを含めた者たちがちょうど十人になるので、後から合流したようであった。

闘将たちが顔を揃えても、伏見城は秀吉が手掛けた堅城。簡単に攻め入れるものではなく睨み合いを続けていた。

三日間で出陣は整い、左近は下知があり次第、佐和山を出立できる状態にした。

「早う来ぬか。この好機を逸してはならぬ」

左近は伏見からの報せを首を長くして待っていた。

おそらく家康の許にも、そのぐらいの報せは届いていることであろう。家康は中村一氏ら三中老を治部少丸に遣わし、次のように言わせた。

「主計頭らを引き上げさせるので、一旦、佐和山に退いてはどうか」

「それは、構わぬが、それでは奉行のお役目が果たせぬが」

三成はそう、答えると一氏ら三中老は、さらに言葉を付け加えた。

「たとえ、非は主計頭らにあるとしても、騒動を起こした責任は治部殿にもある。ゆえに、天下の仕置に構いなきこと。争乱による両成敗にござる」

「それは、隠居しろと申すのか」

「左様。内府殿は治部殿の御子息を守り立てると申されてござる」

一氏の言葉を聞き、三成は声を詰まらせた。このように迫ってくるからには、おそらく、諸街道筋は押さえ、佐和山への連絡は断ったのであろう。日にちを延ばせば、江戸の兵が到着する。それより先に、尾張・清洲(きよす)の福島兵や三河(みかわ)・吉田(よしだ)の池田兵、丹(たん)後(ご)・宮津(みやづ)の長岡兵などが到着し、左近らは佐和山を出陣できなくなる。

三成は家康の強制的な勧めに応じざるをえなかった。左近の思案によれば、またも家康を討てる機会を逸したことになる。

悔しさに顔を歪ませる三成であるが、「天下の仕置に構い申され間敷」という一筆を書くはめになった。これにより、事態の解決となった。

追ってきた清正らにも罰を与えると口頭で告げられたが、現実にはなにもなかった。

同月九日、家康は福島正則、蜂須賀家政、浅野長政に書を認めた。

「石田治部少輔、佐和山に閉口することが決まり、明日、参る。子息、昨晩、我らのところへまいった。なお、なにかあれば、井伊兵部少輔に申すよう」

さらに家康は三成に途中まで送るので、近江の勢多まで迎えに来させることも告げてきた。三成はすかさず、左近に使いを出した。

同月十日、三成は家康の次男・結城秀康に守られて伏見を発った。秀康は小牧・長久手の合戦後、家康が人質に出し、秀吉の養子となった於義伊である。

左近は軍勢を引き連れ、勢多で待つと、結城勢が到着した。

三成は感謝の印として秀康に正宗（まさむね）の佩刀（はいとう）を贈り、労った。

秀康が反転して伏見に向かったのち、左近は三成と馬を並べた。

「こたびも内府にしてやられましたな」

「ああ、文句が言いたいのであろう。好きなだけ申すがよい」

「失策をお気づきになられているのならば、なにも申すことはござらぬ。次なる手を思案致す。それが、殿の心情でござろう」

「さもありなん」

答えると三成は左側に目をやる。左近も顔を向けると、琵琶湖の湖面に初夏の日射しが反射して眩いばかりに輝いていた。嵐ともなれば六尺もの波が立つこともある。

（なにもなければ湖面は静か。外からなんらかの力が加われば荒れ狂う。政と同じか）

穏やかな水辺に釣舟や輸送舟が浮かぶ光景を見ながら、左近は考えていた。

閏三月十三日、家康は伏見城の西ノ丸に入城し、留守居であった徳善院玄以、長束正家を追い出した。『多聞院日記』には「十三日午ノ刻（正午頃）、家康、伏見の本丸に入られたよし。天下殿になられ、めでたい」と記されている。

着々と天下取りに勤しむ家康。世間も秀吉の後継者になったと見ていたようである。

第八章　陰謀と密謀

一

三成を隠居させた陰でも、家康は天下奪取に邁進していた。まず、三成より先に手をつけたのは同じ五大老の年寄の前田家であった。

閏三月三日、利家が死去すると、翌四日、同家で五千石を与えられている徳山則秀が出奔し、徳川家に仕えた。秀吉を真似た引き抜きである。

以前、徳山則秀は柴田勝家の家老を務め、賤ヶ岳の戦いで秀吉に降伏した。その後、惟住長秀を経由して利家に仕えていたので、誘い易かったのであろう。

徳山則秀も利家亡きあとの前田家を憂えていたらしく、家康暗殺の密談を密告したことにより、徳川家に召し抱えられるようになったという。

寝返った徳山則秀は徳川家に娘を人質に差し出すと、これが露見して病の利家は則秀に問い質した。慌てた則秀は隣室に控えていた神谷守孝に罪を擦りつけたが利家は信じず、糾明をしようとする最中に寿命が尽きた。明らかになる前に出奔したのであろう。利家は遺言状の中で、利家亡き後は謀反を企てるから注意しろと指摘している。利家の目は正しかったようである。

徳山則秀の出奔から六日経った閏三月十日、一万石を与えられている片山延高(かたやまのぶたか)が大坂で殺害されている。利家の遺言状の人物評では、利長よりも上の者に声をかけられれば、その者に仕えるだろうから、前田家が危機に瀕(ひん)すれば背信する恐れがある。奴の言葉には惑わされぬようにとある。

家康が利家の病気見舞いにきた時、利家は片山延高に家康暗殺を命じた。

「暗殺などを企てれば、秀頼様のためにもよろしくなく、逆に内府には懇ろに頼めば、前田家は安泰でございましょう」

慎重な片山延高は下知を渋り説得したので、利家は計画を中止したという。

利家の亡きあと、家康暗殺の談合を知られた以上、先の徳山則秀の件などもあり、いつ出奔されるか判らない。片山延高も身の危険を感じ、則秀に倣って出奔しようとしていた。利家の遺言の人物評価もあり、利長は石川源太(いしかわげんた)、松田四郎左衛門(まつだしろうざえもん)に命じて斬らせた。暗殺計画を知らされたがゆえに命を失った不運な男であるが、主の下知を拒んだがゆえに命を縮めた人物でもある。いずれにしても、家康が陰で手を伸ばしていたことは想像に難くない。

利家の亡きあと、嫡子の利長は年寄の一員に加えられ、秀頼の後見も引き継いだが、家中に不安を抱えながら政務を取るような状態であった。

閏三月十九日、利長が加わった新たな年寄衆は蜂須賀家政、黒田長政に対し、蔚山城での合戦において落度がなかったことを認め、戦目付の福原長堯、垣見家純、熊谷直盛らの報告に歪曲があったとし、代官領を没収し、蟄居を命じられていた早川長政には豊後の府内城が返却された。

福原長堯は石田三成の妹婿（娘婿とも）、家康は三成方の排除も進めた。

二十一日、家康は、どっちつかずの毛利輝元を取り込むべく誓紙を交換した。

「このたび、天下のことは、各々申し分はあろうが、秀頼様に対して疎略にしないことは尤もなこと。今後いかなことがあろうとも、貴殿に対して表裏別心なく、兄弟のごとく申し承ける」

輝元も、ほぼ同じ内容の誓紙を家康に出しているが、最後のところで、「父兄の思いを成し、貴意を得ることとしたい。恐れながら、これに同意せらるるにおいては忝ない。我らとしては無二の心底である。もし、これに偽りを申す者、讒言する者があれば、糺明を遂げ、申し聞かされたならば別して満足である。このように御意を得られるように」と丁寧に記されている。

家康が輝元を兄弟のように思うのに対し、輝元は家康を父兄のように思うとは、年齢差のこともあろうが、最初から腰が引け、あるいは遠慮している。輝元には三成のように最初から家康と敵対する意思はないようであった。

輝元に対して、独立した大名であると共に毛利家の外交僧である安国寺恵瓊は三成らと意を同じくしている。六月四日、恵瓊は、輝元の養子となった秀元に、家康と誼を通じることがないように、誓紙血判の上で誓わせている。

七月九日、家康は三成の裁定を覆した。この年の三月九日、島津忠恒は、私腹を肥やし、逆心したと称して島津家の重臣の伊集院忠棟を誅殺した。すると三成は秀吉の直臣である忠棟を斬るとは言語道断と責めた。これにより忠恒は都にある高雄(たかお)にある神護寺(じんごじ)に蟄居していたが、これを救解した。忠恒は事を起こす前に家康に許可をとっていたという。

父を討たれた忠眞(ただざね)は、日向(ひゅうが)の庄内(しょうない)で謀叛を起こし、都城(みやこのじょう)に立て籠った。家康は討伐の許可を与えると、忠恒は喜び勇んで国許に戻った。

他にも家康は諸将に私恩を与え、自らの政治的立場を強くしていた。

夕刻、三成は佐和山城の天守閣最上階から琵琶湖を眺め、湖風に当たり涼んでいた。陽は比叡山の彼方に沈み、湖面から三成の顔をも茜色に染めていた。

「夕涼みでござるか。風流ですな」

左近は三成に近づき、告げた。

「そなたが申すと嫌味に聞こえるの」

「それは、なにか心に疾(やま)しいことがあるからでござろう。某に悪意はありませぬ」

三成は意に介さず、湖面を見つめていた。

主の心中は理解できる。家康が上方で横暴を行っているのに、隠居の身では正面きって対抗できない。もどかしくてたまらないのであろう。左近は不満だ。

「まあ、よいではございませぬか。石田村で半士半農の家に生まれ、寺に預けられていた身が、今では十九万四千余石の大名。領内は他所に比べれば豊かな方。殿のお陰で御父上も兄上も大名になれた。御子息の重家様は賢く、欲をかかず、家名を繋ぐことを思案致せば、安穏と寿命を全うできましょう。隠居も悪くございますまい」

「左近、言葉が過ぎようぞ。儂は隠居の身とはいえ、骨抜きにされた訳ではないぞ」

厳しい皮肉を口にされ、さすがに三成は憤り、振り向いた。

「されば、今少し動かれなされ。このままでは、いずれ秀頼様も排除なされますぞ」

「判っておる。されど、儂は待っておるのじゃ」

「はて、何を？」

「上杉じゃ。近く帰国すると申してきた。必ずこの佐和山に立ち寄るはずじゃ」

「北の押さえでござるか。それもよろしかろうが、戦でけりをつけるならば、内府を上方で釘づけにしている間に、毛利、前田の兵を集め、我らともども三方から仕寄せるべき。伏見城を灰燼に帰しても内府と共であれば、殿下もお喜び下されましょう」

「恵瓊殿によれば、安芸中納言（輝元）は内府に鉾を向ける気はない様子。また、前田は家中を揺さぶられてそれどころではなかろう。やはり戦の契機は武の家・上杉しかないと思う」

「ほう、されば、東西で挟み撃ちでも致しますか。それは大戦になりますな」

左近は本気では考えていなかった。いくら上杉との挟撃でも徳川家はあまりにも強大。しかも会津と佐和山では距離がありすぎる。それでも、三成が戦への気概を持っていることを知ったのは、喜ばしいことであった。

三成が言ったとおり、八月三日に伏見を発した上杉景勝は五日、佐和山に到着した。

「よう、お立ち寄り下されました」

笑顔で三成は迎え、上座を大老の景勝に譲った。

「そなたも苦労するの」

「なんの、英気を養っておるのでござる」

軽い挨拶と雑談ののち、景勝は本題に入った。

「儂は帰国致せば、余程のことがない限り、向こう二、三年の間は上洛せぬつもりじゃ。それが移封にあたり殿下に許されたことゆえ、そのこと秀頼様にお伝え致した。領内は、まったく整っておらぬ。石高こそ増えたものの、万が一、事あらば、かつての力が出せるか、正直疑わしい」

まるで、お前のせいだと言わんばかりの景勝である。

移封に際し、秀吉は、農民を連れていってはならぬという法を出した。いわゆる兵農分離である。謙信が鍛えた戦国最強の兵を持つ上杉家の大半は農民を主体とした軍である。田畑を守るために戦う兵は強い反面、農閑期には出陣できぬ欠点もある。兵農分離は近世大名への発展であるが、上杉家は半数近くを越後に置いてきたので、領地が増えても戦力の低下は否めなかった。

「苦労をおかけ致します。されど、内府と独眼龍を押さえられるのは上杉殿をおいて、他にはございません。ゆえに殿下がご指名なされたのでございます」

「そなたを非難しておるのではない。が、そのことが、良き形となったやもしれぬ」

「と申されますと」

「そなたも、上方における内府の横暴は知りおろう。おそらく今後もじゃ。自が気に喰わねば、言い掛かりをつけ、恫喝、揺すりを繰り返す。腹立たしい限りじゃ。ゆえに、儂が三年もの間、上洛せねば、必ずや嚙みついてくるはず」

「さすれば、中納言殿はいかがなされますか」

「知れたこと。我が上杉は挑まれた戦に逃げたことはない。ゆえに、何十万の兵が押し寄せようとも、戦うのみ。さもなくば、亡き謙信公に顔向けできぬ」

景勝は眉間に皺を寄せ、断固言いきった。

「さすが中納言殿、感服仕った」

ここ最近、このように爽快な言葉を聞いたことがない。思わず左近は声を発した。

「万が一、内府が会津に兵を進めてきたならば、治部、次はそなたの番じゃ。内府に反する者を集め、背後から仕寄せるがよかろう。さすれば、儂は会津を出て、佐竹と共に白河表で蹴散らしてくれる。このこと、右京大夫（義宣）も承知してのことじゃ」

「おおっ、それは、お見事なる決意。この治部少輔、必ずや起ちまする」

珍しく三成は熱く主張した。百二十万石の言葉には重みがあった。

「但し、三年、少なくとも二年は必要じゃ。領内が全く整っておらぬ」

「承知致しました。その間に仲間を集め、きたる日に備えます」

「うむ。胸のすくような戦をしたいものじゃ。さて、こたびはこのあたりに致すか。長居を致せば、あらぬ勘ぐりを致す者がいるでの」

言うや景勝は座を立った。

「なんのおかまいも致しませぬで」

三成と左近は見送り、輿の前まで来た。

「そうじゃ、一月ほどのち、与六（直江兼続）が佐和山に立ち寄るゆえ、細々とした話はその時に致すよう。事は慎重に、焦らず、機を逸することがないようにの」

「お気遣い、痛み入ります。道中、お気をつけられますよう」

横柄な三成にしては、ことさら慇懃であった。

珍しく多弁だった景勝は輿に乗り込むと、城下から中山道に向かっていった。

「上杉殿は本気でございますな。されば、我らも本気を示さねばなりませぬな」

遠離る『毘』の旗を眺めながら、左近は三成に語りかける。

「本気とは？」

「上杉と心を一つにするための証でござる。戦です。言葉だけでは信じませぬぞ」

「質を出せと申すか。殿下の遺命に背くことになるぞ」

「それは、殿の覚悟次第。受け取られるのは直江殿。融通がききましょう」

「左様よな」

左近の言葉に三成は頷いた。左近は早速、手配にかかった。

二

およそ一月後の九月三日、上杉家家宰の直江山城守兼続が佐和山に到着した。

直江兼続は三成と共に永禄三年（一五六〇）生まれで、この年四十歳。三成は豊臣秀吉に見出されて政権の中枢をなしたのに対し、兼続は上杉謙信に見込まれて景勝を支えた。中央と地方という差はあるものの、両人は似たような境遇にあった。

兼続が力を発揮したのは謙信の死後、越後を二分して二人の養子である景勝と景虎の間で戦った御館の乱である。兼続なくば景勝は勝利することはできなかった。

最初に兼続と三成が顔を合わせたのは天正十三年（一五八五）八月、秀吉が越中の佐々成政を降伏させたのち、越後に足を延ばし、墜水城に来た。この時、秀吉と三成、景勝と兼続の四人で会談し、上杉家は秀吉に協力することを誓った。いわゆる墜水会である。以来、秀吉は兼続の器量を欲し、直臣になることを求めている。さすがに兼続は鄭重に断ったものの、それでも、秀吉の兼続に対する評価は変わらず、「会津百二十万石のうち、三十万石は兼続に与えたものだ」さらに「天下の儀を任せられるのは、小早川隆景と直江兼続のみ」とまで言わしめた実力者である。

「顔色がいいな。隠居生活は楽しいと見える」

兼続は会うなり軽口を飛ばした。

「おう、いいものぞ。そなたも、できるならば隠居してみよ」

「左様なことを言えば、首が飛ぶ。上杉は働ける者を遊ばせておける余裕はない」

「できぬであろう。ははは っ」

いつになく機嫌のいい三成である。二人とも主君への忠義、国への思いは共通している。天下の奉行と一家宰の差はあれど感性が似ているのだ。秀吉健在の頃は、大坂城で朝まで語り合っても飽きぬことは度々あったほどだ。

しばしの雑談ののち、兼続が本題に入っていった。

「そういえば、先の八月二十八日、前田肥前守（利長）が内府の許可を得て帰国した。と申すよりも、内府の口車に乗って帰されたと申した方が正しいやもしれぬ」

「聞いておる。上杉殿に続き、前田か。そのうち宇喜多、毛利も帰国させられよう」

忌々しいといった口調の三成である。

「おそらくの。さすれば政を私し易い。もはや天下人きどりじゃ」

「気に喰わぬの」

三成は汚いものでも見たかのように、不快気に吐露した。

「さればこそ、治部はここにおる。内府に尾を振れば大坂か伏見におれたはず」

「山城の言葉とは思えぬ。儂に尾を振れと申すか」

「振って見せるも兵略のうち。その間に歳月が稼げる」

兼続のほうが三成よりも発想は柔軟だ。

「上杉殿は、最低でも二年はいると申された。されど、その間に内府は、他の者が手を出せぬよう、あれこれ画策するのではなかろうか」

「ありうることよな。内府も高齢（五十八歳）、天下を望むのであれば急いでいよう。我が上杉に戦の契機を求めるのであれば、早く仕掛けてこような」

兼続は唇を強く結ぶ。

「されば、尾を振って奴の寿命が尽きるのを待つか。山城らしくもない」

「殿下や先の大納言のごとく、痩せ細っていれば別じゃが、あの肥えようじゃ。あと十年は長生きしそうじゃの。一度、なにを喰っておるのか聞いておけばよかったかの」

「十年の間、なにもないとは思えぬの」

家康の顔でも思い出してるのか、苛立ちが見える。

「それゆえ、儂も早う帰り、戦ができるように領内を整えねばならぬ。治部はなんとか上方にいる諸将の気が萎えぬよう、繋ぎ止める努力をしてくれ。二年、二年あれば、上杉は起つことができる。今は袖も振れぬが実情じゃ」

「判った。そう致す。おっと、そうだ、左近」

「はっ」

返事をした左近が手を叩くと、襖が開き、若く美しい女人が一人で入室した。

「我が次女の小石じゃ。先日まで北政所様の侍女を務めていた」

三成が紹介すると、小石は両手をついて挨拶をする。

「小石でございます」

「これは、なにか」

兼続は怪訝な顔をして問うが、なんとなく判っていそうな表情だ。

「まあ、内府流に言えば両家の結びつき。我が石田の決意のあらわれじゃ」

「とは申せ、あまりにも唐突。小石殿にしても、会津は遠く寒さも厳しい地ぞ」

「覚悟しております」

俯いたまま小石は気丈に答えた。言葉に嘘はないようであった。

「左様でござるか。されば、まあ、お屋形様はなんとか言いくるめよう」

兼続は渋々納得した。嘗て真田信繁（幸村）などを人質にしているので、それほど問題はないはず。強いて言えば、納得できる名目が欲しいといったところであろうか。

「これで、両家の結びつきは固まりました」

もう後戻りはできぬと、左近は兼続に鋭い目を向ける。

「されば両家で手を携え、世を乱す狸退治を致そうぞ」

三成の覇気ある言葉に兼続は頷いた。

その後、三人で酒を酌み交わした。三成はいつになく上機嫌で盃を重ねた。

翌日、兼続は小石を連れて会津に向かい佐和山を出立した。

因みに小石は、津軽藩の『杉山系図』によれば、蒲生牢人から上杉家の家臣となった岡左内定俊、その息子の半兵衛重政（左内許宦とも）に嫁いだと記されている。

綿密な計画ではないが、漠然とした密謀は存在していた。とは言え、意気込みはあるが、即座の行動を起こせない。左近には不満だ。

そこで、三成に新たな策を持ちかけてみた。

「肥後守（利長）殿が帰国したのです。これを遣われてはいかがでしょうか」

「前田を？」

三成には理解できていない。首を傾げた。

「そのうち、内府は必ず大坂にまいりましょう。さすれば、肥後守殿が背後で糸を引き、内府を暗殺せんとする噂あり。と奉行から内府に密告させるのです」

「それでは、前田に恨みを買うことになろう」

謀を好きにはなれぬ面持ちだ。

「確か肥後守殿は秀頼様の傍にあって、争乱に対するべきはず。いかな理由があるか存じませぬが、父の死から半年もせずして殿下の遺命を破るなど言語道断。ゆえに、利長殿の気概を見定めるのも、いい機会かもしれませぬぞ」

「なるほど。して、暗殺を企む者を、いずれに致すつもりじゃ」

すぐに応じられないようだが、興味がありそうな三成だ。

「そうですな。誰でもいいのですが、されば内府嫌いの淀ノ方様ゆえ、これと睦まじいとされる大野修理亮（治長）殿。それと前田と親戚筋の土方勘兵衛（雄久）殿。もう一人は嘗て前田家と婚姻を結んでおり、内府と誼を通じる浅野弾正少弼（長政）などではいかがでございましょう」

大野治長は淀ノ方の情夫とされている。土方雄久は利長の母・芳春院（おまつ）の甥で、治長は雄久と昵懇。長政の息子・長慶は利家の五女（病死）と結婚していた。

「それは、面白い。内府を伏見に帰し、前田との間に事を構える。加えて、淀ノ方様との間にも溝を造る。さらに奉行の中から背信者を排除するか。さすが左近よな」

三成は同意した。

「全て殿下が行ってきたことゆえ、実行してきた増田、長束殿ならば、そつなく熟せましょう」

「左様の。されば隠密のうちに遣いを送らねばならぬの」

「お任せくだされ。配下には長けた者が揃っておりますゆえ」

早速、左近は大坂にいる増田長盛の許に身軽な者を向かわせた。

三

一方、天下取りに突き進む家康であるが、さらに歩を進めた。

九月七日、家康は二日後に行われる重陽（ちょうよう）の節句に出席するために、大坂の備前島にある旧石田屋敷を宿所とした。すると、増田長盛が来訪して前田利長が謀叛を企て、浅野長政、大野治長、土方雄久が暗殺を計画していると告げてきた。

「なんとしたことを。許せぬ。よう教えて戴いた」

家康は即座に側近を集めて協議し、まずは伏見から兵を呼び寄せることにした。

翌八日、家康は増田邸を訪問して、予定どおり節句に出席することを告げた。

この段階で、左近の計画は狂いだした。

九日、厳重な警戒の中で家康は登城して秀頼に会い、節句を祝った。

翌十日には次男の結城秀康が駆けつけ、大坂はものものしい雰囲気に包まれた。

十二日、家康は奸賊（かんぞく）の動きを見るという名目で大坂城内にある三成の兄・正澄の屋敷に入り、未亡人となった秀吉の正室・北政所に接触した。

当初、北政所は本丸に住んでいたが、この年の一月十日、側室の淀ノ方と秀頼が伏見から移り住んできたので、西ノ丸に退いていた。

秀吉ならびに旧知の利家が死去してしまうと、北政所よりも秀頼を産んだ淀ノ方の発言が強くなり、挨拶に訪れる者の数なども逆転した。家康は北政所が大坂城に居づらくなっていることを知ったので、城を退いてはどうかと勧めた。

北政所としても、余生は静かに秀吉の菩提を弔いたいことと、秀吉亡きあとの権力争いに呆れ、家康の勧めもあって、九月二十六日、西ノ丸を出て都の三本木（仙洞御所付近）にある京都新城に移動した。

二十七日、家康は空いた西ノ丸に入り、本格的に政務を執るようになった。

十月二日、まず家康は、暗殺の企てに名を列ねた三人、大野治長を下総の結城家に土方雄久を常陸の佐竹家に預け、浅野長政を領国甲斐の府中に蟄居させた。ただ、長政は身の潔白を示すため、徳川領の武蔵の府中に身を置いた。

ほどなく報せは佐和山に齎された。

「大坂から退かすどころか、城に入る口実を与え、お詫びのしようもございませぬ」

左近は三成に頭を下げた。

「致し方ない。こたびも、また江戸の古狸に、してやられたの。まあ、浅野弾正を東国に追いやっただけ前に進んだのではないか。これで奉行の結束も固まるというもの」

「とは申せ、秀頼様を押さえられてしまったのは、痛手でございますな」

「果たして前田がいかに動くか、見物じゃの」

「はい」

と答える左近であるが、利長が家康と対決姿勢を示すとは思えなかった。

前田家の動向を窺っている最中の十月六日、徳川家臣の柴田重久が佐和山を訪れた。単なる機嫌伺いと、大坂城にいる重家の様子など伝えに来たということであるが、時期的なことを考えれば、明らかに牽制であろう。

（さすれば、露見したと申すのか。誰かが漏らしたのか。誰が……）

佐和山にいては、大坂の細かなところまではなかなか探れない。左近は端で三成と重久の、形ばかりの話を聞きながら、胸騒ぎを覚えていた。

前田家による謀叛の嫌疑を摑んだ家康は、利長の姻戚にあたる長岡忠興も共に通謀しているのではないかと、長岡家に迫った。

すると十月二十四日、忠興の父・幽齋は、間違っても忠興が謀叛に加担するなどないことを家康に誓った。十一月には、遅ればせながら忠興も家康に誓紙を出して忠節を誓った。

長岡家が前田家と関わりがないと言ったことは、世間的には大きな影響を与える。なにせ幽齋は、足利十三代将軍義輝、十五代義昭、織田信長、豊臣秀吉と主を変えて戦国の世を生き抜いてきた目鼻の利く武将である。幽齋が前田家を見放したということは、家康に対抗できる人物ではないと言いきったに等しい。幽齋は豊臣政権下ではあまり優遇されなかったこともあり、すでに次の主を家康に定めているようであった。

長岡親子が徳川に屈したことを確認した家康は、声高々に加賀征伐を号令した。さらに、前田領と隣接する加賀・小松の丹羽長重に討伐の先鋒を命じた。

「江戸の狸は遂に、牙を剝きましたな」

報せを聞いた左近は、喜び勇んで三成の傍に寄った。

「嬉しそうじゃの」

「加賀攻めと申すからには、内府も出陣するはず。されば前田・宇喜多殿らと手を取り、北国街道で挟み撃ちにしましょうぞ。越前には大谷殿もおられます」

ようやく、今までの鬱屈したものが晴れるかもしれぬと、左近は気が逸った。

「まこと、加賀に兵を向けるとあらば、内府もあれこれ手を打とう。また、前田家の本意を確認せねば、動くに動けぬ。戯け面をして先に兵を挙げれば、加賀に向かう数万の兵が先に佐和山の城を囲もうぞ。戦をするのならば、皆が手を携え、内府を敵とせねばならぬ。できることならば、秀頼様の御内書を賜りたいものじゃ」

「戦は生き物。あまり形に囚われずともよいのではございませぬか」

「左近、これは政ぞ。戦は最後に致すもの。内府を豊臣の敵とせねば、臆病な者たちは参じぬ。ゆえに、儂は大坂に行きたい。さればこそ前田には気概を示して欲しい。儂に同じだけの石高と年寄の地位があればの。殿下が筑前・筑後を下さると仰せられた時、貰っておけばよかったわ」

悔しげに三成は吐露した。

「過ぎたことを振り返るとは殿らしくもない。まずは前田家に期待致しましょう」

望みは薄いが、今は前向きに考えるしかない。左近は告げた。

疑いをかけられた利長であるが、まさに青天の霹靂であろう。家康の勧めによって八月二十八日、帰国したばかりなのに、謀叛と言われては敵わない。

利長はすぐさま宿老の横山長知（よこやまながちか）を大坂に向かわせ、申し開きをしたが、家康は聞かない。何度も使者を往復させたが、それでも家康は首を縦に振らない。

家康は、疑いを晴らしたくば、母の芳春院を人質として江戸に差し出せと迫った。さすがに利長は激怒し、家康と一戦交えようと叫び、高山右近（たかやまうこん）に金沢（かなざわ）（尾山（おやま））城の修築を命じた。

「おやめなさい。そなたに内府と戦をする器量はない。前田を潰すだけじゃ。わたしが質となろう」

芳春院は前田家のことを思い、江戸下向を承諾した。これにより、加賀征伐は取り止めになった。

左近らの期待虚しく前田家は家康に屈服した。

実際に芳春院が江戸に下向するのは、翌年の五月二十日のことであった。

「やはり前田は頼りにならぬか」

子細を聞いた左近はぽつりと漏らし、失意のうちに慶長四年は暮れていった。

この年、於ゆうに二人目の姫が生まれた。名は於珠（おたま）と名づけられた。

四

話は少々遡る慶長四年秋、ちょうど前田利長謀叛の嫌疑で騒然としている頃、宇喜多家で内紛が勃発し、譜代の重臣が大坂の玉造屋敷に籠った。

まず、秀家の正室は秀吉の養女として嫁いだ前田利家の四女豪姫である。

若い秀家は、豪姫付の家臣で官僚能力の高い中村次郎兵衛を多用した。これが平時であれば問題はないが、宇喜多家は豊臣政権において、飽くことない戦と城普請に駆り出され、領内は乱れた。

経済的な興廃、農業経営の不振、強制的な検地による不満、さらにキリスト教と法華経の対立が複雑に絡み合い、家中は奇しくも豊臣家のごとく、吏僚派と武断派の二派に分裂した。

吏僚派は長船清行（綱直）、浮田太郎右衛門、中村次郎兵衛、寺田道作ら。

武断派は浮田詮家、戸川達安、岡家俊、花房正成、山田兵左衛門らであった。

秀吉が死去し、朝鮮ノ役が終わると、武断派による官僚筆頭の長船清行への弾劾の声が激しくなった。すると、心労が祟ったのか清行は急死してしまった。そうなると、次の鉾先は前田家から来た中村次郎兵衛に向けられた。次郎兵衛は、財政難ではいつの世でも行われるように、家士の秩禄を減らして難を乗り越えようとしていた。そこで怒った山田兵左衛門が次郎兵衛の用人・寺田道作を殺害した。

これを機に戸川達安、浮田詮家、岡家俊、花房正成、楢村監物、中吉與兵衛らは、備前島を訪れた。

「全ての元凶は次郎兵衛にあり。成敗させてください」

浮田詮家らは秀家に訴えた。

「次郎兵衛に罪はなし」

秀家は裁定を下し、夜陰にまぎれて次郎兵衛を女輿に乗せ、加賀に送り届けた上で、浮田詮家らを斬るよう家臣に命じた。

「我らは秀家殿に仕えたのではない。先代に仕えたのじゃ。先代の子に過ぎぬ族がなにを申す」

これを聞いた浮田詮家は、仲間と一緒に玉造の屋敷に立て籠った。『吉備温故秘録』によれば二百五十四人の雑兵が加わっていると記されている。

浮田詮家らは涙を飲んで髻を切り、主君との血戦を覚悟した。

まさに一触即発の状態であるが、秀家は自力で解決することができず、家康と病に苦しむ大谷吉継の調停に事を委ねた。これが慶長五年（一六〇〇）一月のこと。

戸川秀安・達安親子、花房正成、中吉與兵衛は家康が預かった。その後、戸川親子は常陸に蟄居、花房、中吉は増田長盛が預かり、大和に蟄居した。他の者は備前に戻され、執政は明石全登が取ることとなった。

　しかしながら、半年後には戸川親子、浮田詮家らは家康の配下となり、国許にいた楢村監物、角南隼人（すなみはやと）らは出奔して徳川軍と行動を共にすることになる。

　秀家の許から去った戸川、岡、浮田、花村は万石以上の領地を得る重臣であった。騒動により、宇喜多家の屋台骨は歪んだ。騒動の背後に家康の陰が見え隠れする。

　二月、明石全登だけでは国を切り盛りできず、宇喜多秀家は領国に戻らざるをえなかった。この段階で大坂に残る大老は家康と毛利輝元のみになった。

　報せは逐一、親友の大谷吉継から三成の許に届けられていた。

「前田に続き、宇喜多家も攪乱されましたな。とすれば、次は上杉か毛利ですか」

　左近は弓場で三成と交互に矢を射ながら告げる。

「内府の動きは予想以上に早い。これは、我らも早めに動かねばならぬかもしれぬの」

「上杉殿は二年欲しいと申されてござった。まだ、半年しか経ってござらぬが」

「かような状況なれば、山城（兼続）も納得しよう」

　三成もその気になってきたようである。

「逆に、引き延ばせとお怒りになられるのでは？」

「隠居の儂が佐和山にいては引き延ばしも叶うまい。それよりも、次に内府が上杉に嚙みつけば、その段階で懸念は無用となる。それどころか、真実の戦となろう」

「まさに、天下分け目の戦でござるな」

言いながら左近は渡された最後の矢を射た。途端に弦が切れ、矢は途中で地に落ちた。また、三成もこれに気を取られてか、的を外した。

二人の予想は望まぬ方に当ってしまった。

昨年の秋、上杉景勝は帰国するや、会津七口の街道を改修し、諸方面に架かる橋も補修した。さらに武具を揃え、牢人を掻き集めた。

謙信以来の武名と硬骨溢れる景勝・兼続主従に惹かれ、前田慶次郎利太、山上道牛、岡左内、車斯忠、上泉主水泰綱、齋道二など何れも一癖も二癖もある剛勇が参集していた。

同年の十一月、出羽仙北部の角館城主・戸沢政盛は会津の諸状況を家康に報せた。政盛は家康股肱の臣・鳥居元忠の娘婿であった。

慶長五年二月十日、景勝は若松城の守りが弱いので、城西に神指城を築城し始めた。すると、越後に入封した堀秀治の重臣・堀直政が、上杉家に謀反の疑いがあると家康に訴えた。移封に際し、会津の蒲生家が年貢の半分を持って下野の宇都宮に移動したので、上杉家も同じことをしたが、堀家は年貢を持たずに越後に入り、上杉家に米の返還を要求した。

「貴家が旧領から持ってこないのが悪い。貴家の過失だ」

上杉家の直江兼続は公然と突っぱねた。

その後、秀治は奉行に訴えたが、三成は兼続の主張が正しいと裁定をした。これにより、堀家は上杉家から米を借りることになったという確執が復讐心になった。

また、兵農分離を押し進める秀吉は、移封に際し、農民の移動を禁止した。上杉家は戦国最強の名を恣(ほしいまま)にした軍隊であるが、そのほとんどが農兵なので、大半が越後に残った。秀治は、景勝下知の下で上杉旧臣の一揆を恐れていたのだ。

さらに、景勝の命令で藤田信吉(ふじたのぶよし)が家康に正月の挨拶をした。すると、政盛から子細を聞いている家康は景勝に上洛を勧めろと信吉に言い渡して帰国させた。加えて、この時、信吉は家康に引き抜きを受けた。

藤田信吉は関東管領・上杉家の重臣で武蔵の秩父(ちちぶ)、大里(おおさと)郡に居を置く藤田重利(ふじたしげとし)の次男として生まれた。

管領家の上杉家が衰退し、後ろ楯を失った国人衆の藤田家は、強大な小田原の北条家の乗っ取りに合い、父兄を殺害され、身の危険を感じた信吉は武田勝頼(たけだかつより)の家臣となった。武田滅亡後は越後に逃れ、上杉謙信の跡を継いだ景勝に仕えた。信吉は新発田(しばた)城の戦いなどで活躍したものの、石高などで不満を持っていた。これを家康は摑んでいたのであろう。

若松城に戻った藤田信吉は家康の口上を伝えたが、景勝は三成に公言したとおり、上洛する意思を見せない。三月十三日、景勝は不識庵(ふしきあん)謙信の二十三回忌を行った。

すでに三成と密謀を企てていた景勝は、この席で、家康との対決姿勢を示した。

「我らから戦を望むものではないが、仕寄せてきたならば、断固戦う」

景勝の決意に上杉家臣たちは闘志をあらわにしたが、法要に出席していない者が二人いた。藤田信吉と栗田国時である。

法要をしている隙に、藤田信吉は仲間の栗田国時を誘い出奔した。国時は途中で岩井信能らに討たれたが、信吉は逃げきり、同月二十三日、一族郎党とともに武蔵の江戸城に駆け込んだ。家康の跡継ぎ候補である秀忠の前に罷り出た信吉は、景勝が謀叛を企てている旨を伝えた。

子細を聞いた秀忠は、即座に家康の許に早馬を走らせた。

報せを受けた家康は歓喜し、すぐさま毛利輝元、宇喜多秀家、増田長盛と大谷吉継らに会津攻めを主張したところ、時期尚早と反対され、家康もごり押しできなかった。そこで、まずは事の真相を景勝へ質すべく、使者を派遣することに決まった。

四月一日、相国寺塔頭・豊光寺の長老・西笑承兌が認めた書を持ち、徳川家臣の伊奈昭綱と増田長盛の家臣・河村長門が使者として会津に向かった。

二人は四月十三日、若松城に到着し、詰問状を直江兼続に渡した。

ほどなく、三成の許にも報せが届けられ、左近も一緒に耳にした。

「さすが内府。上杉のお家事情を熟知しておるゆえ、すぐに嚙みつきましたな」

「感心しておる場合ではないぞ。まだ、上杉の用意は整っておるまい」

「とは申せ、内府は上洛を促しました。上杉殿の申されようでは従わぬとのこと」

左近は嬉しさを感じていた。

「同じ年寄ゆえ、従う謂れはなかろうな」

「されば、前田の時以上に、声高に会津征伐を言い出しましょうな」

期待感に胸を膨らませながら左近は言う。

「おそらくの」

「あの主従はいかがなされますかな。用意が整わぬのに戦に踏み切りましょうか」

「儂が山城ならば、引き延ばしにかかる。されど、彼奴は応じような」

直江兼続の顔を思い浮かべているのか、三成は口の端を上げる。

「仕えたお方の差でござるな。あの主従はあまりにも奇異なお方（謙信）に仕えられた。武威だけでは天下は取れませぬ。硬軟両方持たれねば」

「ようやくそなたも殿下の偉大さが判ったようだの」

「偉大なのは前から存じております。ただ、あまり好きではございませんでしたが」

左近は様々なことを思い出しながら口にした。

「ようも申すの。それより、このまま内府に居座られれば、皆、手足を縛られて身動きできなくされる。前田のように早々と屈されては、起つに起てなくなる。こたびがその時であろう。但し、上杉が起たねば、我らだけではどうにもならぬがの。そなたか」

「殿と同じでござる。一つだけ。上杉を越後より移封させたこと後悔されておられるの思案はいかに？」

「過ぎたこと。越後にいれば、石高は今の半分。戦は一兵でも多い方が有利じゃ」

「それでこそ殿。されば我らも戦支度を始めますかな」

主の闘志を失わせぬためにも、左近は上機嫌で相槌を打つ。ただ、戦は数だけではない。そのことだけは三成の意見とは違っていた。

左近は蔵にしまってある武具などの手入れを始めさせた。

伊奈昭綱らが会津に到着するより早く、兼続からの書状が三成の許に届けられた。そこには藤田信吉出奔のこと、家中では家康に対抗することを宣言したこと。さらに、事あれば、越後で上杉旧臣が一揆を起こすことなどが記されていた。

「やはり上杉は本気じゃな」

「はい。武の家にございます。とは申せ、展開が予想よりも早うござるな。会津は雪深いところゆえ、秋からという訳にはまいりますまい。長引くことも思案に入れると、徳川の使者が戻り次第に陣触れを出すことになりましょう」

「左様の」

声を絞り出して三成は頷く。

「殿と直江殿の関係を知っている上で、当家にも出陣命令が下されましょうな」

「その時は、まあ、仕方あるまいの」

三成は渋い顔をした。おそらく上杉家との密約を違える困惑ではなく、人質として差出している嫡子の重家を見捨てること。そうまでしても豊臣の政権を守りたいようだ。

「奉行衆には、上杉の本意を伝えましょうか」

「いや、半月とせぬうちに使者は戻るゆえ知れ渡ろう。それよりも、遠いゆえ、国許にいる宇喜多中納言、それと小西摂津守に報せよう。あとは安国寺殿でよかろう」

「畏まりました。されば早速」

左近は即座に遣いを放ちながら、かつてない大戦に発展する予感がした。しかもそれは天下を左右するような大戦。そこに一将の重臣として参陣できるかもしれない。いい歳をしてと言われるかもしれないが、妙に胸が躍った。

第九章　西軍蜂起

一

直江兼続が豊光寺の高僧・西笑承兌に宛てた「直江状」を受け取り、伊奈昭綱と河村長門が大坂に到着したのが四月二十三、四日頃であった。

内容は家康を非難し、時には馬鹿にし、最後は戦場で白黒つけよう。追記では文句があるならば会津に来い、口ではなく弓矢で勝負しよう、という挑発をした。あくまでも西笑承兌への返書であるが、誰が読んでも明らかな家康への挑戦状であった。

書状を読んだ家康は、諸将に公表する前の同月二十五日、長岡忠興、福島正則、加藤嘉明に対し、内々に会津攻めの先鋒を命じたことが細川（長岡）家の『綿考輯録（めんこうしゅうろく）』に記されている。

同月二十七日、島津惟新（しまづいしん）（義弘（よしひろ））が大坂を訪れ、伊集院忠眞（いじゅういんただざね）との調停の労を家康に謝した。この時、家康は惟新に対し、会津征伐を行う予定なので、その暁には伏見城の守備を託していた。

五月三日、家康は憤激（ふんげき）の中、会津征伐を宣言した。

すぐさま報せは佐和山にも届けられた。

「遂に内府は会津攻めを命じたか。いよいよじゃの」

三成は珍しく力み、扇子を握る手を震わせた。左近も気持ちは同じだ。

「はい。さすが上杉殿は約束を違えませぬな」

「それにしても、山城め、内府を糾弾し返したと申してきたが、いかな書を記したのかの。一度、読んでみたいものじゃ」

「さぞ痛烈で、痛快なものでございましょうな」

武士として想像するだけでも胸が躍る。

「怒った内府の顔が思い浮かぶの」

「いや、腹を立てたふりをしているのかもしれませぬぞ。内府にすれば、山城殿は天下取りの戦となる契機を作ってくれた恩人。北叟笑（ほくそえ）んでいるのかもしれませぬ」

「縁起でもないことを申すでない。こたびは内府を葬（ほうむ）る戦ぞ」

少々三成は憤る。

「皆がその気になれば可能でございましょう」

「なんだ、左近らしくもない。本音を申せ」

「内府はまこと会津に仕寄せるのか、某は、ちと疑問を持っております」

「なにゆえに？」

三成は身を前に乗り出して問う。

「上杉はしぶとく、粘り強い。戦えば相当の手負いが出ましょう。特に、白河口には難所となる勢至堂、背炙という二つ峠を越えねばならぬとか。万が一、会津に仕寄せ、戦が長引き、冬にでもなれば兵の気は萎えます。寄せ集めの兵は収拾がつかなくなりましょう。その間に畿内で蜂起する者が現れれば目も当てられませぬ」

言って左近は両頰を上げた。

「うむ。畿内で蜂起するのは、無論、儂じゃが。続きを申せ」

「はい。内府は会津を討つと見せかけ、いずれかの地で引き返すのではないでしょうか。真の敵を討つために。そう、琵琶湖に面した中仙道を押さえるお方を」

「儂が真の敵と？」

三成に自覚はないようである。

「おそらく、豊臣家のことを本気で考え、また、嚙みつくのも殿だけでございましょう。他の方々は内府の下で文句を言いつつも暮らしていける方々です」

「上杉もか」

「豊臣家のお陰で身代は大きくなられましたが、所詮は合力者。領地を安堵され、自尊心が守られれば、納得なされましょう。豊臣に殿のような忠義心はありますまい」

「されば上杉は戦わぬと申すのか」

「それは、内府次第。会津領に攻め込めば、戦となりましょうが、江戸辺りで引き返せば、背後を突くや否や。上杉の北には伊達や最上もおりますゆえ、口で言うほど易くはないかと存じます」

「佐竹もおるぞ」

「ゆえに、旗本八万騎と申す内府の兵のうち、いかほど江戸の守りに残させるかが殿の腕となりましょうな。また、内府に反する者を多く集めることも」

「うむ。毛利も前田も宇喜多も起ってもらわねばならぬ。いや、起たせてみせる」

「それでこそ殿。されど、殿が起てば内府は大坂を攻める口実ができますゆえ、なんとしても秀頼様から内府を討つような下知を賜らねば、単なる豊臣家の中の権力争いで終わってしまいますぞ。されば集まる大名も少なくなるやもしれません」

「左様の。彼奴らも取り込まねばなるまい」

彼奴らとは、秀頼後見役の片桐且元と、三成らとは少し距離を置く徳善院（前田玄以）である。二人はどうも、秀頼を政権争いに関わらせないようにしている。

「それも殿の腕次第。内府が東国に向かったことを、秀頼様の意に反してということにすれば、殿には逆賊を討つという大義名分が立ちます」

「最近、そなたは細々とした謀を思案するようになったの」

「殿に仕えたからでございましょう」

と言って笑みを作る左近であるが、筒井順慶に仕えていた時、謀を駆使せねば、勝利するためにはなんでもしてくる松永久秀に対応できなかったのが事実。大きな戦を前にして、左近元来の姿になったのかもしれない。

「言うの。されば、左様な手も遣わねばなるまいな」

「あとは、内府が大坂、伏見を離れるのを待つばかりです」

「その前に、しておかねばならぬことが山のようにあるの」

「はい」

困難なことが多々予想できるのに、左近は妙に生き甲斐を感じていた。

少しでも家康の出立を遅らせるべく、三成は奉行、三中老の面々に、のちの布石を打つために、会津出陣を諫言するよう求めた。

五月七日、三成の要望を受けた長束正家、増田長盛、中村一氏、生駒親正、堀尾吉晴らは、家康に会津出陣の諫止状を出した。

「一、秀頼様をお取り立てになり、（内府は）上方におられて天下静謐に仰せつけられるべきなので、遠国には他の諸将をさし遣わされますよう。

一、我々の愚かな意見は恐れ多くはありますが、何様にも申しあげるのは自然の仕事ですので、お腹立ちのところがありましてもご容赦ください。

このたび、直江の所行は不相届なので、お怒りはご尤ものことと存じます。何分にも直江は、大よそ今まで政も仕合（戦）も碌に知らぬ田舎者ですので、当年は我慢なされ、それでも上洛しないのならば、来春出馬なされるがよいでしょう。

一、太閤様、御不慮以後、なにほども下々のごとく出入りなさらずとも、いずれもご分別をもって、お止めになられるべきなのに、このたび、御下向なさることは、たとえ早速に仰せつけられても、日本に疵つけることだと、下々でさえ存じております。

一、第一に秀頼様は若年でございます。そこで内府様には大坂に居られてこそ、諸人は重々しく存じ奉られているのに、ただ今、会津などへ下向なされては、秀頼様をお見放されることに成ると下々は申しております。是非、当年はご遠慮なされるように。たって、申し上げます。

一、先年、山道（中仙道）の方はここ数年不作で、ことに一両年は飢餓の様子にあるので、兵糧のことはいかになされるおつもりですか。また、雪も御前まで降り積もっているとのこと。なにとぞ出馬は来年にするよう存じ奉ります」

この書の他にも、先の五人に徳善院を加え、同じ内容の書を井伊直政に送った。

それでも家康は、秀頼のために出陣すると言い張って聞く耳を持っていなかった。

十七日、家康は前田家から人質として出された芳春院を江戸に送った。

二十九日、嗅覚鋭い長岡幽齋は諸将に先駆け、丹後の田辺城に向けて都を発った。

この時すでに、三成らに攻められることを予測していたのかもしれない。

六月二日、家康は家臣の本多康重、松平家信、小笠原広家に書を遣わし、七月下旬に会津出征することを告げ、出陣の準備を命じた。

六日、家康は諸将を大坂城西ノ丸に集めた。家康は秀頼のいる本丸に対抗して西ノ丸に天守閣を築いていた。そこに人が集まるとなるとまさに天下人であった。

その家康は、諸将を前にして、会津征伐の部署と進路を言い渡した。

白河口は徳川家康・秀忠。関東、東海、関西の諸将はこれに属す。

仙道口は佐竹義宣（岩城貞隆、相馬義胤）。但し佐竹家は上杉方であった。

信夫口は伊達政宗。

米沢口は最上義光。最上川以北の諸将はこれに属す。

津川口は前田利長、堀秀治。越後に在する諸将はこれに属す。

家康は秀吉の島津攻め、北条攻めを意識したのであろう。右に下知した兵が全て出陣すれば二十万にも及ぶ大軍勢となる。

出陣命令は佐和山に隠居する三成の許にも届けられた。

「内府殿には、承知致したとお伝えくだされ」

左近は三成に代わり、公然と使者に答えた。そののち、主に報告した。

「おそらく、偽りを申しよってと思っていたと存じます」

「そういう、そなたも、最初から引き返すくせに、と思っていたのであろう」

「ははは、左様、所詮は化かし合いでございますな」

「ところで、鉄砲の方はいかようになっておるか」

「堺の方は出陣の命令を受けてか品薄となり、入手は困難でございます」

左近としても一挺でも多く欲しいところである。

「儂も以前は堺の奉行をやっていたのだがのう。隠居ともなると背を向けられるか」

三成は、情けない、といった表情を浮かべる。

「皆、それぞれ肩入れする大名がありますゆえ、仕方ありますまい。されど、幸いなことに、当家の領内には国友村がありますゆえ、こちらではできうる限り造らせます。それと、大筒(おおづつ)の方は、色々と難しゅうらしく、五機用意するのが限界かと」

「左様か。致し方ないの。兵はいかに」

「領内および、国境には募集の高札を立て、配下に触れさせてございます。あとは、早々に、京、大坂、堺にも向かわせます。一兵でも多く欲しいところですな」

「そのとおり。兵糧の方はいかに」

「掻き集められるだけ掻き集めます。あとは集まる兵次第でございますな」

三成は左近の返答に、一々頷いた。

二

六月十五日、豊臣秀頼は大坂城の西ノ丸に足を運び、家康に軍費として黄金二万両、兵糧二万石を与えた。この日、家康は佐野綱正(さのつなまさ)を西ノ丸の留守居とした。

同月十六日、家康は、三千の兵を率いて会津征伐のために大坂城を発ち、その日のうちに伏見城に入城した。諸将も前後して続々と帰国の途に就いた。

報せは佐和山にも届けられた。左近は三成に向かう。

「内府がいよいよ大坂を出ましたか。されば、数日を経ずして近江に入りますな」

「儂が佐和山におるゆえ、草津から東海道を通って伊勢に抜けよう」

「敵は三千。甲賀の道は狭く、鈴鹿峠は難所。討つには手頃の地でございますな」

「内府を山中で討つと申すか」

「あの辺りは山賊、一揆の類いが多いとか。ちょうど水口には長束殿もおられます」

「左様のう……」

どうも三成は暗殺には踏み切れないでいた。おそらく、天下を司らんとする者が、阿漕な手で敵を葬ってはならぬという理想にかられているようである。

「かようなことは釈迦に説法でござろうが、殿は秀頼様を立てて政を行うのだとすれば、将軍ではなく鎌倉の執権を目指されるはず。執権を牛耳った得宗家は謀略と暗殺の限りを尽くして天下を維持したとか。時には必要でござるぞ」

「……されど、大蔵（正家）は内府を暗殺できる器ではないぞ」

「されば、足留めして戴くだけで結構。その間に某が兵を率い、水口を出たところで討ち取ります。内府さえ討てば、多くの血を流さずにすみますぞ」

ここぞとばかり、左近は強く迫った。

「左様のう。されば、大蔵にその旨伝えよう」

渋々三成は承諾した。家康が大坂を離れた以上、戦は避けられない。とすれば先手必勝。三成も覚悟を決めたようである。

　早速、家康よりも少し早く帰城した長束正家の許に使者を送った。


　十七日、家康は股肱の臣である鳥居元忠と主従水入らずの酒を酌み交わした。

　会津征伐に向かう上で、伏見城に関して家康には三つの思惑があった。
　一、東進すれば伏見城は必ず三成らの大軍に攻撃される。とはいえ、先の大戦を考えれば、多くの兵を残したくない。
　二、城は三成挙兵の契機となる囮であり、陥落してもらわねばならない。
　三、反転して軍勢を整える猶予を稼ぐために、長く戦い続けること。
　寡勢で少しでも長く戦い続け、見事に捨石の役を果たしてくれる有能な部将。家康は今川家で人質となっている時以来の鳥居元忠を選んだ。三歳年上の元忠は家康が竹千代と名乗っていた幼き頃より、一緒に人質生活を過ごした仲である。

　酒を飲みながら、家康は苦しい胸の内を告げると、鳥居元忠は、主の思考を理解し、城には五百を残せばいいと進言した。これを聞き、家康は手を取って落涙した。

　家康としても、損失は少なくしたいが、三成に心中を読まれぬためにも、また、一日でも落城を長く延ばす必要があった。

　同月十八日、鳥居元忠、内藤家長、松平家忠、同近正を留守居とし、千五百ほどの兵を残して家康は伏見城を発ち、昼頃、近江の大津城に入った。

大津城主の京極高次は家康に付くことを約束し、家老の山田良利を征伐軍に同行させることにした。同城を出立した家康は、その日、近江甲賀郡の石部に宿泊した。

同じ日の夕刻、家康の隊列から離れ、柳生宗矩が佐和山に来たので左近が応対した。

「御無沙汰しております。左近殿にはお変わりもなく、ご健勝のご様子」

宗矩は慇懃に挨拶をした。

「貴殿も息災でなにより。して、こたびは何用で訪ねられたか」

「なにか、お急ぎの用事でもございますか」

「内府殿の下知ゆえ、会津に向かわねばならず。しかもこたびは、百石につき三人の兵を出せとのきついお達し。我ら小禄の家には大変じゃ」

百石につき三人の軍役を命じられたことは、四月二十七日、島津惟新が兄の龍伯に送った書状の中に記されている。秀吉の二・五人を上廻る数であり、負担は大きい。

「まこと会津に向かわれるのでございますか」

「他に答えようがあろうか」

左近が返答すると、宗矩は口を閉ざし、しばしの沈黙があった。

「左様でござるの。ところで、流行の俗謡でござるが、左近殿に対して失礼ではござるが、それほどではございませぬの」

『三成に過ぎたるものが二つあり。嶋の左近に佐和山の城』

「ほう、それはいかに」

「左近殿は謡のとおりでござろうが、この城でござる。亡き太閤殿下の秘蔵っ子とも呼ばれる治部殿ゆえ、さぞかし豪華絢爛の城かと思いきや、城内の壁は土が剝き出しの荒壁で板床が多く、無駄な装飾はなし。ケチなのか、窮してるのか、質素ですな」

「されど堅固であろう」

「はい。おそらく我が主の好みでございます」

「左様か、征伐が終わった暁には、お立ち寄り下さるよう申されよ」

「されば、三杯の茶など馳走戴けますかな」

「我が殿を召し抱えるおつもりか。内府殿もまた欲の深いこと。殿は秀頼様の家臣にて、他のお方にお仕えするつもりはなかろう」

「左近殿は？」

「儂も石田治部少輔三成以外には仕えるつもりはない」

「左様でしたなあ。……して、会津のこと、いかなことになりましょうか」

「まあ、上杉殿もなかなかの人物であろうが、先代ほどではなし。また、今の世に松永、惟任のごとき知謀決断のある者も見つからず。ほどなく収まろう」

「治部殿は松永、惟任になれませぬか」

「なっていたら、あの歳で隠居はしておらぬであろう。遠く及ばぬ」

主を詰る左近であるが、あながち嘘偽りではなかった。二人に比べれば行動力に乏しい。但し、今のところではあるが……。当然、口にはできない。

「されば最後に一つ。また、お会いできましょうか」

「おそらくの」

「同じ陣でございましょうか」

「内府殿が豊臣麾下の一大名であるならば、同じでござろう」

「それはもう」

宗矩は左近の回答を聞き、相槌を打つ。さすが世に名立たる兵法者なので、表情に出したりはしないが、おそらく、左近の真意は判ったようであった。

夜なので泊まっていけと左近は誘うが、先を急ぐのでと、宗矩は城を発った。

「ちっ、内府め、とんだ遣いをよこしよって、刻を喰わされたわ」

舌打ちした左近は、すぐさま三成の前に罷り出た。

「今より水口に向かい、内府の首を挙げまする」

「大蔵との謀はできており、明朝、内府を城に招き入れる。その上で我らの手の者が到着せぬ時は、大蔵の家臣が討つことになっておる。大蔵に任そうぞ」

「恐れながら、前言どおり、長束殿は左様な器ではございません。天狗も鳶に化ければ蜘蛛の網にかかるのたとえもございます。今夜の好機を逃せば一生後悔致しますぞ。殿、お下知を！」

左近は、今にも摑みかからん剣幕で三成に迫った。

「左様か。そちが、そこまで申すならば、好きに致せ」

「有り難き仕合わせ。必ずや内府の首級、挙げて帰城致します。されば」

許可を得た左近は、即座に兵を掻き集め、佐和山城を出陣した。急遽ということもあるが、具足や甲冑を身につけずに騎乗し、砂塵を上げた。

左近は佐和山から愛知川、そこからのちに御代参街道と呼ばれる道に入り、八日市、日野と進み、脇道を通って水口に向かうつもりだ。距離にしておよそ九里（約三十六キロ）。翌朝には到着できる。

（途中で先に城を出た又右衛門と出くわせば致し方ない、斬るしかないの）

戦に綺麗も汚いもない。勝たねば意味がない。乱世の常識である。

（朝、城に入っていれば、長束と挟み撃ち。城の外であれば、街道で挟み撃ちじゃ）

左近は勝利を確信し、真夏の夜陰を駆けに駆けた。空には雲がかかり月は出ていない。軍勢を移動させるにはもってこいの夜であった。


一方、家康は同じ六月十八日の晩、近江甲賀郡の石部に到着した。すると隣接する水口城主の長束正家が、三成の意を受けて出迎え、鉄砲二百挺を贈った。

「明朝には是非とも我が城にお立ち寄りくだされ。ささやかではございますが朝餉などご用意させて戴きます」

正家は慇懃に勧めた。

家康は有り難く、招きに応じる旨を伝え、正家を帰城させた。

夜半になり、三成が家臣に命じて奇襲をかける予定で、正家もこれに加担しているという噂が流れた。

家康にとって甲賀は敵地と思いきや、周辺には配下の者がいる。天正十年（一五八二）六月、家康は堺を遊覧している最中に本能寺の変を知り、甲賀から伊賀を抜けて帰国した。この時、伊賀者だけではなく、信楽の豪族・多羅尾光太を始め、多くの甲賀者が護衛を勤め、昵懇となっている。多羅尾家は旗本にも取り立てられている。秀吉は信長の影響もあってか、伊賀・甲賀者をあまり大事にはしなかったことも影響しているかもしれない。

用心深い家康は、報せを聞くや、夜陰に乗じて即座に石部を発して水口城下を走り抜けた。水口城には使者を向かわせ、正家に違約を謝罪させた。

正家の許にはまだ、三成配下の者は到着せず、家康に疑いを持たれた。正家は慌てて数人の供廻りを率いて家康を追い、三里（約十二キロ）ほど東の土山で追い付いた。

「某が内府殿を襲うなど、天地が転んでもありえぬこと。このこと神明に誓います」

正家は夜陰の中で必死に暗殺の疑いを晴らそうと説明した。

「貴殿の律儀さは充分に承知している。詫びといってはなんだが、これを」

家康には正家の真意は測り兼ねたが、一応、謝意をこめて来国光の脇差を与えた。

「忝ない。されば我が家臣に道案内させます」

正家は恭しく脇差を受け取り、先導役を遣わした。家康は警戒しながらも従ったという。

　翌朝、左近が水口に到着すると、すでに家康は通過したあとであった。その頃、家康は伊勢の関にまで達し、そこで休憩を取っていた。

「狸に化かされたか。逃げ足の早いことを」

　悔しさはあるが、家康の判断力、行動力には感心した。

「これは、滅多なことでは討てまいの。まこと、敵の倍する兵を集め、周囲に兵を配置し、四方八方から袋叩きにするしかあるまい」

　朝靄の中で独りごち、左近は帰途に就いた。帰城したのは昼をかなり過ぎていた。

「申し訳ございませぬ。見事に逃げられました」

　戻った左近は即座に三成の前に出て詫びた。

「内府も、そちに追われたと知って、さぞかし胆を冷やしたことであろうの」

「いや、某かどうかは」

「儂が謀を企てたと知れば、指揮をするのはそなたじゃ。世間はそう見る。また、それでよい。ただ、内府の怯えた面だけは見たかったの。愉快じゃ」

　三成は妙に上機嫌であった。

「されど、噂でも殿の企てと耳に入れば、もはや完全に敵とみなしましょうな」

「最初から敵じゃ。されど、今少し表沙汰にはしたくない。これも兵略。違うか？」

「その通りです」

ようやく本気になったような気がした。一晩寝ていないのに眠気はない。左近は力強く応えた。

三

本気になった三成は、すぐさま毛利輝元、前田利長、宇喜多秀家、小早川秀秋、小西行長、島津惟新、安国寺恵瓊などなどの諸将に書を発し、豊臣家のために家康を討つ誘いをかけた。

六月十八日、会津の直江兼続から三成に書が届けられた。内容は、改めて家中に気合いを入れ、家康との対決姿勢を示した。合戦の用意に余念はない。越後では上杉旧臣と連絡を取り合っているので、即座に一揆を蜂起させられる。畿内の様子を具(つぶさ)に報せて欲しいということであった。

同月二十日これに対し、三成は即座に返書をした。

「先日、御細書を預かり、返報します。内府は十八日に伏見を出発しました。かねがねの調略が思うままになり、天の助けと喜んでいます。我らも油断なく支度し、来月初めに佐和山を発ち、大坂にまいります。毛利輝元、宇喜多秀家、その他も無二の味方ですので、ご安心ください。会津の手段をお報せください。中納言殿へも別書遣わします。しかるべくご意見を賜るようお伝え下さい。謹んで申し上げます」

さらに三成は他の諸将にも書を出し、決起することを煽った。

忙しい最中、増田長盛、長束正家、徳善院玄以から、会津に出陣する東海道筋の諸将に兵糧を出さねばならぬが、どうするかと三成に尋ねてきた。

「敵に塩を送るような真似を致すのでござるか」

左近は書の内容を知らされ、問い質した。

「これは、秀頼様が承諾なされたことゆえ、致し方ない。止めれば疑われる」

「もう、とっくに疑われております。いや、疑いは過ぎ、確信してござるぞ」

「今、約束を破り兵糧を止めれば、会津出陣に向かう諸将は江戸で止まり、奉行が秀頼様の下知に従わず、兵糧を私したと、すぐに反転してこよう。内府との対決は望むところだが、我らが集結する日にちが今少し欲しい。そのための餌(えさ)だと思えば惜しくはない。内府らが、江戸より先に兵を進めれば、その間に集結した我らは東進できる。さすれば、送った兵糧は我らのものじゃ」

「利方(りかた)（理屈）はそうかもしれませぬが、口で言うほど易くはございませぬぞ」

「判っておる。まあ、任せよ」

三成は左近を宥め、増田長盛らに兵糧を送るよう伝えた。

二十五日、三成の承認を得た三奉行は尾張で徳川麾下となった兼松正吉(かねまつまさよし)を始め、東海道に在国する諸将に兵糧を送ることを伝えた。

また、三成が頼りにする前田、毛利、宇喜多の年寄三家であるが、上杉景勝のように、勇ましい態度は示さず、逆に家康に従うような素振りを見せていた。

前田利長は越中から越後に入り、堀秀治と合流する準備をしていた。

広島に戻っていた毛利輝元は同月二十八日、大坂の木津屋敷の留守居をする福原広俊、堅田元慶に対して書状を発した。

「(前略)

一、家康への飛脚を差し下したか? 当方からも書状を調えて一両日以前に差し上らせた。其許が考え量る次第と申しておいたので、上着したならば、その旨を心得て取り計るように。増田長盛の他、奉行衆にもすでに書状を調えて差し上らせた。追々申す。

(二条目略)

一、彦三郎組の仲間どもは、其許の処に留め置くべきことを聞き届けたが、長柄の者三十人だけは右の衆より選び、会津に差し下すこと。弓・鉄砲衆は来(七)月二、三日に長老(安国寺恵瓊)の内衆が上京するので、同じ日に差し上らせること。人夫のことも右の通り申し付ける。

一、(吉川)廣家の出陣も、来月四、五日頃になるのは必定なので、少しも引き延ばさず、その意を得るように。なおもって馬口のことは先書で申した通りなので、その意を得るように」

と毛利輝元は家臣に会津参陣を命じていた。また、輝元は前年、家康と起請文を交わしていることから、吉川廣家を大将、安国寺恵瓊を副将として会津攻めに参加させることを内々に決めていたという。

岡山に在していた宇喜多秀家は、同月十九日、一族の重臣・浮田詮家を大将にして宇喜多家の先手として伏見から会津に向かわせた。但し、詮家は家康の誘いを受けており、浮田隊はそのまま徳川軍に合流してしまう。『備前軍記』によれば、秀家が軍勢を添えて出陣させたことになっているが、あるいは出奔だったのかもしれない。

いずれにしても、三人の年寄の対応は腰の弱いものであった。

大坂、伏見を始め、諸地域から各大名の様々な情報ならびに回答が佐和山に齎された。石田主従の意気込みとは裏腹に、世間は腰が引けている。左近は憂えた。

「殿、このままでは上杉家を見殺しに致しますぞ。早う腰を上げませぬと」

「判っておる。今しばらく待て。二、三日すれば、刑部（大谷吉継）が近くを通るゆえ、これを味方に引き入れて上坂するつもりじゃ」

「左様でございますか」

苛立つ左近であるが、三成の計画を信じることにした。

七月初旬、三成は家臣の河瀬左馬助を岐阜城に向かわせ、三成に好意的な織田信長の嫡孫・秀信（ひでのぶ）を味方に引き入れる交渉をさせた。

七月二日、家康は江戸城に帰城した。

六月二十九日、病体を押して越前（えちぜん）の敦賀（つるが）城を出立した大谷吉継は、七月二日、美濃（みの）

る垂井に達した。吉継は休憩を取りながら、三成の代理として出陣予定になっている嫡子の重家の同陣を求めるべく、佐和山に使者を送った。

そこへ三成の下知を受けた樫原彦右衛門が到着し、吉継を佐和山に誘った。親友の申し出を快く受け入れ、吉継は三成の待つ居城に向かった。

この時の吉継は騎乗できないほど不治の病が悪化しており、御輿に乗っていた。病んだ顔を人前に晒すのを嫌い、顔を布で覆い隠し、目の部分だけを出していた。その目さえも視力を失いつつあり、僅かに人影を判断できるという具合であった。

左近と三成が話し合いをしているところに、吉継は家臣に手を引かれて入室した。

「おおっ、刑部、よう来てくれた。……そなた、もう目が見えぬのか」

三成は立って手を取り、そして敷物のある場所に座らせた。

主の哀れむ言葉に、左近も同情した。

秀吉は、あまりにも吉継の官僚的能力の高さから、傍に置いて奉行として使用した。それでも、ある晩の宴席で諸将を前に、後悔を口にしたこともあった。

「紀之介（吉継）は有能なので傍で使ってきたゆえ悪いことをした。一度、百万の軍の軍配を取らせ、余は高みから見物してみたいものじゃ」

秀吉が言うと諸将は一人残らず頷いたという。百万の兵は大言としても、三成よりも早く城主となった吉継に出世の機会が恵まれず、五万七千余石で止まったのは、全て病のせいであった。

「目が見えぬと、別のものも見えてくる。治部よ、其許は内府に兵を挙げる気よな」

吉継は三成の声のする方に顔を向け、鋭く指摘した。

「さすが刑部。お見通しじゃ。儂は内府を討つ。討って豊臣を守る」

「確かに、殿下が亡くなられて以降の内府の横暴は目に余る。されど、内府は秀頼様を蔑ろにしているわけではない。ゆえに諸将は不服でも内府に従っておる」

「刑部とも思えぬ言葉。今はそうでも、いずれ牙を剝く。ゆえに討たねばならぬ」

「治部よ、内府を侮ってはならぬ。内府は関東六ヵ国二百五十五万余石を治める年寄筆頭じゃ。殿下ですら遅れを取ったことのある戦上手。死に急ぐことはなかろう」

「左様なことはない。すでに上杉とは手を結び、佐竹も同意しておる。毛利、宇喜多、小早川、島津、小西、長宗我部など、他の諸将も大坂に結集する。その兵数は十万を余裕で上廻る。殿下が申された百万には達しないが、これにそなたが加われば鬼に金棒。刑部、儂とともに起ってくれ」

三成は熱く語り、賛同を求めた。

「内府のみならず、其許は加藤（清正）や福島（正則）など、諸将に恨まれて幾久しい。今、兵を挙げれば、彼奴らは皆、挙って内府に与して敵となろう。太閤殿下が数十年を要してようやく戦火を治めたに、今、静謐（せいひつ）を覆（くつがえ）すは天道に背くもの。やめとけ、多くの死人を出すだけじゃ」

「刑部、そなたは内府に尾を振り、このまま生き続ける気か」

「我が病身を押して出陣致すは、内府と中納言（上杉景勝）の調停を致そうと願えばこそ。あと十年も大人しくしていよ。さすれば内府は逝く。されば、其許は奉行筆頭として秀頼様を立てて良き政を行えばよい」

あくまでも吉継は説得するが、三成は聞かない。

「儂がこたび兵を挙げるは、偏に豊臣家のためにて、我が身の栄華のためではない。我が心は動かせず、すでに山城守（直江兼続）と盟約を交わし、腰を上げさせた今、なんでこれを翻し、上杉一家のみに禍を蒙らせようか」

三成の意思は固く、吉継が何度諭しても意見が変わることはなかった。

それから五日間、吉継は佐和山に泊まり込んで三成を諫止した。いくら話し合っても、互いの意見は平行線を辿ったままであった。やむなく遂に吉継は匙を投げた。

「これ以上、続けても無駄なようじゃの。儂は会津に行く」

「わざわざ呼び立ててすまなんだの。体を大事にの」

七月七日、三成の言葉を背に受けながら、吉継は佐和山城を出立した。

あまりにも侘びしい様を見て、左近は後を追い、すぐに追い付いた。

「大谷殿、主の心中、お察しくだされ」

「その声は嶋の左近か。安堵されよ、承知しておる。それにしても、其許は貧乏籤を引き続けておるの。殿下に仕えていた身が、なんの因果か治部を主にするとはの」

「己を欲してくれる方に仕えるが武士。主は今、義を掲げ、天下を分けた戦をしようとしてござる。これに参じられるは武士の誉れ。また、なにかのために命をかけるは武士の本分でござる。それに、殿下は枕元で佐吉を頼むと仰せになられました。これを拒むことはできませぬ」

左近はゆっくり、心で訴えるように伝えた。

「左様か、殿下がのう……。佐吉を頼むぞ」

感慨深い声を残し、吉継は中山道を東に向かった。

その後も吉継は同行した平塚為広を三成の許に行かせて説得を続けたが、三成の心を変えることはできなかった。

一旦は断り、再び東進の途についた吉継だが、十一日、再度佐和山城に戻った。

「先の見えた命じゃ。治部、其許にくれてやる。好きに使うがいい」

「刑部、恩に着る。そなたが起てば百万の味方を得たようなもの。見事、内府を討ち取ろうぞ」

三成は破顔し、吉継の手を取って喜んだ。だが、吉継は手厳しい。

「惣じて、其許は諸人に対し態度や口の利きようが殊の外、へいくわい（横柄）じゃ。諸大名を始め、下々の者までも日頃から悪しく申しておる。ゆえに、このたびの戦は毛利を大将に、宇喜多を副将に致し、其許は二人の下で働くがよい。さすれば、ものごとは好転するであろう」

「心得よう」

「かようなこととなれば、内府が関東に下る際、石部に宿泊したと聞いたが、夜中に焼き討ち致せば、内府の息の根を止めることもできたであろうに。内府を江戸に帰したは虎を千里の野に放つも同然。儂と旧知にありながら、相談せなんだ其許の失態はあまりにも大きなものぞ治部」

吉継は左近と同じようなことを口にした。

「すまぬ。ゆえに、今後は頼むぞ」

親友にされる非難なので、三成は素直に受け入れた。

吉継の心を変えたのは、左近の一言もあろうが、借りを返すためでもあった。

まだ、吉継に視力があった頃、大坂城の山里丸で茶会が催された。この時、吉継の五器官は麻痺し、己の意思どおりに機能しなくなっていた。

茶室に入った吉継であるが、同席する者は隣に座りたがらない。そこで、吉継は上座に腰を下ろすはめになった。そこへ少し遅れて入室した三成が末席に座した。

茶は上座から茶碗を廻される。吉継は躊躇したが、今井宗薫の立てた茶に口をつけた。その時、不覚にも鼻から膿汁を茶碗の中に垂らしてしまった。

病に感染することを恐れた者たちは、茶碗に口をつけることなく、飲んだふりをして隣に廻した。だが、末席に座していた三成は涼しい顔のまま茶を飲み干した。吉継は、この時の恩を残り少ない命で返し、義に殉じる決意をしたのかもしれない。

いずれにしても、三成には頼もしい味方の参陣であった。

左近も主の喜ぶ姿を見て、僅かながらも安心した。

一方、江戸に帰城した家康は、移動の垢を落しながら皮算用をしていた。

家康と前後して江戸には浅野長慶、福島正則、黒田長政、蜂須賀至鎮、池田照政、長岡忠興、生駒一正、中村一忠、堀尾忠氏、加藤嘉明、田中吉政、京極高知、筒井定次、藤堂高虎、真田昌幸などなど……その兵数は五万五千八百余人にも及んだ。

注目すべきは、この中には秋山右近将監や石川貞政など万石以下の秀吉馬廻もいたこと。普通に考えれば、家康の思惑を知らずに、本気で会津に向かうつもりであった思案の低い者と蔑まれる対象になろうが、諸将の本心や常識は違っていた。

七月二十一日、長岡忠興が豊後の杵築で留守居をする重臣の松井康之らに対して、

「厳しく申す。石田三成と毛利輝元が談合したと申す噂が、上方より内府へ追々御注進がある。このことは、兼ねてから申していたことだ。その他の残り衆は悉く一味に同心しているので、内府は早速、上洛するようだ。しかれば即時に勝利するであろう。

（中略）

一、内府は江戸を今日二十一日、御立とのこと。我らは昨日、宇都宮まで移動した。定めてひっくり返り、上方へ御働きたるべきと存ずる。謹んで言う」

と、会津には向かわず、上洛することが知れる書状である。

七日、家康は二ノ丸に諸将を招いて饗応し、席上で会津攻めの日にちを二十一日とし、十五ヵ条の軍令を発した。

十三日、榊原康政が会津に向けて先発し、十九日には秀忠の前軍が、二十一日には家康が出発した。福島正則ら五万五千八百余人の他、関東勢を加えた徳川勢力が六万九千三百余人。合計で十二万五千百余人。

これに、津川口からは前田利長が約二万、堀秀治、堀直政、溝口秀勝、村上頼勝ら越後衆は約一万。米沢口の最上義光は約六千、信夫口の伊達政宗は約一万四千五百余、さらに当初の評議による仙道口の佐竹義宣らは二万七百五十人が会津に向けて参陣することになっているので、総計で十九万六千三百五十余人。まさに大軍勢であった。

四

七月十二日、安国寺恵瓊が奉行の増田長盛とともども佐和山に訪れた。左近も出席し、最初の首脳会議が行われた。決定したことは主に四つ。

一、西軍の大将に毛利輝元を、副将に宇喜多秀家を就任させること。

一、近江の愛知(えち)川に関所を設け、東進する武将たちを遮り、西軍につかせる。

一、会津に出陣した武将が残す大坂の妻子を人質に取ること。

一、岐阜城の織田秀信を秀頼の後見にすること。

この頃から東の江戸を居城にしている家康らに与する勢力を東軍、家康に対する三成らを西軍と呼ぶようになった。

会議が終わると、大谷吉継は越前の諸将を誘うために敦賀に戻り、増田長盛と安国寺恵瓊は毛利輝元を上坂させるために大坂に帰った。三成は早速、兄の正澄を佐和山から二里半（約十キロ）ほど西の愛知川に派遣して関所を築かせ、会津征伐に向かう諸将を引き止めさせた。

「ゆっくりではござるが、戦への大きな歯車が動きだしましたな」

左近は一連の流れを見ながら、実感した。

「左様。最初はゆっくりでも、動き出せば坂を転がるがごとく早くなろう」

三成も同じ心境のようであった。

この日のうちに、安国寺恵瓊と増田長盛は大坂に戻った。

長束正家、増田長盛、徳善院玄以は安芸の広島城にいる毛利輝元に書を発した。

「大坂の仕置きについて、御意を得て戴きたいことがありますので、早々に御上り下さい。その様子においては安国寺が申し入れます。長老（恵瓊）がお迎え（の使者）を罷り下すと申しております。その間も、その地のことを相談するようなことはございません。なお、早々にお待ちしております。謹んで申し上げます」

奉行の書状とともに、安国寺恵瓊の家臣の栗屋（くりや）平右衛門尉（へいえもんのじょう）と上野（うえの）保庵（ほあん）が広島に向かった。

奉行たちも一歩踏み出したが、増田長盛は二股膏薬（ふたまたこうやく）を決めこんでいる。同日、徳川家臣・永井直勝（ながいなおかつ）に書状を送っている。

「一筆申し入れます。このたび垂井にて、大谷刑部少輔が両日病と称して留まり、石田治部少輔と出陣の相談をしているようです。なお、追々申し入れます」

家康の許に届いたのは七月十九日、申ノ刻（午後四時頃）であった。

安国寺恵瓊の言ったとおり、毛利家中は割れていた。

十三日、反三成派の毛利家の重臣・宍戸元次、熊谷元直、益田元祥らにお家の危機を伝え、徳川家臣の榊原康政、本多正信、永井直勝に、三成、大谷吉継に不穏な動きがあることを報じた。

十四日、安国寺恵瓊は大坂にて、家康に誼を通じる吉川廣家と対面し、激論を交わしたが、双方の主張に隔たりがあり、物別れに終わった。

焦る吉川廣家は同日、榊原康政に親書を送り、毛利輝元が三成らの計画に関係ないことを伝えた。

同日、奉行の書を持つ栗屋平右衛門尉ら安国寺恵瓊の使者が広島に到着して毛利輝元に会った。栗屋平右衛門尉らは必死の説得とともに恵瓊が記した書状に「このたび輝元公の同意なくば、秀頼公への御逆意ありとする」という文言が決めてとなり、輝元に上坂することを決意させた。

同日、直江兼続の書が届き、三成は返書を送った。

「六月二十九日の御状が到着しました。白河の西や他の諸口を堅く守られることは大変よいことです。先の書でも申した通り、越後のことは上杉家の御本領ですので、景勝中納言殿に与えられることは、秀頼公の御内意を得ています。越後のことは次第に貴家のものに成りますのでご油断なされぬように。中納言殿が勘当し、越後に残った牢人、歴々の者が有るとのこと。柿崎景則、丸田清益、宇佐美勝行、萬貫寺源蔵、加治資綱らに一揆を起こさせることは尤もなことです。この節なので、いささかも油断なきよう。本心では堀秀治も大坂に志がある様子です。能登には上条民部を差し遣わしてはいかがでしょう。なお、追々申し伝える所存です。謹んで申し上げます」

さらに三成は岐阜の織田秀信を味方に引き込むことに成功し、勝利の暁には尾張・美濃二ヵ国の領主となることを約束した。

これで、一段落をつけ、上坂の途についた。当然、左近も同行している。

十五日、伏見にいた薩摩の島津惟新は上杉景勝に対して、三成方の挙兵に同意することを伝えた。だが、必ずしも気乗りしていない。

惟新は家康に、争乱が起これば伏見城を守ってくれと頼まれていたので、約束を守り、同城に入城することを城将の鳥居元忠に申し入れた。

鳥居元忠は徳川家以外の者は信用できぬと、島津惟新の申し出を断った。さらに、戻る気配がない惟新に対し、数十挺の筒先を向けさせた。

仕方なしに島津惟新は配下の兵を退却させた。妻や当主の正室の亀寿を伏見に抱えているので、西軍と争うことはできない。惟新は西軍に与せざるをえなかった。

同日に広島を発った毛利輝元は、十六日の夜、大坂・木津の毛利屋敷に入った。

三成と左近は早速、木津屋敷に向かい、毛利輝元を労った。

「安芸中納言殿には早急なる上坂して戴き、感謝致します。皆の総意でもあり、秀頼様たっての願いゆえ、なにとぞ我ら西軍の大将に就いて戴きますよう」

「あい判った」

三成が慇懃に頼むと、毛利輝元は満足そうに応じた。

（殿も少しは成長したようじゃ）

三成の対応を見て、左近は喜んだ。

「西ノ丸には徳川の者がおりますので、明日にも追い出してお入りなさるがよかろうかと存ずる」

「そう致す」

毛利輝元は家康に替わって西ノ丸の天守閣で諸将に号令したいようであった。

十七日、毛利輝元は、三成らの勧めに応じて、家康が留守居として置いた佐野綱正らを追い出し、大坂城の西ノ丸に入った。さらに子の秀就（ひでなり）を本丸に置き、秀頼に近侍させた。秀頼を守るという名目だが、いわゆる人質である。輝元なりの意気込みのあらわれであった。

これに倣い、三成は次男を元服させ、隼人正重成（はやとのしょうしげなり）と名乗らせ秀頼の傍に置かせた。左近は次男の友勝を差出した。

因みに三成の長男の重家も隼人正を名乗らせている。兄弟で同官途を名乗らせることは珍しい。よほど隼人正が好きなのかもしれない。

同じ日、三成は、増田長盛、長束正家、徳善院玄以の三奉行によって、家康の自信を揺るがす「内府ちがひの条々」という弾劾状を発行させた。

「一、五奉行（大老）、五年寄（奉行）の間で、上巻誓紙に幾度も連判したにも拘らず、年寄のうち二人（石田三成、浅野長政）を失脚に追いこんだ。

一、五人の奉行（年寄）衆のうち、羽柴筑前守（前田利長）を逼塞させ、誓紙を取って、すでに反意なき身上を明らかにしているのに、先ほど景勝討伐のために、人質を取って追い込んだ。

一、景勝にはなんの科もないのに、誓紙の約束を違え、または、太閤様の遺命を背き、このたび討伐したことは、嘆かわしい次第。種々様々その理由を申し述べたが、遂に容赦なく出馬した。

一、知行方のことは、自分勝手に取り扱うことは申すに及ばず。取次ぎをもしてはならぬとの誓紙を破り、忠節もない者どもに知行を与えている。

一、伏見城では、太閤様が差し置かれた留守居の者どもを追い出し、私に兵を入城させた。

一、十人衆（年寄、奉行）の他、誓紙を取り交わさないと上巻誓紙に書かれているにも拘らず、数多取り交わしている。

一、北政所様の御座所（大坂城西ノ丸）に居住している。

一、御本丸のごとく、西ノ丸に天守を築いた。
一、諸将の妻子を贔屓し、勝手に国許に送り返した。
一、大名間の婚儀は御法度なので理由を問い質したが、知りながら重ねて縁組をしている。
一、若い者たちを煽動し、徒党を組んで立つようなことをしている。
一、御奉行（年寄）五人が連署しなければならない書状に、家康は一人で署判している。
一、縁者の懇願を受け、八幡神社の検地を免除した。
右の誓紙は少しも守られず、太閤様の御定めに背くならば、なにをもって政の拠り所とするのか。このままでは一人ずつ果たされた上で、秀頼様一人取り立てていくことがありえようか。

慶長五年七月十七日。

急ぎ申します。このたび景勝討伐に向かったことは、内府公が上巻誓紙ならびに太閤様の御定めに背かれ、秀頼様を見捨てられて出馬したことと、皆で申し談じました。そこで、鉾楯（戦）にて解決することにしました。内府公が背いた条々は別紙に見えるとおり。これを尤もと思し召し、太閤様の御恩賞を忘れないように、秀頼様に忠節をお示しください。謹んで申し上げます」

また、毛利輝元、宇喜多秀家の二人の年寄も別書を諸将に発行した。

「特別に申し入れる。昨年以来、内府は仕置に背かれ、上巻の誓紙に違われ、恣に働いたので、従って年寄衆（奉行）は申し入れられた。ことさら奉行（上杉景勝）・年寄（石田三成）と一人ずつ果てられては、秀頼様が争われた時、取り立てられようか。その段、互い互いに存じ詰めて、このたび相談致し、戦に及ぶことにしました。御手前も定めて御同前のはず。この際、秀頼様のために奔走することは申すに及ばぬこと。御返事お待ち致す。謹んで申しあげる」

これは前田利長に出されたものである。

また同じ日、三成は三奉行と丹波・園部の別所吉治に対し、書を送った。

「羽柴越中守（長岡忠興）のこと、なんの忠節もなく、太閤様が御取立の福原右馬介（長堯）跡職を内府に従って扶持し、このたびなんの咎もなき景勝を追い討ちするために、内府に助勢し、越中守は一類も残らず罷り立ったことは是非にも及ばない。しかれば、秀頼公に従って御成敗することを差し遣わすので、軍忠を抜き出され、下々に至るまで働くこと。御褒美を加えられるであろう。謹んで申し上げる」

先日より、大坂城下に在する諸大名の妻子を人質として徴収する動きが始まった。これにより、さまざまな大名の妻子が人質になった。中でも前田利家の次男・利政の妻（蒲生氏郷の娘）を確保したことは三成方にとって大きいものとなった。

さらに、近江の大津城に使者を送り、京極高次から、長男の熊麿を取ることに成功した。熊麿は叔母である淀ノ方の許に差し出されたので、他の大名たちとはいささか状況は違う。

増田長盛はさらに玉造にある長岡屋敷にも使者を向け、忠興の正室の珠（ガラシャ夫人）を大坂城に連れ去ろうとした。

珠は夫の長岡忠興から人質になるぐらいならば自刃しろと厳命されている。珠が拒否したところ、小競り合いが行われた。連れ去られると悟った珠であるが、キリシタンなので自殺は禁止されている。そこで珠は重臣の小笠原秀清に胸を突かせて生涯を閉じ、長岡屋敷は炎上した。

（越中守も業の深い男じゃ。奥方を死なせずともよかろうに）

長岡忠興は異常ともいえるほど独占欲が強く、絶世の美女と言われる珠を他人に見られることすら嫌った。庭師が作業中に挨拶をしたところを目にした忠興は、その庭師を斬り捨てたこともある。今回のことは行き違いから発したことかもしれないが、忠興の妻でなければ珠は死なずにすんだと左近は思っている。

（されど、死なせてしまったことは事実。質を取ろうと企てた殿は悪の権化のような言われ方をし、敵の心を一つにし兼ねぬな。心してかからねばの）

珠の死に左近は危惧する。

と言うのも、人質事件で死亡者が出たのは長岡家だけである。実際、三成は長岡家を憎んでいた。別所吉治に送った書に記された福原長堯は三成の妹婿。また、忠興は前田利家が死去する少し前、両家の仲介役となって前田家が屈服する原因を作り、利家の死後は猛将らと三成を追い、佐和山隠居の契機を作った。さらに、会津攻めでは家康から内々で先鋒を受けている。加えて、まだ兵の参集もしていないうちから忠興の父・幽齋は帰国して籠城の準備を始めている。珠の死は見せしめと捉えられても仕方がなかった。

　他にも蒲生秀行、有馬豊氏、加藤嘉明らの妻子を質にしようとしていた西方だが、珠の死を知り、人質収監を中止し、以降、屋敷の周囲に柵を築き、監視する程度にした。

　加藤嘉明の家でも押し問答が行われ、病に伏せっていた夫人は心労が祟ったのか、数日後に死去している。加藤家は直接的ではないが、嘉明はこれが原因だと、人質収監を推奨した三成を恨んだ。

　石田正澄が築いた近江の愛知川の関所も効果を発揮し、東進する者を遮った。これにより、鍋島勝茂（なべしまかつしげ）、長宗我部盛親、脇坂安治、徳善院玄以の息子・前田茂勝（まえだしげかつ）などは、仕方なく西方に名を列ねた。

「弾劾状を出しながら、息子を会津に参陣させるとは、徳善院殿もやりますな」

　左近は徳善院のしたたかさを揶揄した。

「あの男は昔から腰が据わらぬ。注意せねばの」

　三成は吐き捨てるように言う。

「それでも、内府に対抗できる数になりましたな。さすが殿」

「戦える数じゃ。いや、内府を討てる数じゃ」

三成は満足そうであった。

西軍と呼ばれる勢力は、七月十七日頃までにはほぼ大坂に集結した。

毛利輝元、同秀元、吉川廣家、宇喜多秀家、小早川秀包、鍋島勝茂、長宗我部盛親、増田長盛、小西行長、蜂須賀家政、安国寺恵瓊、長束正家、脇坂安治、島津惟新、同豊久……。伏見城への入城を拒まれた小早川秀秋は近江の石部に雲隠れしていた。これを合わせると総勢九万三千七百余人にも達した。

三成の軍勢は佐和山に置いている。また、大谷吉継らの北陸勢と、織田秀信らの美濃、伊勢勢も在地したまま。京極高次も上坂していないが、人質を差し出しているので、表向きは西軍に身を置いている。それらを合わせれば優に十万を超える軍勢であった。

第十章　伏見陥落

一

大坂に集合した諸将は大広間に座し、年寄の毛利輝元、宇喜多秀家を上座に置いて戦評定を始めた。三成も左近も参加しているが、居並ぶ武将の中には、三成を嫌っている者もいるので、大谷吉継の助言を受け前面に出なかった。

評定で決定したことは、おおよそ次の五つ。

一、毛利輝元は総大将として大坂城に在し、奉行の増田長盛と秀頼を守ること。
一、宇喜多秀家は副将として、前線で指揮を取る。
一、石田三成は美濃、尾張方面に出陣し、家康方の様子を窺うこと。
一、大谷吉継は北陸方面の攻略をすること。
一、家康が西上してくれば、大将の輝元も出陣して敵に当ること。

「内府が西上してくる前に、周辺の敵方を一掃しておきたいが、いかに」

副将の宇喜多秀家が、下座を見廻して問うと、諸将の半数は賛同した。

大坂周辺では、徳川家臣の鳥居元忠が入る山城の伏見城、長岡幽斎が籠城準備をしている丹後の田辺城は明らかに東軍方であった。

「降伏の呼び掛けも致さず、問答無用で仕寄せるつもりでござるか」

増田長盛が、消極的な口ぶりで問う。

「簡単に城を開くとは思えぬが、一応は声をかけねばなるまいか。のう安芸殿」

宇喜多秀家は隣に座す毛利輝元に問う。

「左様。武士の礼儀は尽くさねばなるまいの」

毛利輝元の一言で一応の降伏勧告が行われることになったので、増田長盛の家臣が使者となって伏見城へ、田辺城には徳善院玄以の家臣が赴いた。

評議が終わったのち、三成、左近主従は備前島の石田屋敷に戻った。三成が隠居したのち、家康の配下に奪われていた屋敷であるが、輝元が西ノ丸から佐野綱正らを追い出すと、徳川家臣たちは、挙って鳥居元忠がいる伏見城に逃れていった。

「脇坂（安治）、鍋島（勝茂）、長宗我部（盛親）、蜂須賀（家政）、それと、吉川（廣家）、増田、徳善院殿など、あまり乗り気ではないようにございますな」

「愛知川を渡れなかった者と内府に通じる者。それに戦に不馴れな二人か、致し方ないの。されど、それらも力とせねばならぬ。そうであったの」

三成は左近の顔を見て笑みを作る。左近もそれに返した。

「はい。それと、金吾（小早川秀秋）殿の姿がありませんでしたなあ」

金吾は左衛門督の唐名で、小早川秀秋が元服した時に任官された。秀秋はその後、権中納言に任じられたので、皆からは金吾中納言と呼ばれている。

「伏見城には兄（木下勝俊）がおるゆえ、危惧しておるのであろう。おそらく今頃は三本木の北政所様にでも懇願しておることであろうよ」

「北政所様が仲介をなされますと、ちと戦がやりづらくなりますな」

「なんの、我らには秀頼様と淀ノ方様がおられる。内府の口車に乗って大坂を見捨てられた方の言葉など、もはや誰が聞きおろう。慕っておる者どもは江戸におるわ」

三成も北政所を慕っているが、家康が絡むと憎しみの感情が湧いてくるようである。

「なるほど、左様に割り切られれば、申すことはござらぬ。ただ、内府と昵懇の北政所様が、江戸に付けと申せば、厄介ではありませぬか」

「なに、妻（宍戸元秀の娘）は押さえておる。内府に加担はできまい」

「殿も、なかなか乱世の武将らしくなってきましたな」

「そなたに学んだまでじゃ」

「ははは っ、明日の報せが楽しみでございますな」

戦を間近にして、左近は村祭を指折数える童のような心境で胸をときめかせていた。

この数日前、秀秋は都の三本木にある北政所の屋敷に赴き、一時は養母にもなった叔母の北政所に、身の振り方を相談した。

「ゆめ、大恩ある内府殿に逆らうことのないように」

北政所の指示に従い、秀秋は伏見城に入り、家康が残した鳥居元忠らと一緒に籠城しようとしたが、元忠は、徳川家以外の兵を入れず、島津惟新同様に追い返した。

それでも小早川秀秋は食い下がると、西軍のふりをして城を囲むがよかろう。そのうちに我が主（家康）が上洛してくるので、その時に西軍から背信すればいい、と諭された。これに従い、秀秋は近江の石部に身を隠した。

七月十八日、伏見城に向かった使者は城守の鳥居元忠に城の明け渡しを伝えた。

「我が主は内大臣・徳川家康。主命にて城を守っておれば、いかな貴人の命にても従うことはできぬゆえ、早々に立ち帰るがよかろう」

鳥居元忠は公然と突っぱねた。

「されば、力ずくで明け渡しさせることになるが」

「望むところ。三河武士の戦いぶり、腰弱の上方武士に篤（とく）とお見せ致そう」

断固として鳥居元忠は言い放った。長久手の勝利が自信の発言をさせているのであろう。

すぐさま使者として向かった増田家臣の山川半平（やまかわはんべえ）が戻り、子細を伝えた。

「出陣じゃ！」

大坂城の千畳敷の広間にて、毛利輝元は怒号した。

「おおっ！」

広場に雄叫びがあがり、毛利秀元、吉川廣家、小早川秀包、鍋島勝茂、長宗我部盛親、安国寺恵瓊、島津惟新、同豊久、雑賀重朝などなど四万余の軍勢が伏見城に向かった。

また、田辺城からの使者も戻り、幽斎が明け渡しを拒んだことが伝えられたので、再び輝元は出陣の下知を飛ばした。

左近の娘が嫁ぐ小野木重次を大将にして、毛利高政、中川秀成、竹中隆重、早川長敏、杉原長房、赤松広秀（齋村政広とも）、小出吉政、山崎家盛、谷衛友、川勝秀氏、藤掛永勝、石川貞通、高田治忠、生駒親正の家臣の生駒左近、長谷川宗仁など一万五千の軍勢であった。

この日、毛利輝元は秀吉が祀られている豊国社に正室を向かわせ、必勝祈願の神事を行わせた。

三成らは美濃方面に向かうため、佐和山に帰城することになった。

「伏見城攻めは内府討伐の緒戦にて、重要な戦でござる。神速かつ雪崩れのごとき勢いにて踏み潰さねば、内府と共におる者どもを増長させるのみ。ゆえに、こののちこともあれば、某は方々と共に城攻めに参じようと思いますが」

左近は三成に主張した。

「さればこそ、そなたには傍にいてもらわねば困る。敵は二千にも満たぬ寡勢、対して味方は四万余。大将は宇喜多殿にて手子摺ることはあるまい。もって二、三日であろう」

「そうでござろうか。されど、ならぬと申されるならば、致し方ございませぬ」

「ははは っ、そなたが力を発揮するは内府との戦。端から勝ちと決まった戦に参じることもあるまい。来る日まで温存しておくがよかろう」

三成は圧倒的な伏見城攻めの勝利を疑っていなかった。

(敵は城を枕に討ち死にする気じゃ。それに対して味方は、あまり気が乗っておらぬ。簡単にいくとは思えぬが)

評議における諸将の積極性のなさを見て、左近は危惧していた。それでも、主命に従わざるをえなく、三成ともども大坂を出立した。左近の代わりに、軍監として高野越中と大山伯耆が残ることになった。

一方、伏見城では、日暮れになっても籠城戦の準備に追われていた。

その晩、鳥居元忠と共に城守を命じられていた木下勝俊は、夜陰に紛れて城を抜け出し、父の家定が守る三本木の京都新城に逃げ込んだ。勝俊は家定と北政所と相談の上、数日後、大坂に戻り、毛利輝元の許しを得て城の北国口を守備することになった。

木下勝俊の逃亡は鳥居元忠が追い出したようなものなので、追撃しなかった。逆に、これで徳川一色に染まり、滅びるための戦を繰り広げられると覚悟を決めることができた。元忠は改めて城内の配置を定め直した。

本丸は鳥居元忠。西ノ丸は内藤家長、同元長(もとなが)、佐野綱正。三ノ丸は松平家忠、同近正。治部少丸は駒井直方(こまいなおかた)。名護屋丸は甲賀作左衛門(こうがさくざえもん)、岩間光春(いわまみつはる)。松ノ丸は深尾清十郎(ふかおせいじゅうろう)。太鼓丸は上林政重(かんばやしまさしげ)。総勢一千八百余人であった。

伏見城は豊臣秀吉の隠居城として指月(しげつ)山に築かれた城であるが、慶長元年（一五九六）の大震災で倒壊したため、場所を東北寄りの木幡(こはた)山（桃山）に移して普請し直されたが、完成する前に秀吉は死去してしまった。その後も作業は続けられているが、当初の堅固さには及ばなかった。

十九日の早朝、鳥居元忠らは城の周辺を焼き払い、寄手が身を隠せる場所を消した。濛々と煙が立ちこめる中、毛利秀元らの西軍は伏見城に到着した。諸将は思い思いのままに城を囲んだものの、周囲は焼け野原となり、なかなか城に近づけるものではなかった。それでも、諸将は昼すぎには陣を布き、城に向かって轟音を響かせた。

圧倒的な火器を浴びながら、城兵も二百挺の鉄砲と数百の弓で応戦した。戦いは夕陽が落ちてからも続けられ、寡勢の城兵は休む暇もなく弓弦を弾き、引き金を絞った。

弓・鉄砲による遠間からの戦は連日繰り広げられたが、三成や、戦闘の指揮を任された宇喜多秀家が参陣していないので、二十二倍もの兵を擁する寄手であるが、攻略の糸口を摑めないでいた。

報せは大坂に届き、様子を見ていた宇喜多秀家は苛立った。

二十三日、焦れた宇喜多秀家は豊国神社を参拝して戦勝祈願を行い、渋る小早川秀秋を引き連れて、二十五日、伏見に到着した。

「方々は本気で仕寄せる気がおありか」

宇喜多秀家は諸将を叱咤し、改めて攻撃の部署を定めた。

東は宇喜多秀家、増田長盛の家臣、石田三成の家臣、長束正家の家臣。

北東は小早川秀秋、毛利吉政（勝永）、垣見家純、熊谷直盛。

北は野村直隆、同直俊、鍋島勝茂、長宗我部盛親、宇多頼重、同頼忠、松浦秀任、鈴木重朝、伊藤長弘、川口宗勝、高橋直次、織田信高、同信吉、同信貞、生田源助……ら。

北西は毛利秀元、吉川廣家、安国寺恵瓊、小早川秀包。

秀家号令のもと、四方面から熾烈な攻撃が行われるが、徳川勢は団結し、城門を堅く閉ざし、決して打って出ずに、寄手の攻めに耐えた。城兵は矢玉に身を晒さず、殺到する敵に応戦をするだけ。恩賞を望むわけでもなく、敵の首も取らない。落城を延ばすために戦った。

「敵は二千にも満たぬ寡勢ぞ、なにを臆するか、早う乗り崩せ！」

宇喜多秀家は激昂して命じるが、必死の防戦をする城になかなか近づかない。

諸将は伏見城を攻めながら、周囲がどう動くか、またいつ家康が西上するのか探っているようで、死にものぐるいの突撃などは行わない。

攻撃陣は寄せ集めの軍勢であることを露呈した。

二

　三成挙兵の報せを心待ちにしている家康は、七月二十一日に江戸を発ち、その日、武蔵の鳩ケ谷、二十二日は同国の岩付城、二十三日は下総の古河、二十四日には下野の小山に到着した。

　その間、上方の報せは毎日のように届き、家康はいつ引き返そうか、その時期を考えていた二十四日の夜、鳥居元忠の遣いとして浜島無手衛門が家康の本陣に駆け込み、家康側近の本多正純に上方の急変を報せた。火急のことなので、元忠の書は持参せず、口上で伝えた。

　待ってましたと歓喜した家康は、すぐさま黒田長政を呼んだ。

「すでに知っていようが、治部が伏見城に兵を向けた。ゆえに儂は引き返して彼奴らを討つ。御辺は左衛門大夫（福島正則）を説き、治部を討つよう発言させてくれるか」

「承知致しました」

　黒田長政は家臣のごとく受け、即座に福島正則の陣に向かった。

　続いて家康は、前年、大坂城内で家康暗殺の首謀者の一人と目され、佐竹家に預けられていた土方雄久を召し出した。

「御辺は加賀に向かい、中納言兄弟（前田利長・利政）に会い、会津へ進むのを止め、越前で三成方についた者どもを討ち、美濃、尾張に兵を向けるよう告げられよ」

「畏まりました」

成功の暁には徳川直臣になることを許された土方雄久は、喜び勇んで加賀に向かった。

さらに、岐阜城の織田秀信が三成に加担したという報せも届けられたので、加藤成之を遣わして説得させたが、こちらは説得はできなかった。

小山評議の前に少々。家康が江戸を発った七月二十一日、真田昌幸、信繁（幸村）親子は下野の犬伏で「内府ちがひの条々」を受け取った。

真田昌幸は少し先を進む長男の信幸を呼び戻し、次男の信繁と共に、近くの民家を借りて、今後のことを相談した。

実直な真田信幸は、その書状を家康に見せて異心ないことを示し、徳川家につき従うことを主張した。信幸は徳川四天王の一人、本多忠勝の娘・小松姫を娶り、徳川家の人質となっていたこともあり、家康と三成の力を比べ、常識的なことを主張した。

次男の真田信繁は三成に応じるべきと反論した。信繁は大谷吉継の娘の安岐姫を正室にし、秀吉の下で人質となっていたことがあるので、そちらを優先した。

当の真田昌幸は、秀吉にして「表裏比興」と言わしめた武将である。

「武士とはそう簡単にはいかぬもの。元来、我が真田家は内府からも秀頼様からも恩を受けたわけではないゆえ、かような時こそ家を起こし大望を遂げるべきじゃ」

真田昌幸は信繁とともに三成に付き、信幸は徳川に従い、いずれが敗れても真田の家名が残るという解答を出した。昌幸の四（五とも）女は宇多頼次（頼重とも）に嫁いでいる。また、頼次の妹は三成の妻ということで、両家は浅からぬ関係であった。

結局、真田昌幸の決断どおりに決まり、親子は袂を分かった。昌幸・信繁親子は即座に帰国の途についた。いわゆる「犬伏の別れ」であった。

信濃の上田城に戻った真田親子は、すぐに籠城の支度を始めさせた。

一方、子細を家康に告げた真田信幸は、七月二十四日、家康から書を受け取った。

「このたび、安房守（昌幸）が帰国されたところ、日頃の儀を違えず立たれたことは奇特千万である。なお、本多佐渡守（正信）が申すので、具にはできない」

また、七月二十七日にも真田信幸は家康から労いの書を受け取っている。


運命の小山評議を前にして、その深夜、「内府ちがひの条々」が届けられ、家康を激怒させた。

巷では、この書が届けられるのは、あと数日後と言われているが、二股膏薬をする奉行の増田長盛が記した十二日の書が七日後の十九日、江戸に届けられている。「内府ちがひの条々」の日付は十七日、署名したのは同じく長盛。江戸から小山まで一日かかるので、同じ速度ならば、二十五日には届けられることになる。というのも十八日、鳥居元忠が発した使者が二十四日に到着しているので、充分に可能であった。

書を受け取った家康は憤るよりも驚いた。中傷はいざ知らず、その人数である。

蜂起した者が、三成と吉継、これに二、三の大名が加わる程度だと考えていたが、三奉行の名が列ねてあり、さらに添状には年寄の毛利輝元、宇喜多秀家の名も記されている。会津の上杉景勝は勿論、敵である。豊臣政権の中枢の十人衆のうち、七人が敵に廻ったことになる。

このままでは前田利長とてどうなるか判らず、他にどれほどの者が加担しているのか。同陣している諸将が、揃って三成方に鞍替えする恐れもある。秋の虫が鳴く中、不安を覚えた。

先の弾劾状が大坂の山内一豊屋敷に届けられると、才女で有名な正室の千代(ちよ)は封を切らず、別文を添えて会津攻めに向かう夫の一豊に届けさせた。書を受け取った一豊は別文を読み、良妻の勧めに応じて封を切っていない弾劾状を差し出したのが、この頃で、家康が西方の情報を知りえたとも言われている。

また、飛騨(ひだ)・高山(たかやま)城主の金森法印(かなもりほういん)(長近(ながちか))が伝えたという説もある。

家康は再び眠ることなどできず、重苦しい空気の中で、二十五日の朝を迎えた。家康は小山に諸将を集め、有名な評議を開いた。但し、諸将の様子を見なければならぬ必要に迫られたので、皆の前には姿を見せず、離れた場所で待機した。

まず家康は、重臣の井伊直政・本多忠勝に命じ、正直に上方で逆徒(ぎゃくと)が蜂起したことを告げさせた。その上で諸将に選択させる口上を言わせた。

「方々の妻子は大坂に置かれているので、後ろめたく案じられ、煩わされることでござろう。されば速やかに当陣を引き払って大坂に上られ、宇喜多、石田と一味するも遺恨には思わぬ。我らが領内においては旅宿、人馬のことは、差し障りないように用意致すので、心置きなく上られよ」

これを聞き、諸将は一言ももらさず、場は水を打ったように静まりかえっていた。

諸侯が愕然とする中、清洲城主の福島正則が進み出た。

「仰せのとおり。我らが妻子は大坂に置いてござる。されど、かかる時節に臨み、妻子に心惹かれ、道理を踏み違えるなど武士にあるまじきこと。余人のことはいざ知らず、この正則においては身命を抛ち、内府殿にお味方致す所存」

福島正則は静寂の中で大声を張り上げた。

「某も内府殿にお味方致す」

すぐさま立ち上がって黒田長政が賛同すると、これに池田照政、藤堂高虎、加藤嘉明、浅野長慶、長岡忠興などなど……が遅れじと続いた。中には妻子を心配し、三成に与しようと思っている者もいようが、この勢いに押され、反意を唱える者はいなかった。

そこでようやく家康が現れて改める。

「方々の申し出には感謝している。されど、一時の思い込みにて口にされた方もおられよう。されば、今一度、よくよく思案なされてはいかがか」

家康は再度、確認した。鷹揚な態度をしたのは、余裕を見せねば混乱すると読んでのこと。

「武士に二言はござらぬ。即刻、当座を引き払い、上方に上って治部を討つべし」

約束どおり、またも福島正則が大音声で叫ぶと、諸将は群集意識もあいまって、賛成した。

その後、遠江・掛川城主の山内一豊が発言した。

「三成打倒の西上にあたり、内府殿に城を差し上げ申す」

「当家の城もお使い下され」

駿河の府中城代の中村一栄らも続くと、東海道筋の諸将は倣って進言した。

「当城には秀頼様より賜った備蓄米三十万石がある。これを使われよ」

福島正則は負けじと告げたので、東軍は兵糧の心配もなくなったので士気はさらに上がる。

先陣は福島正則、池田照政と決まり、清洲城で家康を待つことに決定した。

殿軍は次男の結城秀康と三男の徳川秀忠が一日交代で務め、二人は家康の命令があるまで下野の宇都宮に留まること。さらに、蒲生秀行、里見義康、佐野信吉、小笠原秀政、鳥居忠政、内藤政長ら関東の諸将はこれに従うことで評議は終了した。

山内一豊が進言したことにより、東海道筋の諸将は城を差し出すことになったので、家康は家臣を派遣して受け取らせた。

駿河の沼津城は内藤信成。興国寺城と府中城は菅沼定仍。遠江の掛川城は松平康重。横須賀城は三宅康貞。浜松城は保科正光。三河の吉田城は松平家乗。岡崎城と西尾城は松平忠頼。刈谷城は水野勝成。尾張の清洲城は石川康通と松平家清。犬山城は北条氏勝であった。

無事に評議を終えた家康は、すぐにでも江戸に帰城したいところだが、この二十五日、陸奥では伊達政宗が先走って上杉方の白石城を攻略しており、また、常陸の佐竹義宣が上杉家と手を結び、背後を突こうとしているので、後方の備えをしなければ小山を離れるわけにはいかなかった。

ただ一人、美濃・岩村城主の田丸忠昌は、三成ごときが家康に刃向かうのは蟷螂の斧だが、三成が秀頼を擁しているので、東軍には味方できぬと言い、評議ののち小山を去った。

七月二十六日から会津征伐軍は反転を始めた。

一方、佐和山に戻り、美濃出陣に備えていた三成、左近主従であるが、西軍が伏見城を攻めあぐねているという報せを、高野越中から届けられた。

「たかが二千にも満たぬ寡勢を相手に、宇喜多殿はなにをやっておるのじゃ！」

報せを聞いた三成は、脇息を叩く。意外だと思っているようだ。

「そうお怒りになられますな。見えていたことでござる」

三成に対し、左近は思案どおりだったので当然といった表情で言う。

「軽く申すな。緒戦でこのざまじゃ。先が思いやられる」

「これは、仕方なきこと。所詮は寄せ集めにて、心は内府にある者も多々ござる。対して、なにがなんでも内府を討たねばならぬと考えられておるのは殿一人でござる」

「宇喜多、小西は我が意思と同じだと思うが」

「どうでござろう。自が立場を確保できればいいと考えられているのやもしれませぬ。ここは、殿が美濃へ向かう前に伏見に出陣せねばなりませぬな」

「儂が行っても、戦陣に影響はなかろう」

「おそらく、諸将は奉行の殿に、戦のことに口出しされたくないはず。尻を叩けば悔しさのあまり勇みましょう。それこそ叱咤激励と申すもの」

「左様なものかの。されど、それで城が落ちるならば、構わぬ」

三成は左近の助言に従って佐和山を発ち、兵三千を連れて伏見に向かった。

三

三成、左近主従が伏見に向かう途中、近江の勢多で毛利秀元、吉川廣家の軍勢と遭遇した。高野越中からの報告で、七月二十五日、移動したとのこと。

早速、三成と左近は毛利秀元の陣に入った。

「なにゆえ、お二人は伏見の陣を離れられたのでござるか」

会うや三成は単刀直入に聞く。

「知るか。富田の侍従（廣家）に聞いてくれ」

吉川廣家は出雲の月山富田城を居城としていた。

勇猛な毛利秀元は伏見の陣から離れることに、嫌悪感を持っているようであった。

（なるほど、それで城攻めも捗っておらぬのか）

左近は納得した。毛利・吉川合わせて一万八千の兵が離脱したのだ。士気が下がって当然である。二人は吉川廣家の陣に向かった。

「内府の後詰が参るという報せを受けたゆえの。中納言（輝元）殿の許可は得ているが」

戦線の離脱も意に介さず、吉川廣家は公然と言いきった。

「美濃方面は某の持ち分。その方面からは左様な報せは受けてござらぬが」

「伊勢の方からじゃ。貴殿も今少し細作を放って周囲を調べさせた方がよかろう。それとも、重臣に多く禄を出し過ぎて、小者を召し抱えることができぬのかな」

吉川廣家は左近をちらりと見やり、皮肉を口にする。

「左様でござるか。されば、鼠一匹、通されぬよう」

反論したいのは山々であろうが、三成は以前の助言に従い、その場を去った。

「敵に通じているやもしれませんな」

吉川廣家の態度を背後から眺めていた左近は、歩きながら告げる。

「よもや、毛利は総大将ぞ」

「毛利は別でも吉川は内府と昵懇。ゆえに、切り離した方がいいかもしれませぬな」

「考えておこう」

顔をこわばらせて三成は答えた。

毛利家の兵が伏見の陣から全て姿を消しては士気にも関わるので、輝元は叔父の天野元政（あまのもとまさ）ら五千を参陣させている。

三成、左近主従が伏見に到着したのは同月二十九日のこと。相変わらず包囲しているだけである。城壁や城門には夥しい弾痕が見えるものの、城はびくともしていなかった。

宇喜多本陣に足を運ぶと、秀家は不愉快な顔を見せた。

「不満か治部。儂に任せられぬと申すか」

「いえ、確かに伏見は太閤殿下の隠居城にて灰燼に帰すは名残り惜しゅうはございます。されど、今は敵の手に渡り、我らに挑んでおります。ここは勿体無いなどという気は捨てられますよう」

「左様か。それならば話は早い」

助言をすると、宇喜多秀家は悔しげに不快感をあらわにした。

早速、三成は宇喜多秀家と諸将を集めた。諸侯の前で三成は獅子吼する。

「方々の武功は鉄砲を放つだけでござるか。城に乗り入れずして落せようか」

三成が叱咤すると、諸将の顔には「奉行ずれが判った風なことを申しよって」と、一様に憤恚の目を向ける。戦で成り上がってきた武将たちなので、三成だけには言われたくないのであろう。

「城へ仕寄せるのが嫌なれば、遠慮なく申して戴きたい。某が代わりましょう」

「左様な必要なか。戦は俺らに任せておけばよか」

三成とは良好な関係であるが、島津豊久が拒んだ。豊久は島津惟新の甥にあたり、日向の佐土原で二万九千石を与えられ、島津本家とは別家の独立大名と認められていた。

「又七郎、治部殿に失礼ぞ」

横で伯父の島津惟新が窘めるが、戦に関しては、余計な口出しは無用といった顔である。

意気込みは尊重するが、三成らには不満である。この陣にいる島津の軍勢は一千にも満たない。三成の検地によって島津家は惟新の息子・忠恒の領地は鹿児島で六十一万余石。賦役の分を差し引いても一万五千人近くは出陣させられるはずだが、戦地に姿を見せた兵数は一千ほど。このうちの半分は別家の島津豊久が率いていた。

九州統一戦の失敗と、朝鮮出兵で国が疲弊し、実質的当主の龍伯が出陣を許さぬという。伏見入城を断られた島津勢としては、寡勢でよく戦っている方ではあるが……。

島津豊久に触発されて、諸将は三成の申し出を拒み、各々の陣に戻っていった。

「うまくいきましたな」

「城を落せねば、全て無意味になる」

左近の言葉にも、三成は慎重であった。表情も険しかった。

（戦に一番本気の殿であるのに、石高が低いゆえに、上に立てぬ。悔しかろうの）

主の躁心を実感する左近であった。

石田勢は毛利、吉川が抜けた西端に陣を敷き、攻撃に加わった。

三成に尻を叩かれ、否応なく諸将の士気は上がった。寄手は各方面から鉄砲だけではなく火矢も放ち、堀に梯子をかけて城壁に迫った。

城兵は矢玉を放つだけではなく、消火に追われねばならず、困難を増した。

また、寄手は夜襲をも行い、城兵の疲労を重ねさせた。

翌三十日には朝から何度も総攻撃を敢行したが攻略には至らない。

「いかがか」

前線で指揮を取っていた左近のもとに三成が訪れた。

「勝手知ったる城でござるが、三河者はしぶといですな」

「殿下のお造りになられた城じゃ。簡単にはいかぬであろうな」

「大将がそれでは困りますぞ。この様子では、あと半月も持ちこたえましょう」

「そなたをしてもか」

「速く落したいのであれば、調略しかございませぬな」

「無理じゃ。三河者は忠義に篤い犬のような輩、主に背くことはせぬ」

「見たところ、三河者のみならず、甲賀者も多々いるとか。あの者たちは銭で雇われている者ゆえ応じましょう。甲賀に長く在するは、大蔵（長束正家）殿でござる」

「なるほど、話してみよう」

言うと、三成は前線から下がり、長束陣に向かった。

三成は子細を伝えると、長束正家は素直に応じ、甲賀者の浮貝藤助（うかいとうすけ）に命じた。

浮貝藤助は夜陰に乗じて松ノ丸に忍び込み、同丸を守る深尾清十郎（ふかおせいじゅうろう）に矢文を射た。

「我らに従わねば甲賀に残した妻子一族を磔（はりつけ）にする。但し、城内に火を放って内応すれば、妻子の命は助け、恩賞を与える」というもの。

八月一日の子ノ刻（午前零時頃）、深尾清十郎は仕方なく矢文の内容に従い、松ノ丸に火を放って城門を開いた。途端に同丸を守る徳川麾下の甲賀衆四十名ほどは逃亡した。

これを見て、同小早川秀秋、長束正家は戦鼓を打ち鳴らした。

一番乗りをしたのは肥後の武将・相良頼房（さがらよりふさ）勢。これに鍋島勝茂勢が続く。

島津勢は極楽橋（ごくらくばし）から治部少丸に乗り入れ、駒井直方と激闘を繰り広げた。

松ノ丸の火は南の名護屋丸にも移り、これに乗じて、小早川勢は城内に雪崩れこんだ。守兵はよく闘い防いだが、多勢には否めず、松平近正、同家忠は討死した。

「よし、我らも城に乗り入れよ」

左近は怒号して自ら鑓を取った。

「お待ちあれ。某は当初より伏見攻めに参じておるゆえ、ここはお任せ願いたい」

高野越中である。武士には意地があるので蔑ろにはできない。

「左様か、されば石田の力を諸将に見せつけられよ」

同じ家中でもあるので、左近は快く譲った。

「忝ない。されば、者ども続け！」

高野越中は大声で叫び、石田勢を率いて大手門から三ノ丸を通り本丸を目指した。

この時、城将の鳥居元忠は本丸を出て、雲霞の如く迫る寄手と激戦を繰り広げ、三、四度も撃退していた。そこに高野越中は横槍を入れた。

これには苦しくなり、鳥居元忠は本丸に引き上げた。この時、石田家臣の渥美孫左衛門、大石将監、松田六左衛門が活躍し、三人揃って敵の首をあげた。

鳥居元忠が本丸に戻ると、麾下はかなり減っていた。

そこで鳥居家の家臣が元忠に自刃を勧めた。

「城に籠りし時より、死はもとより覚悟の上じゃ。敵を防ぎ戦うは我が誉れのためではなし。ただ、一刻にても長く敵を引き付け、関東に禍難の及ぶを遅らせんがため。我が足は諏訪原城の戦いの傷で歩くには不便じゃが、こたびの敵をなんで恐れようか。

刀の目釘が折れるまで、一人なりとも多く敵を斬って慙死すべきじゃ」

言い放つや鳥居元忠は鑓を杖にして立ち上がり、残る二百余の兵を率いて本丸を出撃した。元忠は獅子奮迅の働きをするが、配下は減り、さすがに力尽きて本丸の石段に腰を下ろした時に、雑賀衆の主格である鈴木重朝と出くわした。

「儂は当城の主将・鳥居彦右衛門尉元忠じゃ。来い」

鳥居元忠は満身創痍の体に活を入れて薙刀を振り上げた。これを見た鈴木重朝は跪いた。

「某は雑賀の鈴木孫市（重朝）でござる。すでに本丸は炎上。万事これまででござるゆえ御腹を召され。謹んで御首を賜り、のちの世までの名誉と致します」

「よう申した。我が首はそちにやるゆえ、手柄と致せ」

元忠は、笑みを浮かべると自刃した。重朝は一礼をして首を収めた。

未ノ下刻（午後三時頃）伏見城は陥落した。城兵一千八百人は全員死亡。ただ、治部少丸の守将・駒井直方のみは寄手の間を潜り抜けて逃亡したという。

「まずは御目出度う存じます」

炎上する伏見城を見上げ、左近は三成に祝いの言葉を述べた。

「まだ、始まったばかりじゃ。浮かれてはおれぬ」

三成としても嬉しかろうが、面に出さず身を引き締めていた。

諸将は大坂に引き上げ、大広間にて評議が開かれ、今後の攻撃方面及び備えが定められた。

八月五日、三成が真田昌幸に送った「備之人数書為御披見進之候」によれば、次のとおり。

伊勢口。

毛利輝元＝四万一千五百。

宇喜多秀家＝一万八千、小早川秀秋＝八千、長宗我部盛親＝二千百、京極高次＝一千、立花親成＝三千九百、小早川秀包＝一千、筑紫茂成＝五百、龍造寺高房、鍋島勝茂＝九千八百、脇坂安治＝一千二百、堀内氏善＝三百、滝川忠征＝四百。

城加番。

山崎右京＝四百、蒔田広定＝三百七十、中江直澄＝三百九十、長束正家＝一千。

以上、毛利を含む八万九千八百六十人（書状では七万九千八百六十）。

美濃口。

石田三成＝六千七百、織田秀信＝五千三百、稲葉貞通・典通＝一千四百、島津惟新＝五千、小西行長＝二千九百、稲葉通重＝四百。

以上、二万一千七百人（書状では二万五千七百）。

北国口。

大谷吉継＝一千二百、木下勝俊・利房＝三千、丹波七頭之衆＝五千、但馬二頭＝二千五百、木下頼継＝七百、播磨姫路衆＝八百、越前東江衆＝二千、戸田重政＝五百、福原長堯＝五百、溝江彦三郎＝三百、上田重安＝三百、寺西是成＝五百、奥山正之＝五百、小川祐忠・祐滋＝二千五百、生駒親正の家臣＝一千、蜂須賀家政の家臣＝二千、青木一矩＝六千、青山宗勝＝八百。

以上、三万百人（書状も同）。

勢多橋の詰在番。

太田一吉・一成＝一千二十、垣見家純＝四百五、熊谷直盛＝四百五、秋月種長＝六百、相良頼房＝八百、高橋元種＝八百、伊東祐兵＝五百、竹中隆重＝三百六十、中川秀成＝一千五百、木村秀望＝五百二十。

以上、七千九十人（書状では六千九百十）。

大坂御留守居。

御小姓衆＝七千五百、御馬廻＝八千三百、御弓鉄砲衆＝五千九百、前後備＝六千七百、輝元の兵＝一万、徳善院＝一千、増田長盛＝三千、その他伊賀衆＝七千。

以上、四万九千四百人（書状では四万二千四百）。

合計十九万八千百五十人（書状では十八万四千九百七十）。

因みに、実際の動員兵数と右の数字は異なり、また、国許に在して参陣していない武将もいる。さらに名前等も微妙に違っている。あくまでも評議上のことであり、まだ、すぐ配置は変わることになる。

伏見落城後の八月二日、輝元らによって豊国社で戦勝祝いの里神樂が奉納された。

一応、城は陥落させたので、士気は向上していた。

四

小山評議で西上することを決め、福島正則らの諸将は続々と西進した。

家康はといえば、しばし小山に留まっていた。大将が慌てて帰城すれば、臆していると周囲を動揺させ、また上杉景勝、佐竹義宣勢に追撃を受けるかもしれないので、余裕を見せねばならなかった。

なんにしても家康の懸念は、三成が予想以上の兵を集めたこと。次に西上する福島正則ら豊臣恩顧の大名たちが変心すること。そうなれば、とても出陣などできるものではない。考えるほどに不安を募らせる家康は、何度も書状を遣わしているにも拘らず、七月二十八日には、東海道を西上する黒田長政に対し、奥平貞治（おくだいらさだはる）を使者として派遣した。

奥平貞治、相模（さがみ）の厚木（あつぎ）まで進んでいた黒田長政を小山まで呼び戻し、深夜まで協議した。

「ご安心めされ、万が一、左衛門大夫（正則）が治部に欺かれ、急に変心しようとも、我らは理を尽くして諫めます」

まるで徳川家臣のような働きをする長政は答えると、家康は安堵した表情を見せた。

「甲斐守殿、頼みますぞ」

黒田長政の答えに喜んだ家康は、兜と軍配、駿馬二頭を贈った。

三十日、家康は藤堂高虎に書を送り、福島正則、池田照政、田中吉政らと協議して道を整備しながら西上することを指示した。

慎重な家康は、上杉、佐竹がすぐに追撃するような姿を見せないので、八月四日に小山を発ち、翌五日、江戸に帰城した。

江戸に戻った家康であるが、安穏としているわけではなく、諸将に書を発行していた。七月から九月まで現存する書で百六十通を超える多さである。

また、福島正則を始め、池田照政や黒田長政など徳川家と縁戚になった大名もいるが、豊臣恩顧の大名だけを西上させるのは心許ない。そこで、四天王の一人、井伊直政を目付として差し向けようとしたが、直政は病に倒れたので、家康は本多忠勝を遣わすことにした。すると、直政も回復したので二人を派遣した。直政は三千六百、忠勝は五百の兵を率いて西進した。

伏見城落城の報せが江戸に届いたのは八月十日。家康は西を向いて涙を浮かべたという。それでも、諸将への書状を送り続けた。

越後では上杉旧臣の宇佐美勝行、萬貫寺源蔵、斎藤利實（さいとうとしざね）、柿崎景則らが蜂起して一揆を起こし、堀秀治を悩ませているので、上杉家にとってその方面の不安はなくなった。

上杉家には天下の政を任せられると秀吉に言わしめた直江兼続がいる。兼続が伊達政宗、最上義光と和睦してしまえば、佐竹ともども江戸に侵攻するのは可能だ。

その間、居城である尾張の清洲に到着した福島正則らからは、西上の催促状が矢のように届く。要求に応じてのこのこ出て行き、変心した正則らに攻撃されれば目も当てられない。家康としては動きたくても動けないのが実情であった。

焦れた正則は激昂し、「劫の立替に遊ばされ候」と家康を詰ったという。意味は、囲碁で捨石となすことを言う。

さすがに家康も、抛っておけなくなった。とはいえ、真意を質さずして腰を上げることはできない。そこで、八月十三日、家臣の村越直吉を清洲に派遣した。

一方、政宗や義光も、家康が会津攻めをせずに帰国したことを危惧する書を送ってきている。家康は、説明に必死であった。それでも政宗は納得しないので、二十二日には、有名な「百万石のお墨付き」と呼ばれる所領宛行状を出したほどだ。

八月十九日、村越直吉は清洲に到着した。憤る福島正則らの前に出ると、緊張した面持ちで家康の口上を忠実に伝えた。

「方々には数日の在陣、誠に御苦労に存ずる。我らその表の出馬のこと、いささかも油断なしとはいえ、我が殿はこのほど風邪気味ゆえ、しばし延期致すと申してござる」

実直な村越直吉が告げると、諸将は憮然とし、井伊直政と本多忠勝は掌に汗を握った。

緊張感が漂う中、意外にも賤ヶ岳七本鑓の一人・加藤嘉明が発言した。

「内府殿の御諚（ごじょう）は誠に仕方なきこと。我らはその心に気付かず虚しく出馬を待ち合わせ、期日を延期致す愚かしさよ」

「その、訳はいかに」

福島正則は不快気に問う。

「我らは内府殿のお味方とはいえ、太閤殿下の家臣なり。上方の逆徒らは私意をもって企てるといえども、秀頼様に対して兵を挙げたと申しておる。我らは内府殿へ味方している証を示さねば、内府殿が出馬できぬのは至極当然」

「さても、典厩（てんきゅう）（左馬介（さまのすけ）嘉明）はよう気づいた。我らは越中守（長岡忠興）と相談致し、宇喜多を仲間に引き入れんことを思案致し、敵を目前にしながら、手も出さず、うかうかと数日を過ごしておった。これは、大いなる油断じゃ」

嘉明に追従した福島正則は村越直吉に向かう。

「さてもさても、その方もよくぞ申されたものかな。その方には二、三日逗留なされよ。これより我らは、犬山（いぬやま）か岐阜城を落として御覧に入れる」

福島正則の申し出に諸将から気勢があがり、戦の準備を始めた。

律儀で愚直な村越直吉を送った家康の判断は正しかった。

話は少々遡る八月六日、佐和山に戻った三成は、信州上田の真田昌幸に十ヵ条の長い書状を送った。その中の八条目は次のように記した。

「内府は上杉・佐竹を敵にし、わずか三、四万の兵を持ち、分国に十五の城を抱え、（備えの兵を配置して）二十日で西上できるのか。東海道筋の面々、このたび会津表に出陣した上方衆、いかに内府次第と申せども、二十年来の太閤様の御恩を忘れ、内府と去年一年間の懇切に替えて秀頼様を疎略に致し、さらに、大坂に妻子を捨てると申すのか。その上、内府は諸将と懇ろになっていないという。このように分別もなく、内府自身の兵一万と、上方の兵一万で相談し西上しても、上杉・佐竹と貴殿は関東へ討ち取れるべきことは、まことに天の与え。しかれば、尾張・三河の間にて（甲冑を着用せず）袴姿で乱入できるであろう。但し、天道に捨てられる仕置と見えるので、西上せぬかもしれない。ただ、今は進むようなので、よく極めて備えるように」

左近は書のおおまかな内容を聞かされた。

「掛け値を差し引いても、少々内府を見くびってはござらぬか。今のところ、内府とともに会津に向かった者どもは誰一人、我らと共に戦うと申してきた者はござらぬ」

「表裏比興の真田じゃ。これぐらい書かねばなるまい」

「まあ、大法螺も時には入用でござるが、度が過ぎますと信を失いますぞ。ところで、殿は内府の軍勢をいかほどと見積もられてござるか」

「上杉、佐竹への備え、それに真田にも兵を向けねばなるまいゆえ、内府が率いてくる徳川勢は三万、多くとも四万。これに太閤殿下の御恩を忘れた奴らが二万ほどといったところかの」

「多い方で六万でござるか。やはり内府を過小に見てござる。内府に従った者は五万余。これに内府が四万を率いてくれれば九万。すでに前田は内府方ござるぞ」

左近は強い口調で主張した。

七月下旬、加賀・金沢の前田利長の許に「内府ちがひの条々」及び、毛利輝元、宇喜多秀家の二大老による弾劾添状が届けられ、また、近隣の諸将が西軍に加わったという報せも齎された。

同じ加賀には大聖寺城の山口宗永。越前には丸岡城の青山忠元、北ノ庄城の青木一矩、安居城の戸田重政、東郷城の丹羽長政、大野城の織田秀雄、今庄城の直保（吉家とも）、敦賀城の大谷吉継らの西軍が在していた。

小松城の丹羽長重は、まだ東西いずれか明確にしていなかった。

対して、東軍はわずかに越前・府中城の堀尾吉晴だけである。

東西の呼び掛けに迷う利長であるが、母の芳春院を人質に出していることから東軍につくことを決め、どうせならば、会津津川口出陣の地均しと、北国切り取りの一挙両得を狙い、七月二十六日、弟の利政と共に二万五千の兵を率いて出立した。会津に向かうには、足許を均しておかねばならない事情もあった。

八月三日、前田軍は大聖寺城を落して山口宗永を自刃させ、越前に侵入した。すると、丸岡城の青山宗勝・忠元親子は恭順の意を示し、北ノ庄城の青木一矩は敵対しない意思を伝えてきた。そこへ戸田勝成の使者が到着して、口上を伝えた。

「前田殿に敵対は致さぬが、小松城は健在にて、越前にも西軍の城が多数在してござる。前田勢がこのまま無傷で行軍するとは思えず、また、未だ東軍の姿も見えてござらぬ。一度、内府殿と作戦を練り直し、再び出陣してはいかがでしょう」

と言い、さらに使者は付け加えた。

「近く大谷刑部（吉継）が四万の兵を率いて出陣し、一万七千は北ノ庄より、残りは船にて加賀に着岸し、金沢を攻めるとのことにござる」

さらに前田利長の許には義弟の中川宗半（光重）からの書状が届けられた。

「こたび北国筋攻略を大谷刑部が受け、四万余にて取り向かっております。一万七千は北ノ庄口から押し詰め、三万は船に乗って加賀に着岸し、金沢を攻め取るようにございます。御油断なさらぬよう。慎んで申し上げます」

書状を読んだ前田利長は愕然とした。戸田重政の助言だけならばまだしも、中川宗半の書状も重なると、流言とも言いがたい。

兵の誇張はよくあるが、大谷吉継が腰を上げれば、手薄な金沢に兵を向けることは十分に考えられる。吉継は秀吉が将才を認めた武将である。健康に不安がなければ、もっと多くの石高を得て、奉行や中老などの役に就いていても不思議ではない。

帰る城がなくなるのは武士として、これ以上の恥辱はない。利長は即座に帰国の途に就いた。途中、浅井畷で丹羽長重の襲撃を受けて合戦に及び、死傷者を出すものの、八月十日には帰城した。

　中川宗半の書状は前田勢を退去させるための、大谷吉継の策略であった。金沢に西軍の兵は現れなかった。秀吉の御伽衆を務めていた中川宗半は大坂で人質になることを恐れて加賀に下向しようとしたところ、大谷吉継に捕らえられ、偽りの書を脅して書かされたものであった。

　それでも、この出陣で前田利長は完全に東軍であることを示した。


　一方、三成と左近は予定どおり、防衛戦を尾張まで進める尽力をしていた。

「左衛門大夫（福島正則）がおらぬうちに、なんとしても清洲を奪っておかねばなりません」

　左近が言うと、三成は手配済みだという顔をする。

「昨日、清洲に遣いをやっておるではないか。ほどなく、城を開こう」

「今一度、念押しをされてはいかがでしょう」

　八月五日、しつこく左近が言うので、三成は木村重則を使者として尾張の清洲城に差し向け、秀頼の命令と称して城を明け渡すように求めさせた。

　これを受け、留守居の者たちの意見は分かれた。

「我がお屋形様は亡き太閤殿下の一族ゆえ、当然、秀頼様を立てる石田方に付こうゆえ、上方の兵を城に入れることに同意致そう」

福島正則の岳父・津田繁元（長義とも）は木村重則の要求を受け入れる姿勢を見せた。

「とんでもない。主命を確かめもせず、他家の兵を入れるなど言語道断」

断固反対したのは家老の大崎長行である。

結局、早馬を飛ばして主君の福島正則に確認することとなった。その間、大崎長行は城下を焼き払って戦に備えた。結果的に、西軍は清洲を得ることはできなかった。

そのことをまだ佐和山には届けられていなかった。

「そなたは気遣いが多いの。先日、定めた備え人数書。我が方は十九万七千余ぞ。倍しておるではないか。前田に兵を割いたとて、充分に上廻ることができる」

三成は楽観視しているが、左近はこれを窘める。

「まだ、参じてもいない兵を数えるも、いかがでござろうか」

「されば、そなたは、いかにしろと申すのか」

「先の伏見城攻めでお判りと存ずるが、内府打倒の柱は殿でござる。殿が率先して諸将を引っ張り、かつ宇喜多、毛利に花を持たせねばなりませぬ」

左近は厳しく言いきった。

「難しいの」

「それだけ内府を倒すのは容易ではござらぬ。戦の経験、石高、家臣の数、人望、全て劣っているのでござる。悠長に構えておれば、木っ端微塵に打ち砕かれますぞ」

「そなたの申しようでは、勝てそうな気がしなくなる。儂が勝るところはないのか」

「豊臣家を思う気持ちと、奉行の能力」

「随分と少ないの。それで勝てるのか」

「兵の参集とその配置をさせることは奉行の力でございましょう。いざ戦となれば、各々、死にものぐるいで闘うゆえ、抛っておいても構いませぬ。闘わせるまでが殿の仕事と思われませ」

「なるほど、的を射ておる」

三成は頷くが、なかなか腰を上げようとしない。まだ、約束どおり、島津惟新、小西行長らが到着していないからだ。

前日の五日、吉川廣家、毛利秀元、安国寺恵瓊、長束正家、長宗我部盛親、鍋島勝茂、龍造寺高房らが伊勢に向けて出陣している。左近は三成の緩慢さを憂慮した。

「遅いの」

九日、三成、左近主従は小西行長、島津惟新を待ちきれず、六千七百の軍勢を率いて美濃の大垣に向かった。

すでに清洲攻略は失敗に終わった報せは届けられている。左近としては、一刻も早く敵地である尾張に踏み込むことを考えていた。

第十一章　関ヶ原へ

一

心地いい秋風が吹くようになった八月十一日、三成、左近主従は美濃の大垣(おおがき)城に入城した。同城は濃尾平野の西北端に位置するので、東国に対する第一の防衛線になる城である。また、東の木曾(きそ)川、長良(ながら)川、揖斐(いび)川の三大川、西は杭瀬(くいせ)川、周辺は湿地に守られた天然の要害で、さらに北の中仙道、南の東海道を押さえる要衝であった。

城主は伊藤盛正(いとうもりまさ)で、当初、三成の入城を拒んでいたが、なんとか説得して開城させた。三成は盛正に大垣城から六十四町（約七キロ）ほど南東に位置する福束(ふくつか)城に移り、若い城主の丸毛兼利(まるもかねとし)を補佐するように頼み、さらに、大垣城から三里半（約十四キロ）ほど南西に位置する松尾山には長亭軒(ちょうていけん)城と呼ばれる砦が築かれているので、これを普請し直すことを依頼した。

先に岐阜城の織田秀信を引き入れていたので、美濃のほとんどの大名が西軍に応じていた。さらに、美濃にほど近い尾張・犬山城主の石川貞清も靡いたので、三成らにとっては一応、尾張の地にも足掛かりができた。

織田秀信は麾下である杉浦重勝の竹ヶ鼻城に、織田家臣の花村半左衛門、毛利掃部、梶川三十郎らを送り込んで岐阜城の南西を固め、さらに犬山城には稲葉貞通、加藤貞泰、竹中重門、関一政を入れて岐阜城の南東を堅固にした。

「それにしても、島津、小西はまだ来ませぬな。今一度、催促されてはいかがですか」

城に到着する早々、左近は三成を煽った。

「しておる。されど、しつこいと反したくなるもの。そのうちまいるであろう」

あくまでも三成は悠長であった。

「殿、清洲開城の説得は失敗したのでござる。聞けば、まだ左衛門大夫は帰城しておらぬとのこと。留守居は寡勢、早急に兵を整えて城攻め致さねば、当初の計画が水泡に帰しますぞ」

三成は八月七日、常陸の佐竹義宣に対し、家康が狼狽えて上洛すれば、尾州・三州の間にて討ち果たすことを考えていると伝えている。ちょうど矢作川のある辺りだ。

「とは申せ、我らだけでは、どうにもなるまい」

三成は、あまり乗り気ではない。

「岐阜の織田殿の出陣あらば、麾下と合わせて七、八千。我らが加われば、一万三、四千の軍勢となります。清洲は伏見ほど堅固ではござらぬゆえ、それだけの兵があれば充分に落せます。殿が気概を示せば、諸将も負けておれませんぞ」

「されど、そなたや大谷刑部は、儂が上に立つなと申していたではないか。佐和山でも兵を参集させるのが役目と申したばかりであろう」

「それは、内府が出てきた時のことにて、この場合とは違います」

「まあ、そう焦るな。敵の様子も調べさせねばならぬ」

三成は進言を聞かない。左近は躁心した。

二日間、無駄に日にちを費やしていると、十三日、福島正則は帰城してしまった。

その後、前記した村越直吉が到着して発破をかけることになる。

福島正則入城の報せを聞いて、左近は失望感にかられ、また、素朴な疑問を感じた。

(こたび、内府に反する面々は、まこと戦う気があるのか)

左近に尻を叩かれた三成は、織田秀信の交渉に当った河瀬左馬助の他、樫原彦右衛門、同内膳、大西善右衛門、松田重大夫ら二千の兵を岐阜城に送った。彦右衛門らは、岐阜城の南にあたる権現山砦、瑞龍寺山砦を守備した。

三成ら西軍が既存の兵で美濃の守りを固め始める中、先に東軍が動いた。

福島正則は士気の高揚にも繋がろうと、麾下の尾張・赤目城主の横井時泰を美濃・高松城主の徳永壽昌、同国・今尾城主の市橋長勝らの許に派遣し、福東城攻めを命じた。

八月十六日の朝、徳永壽昌らの東軍は福束城の東方より迫る。すると、目の前には長良川と揖斐川を繋ぐ三日月形をした支流の大榑川が流れており、川の南側に西から市橋、横井、徳永勢が布陣した。兵数はおよそ三千。

即座に福束城にいる伊藤盛正、城主の丸毛兼利からの急報が大垣城に齎された。

（先に挙兵したにも拘らず、前線で後手に廻るとはなんたる失態）

憤りを覚える左近は、三成を怒鳴りたいが、敵を前にしているので堪えた。

「敵から仕掛けて来るとは小癪な。某が蹴散らしてまいりましょう」

左近は三成に進言した。

「いや、聞けば敵は寡勢。おそらく様子見の先鋒であろう。あるいは陽動やもしれぬ。ゆえに、そなたは我が傍にいよ。福束城には舞兵庫、高野越中らを遣わす」

「ここで敗れますと、こののちに影響が出ますぞ」

「大丈夫じゃ。細作を放ち、敵の背後に後詰の軍勢がなくば、後巻を送ろうほどに」

「されば、その後巻は某が」

三成は頷くので左近は従った。

すぐさま三成は舞兵庫、高野越中、武藤（齋藤とも）左京、雑賀兵部の他、美濃・長松城主の武光忠棟を向かわせた。兵数は三千ほど。福束城の兵と合わせれば、東軍を上廻っていた。

伊藤盛正、丸毛兼利ら西軍は大榑川の北側に対陣した。さして深くはないが、川幅が広いこともあってか、双方、睨み合いのまま夜に入った。

戌ノ刻（午後八時頃）になり、徳永壽昌勢の一部が大榑川を上流に向かって遡って渡河し、十連坊、楡俣村などの村々に放火した。これを合図に東軍は一気に川を押し渡り、矢玉を見舞った。

夜中に背後に敵が廻ったことを知り、西軍は驚愕した。臆した伊藤盛正、武光忠棟らは陣を捨て、一目散に大垣城に逃亡した。丸毛兼利は自城の福束城に逃げ込み、城門を堅く閉ざしたので、舞兵庫らは城に入れず、仕方なしに退却せざるをえなかった。

「申し訳ございませぬ。お詫びのしようもございませぬ。油断した訳ではございませぬが、不馴れな地にて勝手が判らず……」

舞兵庫らは三成の前に跪き、ただひたすら詫びた。

「おのれ、敵兵を上廻っておるというに、敵を見て反撃もせずに退くとは」

三成は拳を震わせて悔しがる。

（烏合の衆では戦は勝てぬ。伏見とこたびのことで、殿もお判り戴けたであろう）

あえて左近は窘めはしなかった。問題はここからである。左近は舞兵庫に問う。

「敵はいかがしたか」

「福束城に向かったようでござる」

「されば、後詰を送らねばなりませぬな」

伊藤盛正らが嫌がるので、再び舞兵庫らを援軍として福束城に向かわせた。

ところが、時すでに遅く、丸毛兼利は城に立て籠って応戦したが支えきれず、舞兵庫らが到着する前に福束城を捨てて逃亡し、大垣城に敗走した。

舞兵庫らが福束城に達した時、すでに東軍の手に落ちており、『丸に蔦』、『扇の地紙』などが印された徳永家の旗指物が立てられていたので、仕方なく帰城した。

「悔いても仕方ない。奪回することを思案致そう」

三成は前向きなので、左近は慰めはしなかった。ただ、虚しかった。

福束城は大垣城の南東に位置し、揖斐川と長良川に挟まれた自然の要害である。さらに三千の兵が入ったとすれば、寄手は三倍から五倍は必要なので、実質的には諦めるしかなかった。

野戦における敗北を切っ掛けに、三成、左近主従は島津、小西勢の西軍の援軍を待たねば前進できぬ状況に置かれた。

援軍が到着するより早く、東軍はまた動いた。

福束城を攻略した八月十七日、福島正則は敵状視察のために兵二百を率いて大榑川と揖斐川が合流する南の今尾城に入り、徳永壽昌と市橋長勝の戦功を賞した。

勢いに乗る東軍は三十町（約三・三キロ）ほど下流に位置する高木盛兼の高須城を攻略することを命じた。

徳永壽昌らは即座に使者を送り、高木盛兼に開城するよう説得した。

「川を隔てた西岸には同族がおり、下流の太田山城には原隠岐守（長頼）が在している手前、戦わずして開城するは武士にあるまじきこと。ゆえにできぬ」

「されば、鉄砲の空放ちを致し、機を見て退いてはいかが」

威勢よく拒んだ高木盛兼であるが、徳永壽昌らの説得に応じて仮戦をすることを承諾した。

ちょうど家康の家臣・村越直吉が清洲に到着した八月十九日、徳永壽昌と市橋長勝ら一千の軍勢は高須城の北側に迫った。約束どおり、高木盛兼は三百の兵と共に城を出て空砲を撃たせたが、東軍は実弾を込めて発砲した。

謀られたと気づいた時はすでに遅く、高木盛兼は兵を城に退かせたが、猛勢な東軍は次々に城に乗り込んだ。高木勢は奮闘するも多勢に無勢は否めない。城を捨てて北西に位置する津屋城を目指して逃亡した。徳永壽昌と市橋長勝らはなんなく高須城を手に入れた。

高須城から一里（約四キロ）ほど西、揖斐川を挟んだ地に駒野城がある。高木盛兼と同族の高木帯刀の居城である。徳永壽昌と市橋長勝らは同城に兵を向けた。

高木盛兼から、八百長戦の話を聞かされている高木帯刀は、高須城から逃れてくる兵を受け入れ、また、津屋城に逃げる兵を見ながら慌てた。そこへ東軍が押し迫った。

徳永壽昌と市橋長勝らは駒野城を包囲して投降を呼び掛けた。また、高木一族で唯一、東軍に参じた貞友が説得すると、高木帯刀は開城して東軍に属した。

一兵も損じずに駒野城を手に入れた徳永壽昌と市橋長勝らは、津屋城に兵を向けた。

同城は駒野城から一里ほど北西に位置し、揖斐川の支流・津屋川沿いに築かれている。駒野の高木帯刀や高須の高木盛兼らと同族・高木正家(まさいえ)の居城である。

高木正家は高木帯刀ともども、高須城のことを危惧していたが、高木盛兼と敗走兵数十を収容し、子細を聞いて瞠目した。刹那、徳永壽昌と市橋長勝らの東軍が城を包囲した。しかも寄手の中には同族の高木帯刀もおり、驚きながらも交戦する意思を固めた。

一方、東軍は怒濤の勢いで城の周囲を焼き払い、激しく城を攻めたてた。火の手が城内にも廻ると、寄手は続々と乗り込んだ。

もはや支えられぬと覚悟した高木正家らは城を捨てて大垣城に逃れこんだ。

「なんたることか……」

あまりの敵の速さ、行動力、自軍の腑甲斐無(ふがいな)さに三成は感嘆(かんたん)の声をもらした。

「もう、過ぎたことでござる。嘆くは殿の身上ではござりますまい」

沈鬱な空気を取り払おうと、左近は励ました。

「儂はそなたに、慰めてもらうために仕えさせている覚えはない。真意を申せ」

悔しげに三成は問う。

「されば、本気にならねばなりませぬな」

「儂は本気ぞ」

「殿は内府を滅したいと考えても、他の諸将はさほどでもない。左様な方々を本気にさせるは、人の二倍、いや、三倍の力がいりましょう。本気とは、左様な意味でござる」

「さもありなん」

思うところがあるのか、一言、三成は呟いた。判っているのか、表情は暗かった。

とにかく西軍の動きは遅い。島津惟新らは一千にも満たぬ兵ながら、佐和山に到着したのは十五日。十七日、美濃の垂井に陣替えし、二十日過ぎ、ようやく大垣城に入城し、先手は城北一里ほどの曾根(そね)に布陣した。遅れは鹿児島からの援軍を待っていたとのこと。実際、惟新は二十日、国許の本多六右衛門(ほんだろくえもん)に対し、他家に対して面目がないので、多数の兵を送ることを要請した。翌日にも大坂の吉田清存(よしだきよあり)（清孝(きよたか)）にも指示をしている。兵数が少ないこともあり、闘争心も強くはなかった。

小西行長の到着時期もほぼ同じ。

また、宇喜多秀家が伊勢に向かい、大坂を出立したのが八月十五日であった。

小早川秀秋に至っては、またも雲隠れしていた。伏見攻撃で毛利輝元から称賛された秀秋は、都の三本木に住む北政所に報告した。

褒めてもらえるとばかり思っていたところ、すぐに家康に謝罪しろと叱咤され、すかさず陳謝の書状を書き、家臣を江戸に向かわせた。本人は病と称して先に隠れた近江の石部や高宮(たかみや)に留まって動かなかった。

当初、三成は尾張と三河の間、矢作川のある辺りで敵を防衛し、決戦の場と思案していたが、脆くも目算は外れてしまったので尾張と美濃の境、木曾川で敵の進撃を食い止め、阻止しなければならなくなった。その上、兵の参集は遅い。

仕方ないので、竹ヶ鼻城と尾張の犬山城を第一、木曾川・長良川、揖斐川の間に配置する兵を第二、本拠とする大垣城、岐阜城を第三として定めた。

今、美濃周辺にいる兵は石田三成が六千七百、織田秀信が四千百、尾張・美濃衆が六千、島津惟新は一千、小西行長が四千の合計二万一千八百余人。

対して清洲城に集合する東軍は豊臣恩顧衆が六万二千五十余、徳川勢が四千百で合計六万六千百五十余人。これでは、とても野戦などできるはずがない。兵数でも三成は読み間違いをしていた。

二

八月二十日、清洲城では、福島正則を始め、池田照政、長岡忠興、加藤嘉明、黒田長政らは気勢をあげ、改めて岐阜城攻略の評議を行った。

福島正則と池田照政は対立し、共に主導権を握ることを主張した。正則には東軍西上の契機を作った自負があり、照政はかつて岐阜城主であった強みがある。

また、福島正則は養子の正之に家康の養女を娶っており、池田照政は家康の愛娘を後添えに迎えている姻戚関係が複雑に絡み合っていた。

危惧した本多忠勝と井伊直政は軍勢を二つに分けたところ、今度は、木曾川の上流と下流を渡河することと、城攻めで揉めた。

岐阜城主だった池田照政は城の強弱を知り尽くし、清洲に居を置く福島正則は地の利を知り、筏や舟を参集させるのは容易いと。

そこで、本多忠勝と井伊直政は次のように決めた。

上流の河田を渡るのは池田照政・浅野長慶・山内一豊・一柳直盛（ひとつやなぎなおもり）・堀尾忠氏・戸川達安ら二万二千七百余人。

下流の尾越を渡るのは福島正則・長岡忠興・加藤嘉明・黒田長政・藤堂高虎・京極高知・生駒一正・寺沢廣高・蜂須賀至鎮・本多忠勝・井伊直政ら三万三千二百余人。

また、田中吉政と中村一榮の七千三百五十余人は犬山城に、有馬豊氏の九百人は大垣城に備えること。岐阜城攻めの開戦日は八月二十二日の払暁（ふつぎょう）と定められた。

八月二十一日、諸将は二手に分かれ、清洲城を出立した。

一方、岐阜城は主の織田秀信を始め、河瀬左馬助ら石田勢を含むおよそ九千余人。

竹ヶ鼻城には杉浦重勝と秀信家臣の梶川三十郎、花村半左衛門ら一千五百。

犬山城には石川貞清・稲葉貞通・加藤貞泰・関一政・竹中重門らの一千五百が守っていた。

東軍の進軍を知った織田秀信は岐阜城の主殿に皆を集めた。

「敵は全て合わせれば、数倍にも及ぶ多勢。城を打って出るなどもってのほか」

老臣の木造具康は籠城策を主張すると、若い織田秀信は反論した。

「一戦もせずに城に籠るは臆病者と誹られよう。木曾川の嶮もあるゆえ、早々渡れるものではなし。渡河の最中に攻めれば必勝は間違いない。城を出て決戦すべし」

織田秀信は信長の孫ということで気位が高い。また、秀吉に利用されている間、ずっと祖父の才があると洗脳され続けていたので、そう思いこんでいる。実際、このたびは初陣であるので、世間知らずであった。結局、出撃策がとられた。

織田秀信は城山から一里ほど南の川手村にある閻魔堂前に本陣を設けた。兵数は一千七百。境川を渡り、木曾川手前の最前線となる米野に百々綱家・飯沼長資・津田藤左衛門ら二千五百。その東の中屋に木造具康・同具正ら一千。米野の後方に樫原彦右衛門・河瀬左馬助ら石田勢が二千。閻魔堂の東、新加納に佐藤方秀ら一千。岐阜の守備が八百であった。

八月二十二日未明、木曾川の上流で木造具康の西軍と、池田照政ら東軍は対峙した。戦は下流組からの狼煙をもって始めることになっていたが、卯ノ刻（午前六時頃）、西軍からの銃撃があり、東軍も撃ち返して遠戦が始まった。

池田照政はすぐに家臣の伊木忠政らを渡河させると、一柳・堀尾勢が続く。上流組はほぼ川を渡ると、多勢に無勢は否めず、織田勢は岐阜城に退いた。

上流組は荒田川の橋まで追撃するが深追いはせず、新加納から切通辺りに宿営した。

一方、八月二十一日、下流の尾越（起）を渡ろうとした福島正則らであるが、竹ヶ鼻城兵の銃撃で渡れなかった。そこで、夜を待ち、さらに下流の加賀野井村から渡河した。

また、犬山城の加藤貞泰・関一政・竹中重門らが家康に内応しており、背後を突かれないことが確実となったので、田中吉政と中村一栄は下流組に参じた。

二十二日、岐阜城に向かう途中、背後を襲われるのを嫌い、福島正則らは竹ヶ鼻城を攻めた。城攻めは朝から夕方までかかった。西軍は寡勢ながらも奮闘するが、ついに力尽き、杉浦重勝は自刃して城は炎上した。本来ならば祝杯をあげるところであるが、正則は上流組が勝手に戦を始め、新加納に迫っていることを知った。

「おのれ、約束を違えおって。三左（照政）め、許せぬ。方々続きおろう！」

激怒した福島正則は、獅子吼して夜中にも拘らず鐙を蹴った。怒りの力は馬の脚も速め、二十三日の朝、正則らは池田本陣に到着し、照政に詰め寄った。

「抜け駆けとは汚し。敵と戦う前に汝と勝負じゃ」

今にも斬りかからん剣幕であった。

「待たれよ」

本多忠勝、井伊直政がすかさず止めに入り、なんとか両人を宥めた。

「敵が鉄砲を放ってきたので仕方がない。約束を違える気はない。左様に申すのであれば、今日は貴殿が先陣となり大手に向かわれよ」

池田照政が譲ることによって、刃傷沙汰は回避され、岐阜城に兵が向けられた。はたや、米野、中屋の戦いで敗北した織田秀信は、岐阜城に戻り、大垣城、犬山城に援軍の要請をしつつ、城の守備部署を定めた。

金華山の本丸には織田秀信・秀則兄弟。城南の稲荷山砦・権現山砦は松田重大夫。そのさらに南、敵に一番近い瑞龍寺山砦には河瀬左馬助・柏原彦右衛門ら石田勢。稲荷山砦のすぐ北の惣門大手口は津田藤三郎。惣門を過ぎた七曲口は木造具康・同具政。金華山の西麓に築かれる御殿・百曲口は百々綱家、梶川主水。城北の水ノ手口は武藤助十郎・齋藤齋宮。兵は五千ほどに減っていた。

大垣城の三成、左近らにも救援が求められた。

「早う後詰を出さねばなりませぬな」

報せを聞いた左近は三成に催促した。

「岐阜城は難攻不落の堅城と謳われておる。岐阜はいかほど持つと思う？」

「殿下は城造の名人にて、いずれの城も堅固でござる。対して、信長公は元来、籠城する思案のないお方。ゆえに、小牧も安土も利便が先で、築かれた城はお世辞にも堅固とは申せませぬ。されば、思うほど持ちこたえられるかどうか疑問でござる」

「やはりの。されば、敵の兵を分散させねばなるまいの」

頷いた三成は、島津惟新、小西行長を集めて差配した。

まず、長良川の徒渉点である合渡に家臣の舞兵庫・杉江勘兵衛・森九兵衛らの一千を、一里半（約六キロ）ほど南の墨俣には島津惟新の一千を、三成・左近・小西行長は大垣城の東で揖斐川の西に位置する沢渡に四千の兵で布陣した。残り三千七百は大垣城の守備とした。

（早う、上方の兵を集結させねば、どうにもならなくなろうぞ）

左近は危惧するばかり。書面上、兵数では敵を圧倒しているものの、実際には集まらない。これほど腰の重い味方と一緒に戦をするのは初めてのことであった。

躁擾する左近らに対し、東軍は一気呵成に岐阜城に襲いかかった。

河瀬左馬助・柏原彦右衛門らが守る最城南の瑞龍寺砦には浅野慶長・一柳直盛が。その少し北、松田重大夫が守る稲荷山砦・権現山砦には井伊直政が。津田藤三郎が守る惣門の大手口には福島正則・長岡忠興・京極高知・加藤嘉明がほぼ同時に攻めかかった。あっという間に大手は破れ、正則らは木造具康の守る七曲口を攻撃した。

武藤助十郎・齋藤齋宮の守る城北の水ノ手口は池田照政らが突撃し、簡単に打ち破った。さらに二ノ丸をも攻略した。

山頂に立て籠った織田秀信も次々に家臣が討たれ、ついに本丸天主を包囲され、自害を覚悟した。秀信は、本能寺の変における信長、信忠の心境を考えたであろう。

すると池田照政は、旧主の孫に切腹させるのは忍びないと降伏を呼び掛けた。

織田秀信にすれば、天の助けだったのか。潔く紅蓮の炎に包まれた祖父信長、決して首級だけは敵に渡すなと下知して家臣に介錯させた父信忠とは違い、敵に屈服して醜態を晒すはめになった。どうやら高潔な自尊心までは受け継げなかったようである。秀信は降伏の誘いを受け入れ、上加納の浄泉坊（現・円徳寺）にて剃髪し、数日後、高野山に入った。

報せはほどなく三成、左近主従の許に齎された。

「伏見城が十日以上もかかって落ちたのに、なにゆえ、かように速く落ちたのか」

三成は左近に問う。理解できないようであった。

「士気の差と、城でございましょうか。いずれにしても、初動の遅れが尾を引いておりますな」

「過去を悔いても始まらぬ」

「されば、早う兵を呼び集めませぬと。敵の勢いは増すばかりにござる」

呑気に構えている場合ではない。左近は尻を叩く。

「いかにすれば減るのじゃ」

「大将の毛利中納言が大垣におらぬのならば、敵を圧倒する兵を揃えるしかござらぬ。それまで、長良川を渡らせぬようせねばなりませぬな」

「されば、評議を致す」

三成は少し離れた小西行長、墨俣にいる島津惟新を呼びに行かせた。

三

福島正則、池田照政らが岐阜城攻撃をしている八月二十三日の朝、尾越を渡河した東軍のうち、黒田長政・田中吉政・藤堂高虎の率いる一万九百の軍勢は、岐阜城救援のために、大垣城から出る援軍を阻止すべく、長良川の東岸の鏡島(かがしま)まで兵を進めた。

すでに長良川西岸の河渡には森九兵衛、杉江勘兵衛勢、数町(約五百五十メートル)西には舞兵庫が陣を布いていた。さらに川面に濃く立ちこめる朝霧のために石田勢は東軍の接近を知らず、朝食を摂っていた。

「好機なり。治部の兵じゃ。一人残らず討ち取れ!」

下知するや、黒田長政らはすぐさま対岸の石田勢に一斉射撃を開始した。

「敵襲! 敵でございます」

食事中に急襲され、石田勢は浮き足立った。それでも、森九兵衛は反撃を試みながら、後方の舞兵庫に急を報せ、自身も鉄砲の引き金を絞った。

「まことか、者ども、仲間を助けよ」

報せを聞いた舞兵庫は、箸を投げ捨てて、東の前線に向かった。

激しい銃撃戦の最中、田中吉政は中間(ちゅうげん)の田中三郎左衛門(たなかさぶろうざえもん)に瀬踏みをさせ、首まで浸かるが徒渉できる地を探らせ、一気に渡河させた。黒田長政は家臣の黒田一成(くろだかずしげ)・後藤(ごとう)

基次（もとつぐ）らを田中勢の下流から渡河させ、後詰に現れた舞兵庫勢の横腹に突撃した。

寡勢の上に不意打ちを喰らい、石田勢は総崩れとなった。

「このままでは全滅じゃ。一旦、退け。儂が殿軍（しんがり）を務める」

杉江勘兵衛が主張し、森九兵衛、舞兵庫は従った。石田勢は東軍に追い立てられ、大垣城目指して退却した。

東軍は揖斐川東岸の呂久（ろく）まで猛烈な追撃を行い、遂に杉江勘兵衛を討ち取った。

藤堂勢は墨俣に布陣する島津勢を警戒し、河渡から一里ほど南の下流を渡り、黒田・田中勢と合流して西に向かい、揖斐川西岸に宿営した。

東軍が石田勢を一蹴した合戦は、合渡川（河渡川）の戦いと呼ばれている。

一方、辰ノ刻（午前八時頃）、三成、左近主従は沢渡の陣に島津惟新と小西行長を招き、次なる戦略を立てていた。そこへ、遣いが汗を噴きながら駆け込んだ。

「申し上げます。河渡にて、黒田・田中の猛攻を受け、杉江勘兵衛討ち死に。我が方は崩れ、大垣に退いております」

「なんと！　して、敵の動きは」

「すでに揖斐川を渡っており、このままでは大垣に向かうかと存じます」

「もはや長居は無用。大垣に戻る」

報せを聞くや、即座に三成は床几から腰を上げた。これに小西行長も倣った。

「待たれよ治部殿。こん本陣が退けば、墨俣におる俺の兵は、いかがあいなかか。墨俣の兵を退かさぬうちは帰城すること適いもはんど」

　朝鮮で明・朝鮮連合軍を驚愕させた「鬼石曼子」の大将・島津惟新は激しく反論した。

　瞬時にその場は緊張した。

(いかが致すか。惟新の申すことは尤もじゃ。されど、殿の判断は正しい)

左近は戸惑った。寡勢で勢いに乗る敵と戦うのはよくない。もし、三成が命を失えば、この戦は家康と干戈を交えずして敗れることになる。

(されど、家臣を思い遣る惟新の気持ちは充分に判る)

　両人の思いが判るので苦悩した。

　惟新が異議を唱えたが、三成は聞く素振りもなく、陣を出た。

「待たれい、まだ、話は終わってなか」

　背後で声が聞こえるが、三成は騎乗した。

　陣の外まで島津惟新の声が届いていよう。その態度に腹を立て、島津家臣の新納忠増と川上久智が激怒し、三成が乗る馬の轡を押さえて咎めた。

「待て！　惟新主従を死地に陥れ、一人逃ぐっとは卑怯ではなかか」

　参陣している薩摩武士は島津惟新を神のごとく崇めている者ばかりであった。

　それでも、三成は無言のまま手を払い、帰途に就いた。

（横柄者じゃの。あれほど弁が立つくせに、己の思案が理解できぬ者を蔑むと、声をかけるのを面倒臭がる。本意をしっかり説けば判らぬ惟新でもあるまいに）

三成の態度を見ながら、左近は悪いところが出たと頭を抱える。

「惟新殿、お気を悪くなされますな。我が殿も駒野、高須に配下を向かわせてござる。家臣を思う気持ちは惟新殿と変わりはござらぬのです」

「じゃどん、言葉数が足りもはんな。あいでは、家ん者（もん）は付いてくっかもしれもはんが、他所者（よそもん）は従いもはんど」

「仰せのとおり。気をつけるよう申しておきますので、ここはまず退かれませ」

一応、左近が気を遣ったので、島津惟新は幾分、機嫌を取り戻したようである。

左近も遅ればせながら三成を追って大垣に向かった。

島津惟新はすぐに使者を墨俣に遣わし、甥の島津豊久に兵を撤収させた。豊久は呂久川の下流を、士卒は舟を使い、または前日、調べた浅瀬を渡り戻った。惟新は堤の上に兵を整列させ、東軍に備えたが、攻撃を仕掛けてくる気配がないので帰城した。黒地に白の『十文字』の旗指物を見て敬遠したのかもしれない。

左近は三成に追い付いた。

「先ほどの島津殿の対応、あれはよろしくありません。この陣から退かれかねません。大坂を守る、などと戻られてはいかになさいます？　義を示されませ」

「あい判った」

思うところがあったようで、三成は頷いた。

三成は島津惟新を待ち、姿が見えると供衆も乗り馬一人も付けずに惟新に近づいた。

「先ほどはご辛労を遊ばされたと聞きましたので、お見廻りのためにまいりました」

「気にすっこつはなか」

三成の態度を見て、島津惟新は納得したのか頷いた。左近もほっと胸を撫で下ろした。

また、墨俣で薩摩兵の押川郷兵衛(おしかわごうべえ)が東軍の首を取ってくると、三成は「大垣の太刀始め」と賞賛して大判一枚を与えた。両者は和解しているので、険悪な関係はなかった。

二十四日、東軍が大垣城から一里少々北西の赤坂(あかさか)に陣を布くようになった。

互いに斥候(せっこう)を出し合い、多少の小競り合いも行われたが、大勢に影響はなかった。

東軍の諸将は家康の到来を待ち、赤坂の宿近くの岡山に徳川本陣を築きだした。

一方の三成ら西軍は、大垣城に籠り東軍と対峙していた。

宇喜多秀家・毛利秀元・吉川廣家らが伊勢の安濃津(あのつ)城などを攻撃しているので、諸城を落し合流するのを心待ちにしていた。

同月二十五日、三成は近江の勢多を守る熊谷直盛・垣見家純・相良長毎(さがらながつね)・秋月種長(あきづきたねなが)・高橋元種を大垣城に移動させた。

二十六日、三成は、左近を前にした。

「儂は一旦、佐和山に戻るので、あとを頼む」

「はあ？　なにゆえでござるか」

左近は我が耳を疑った。倍する敵を前にして、実質的な戦の首謀者が帰城するという。理解の範疇を越えていた。

「見てのとおり、敵は赤坂に陣を敷いておる。噂によれば、佐和山に向かうという」

「なんと児戯な流言か。佐和山などに仕寄せて、敵になんの益がござろう。よう、思案なされ、大垣より西は彼奴らにとって敵。我らを、ここに残して西に兵を進める痴れ者が何処にござろう。流言は殿を大垣から引きずり出して討つ算段。あくまでも、敵の当所は殿の首級だけでござる」

「そう、申すな。刑部や安芸中納言も呼ばねば、この劣勢は打開できぬ」

「されば、遣いを送ればすみましょう」

「儂でなくば、ならぬこともある。こたびは、何と申しても戻る。あとを頼むぞ」

言うや三成は目立たぬよう僅かな供廻を連れて帰城の途に就いてしまった。

（殿とて敵が佐和山になど向かわぬことは知っておろう。とすれば重圧か）

己一人、逃げるような武将でない。このところ負けが込んでいるので、緊張をほぐすには、二、三日、のんびり過ごすのもいいかもしれないと左近は考えたが、他の武将は違う。

「治部が帰城したのはまことか」

事実を聞きつけて小西行長が現れ、左近に問う。

「後詰の催促でござる」

「左様なもの遣いで事足りよう。治部は一人逃げたと噂になっておるぞ」

行長も左近と同じようなことを口にする。

「それは、敵を欺く策にござる。月明けには戻りましょう」

「左様か。後詰の催促か」

「遣いを何度送っても埒があきませぬ。仕方ないゆえ殿自ら足を運ばねばならぬのです。これも勝つため。諸将やご家臣にも、左様に申して安堵させてくだされ」

これも仕事、左近は宥めるばかりであった。

実際、佐和山に帰城した三成は、越前に出陣していた大谷吉継を呼び戻した。


一方、伊勢の制圧と足下を固めるための軍勢、毛利秀元、吉川廣家、長束正家、安国寺恵瓊ら二万一千三百が伊勢に入ったのは、八月五日中とも中旬過ぎとも言われている。

二十日頃、毛利秀元らも宇喜多秀家、鍋島勝茂、龍造寺高房、長宗我部盛親らも加わり、五万を超える大軍に膨れあがった。

また、伊勢に在する西軍は桑名城主の氏家行広、神戸城主の滝川雄利、林城主の織田信重、亀山城主の岡本宗憲（良勝）、竹原・八知領主の山崎定勝。これに、地侍の家所帯刀、榊原三左衛門、中尾政房、雲林院祐元、三宅源二郎らも参じた。

　実際に城攻めが確認できるのは八月二十三日で、富田信高の安濃津城に殺到した。同城には上野城主の分部光嘉も入城していた。信高の正室の活躍などもあり、二日間猛攻に耐えたが、二十六日の早暁、廣家が差し向けた高野山の木食上人と草津・浄善寺の和尚の説得により、信高は承諾して、二十七日、開城して高野山に登った。

　安濃津城を得た西軍は古田重勝の松坂城も開城させ、福島正則の弟・正頼の守る長島城に兵を向けた。

　吉川廣家は東軍の城を攻略しながら、裏では家康との交渉を続け、毛利輝元は三成ら西軍とはまったく関わりのないことを伝えていた。これにより、八月八日、家康は黒田長政に承知したと書を遣わし、長政は十七日、廣家に報せた。

「（前略）御内意のとおり、内府公に申し上げたところ、拙者に御書があり、御使者にも御目にかかりました。本書をこの方にとどめます。したがってこのたび第一のこと、輝元は御存じあるはずがなく、安国寺一人の才覚と内府公も思し召しておられます。しかる上は、輝元への御内意、よくよく仰せ入れ、内府公と御入魂になるよう、御才覚を働かせることが重要です。貴様次第に、この方の（家康に誼を通じる）ことは拙者が調えて申します。内府が勝利すれば、左様なことも調いません。構えて油断なきよう分別されるのが尤もです。これは連々、互いに疎略にさせられぬことを申し入れます。なお、使者には口上にて申し渡しますので、よくお聞きください」

黒田長政から吉川廣家には八月二十五日にも書状が出され、「毛利家が続くように申し御分別されるのが尤もです」と記されており、吉川廣家もこれに応じている。

安濃津城の攻略が確実となった八月二十六日、吉川廣家は大坂の増田長盛から賞されたのち、さらに大垣の西軍を威嚇するため福島正則らが赤坂にまで進んで放火しているので、援軍に赴くことを促された。

同じ日、吉川廣家は安濃津城攻めにおける負傷者百二十六人、死者五十一人の実名を全て明記して送り、暗に援軍には行けぬことを示唆した。それでいて廣家は、毛利家の家臣の福原広俊と堅田元慶を伊勢に呼び、輝元に家康と和睦することを進言させた。

西軍に身を投じている吉川廣家であるが、それはあくまでも三成や仲の悪い安国寺恵瓊を欺くためであり、最初から西軍に加担するつもりはなかったのだ。

岐阜城陥落の報せが家康の許に届けられたのは八月二十七日のこと。

「左様か」

伝えた家臣には鷹揚に伝えたが、内心穏やかではなかった。

(よもや、堅固な岐阜城が僅か二日で落ちるとは……)

一応、本多忠勝、井伊直政を同陣させているものの、全体から見れば僅かなもの。このまま福島正則らを野放しにしておけば、徳川軍を待たずして、石田方の西軍を一掃してしまうかもしれない。そうなれば、家康の威信は失墜し、戦後の新体制における主導権は握れない。このまま豊臣家の者だけに戦をさせておくわけにはいかなくなった。

今までなんとか引き延ばしを図っていたが、ここは一転、早急に出陣しなければならなかった。そこで、同じ日、福島正則、池田照政、藤堂高虎らに自重を命じた。

「岐阜の城を早々に乗り崩され、御手柄はなんとも申し尽くし難し。中納言（秀忠）は中仙道を押し上げることを申し付けた。我らは自ずから、この（岐阜）口を押すことを申しおく。羽三左（照政）と相談し、些かも、もっぱらそれに打ち込む（戦端を開いて進む）ことがないよう、我ら親子を待つことが尤もである」

武蔵の府中に蟄居していた浅野長政には九月三日に出陣すると伝えていたが、さらに縮めて九月一日、三万三千の兵を率いて江戸城を出立した。

すでに、下野の宇都宮に陣していた息子の秀忠は信濃上田の真田昌幸を討つために、八月二十四日、出立した。家康が東海道を通ることに対し、秀忠は中仙道を進む。その兵は総軍三万八百余人であった。

ところが、福島正則らが二日で岐阜城を落してしまったので、急遽、真田攻めを取り止め、「万事を捨てて上洛すべし」と大久保忠益を使者として遣わしたのが二十三日。

家康は秀忠と美濃、尾張辺りの国境付近で合流するつもりだった。

四

　九月三日、大谷吉継は関ヶ原の西南・山中村に布陣し、脇坂安治・小川祐忠・木下頼継・平塚為広・朽木元綱・赤座直保・戸田勝成らも近くに陣城を構えた。同じ日、宇喜多秀家は大垣に入城したが、まだ三成の姿はなかった。
　二、三日して、ようやく三成も大垣城に戻ってきた。表情は硬い。
「いかがなされましたか。英気を養ってきたようには見えませぬが」

「戯け。昼寝しに帰城したと思うてか」

「これは、失礼致しました。して、大坂の様子はいかに」

「この中旬には、毛利（輝元）殿も出陣なされるとのこと」

「おお、それは、吉報。されど、嬉しそうではありませんな」

「予定どおりにはいかぬことがあるもの。田辺城は未だ落せず、また、大津の京極が、殿下の御恩を踏みにじり、返り忠をしおった」

　三成は悔しげに吐き捨てた。

　丹後の田辺城には、長岡幽斎が五、六百の兵で立て籠っている。これを小野木重次ら一万五千余の軍勢が包囲したのが七月二十日。寄手は落城寸前まで追い込むものの仲裁が入った。それは禁裏である。歌人の幽斎は智仁親王に対する古今伝授の講釈が、まだ完了していなかった。禁裏は幽斎の才能を惜しんで和睦を勧めるが、幽斎は家康のことを危惧して二度も断っていた。また、寄手の中には幽斎の弟子が多々おり、最期のとどめを刺すような真似はしなかった。そのため、禁裏を巻き込み、膠着状態が続いていた。お陰で一万五千の軍勢が足留めされている。

また、近江の大津城主の京極高次は、毛利輝元から東軍についた加賀の前田利長を討てという命令が届いたので、高次は仕方なしに二千の兵を率いて朽木元綱と共に北陸に向かった。

大津城は中仙道の喉元を押さえる要衝なので、三成は京極高次の留守を狙って使者を送り、城を明け渡すよう要求した。これに対し、留守居役の赤尾伊豆守（あかおいずのかみ）らは、君命なくば城を開ける訳にはいかぬと断固、拒絶した。

一方、越前にまで進んだ京極高次だが、三成から美濃に向かえという指示があり、それに従った。その途中で方向を変え、塩津（しおつ）から海津（かいづ）に出て舟で大津に戻った。九月三日のことである。

帰城した京極高次は、兼ねてからの約束どおり、家康に密書を送り、西軍の東進を大津で阻止する旨を伝え、籠城の準備を始めた。

これを知った三成は、淀ノ方を動かし、孝蔵主（こうぞうす）と饗庭局（あいばのつぼね）、さらに木下重堅（きのしたしげかた）を京極高次の正室・於初の許に派遣した。

「わたしではどうすることもできないので、直に殿にお会いください」

於初は二人の使者に伝えた。

孝蔵主と饗庭局は京極高次に面会を求めたが、高次は拒むので、二人は仕方なしに帰坂した。

再び、毛利輝元や増田長盛が使者を派遣するが、高次の心は変わらなかった。

かくして三成は毛利元康、小早川秀包、立花親成ら一万五千の軍勢に、大津城を落すことを指示したのち、大垣城に戻ってきたのだ。

「二城が落ちれば、三万の後詰がまいるのですな」

「うむ。御上の叡慮（えいりょ）が伝えられたらしいので、まあ、田辺は近く開城致そう。また、大津攻めの大将は西国一の戦上手と謳われる立花左近じゃ。十日とかからず落そう」

あくまでも三成は楽観的であった。

ここにきて、性格を変えられはしないので、あえて左近は窘めなかった。

毛利家の福原広俊らに説得させていたが、輝元の決意を変えることはできなかった。

吉川廣家はやむなく、吉川勢と毛利秀元勢を率い関ヶ原と大垣の間に聳える南宮山（なんぐうさん）に向かった。着陣したのは九月七日のこと。徐々に西軍も軍勢が整いだした。あとは小早川秀秋であった。

九月一日に江戸を出立した家康が尾張の熱田に到着したのは十日のこと。

「まだ、中納言（秀忠）の姿は見えぬのか」

調べさせた家臣の報告を聞き、家康は不安と憤りの声をもらした。

信濃平定のために中仙道を進んだ秀忠は、信濃の上田で真田昌幸の計略にかかり、城攻めを余儀無くされ、しかも攻めるたびに排除され、退くに退けぬ状態にあった。そこへ家康の使者として大久保忠益が秀忠本陣の小諸に到着して、子細を告げたのは九月九日のこと。江戸から三日もあれば到着できる距離にあったが、これほど遅れたのは秋の大雨で利根川が増水して渡れず、足留めをされていたためであった。

報せを受けた秀忠は驚き、上田城に対し、信濃に所領を持つ森忠政・石川康長・仙石秀久・日根野吉明を押さえに残し、九月十日、中仙道の西上を急いだ。

必死になって駿馬に鞭を入れる秀忠であるが、「この程、秋霖日を重ね、諸方の渓水みなぎり、従駕の諸軍は木曾川を渡りかね、留滞すること三日なり」と『徳川實紀』にあるように不運は重なった。

秀忠の軍勢を心待ちにしながら、翌十一日、家康は一旦、尾張の一宮まで進むが、わざわざ戻って清洲を宿所とした。夜になり、藤堂高虎を呼んだ。

「敵の様子はいかがか」

「大垣の兵とは、時折、小競り合いをする程度でさしたる争いにはなっておりませぬ。関ヶ原の辺りには大谷刑部などが布陣し、また、笹尾山には治部の家臣が陣城を築いております。近いところでは南宮山に吉川、毛利が着陣しております……」

高虎は、徳川家臣のごとく、こと細かく家康に報告をした。

「金吾めはいかがしておるか」

「まだ、着陣しておりませぬ」

小早川秀秋は二度ほど家康に使者を送っている。

九月三日、永井直勝の許に送ったが、「倅（秀秋）の申すことは実儀ではない。取り合うことは無用」と家康は一蹴した。小早川勢は味方にしたい兵力であるが、伏見攻めをしているので俄には信じられない。一度突き放して様子を見る必要があった。

そこで、小早川家の家臣の平岡頼勝と稲葉正成は黒田長政を通じて、頼勝の弟・資重を人質として差し出し、東軍に応じる意思を伝えた。それでも、家康は納得しない。八日、再び、秀秋の使者は家康に対面を求めたが、「御前には出ず、よき御挨拶」と、またも家康は軽くあしらったことが『慶長年中卜斎記』に記されている。人質を見るまでは安心しない。家康は慎重であった。

「大坂の兵は出陣しそうか」

「今のところ、左様な報せは受けておりませぬ」

高虎の答えに家康は満足した。その後、夜半までの数刻、密談を行った。

高虎が赤坂の陣に戻ったあと、家康は本多忠勝、井伊直政を呼んだ。

「未だ、中納言が到着しておらぬが、こののち、いかがすべきか申せ」

家康が問うと、先に本多忠勝が答えた。

「徳川の主力を率いる中納言様を待たずに、豊臣恩顧の大名らだけで戦うは心許なく存じます」

本多忠勝が口にしたとおり、徳川家の主力は秀忠軍。『岩淵夜話』には、家康は「我ら家中の人持分の内、少しも大身なる者共をば、大方、秀忠に付いて木曾路へ差し越し、我らの方は旗本の侍ばかりを召し連れ」と記されている。今、同陣しているのは、井伊直政と四男の松平忠吉の六千六百、それに忠勝の五百である。家康の三万は旗本だ。

「いや、豊臣の大名ばかりとは申せ、今は勢いがござる。もし、大坂の毛利が秀頼様を担いで参陣致せば、皆の鉾先が鈍るどころか、我らに向かうとも限らぬ。一刻も早く戦うべきでござる」

井伊直政は主戦論を口にした。

双方の主張は尤もである。家康は判断を下し兼ねた。

十二日、家康は時間稼ぎをするために、風邪と称して清洲に止まっていた。徳川の主力がなくとも、豊臣家の武将ばかりで戦をするわけにはいかない。苛立っていた。

一方、大垣城の三成、左近の主従も躁心していた。

「まだ、毛利殿は出陣なさらぬのか。あれほど固い約束をしたのに！　金吾も金吾じゃ。殿下の養子にもなった男が、豊臣の大事に、どこをうろついておるのか！」

普段は冷静な三成であるが、さすがに憤りをあらわにした。

「金吾殿は内府についたという噂がございますぞ」

「あくまでも噂じゃ」

「もう、左様な者どもをあてにせず、我らだけで戦ってはいかがでござるか。大垣と南宮山、それに関ヶ原の三方から赤坂に仕寄せれば、敵に勝てましょう」

左近が口にした諸将を合計すれば、この段階で六万数千を超え、赤坂の東軍とほぼ同数になる。但し、西軍は家康が清洲に到着していることを摑んでいなかった。

「いや、中には乗り気でない者もおる。そのためにも、毛利殿の出陣はかかせぬ」

これほど袖にされても、三成は毛利輝元の参陣に希望を繋いでいた。

「毛利殿より早く内府が到着した時は、いかが致される気ですか」

「大垣に引き付け包囲する内府を疲弊さす。さすれば毛利殿と挟み撃ちじゃ」

あくまでも他家頼みである。十九万四千余石の哀しい運命であった。

「こう申してはなんでござるが、某には、毛利殿が出陣するとは思われませぬ。その気があれば、とっくに参陣していましょう。これから出て来る真意が判りませぬ」

「今までは敵の大将が出て来ぬゆえじゃ。内府が出てくれば、我が軍の総大将も出て来ざるをえまい。左様な単純なことが見えぬようになったか」

「お言葉ではござるが、金持ち喧嘩せずの喩えがござる。毛利殿は我らに戦わせ、どちらに転んでもいいように思案しておりましょう。左様なお方に望みを繋げば、負けるどころか滅びますぞ。即座に一戦するがいいと存じます」

今が決断のしどころ。ここぞとばかり、左近は少々声高に主張した。

「左様か、されば、諸将を集めて意見を聞いてみよう」

左近の申し出に気圧されてか、三成はやや折れた。そこで、大垣城にいる宇喜多秀家、小西行長、島津惟新に意見を求めた。

すると、島津惟新だけが即開戦で、あとは輝元を待つという意見だった。

（皆、戦いたくはないのか。内府を滅したいと思う我が殿も他人頼み）

左近は蟻地獄の底に落ちていくような気がしてならなかった。

三成も憤懣が溜まっているのであろう。この九月十二日、大坂城にいる増田長盛に対し、十七ヵ条からなる長文の書状を書き送った。書の内容は大方、次のとおり。

「一、東軍は赤坂に在陣して動きがなく、皆、無気味に思っている。
一、近江、伊勢の味方が集結し、大垣と敵との距離は二、三町の間であること。昨日、南宮山の長束・安国寺の陣に行くと、敵を恐れて出陣する用意を取ってない。
一、周囲の刈田もできず、兵糧に不安を抱えている。
一、大津、田辺城攻めをしている兵が集結すれば一戦したいところだが、延び延びとなって集まらない。長束・安国寺は戦う気がなく、どうにもならぬ状態だ。
一、増田長盛は内府と誼を通じているので、人質の妻子を成敗しない。犬山に加勢した者が背信するのも、人質を鄭重に扱っているゆえと下々の者まで申している。敵方の妻子を三、五人も成敗すれば、背信などできるはずがない。良く考えてほしい。

一、大津城を早く落してほしい。

一、調べたところ、佐和山口から出陣した衆の中で、多数の兵を持つ者（小早川秀秋）が敵と内通して、伊勢への出陣を止め置き、各自、各々在所にて待つようにと相談していた。人質を御成敗しないならば、人質を取っても仕方ない。

一、いずれの城とも連絡を取るため、伊勢、美濃の太田・駒野に城を構え、近江と美濃の境目にある松尾城や各御番所にも、毛利衆を入れておく御分別が尤もである。

一、諸士の心が揃えば、敵陣を二十日中に破ることは容易いことであるが、この分では結局、味方の中に不慮の事件（内応者）が起こるのは目前である。

一、長束・安国寺は思いのほか遠慮深く、哀々、貴殿に当地を一目なりとも御目にかけたい。敵も揃っていないが、それ以上に味方はおかしな状態だ。

一、家康が西上しない以上、輝元の御出馬がないことは、仕方ないかもしれない。某は理解するが、下々はこれにも不審を申したてている。

一、背信者が出ることを恐れている。輝元が御出馬なければ、佐和山下へ毛利衆五千ばかり入れ置くことが肝要の仕置である。

一、金銀米銭を遣うのは今なので、惜しまず遣うこと。某は逼迫している。

一、このたび、宇喜多秀家の覚悟と手柄は立派なものなので、恩賞第一であろう。島津惟新・小西行長も同じである。

一、人質を成敗しないならば、安芸の宮島に移すのがよい。

一、長束・安国寺は、伊勢に出陣した衆や大谷刑部や秀頼麾下の御弓・鉄砲衆までも、南宮山に引き寄せようとしているので、兵が少々無駄になるかもしれない。
一、丹後の田辺城が落ちそうなので、同城を攻めた兵を、こちらに廻すこと」
重要な内容が記されている書であるが、増田長盛には届かず、美濃・高須城主の徳永壽昌の手の者が、三成の使者から奪い取ってしまった。当然、西軍は知らない。


一方の家康。

九月十三日、家康は秀忠の到着を心待ちにしつつも、清洲を発って岐阜城に入った。家康は、加賀に向かった土方雄久に、前田利長と丹羽長重・青木一矩を講和させるよう命じた。同じように長重にも勧めている。

この夜、家康は馬印、旗、幟および、鉄砲衆、使番などを人目につかぬようにこっそり先発させ、未明のうちに赤坂に到着させた。

九月十四日の夜明け前に岐阜を発った。途中、兵糧集めに出た島津の一勢と遭遇して危うい場面もあったが、正午頃、無事赤坂に着陣した。

岡山の陣所に入った家康は、大垣城に在する三成らに対し、一斉に旗指物を靡かせ、鬨をあげさせた。

敵大将の到着で西軍は動揺する。家康としては満足していいはずであるが、まだ秀忠軍は姿を見せない。家康は憤りと躁心に気を揉んでいた。

この時、秀忠は信濃の塩尻近くの本山に到着し、藤堂高虎に書を送っている。

「我らは、随分と急いでも路次中は節所（難所）ゆえ、遅れと油断が重なり、迷惑をかける。こちらの心中も察してほしい。さりながら、夜中を限らず罷り上るので、近々上着するであろう」

秀忠は悪天候の中、昼夜強行の進軍に必死であるが、当時の中仙道は江戸時代ほど整備されておらずに狭く嶮岨であり、大軍での移動は困難を極めた。

五

家康が赤坂の岡山に着陣したことを知り、大垣勢は浮き足だった。それもそのはず、美濃に在している東軍六万四千余に家康の三万三千が加わったのだ。とても、戦に及ぶべくもなかった。

「細作はなにをやっておるのじゃ」

岡山と大垣城は直線距離で結べばわずかに三十町（約三・三キロ）ほどと近い。岡山の陣に『総白』、『厭離穢土欣求浄土』の軍旗、『金無地開扇』の馬印を目にし、三成は吐き捨てた。

（また、後れを取ったか。しかも、こたびは内府の着陣を摑めなかった。まずいの）

三成のみならず、上下士卒の表情を見て、左近は危惧した。

「まこと内府か」

「馬印を立てているのじゃ。謀ではあるまい」

宇喜多秀家や小西行長ですら、そんな言葉をもらし合っていた。

「内府が着陣したのならば、好機ではござらぬか。敵は移動したてで疲れてござろうゆえ、某が一働きし、敵が寄せ集めの腰抜け集団であること露呈して見せましょう」

重苦しい空気を裂いて左近は進言した。

「おおっ、さすが嶋の左近」

「決戦の前に、そなたの勇姿が見れるとは、今宵の酒は美味となろう」

宇喜多秀家や小西行長は左近の申し出を歓迎するが、三成は難色を示した。

「ご安心めされ。必ず一泡噴かせてまいります。ここで出陣を渋れば、味方の沈滞は深まるばかり。士気を高めるためにも出馬せねばなりませぬ」

強引に言い寄ると、三成は渋々承諾した。

即座に左近は三成の前から下がり、朋輩の蒲生頼郷に声をかけた。

「よく某に声をかけて戴いた。敵の腰弱どもを蹴散らしましょうぞ」

頼郷が勇むと、宇喜多家臣の勇将・明石全登、長船定行も現れた。

「貴殿らだけ、楽しむのは狡いと申すもの。我らも加えられよ」

「ははは、これは、心強い。されば、方々、かように致したいと存ずる……」

左近は三人に対し、考えた策を伝えた。

「ほう、それは面白い。さすが左近殿。勝利は間違いなしじゃ」

三人は手を打ち、賛同した。

まず、左近は二百五十の配下を率いて出撃した。蒲生頼郷勢二百五十と、宇喜多勢二百ほどを大垣城から半里（約二キロ）ほど北西の笠木村に、明石全登、長船定行ら六百の兵を城から半里ほど北の中野の辺りに伏せさせた。

左近は笠木の北に位置する池尻を経由して北西に向かい、杭瀬川を渡って東軍の陣近くに到着した。

「さあ、好きなだけ刈り取れ。今宵は腹いっぱい米を食わしてやるぞ」

左近は敵から二町ほどの地に迫り、敵前で刈田をさせた。

「おのれ、我らが眼前で、なんたる軽挙。全兵討ち取ってくれる。者ども出合え！」

大胆不敵な行動を行う敵兵を目の当たりにし、中村一榮は激昂した。一榮は即座に鉄砲勢を揃え、轟音を響かせた。

「遠慮せず、放ち返せ」

左近も怒号し、中村勢に鉄砲で反撃した。双方、引き金を絞り、硝煙で周囲は灰色に染まった。

「敵は寡勢、全兵討ち取れ！」

中村一榮は大音声で叫ぶと、野一色頼母、藪内匠らの中村兵は柵を越えて嶋勢に向かった。

「退け、退くのじゃ」

左近は多勢に押されたと見せ掛け、命じた。下知に従い、嶋勢は退却する。

追撃ほど容易く兵を討てる時はない。中村兵は追いに追った。

中村兵は杭瀬川を渡り、さらに中間地点を越えて大垣城から十町ほど北西の木戸(きど)・一色(いっしき)辺りまで追撃した。

敵が目の前を通過したので、笠木の茂みに潜んでいた蒲生頼郷勢が躍り出た。

「放て！」

蒲生勢は中村勢の背後から筒先の火を噴かせた。

「ぐあっ」

渇いた咆哮とともに、絶叫が谺した。背後を急襲され、中村勢は混乱に陥った。

「かかれーっ！」

すかさず頼郷は下知し、慌てふためく中村勢に突き入り、三十名ほどを討ち取った。

野一色頼母が深田に足をとられているところを宇喜多家臣の浅香三左衛門(あさかさんざえもん)が討ち取った。

中村勢の隣に陣を布く有馬豊氏(ありまとようじ)は、朋輩の危機を知り、援護に向かった。

と今度は、中野の辺りに潜んでいた明石、長船勢は前進した。

「鴨(かも)が葱(ねぎ)を背負ってやってきたわ。放て！」

明石全登の号令とともに、鉄砲が唸り、有馬勢はバタバタと倒れた。有馬勢の稲次(いなつぎ)

重知は蒲生勢の横山監物を討ち取るものの、全登麾下の鉄砲に撃たれて深手を負ってしまった。

「敵は弱兵じゃ。撫で斬りに致せ！」

明石全登は勢いに乗ったまま兵を突撃させ、有馬勢を壊乱に陥らせた。

家康は、この様子を岡山の本陣で聞き、顔を顰めた。

「大事な戦いの前に、無駄な小競り合いをしおって。誰ぞ遣わし兵を退かせよ」

主君の下知で服部半蔵正就・渡辺忠左衛門が急行し、兵を退くよう命じたが、双方、退くに退けぬ激戦となっており、鉄砲の咆哮は消えなかった。

「なんたることか。戦を判っておらぬ。平八と万千代を向かわせよ」

今度は本多忠勝と井伊直政が派遣され、なんとか兵を収めさせた。

西軍も、石田家臣の林半助が殿軍となって兵を退いた。

「内府に従う兵など恐るるに足りぬ」

小戦闘は西軍の勝利に終わり、陰鬱となった大垣城の士気は高揚した。

三成も喜んでいる。これで少しは気が晴れた。左近も少しは満足した。

ちょうどその頃、今まで気を揉ませた小早川秀秋が、一万五千六百の兵を率いて松尾山に着陣した。同山には大垣城主の伊藤盛正がおり、長亭軒城とも松尾新城とも呼ばれる砦を築いていた。新たな城は周囲に土塁を巡らし、南には升形虎口を設け、主郭虎口には堀切（ほりきり）まで構じてある。秀秋はこの砦を強引に奪い取り、盛正を追い払った。

布陣していた伊藤盛正の兵は一千ほど。とても秀秋の軍勢とは勝負にならない。ほどなく、大垣城に戻り、三成らに子細を告げた。

「左様か、ようやく到着したか」

伊藤盛正の訴えを聞いた三成は複雑な心境であった。小早川勢の着陣は喜ばしいが、増田長盛に宛てた書にあるとおり、松尾山には毛利輝元の兵を入れる予定であった。

「前線の大将である宇喜多殿の断りもなしに松尾山に陣を布くとは、ちと様子がおかしいのでは。やはり内府に鼻薬を嗅がされている噂は真実（まこと）ではござらぬか」

左近が言うと、諸将は頷いた。さらに左近は続ける。

「もし、小早川が東軍と通じていれば、我らは大坂との間に楔を打ち込まれたも同じ。兵糧を運ぶ道を絶たれたことになりますぞ」

左近が告げると、諸将の顔はこわばった。

「されば、誰ぞ遣いを出して大垣城に呼び出し、虜にしてはどうじゃ」

宇喜多秀家の意見に三成は相槌を打った。

「それは、よき思案。されば早速」

即座に松尾山に在する小早川秀秋の許に遣いを送ったが、呼び出しには応じない。

「致し方ない。されば、こちらも鼻薬を嗅がせましょう」

三成は安国寺恵瓊、大谷吉継、長束正家、小西行長ら五人の連署で秀秋に書状を出した。

「一、秀頼公が十五歳になられるまでは、関白職を秀秋卿に譲渡すること。
一、上方の賄い領は播磨国の一円を渡し、勿論、筑前は前々のとおりとする。
一、稲葉正成、平岡頼勝には近江において十万石を秀頼様より下されること。
一、当座の贈物として黄金三百枚ずつ稲葉、平岡に下されること」

因みに、右の書状は原物がなく、『関原軍記大成』などに記されているものである。利で釣ることは乱世の常套手段であった。

書を出すと、秀秋の表情は緩んだ。

「安心せよ。内府に与することはない」

小早川秀秋は使者に告げた。

宇喜多秀家らは一応、納得の表情をしている。左近は一旦、胸を撫で下ろしたが、すぐに我に返った。

(いや、違う。安堵しようと各々己の気持ちを誤魔化したのであろう。儂もか)

秀秋の着陣で逆に緊張感が増した大垣城であった。

六

岡山にいる家康の許にも小早川秀秋到着の報せは届けられていた。

また、先の『関原軍記大成』によれば、本多忠勝、井伊直政から小早川家臣の稲葉正成、平岡頼勝に対して送られたとされる起請文が掲載されている。

「起請文前書のこと。
一、秀秋に対し、内府は些かも疎略にはしないこと。
一、御両人、特別、内府に対して御忠節を示されれば、決して疎略にはしない。
一、御忠節を究めれば、上方で両国の墨付を、秀秋へ取らせるよう勧める」

書の真意は定かではないが、小早川一万五千六百の兵は欲しいところであった。

苛立つ家康が赤坂に着陣すると、吉川廣家は福原広俊らと相談の上、三浦伝右衛門を使者として黒田長政の許に差し向けた。

三浦伝右衛門が到着すると、黒田長政は福島正則とともに徳川本陣に赴き、南宮山に陣する吉川・毛利勢は山を降りず、東軍に弓を引かぬこと。また、毛利輝元は西軍の大将に担がれているが、三成らの策謀であり、まったく関知しないこと。ただ、秀頼を守るために大坂城に止まっており、家康と戦をする気などはないことを改めて訴えさせた。

誓言を聞き、本多忠勝、井伊直政は起請文を発した。意訳は次のとおり。

「起請文前書のこと。
一、輝元に対し、内府は些かも疎略に扱わぬこと。
一、御両人は特別に内府に御忠節を示したので、内府は疎略に扱わぬこと。

一、（輝元が）御忠節を究められたならば、内府は直に墨付を輝元に進ぜよう。

付、御分国のことは申すに及ばず、ただ今のごとく相違あるまじきこと。

右の三ヶ条、両人請け取り申すこと。もし、偽りを申したならば、忝も梵天、帝釈、四大天王、惣て日本国中大小神祇、別して八幡大菩薩、熊野三所権現、賀茂、春日、北野天満大在天神、愛宕大権現の御罰を蒙るべきなり。仍て起請文の如く。

慶長五年九月十四日　本多中務太輔忠勝（血判）

井伊兵部少輔直政（血判）

吉川侍従（廣家）殿

福原式部少輔（広俊）殿」

これに長政、正則の副書が添えられた。これで毛利本家の所領は安堵された。廣家は胸を撫で下ろしたことであろう。

当然、西軍はこのことを知るよしもなかった。

「それにしても、中納言（秀忠）はまだ、まいらぬか」

九月十四日の夕刻、家康はつい、愚痴をもらした。敵を前にして、徳川家の主力が到着しない。家康は困った時の癖で、親指の爪を噛んでいた。

そうこうしている時、側近の永井直勝が告げる。

「申し上げます。左衛門大夫らが、即座に大垣城に仕寄せるべしと申しておりますが」

「うーん」

猪武者めと罵りたいところであるが、間違って漏れ、臍を曲げて戦線を離脱でもされれば目もあてられない。家康は慎重であった。

そこへ、別の者が現れた。

「申し上げます。徳永（壽昌）殿が、治部の書を奪ったと届けてまいりましたが」

「ほう、治部の書か。伝八郎（直勝）、読んでみよ」

「は、されば、一、敵は今日に至り……」

永井直勝は届けられた三成の書を読み出した。

朗読を聞き終わり、家康は苦悩する。

「……なんと」

（田辺城に続き、大津城が落ちれば、三万余の兵が美濃に到着する。味方が有利となれば、出馬が薄いとされる毛利の後詰も出陣してくるやもしれぬ。秀忠を待てば敵はさらに増えるのか）

悩みが深くなる中、家康は、ふと吉報であることにも気づいた。

（治部ら西の者どもは纏まっておらぬ。また、九条にある「二十日のうちに破れば」と治部は気長に思案しておるゆえ、城から誘い出せば、輝元や田辺、大津の兵が到着する前に、我ら有利のうちに戦い、一気に撃破することも可能じゃ）

家康は決断した。

「すぐに大垣を攻める策は大変良いが、備前中納言（秀家）が主将となり、石田、長束、大谷らが指揮を受けるとすれば、大垣城を抜くのは容易ではない。それより、一勢をここにとどめて大垣勢に備え、他の諸将はまず治部の佐和山を打ち破り、真直ぐに大坂に向かい、都に出られさえすれば、勝利は間違いない。近く方々は出発し、万が一、沿道に敵兵が邪魔を致せば、これを撃破して押し通って戴きたい」

家康は諸将に伝えさせた。これは味方だけではなく西軍にも触れさせた。さらに大垣城を水攻めにするという噂も流させた。

水攻め策は以前にあった。九月一日、家康が真田信幸に宛てた書に記されている。

「取り急ぎ申します。大垣城に石田治部少輔・島津惟新・宇喜多中納言・小西摂津守が籠っておりますので、取り巻いて水攻めにするべしと、早速、出馬致します。坂戸(さかど)へ敵が働くかもしれないので、油断なく加勢するのが尤もです。切々飛脚を遣わし、力を添えられることが肝要です」

また、『細川忠興軍功記』によれば、村越茂助（直吉）殿が江戸より上使として到着し、九月三、四日頃、水攻めの中止を伝えたとある。ただ、直吉が上使として清洲に赴いたのは八月十九日で、二十二日には江戸に戻っている。その後、再び使者として遣わされた形跡はないので、直吉が水攻めの中止を報せたというのはいかがわしいが、家康の書にもあるとおり、計画され、そして中止されたことは事実。実際、大垣城の東は揖斐川、西は杭瀬川で、辺りの地は低く、水攻めに適した地であった。

一方、杭瀬川の戦いで勝利した大垣城の西軍であるが、毛利輝元の出陣がなければ、家康との対決は厳しい。誰もがそう口々にしていた。さらに、小早川秀秋のこと。

「やはり、我らに顔を見せぬのは可笑しい。金吾は内府に通じておるのではないか」

宇喜多秀家は小早川秀秋の行動を疑った。

「金吾殿は太閤殿下の御身内でござる。よもや豊臣を背信するとは思えませぬ」

三成の「太閤殿下」という言葉に、宇喜多秀家、小西行長は口を噤んだ。

（また、左様な話か。もう何度聞かされたことか。また、少しすれば同じことを口にする。信じられぬのであれば刺客を差し向け、あとは信じるしかなかろう）

左近は堂々回りの評議に参加しているのに飽きていた。

そこへ、放っていた斥候が戻り、左近に子細を告げた。

「まことか」

「はい。確かでございます」

左近は労ったのち、諸将の前に現れた。

「方々、聞かれよ。放っていた細作が敵の様子を探ってまいった。敵は佐和山を抜き、その勢いで大坂に向かうとのこと。また、大垣は水上がりの地にて水攻めにするとのことでござる」

「なんと！」

　真っ先に声をあげたのは三成であった。

「敵を直に大坂に向かわせるは上策ではない。我らから出向き、関ヶ原で待ち受け、決戦に及びましょう」

「うむ。敵が大垣城を囲んでからでは移動するのは難しい。早急に出立すべし」

　宇喜多秀家も同意したが、小西行長は怪訝な表情をする。

「敵は野戦上手の内府も加わり、九万数千。対して我らは内応しているやもしれぬ金吾を合わせて八万余。これでは戦になるまい」

「細作の調べによれば、内府の陣に井伊、本多の旗はあるものの、江戸中納言（秀忠）を始め、榊原（康政）、大久保（忠隣）、酒井（家次）、牧野（康成）、菅沼（忠政）などなど、主力と思われる者の旗を見なかったとのこと。おそらく、到着していないと思われる。とすれば、内府の傍らにあるは、内府を守るための旗本に過ぎず、さして怖がることもござるまい」

「まことか左近！」

　小西行長よりも、三成が嬉しそうな顔で聞く。

「まことでござる。この期におよんで、偽りなど申しませぬ」

「されば、内府は大将でも後詰のような役割。さすれば、弓・鉄砲の数もさしたることなく、長柄もまた然り。充分に勝算は見込める」

　宇喜多秀家も喜んだ。

「それだけではござらぬ。我らが味方は山の上に陣し、某も大谷刑部殿も陣城を築いてござる。されば先廻りして配していれば、低地に誘い込んで討てますぞ」

左近は皆の不安を取り払い、決意させるために追い討ちをかけた。

「うむ。城を出て戦うべし。こたびは内府に勝てる」

秀家が強く主張すると、行長も頷いた。さらに島津惟新も賛同した。

西軍は大垣城に三成の妹婿・福原長堯、相良頼房、秋月種長、高橋元種、木村豊統(きむらとよむね)、熊谷直盛、垣見家純らと七千五百余の兵を置き、関ヶ原に向かうことに決定した。

その夜、島津惟新の許に偵察に出していた家臣の押川公近(おしかわきみちか)が戻り、子細を告げた。

「敵兵は守備もせず、甲冑を枕に眠っている者(もん)もごあす。おそらく、遠路の移動で疲れちゅうもんでごわそう。今宵、これを襲えば勝利は間違いありもはん」

これを聞き、島津惟新は甥の豊久を三成の許にやり、夜襲を主張させた。

「評議で関ヶ原行きを決めちゅう事(こつ)。じゃっどん、敵の陣は弛緩(しかん)しちょりもす。今宵、内府の麾下を夜討ちするが最上の策でごわす。どうか俺(おい)らに先鋒をさせて給(たも)んせ」

島津豊久は懇願すると、三成は困惑した。

(島津の申しようは的を射ておる。されど、もはや采(さい)は振られた。ここで、敵と味方の勢いを止めてはならぬ。評議の前ならば受け入れられたのだがのう。惜しい)

残念に思いつつも、嶋左近が口を開いた。

「およそ夜襲とは寡(か)で多の敵を討つ時に用いる策である。多で寡を討ったという話は聞いたことがない。ましてや、明日の戦いは絶対に我らの勝利は間違いない」

嶋左近の言葉に、三成も同意した。

「ぼっけ者、この期に及んで、まだ形に憑かれちゅうか」

夜襲の申し出を拒絶された島津豊久は、捨て台詞を残しながら惟新の許に戻った。

その後ろ姿に三成は文句を言おうとしたが、左近が止めた。

「一千ほどの兵しか集めぬくせに、余計な口出しを致すな」

小声で蔑んだ。当初、島津勢は一千にも満たぬ兵であったが、五人、十人と惟新を慕って家臣が鹿児島から参陣し、今では一千五百ほどになっていた。それでも、六十一万余石の軍役からすれば、雀の涙のようなものである。

いずれにしても夜襲は行われなかった。酉ノ下刻（午後七時頃）すぎ、諸将は密かに大垣城を出た。先頭は石田、島津、小西、宇喜多……。島津家は二番目である。

一行は雨の中、闇に紛れて関ヶ原に向かった。敵の目につかぬよう、松明を焚かせず、馬口を縛って音を消して進んだ。

第十二章　激戦、関ヶ原合戦

一

夜を待ち、大垣城を出た西軍は北西の関ヶ原の地に向かう。城北の赤坂周辺には東軍が犇めいているので、中仙道を通行できない。そのため、城の南を迂回しながら進んだ。

折悪く雨が降っている。雨の中の進軍は着衣も具足も重くなり、身体は冷えきり、泥濘に足をとられ、その困難たるや、並み大抵ではなかった。

石田勢を先頭とした一行は牧田(まきた)川沿いに西進し、吉川、毛利勢が陣を布く南宮山の南を通過し、小早川勢が兵を止める松尾山との間にある牧田辺りで北上する。すぐ西には伊勢街道が走っているが、東軍の斥候に知られないように使用せず、間道を進んだ。

左近は三成のすぐ後ろを馬に揺られていた。すると前を行く三成の姿勢が腹を抱えて前屈みになったので、鐙を蹴って馬足を速め、隣に列んだ。

「いかがなされましたか」

「ちと、腹を差し込まれただけじゃ。それより、儂は列を離れ、南宮山の吉川、毛利に会ってくる。無論、松尾山の金吾奴(め)にもじゃ」

顔を顰めたのは腹痛のみならず、吉川廣家、毛利秀元、小早川秀秋への憤懣か。

「左様なこと、誰ぞ遣いを送ればすみましょう。殿はこたびの戦の首謀者。陰の大将にござるぞ。この期に及んで軽々しい真似はお止めなされ」

左近は、媚びを売るがごとく、せせこましい主の態度に怒りを覚えた。

「そう申すな。なんとしても戦の前に顔を合わせておきたい。それにじゃ、そなたも刑部も、一歩も二歩も引き、裏方に専念せよと申したであろう。それを実行致す」

三成とすれば、大戦の前にやるだけのことはやっておきたいのであろう。それは理解できるが、すでに、そのような時期は過ぎている。左近は言おうとしたが堪えた。

(山の上に陣を布き、大垣城の評議に顔を出さぬ者が死を賭して戦うとは思えぬ。毛利や小早川は、よほど西軍が優勢に戦を進めねば、戦いには参じまい)

左近は南宮山周辺の諸将と松尾山の小早川秀秋は日和見をすると予想している。評議で西軍が有利だと口にしたのは、大垣城を包囲されぬためである。

(大軍どうしの戦いじゃ。簡単に火蓋は切られまい。関ヶ原で数日、対陣いたせば、田辺、大津城攻めをしていた総勢三万の兵が参陣する。さすれば、なおさら睨み合いが続く。その時こそ殿を大坂に向かわせ、秀頼様を担いだ毛利中納言を引きずりだせば、南宮山・松尾山の者たちも勇むであろう。その時こそ死をかけて戦える）

左近が思案する関ヶ原合戦であった。

「左様でございますか」

と告げた左近は、嫡男の政勝を呼んだ。

「政勝、殿をお守り致せ。なにかあれば、そちが身替わりとなって殿を逃すのじゃ」

「畏まりました」

「左近、儂はただ、評議で決まったことを告げ、狼煙の確認をしに行くつもりぞ」

「内府との大戦にございます。従わねば刺し違える覚悟がなくてはなりません」

「判っておる」

この期に及んで、まだ三成は、西軍から心が離れている諸将を信じようとしている。理想を追い求める純粋さが哀れであった。

岡ヶ鼻（おかがはな）という地で、三成は嶋政勝を含むわずかな供廻と共に軍列を離れていった。

左近は重い気持ちのまま三成を見送った。

三成は長束正家、安国寺恵瓊の陣を訪ねたのちに、吉川廣家、毛利秀元に会い、松尾山では小早川秀秋の家老・平岡頼勝と会談した。その後、最後の打ち合わせとばかりに、親友である大谷吉継の陣を訪れ、自分の陣へと急いだ。

一方、九月十四日の夜半、大垣城にほど近い曾根城に在する西尾光教から、岡山の本陣で就寝中の家康に報せが届けられた。

「申し上げます。治部ら大垣城に籠っていた敵の大半が城を出て、野口から牧田路に向かったようにございます」

「申し上げます。敵兵は大垣を退去。我らはすぐに敵を追い、少しでも接触すれば討つので、上様も軍旗を進められますようにと福島殿からの注進がございました」

次々に届けられる西軍移動の報せを聞き、寝床に入っていた家康は、即座に跳ね起き、出立を告げた。家康は本陣を進めるのに、まだ秀忠は来ない。

家康は始終、肚裡で罵倒しながら、用意された食事をとり始めた。

すぐさま報せは東軍の諸将に伝えられた。

長岡家が記した『綿考輯録』には「九月十五日の未明、御小屋の外より御陣替えに見えますと報せがあり、忠興は合点がいかぬと仰せになった」とある。これによれば、十四日の夜まで、出陣する予定がなかったことが窺える。さらに、福島正則から話があるからと呼ばれ、忠興は近くに陣を布く正則の許に向かった。

「話とはなんじゃ」

「おう、越中守か。実はの、吉川より黒田方に報せがあり、昨日は御味方仕ると申したが、今夜、治部が大垣城を出て関ヶ原へ向かったとのこと」

「なんと、治部めが関ヶ原に？」

「おうよ。ゆえに、吉川は敵にはならぬが、味方もできぬと申してきたようじゃ」

「左様か。戦は仕掛けるより、受けて立つ方が楽じゃがの」

二人の間には、そんな会話がなされた。

下知を受けた諸将は福島正則を先頭に、黒田長政、加藤嘉明、藤堂高虎、さらに、家康四男の松平忠吉が統監の役目で続き、舅の井伊直政が補佐役として進んだ。

家康は食事を取ったのちの丑ノ下刻（午前三時頃）、移動し始めた。

移動の途中は、まだ夜中で暗く、さらに雨が降っていたこともあり、見通しは悪い。先頭を進む福島正則と宇喜多勢の最後尾を進む荷駄隊が接触してしまい、互いに驚き、小競り合いが行われるほど、混乱していた。

「ご注進！　福島勢と宇喜多勢が衝突し干戈を交えているとのことにございます」

「なんと、すぐに前進を止め、兵を退かせよ。昨日の嶋左近、明石掃部を思い出せ。深追い致せば、大事の前に手痛いめに合おう」

報せを聞いた家康は、すぐに進軍を停止させ、物見を出して敵状を確かめさせた。

福島正則も、前日の杭瀬川の敗北を聞いているので、下知を守り兵を退かせた。

また、宇喜多勢も荷駄を失っては士気が下がるので、撤収に尽力した。

しばらく様子を見て、西軍の伏兵がいないことを確認し、福島勢は再び進軍を始めた。

三成に代わり、石田勢を率いた左近が、関ヶ原盆地の北西に位置する笹尾山の麓に着陣したのは子ノ下刻（午前一時頃）であった。

関ヶ原は美濃・不破郡の西端に位置し、一里少々西に進めば近江の国に達する国境地域である。北は伊吹山脈、南は鈴鹿山脈が互いに裾野を広げ、西には今須山、東には南宮山が控えた東西一里、南北半里の楕円形をした盆地である。この中を東西に中仙道が走り、中央から北西に北国街道、南東に伊勢街道が延びる交通の要でもあった。大和時代では壬申の乱の火蓋が切られ、鎌倉時代は承久の乱、南北朝時代には青野ヶ原の乱と、時代の変革期には戦場となってきた。血を呼ぶ場所なのかもしれない。

すでに笹尾山の中腹には三成の命令で陣城が築かれていた。山の中腹、本営の前には大筒五門を設置し、切岸をして堀を掘り、逆茂木を置き、根小屋を造り、さらに竹矢来を組んでいた。

東から西にかけて関ヶ原盆地は緩やかな上りとなっている。石田陣を始め西軍から東を見れば、緩やかな下りである。地理的には西軍は有利であった。

「今一つ、前方に竹矢来を組め。石田の旗を見れば、敵は勇もうぞ。これを足留めし、釣瓶撃ちに致すのじゃ。夜明けまでに頑丈なものを築くのじゃ」

左近は配下の者に指示を出した。当然、最前線で兵を指揮するのは左近である。寄せ来る敵を迎撃し、間隙を縫って家康本陣に突撃する。考えるほどに血湧き肉躍る。

（儂は敵と戦うことを喜んでおる。いや、巨大な内府と戦うゆえ嬉しいのかの）

負ければ死が伴う合戦であるが、左近には恐怖感というものがなかった。筒井順慶の死で失意に暮れた時から、この戦いのために生きてきたような気がしてならない。

石田勢に続き、西軍は続々と着陣した。

まず、三成本陣に四千、山の南麓には蒲生頼郷の一千、北麓には嶋清興の一千。すぐ南に豊臣家の旗本が二千。その南側、北国街道を挟んで、少し奥まったところに島津惟新の七百五十、その東に島津豊久の七百五十。天満（てんま）山の北に小西行長の四千、その南に宇喜多秀家の一万七千が五段に構えた。さらに南に大谷吉継の六百。その東に戸田勝成と平塚為広が併せて九百。中仙道を挟んだ南に大谷吉勝と木下頼継が併せて三千五百。その東側に赤座直保の六百、小川祐忠の二千、朽木元綱の六百、脇坂安治の一千が南北に並んだ。さらに、松尾（まつお）山に小早川秀秋の一万五千六百。

松尾山からおよそ一里半（約六キロ）ほど東の南宮山の北側に吉川廣家の三千。その南に毛利秀元の一万五千。山の東麓に安国寺恵瓊の一千八百。その南に長束正家の一千五百。さらに東南の栗原（くりはら）山麓に長宗我部盛親の六千六百。合計で八万三千二百余人の軍勢であった。

寅ノ刻（午前四時頃）、三成は石田本陣に到着した。

「御苦労でござった。まずは、無事でなにより」

三成を労った左近は、周囲に嫡子の政勝がいないことに気がつき、眉を顰めた。

「安堵致せ。なにもない。されど、刑部の具合が悪いゆえ、大谷の陣に置いてきた。

なにかあれば報せてくる。刑部も左近の息子を傍に置き、心強いと申していたぞ」

「左様でござるか。殿の足を引っぱらなかったことは祝着。して、諸将の様子は？」

内心、胸を撫で下ろしながら、左近は問う。

「皆、狼煙を合図に攻めかかる手筈。金吾だけには会えなんだが、家老の平岡石見守（頼勝）には会うてきた。豊臣のために勇むと申しておった」

本気で信じているのか、または自分を納得させるためなのか、三成は満足気に言う。

「左様でございますか。それは重畳至極に存じます」

もはや意見をしている時ではない。左近は受け入れることにした。そうでなければ、自分で組み立てた戦が全て崩壊してしまう。おそらく三成も同じであろう。

「お疲れのご様子。夜明けまでまだ一刻以上はございます。少し横になられませ。大将が戦の最中に居眠りをしていては笑えませぬぞ」

「居眠りしても勝てるならばよいがの。されど、そなたの言葉に甘えさせてもらう。すまぬな」

一言残すと、三成は本陣の小屋に入っていった。さすがに疲労感を隠せなかった。

二

先頭の福島正則が関ケ原に到着したのは寅ノ下刻（午前五時頃）で、その後、続々と着陣し、東軍が布陣を終了したのは卯ノ刻（午前六時頃）すぎで辺りが白む頃であった。

最前線には福島正則の六千、ちょうど宇喜多勢の正面である。その背後の北に藤堂高虎の二千五百、南に京極高知の三千。二将の背後に寺澤廣高の二千四百。その後ろに本多忠勝の五百。

中仙道の北側、石田陣に対して北から黒田長政の五千四百、長岡忠興の五千、加藤嘉明の三千、筒井定次の二千八百。島津勢の正面に田中吉政の三千。筒井と田中勢の後方に井伊直政の三千六百と松平忠吉の三千。細川、加藤勢の後方に古田重然の一千二百、織田有楽斎の四百五十、金森長近の一千百、生駒一正の一千八百。

井伊、松平勢から十町少々（約一・一キロ）後方の桃配山の本陣に徳川家康三万。そこから七町（約七百六十余メートル）ほどの後方東の野上の有馬豊氏の九百。五町（約五百五十余メートル）ほど東に山内一豊の二千。同じく五町ほど東に浅野長慶の六千五百。吉川勢に対する形で池田照政の四千五百。合計で八万八千六百五十余人の軍勢である。

通説では東軍七万五千余人と言われている。おそらく家康の後方で南宮山の兵に備える有馬豊氏、山内一豊、浅野長慶、池田照政勢を数えなければ、七万四千七百五十人と、ほぼ似たような数字になる。だが、西軍は南宮山の兵を数え、東軍は数えないというのは妙な話である。

関ヶ原合戦の古地図など見ると、黒田長政の北に竹中重門の名も見える。美濃の菩提山で六千石を得ているので二百人は動員できるはず。そうすればさらに東軍は増える。

また、家伝などによれば、当初、中村一忠と叔父の一榮、それに堀尾忠氏らは大垣城の備えであったが、十五日には南宮山に備えたとある。関ヶ原合戦の古地図などに配置された場所が記されていないが、真実だとすれば中村勢四千三百五十、堀尾勢三千六百人が増える。ならば九万六千八百人ということになるが、明確ではないので、東軍八万八千六百五十余人、西軍八万三千二百余人ということで話を進める。

西軍は東軍を山の上から包みこむように布陣している。

実際に西軍が布陣した形と兵数、さらに東軍の配置を見て、明治時代の初年、ドイツのクレメンス・メッケル少佐は西軍の勝利と断言した話はあまりにも有名である。小高い山々を制し、敵を誘い込んで包囲攻撃できるからであろう。中国では「鶴翼の陣」と呼ぶ。必勝の陣形であった。

卯ノ刻（午前六時頃）には雨はあがったが、辺りは霧と靄で白色となり、三間先の人の顔すら定かにならぬ状態。視界は極めて不良であった。今、開戦となれば、夥しい同士討ちを始めるであろう。両軍、軽弾みな真似はできなかった。

左近は石田陣の最前線で東方に目を向けていると三成近習の磯野平三郎が近づいた。

「本営でお屋形様がお呼びになられております」

「左様か、すぐまいる」

三成からの使者に答えた左近は、筒井時代から仕える下河原平太夫に向かう。

「おそらく朝の評議じゃ。ゆえに、敵のわずかな動きも逃すまいぞ」

告げた左近は笹尾山の石田本陣に向かった。

本陣に入ると三成はすでに床几に座していた。一刻ほど眠ったのだろう、冴えた顔をしている。これならば、冷静な判断ができるであろう。

左近より前に蒲生頼郷、舞兵庫、高野越中、喜多川平右衛門、大場土佐、樫原彦右衛門、大山伯耆などなど石田家の主だった家臣が集まっていた。

「敵も布陣したようじゃの」

三成も、いつになく昂揚していた。

「おそらく。されど、兵数や陣形などは皆無にて。蠢く闘気だけが伝わってきます」

闘志満々に蒲生頼郷が答えた。

「左様じゃの。まず、敵味方を識別する合い言葉を確認致す。兵庫、申してみよ」

「はっ。〈大が大〉にござる」

舞兵庫は当然といった顔で答えた。

因みに東軍では「山が山」「犀が犀」。識別の合印は「角切」。合印とは、兜や袖の一部につけた一定の標識である。西軍に合印はなかった。

「して、こたび、前線の大将として、いかに戦うつもりか」

三成は兵の参集と配置だけしか考えていないのか、戦闘の仕方を左近に問う。

「こたびの戦陣の大将は宇喜多殿ゆえ、これを差し置けば、少なからず全体に影響が出ましょう」

島津家臣の神戸五兵衛が書いた『覚書』には「この方の御陣の前備は備前中納言殿」とある。年寄であり、石高、動員数の多い秀家が主導権を握るのは当然であった。

「とは申せ、地形を見れば、我らが一番敵に近いことになりましょう。ゆえに、今までの掟を守っていれば、手痛い打撃を受けるやもしれませぬ」

「うむ。大将が先陣を務めるのはおかしなこと。遠慮することはない」

三成が口にしたように島津家臣の大重平六が記した『覚書』には「取り合いの賦、一番鑓石田殿、二番中書様（島津豊久）、三番備前中納言殿」とある。

首謀者と大将なので石田勢と宇喜多勢は両先陣のような形を取っていた。

「左様、天下分け目の大戦でござる。正直、他家を気にしている暇はなく、無我夢中で戦うしかござらぬ。とは申せ、それでは町の与太者と同じ。また、敵の陣形がいかなるものか、霧が晴れねばなんとも申せませぬが、敵本陣まで二つの備えがあると想定すれば、某が引き付けては叩き、また引き付けては叩く。これを繰り返し、敵は石田を崩せぬと諦めた時、陣を崩して内府の本陣に突撃致します。『金無地開扇』の馬印や『葵』の紋が後退致せば、山の上に陣を布く小早川、毛利も日和見をできず、内府の軍勢に向かいましょう。これしか勝利はないと存じます」

左近は熱弁を揮った。

「さすが嶋の左近。これに反する者はおるか」

三成の問いに、応じる者はいなかった。

「されば、こたびは乾坤一擲（けんこんいってき）の大戦。全てを擲（なげう）ち、内府の首を刎ねようぞ！」

「おおーっ！」

三成の気合いに、今度は大音声で士卒は応じた。


相変わらず霧は晴れず、辺りは白く煙っている。

桃配山本陣の家康は苛立っていた。まだ、徳川主力の秀忠軍が到着しないので、今までの流れから前線には豊臣恩顧の大名を配置せざるをえない。兵数は優っているが、戦はどう転ぶか判らない。このまま先陣の福島正則らの歩調で開戦し、勝利したのでは家康の威光はなくなる。なんとか最初の号令もしくは契機は徳川家の手でしたかった。

（かような時こそ、佐渡めがいれば、阿漕な案も出てこように）

家康は脂ぎった肥満顔を顰め、本多正信を思い出していた。家康が求める正信は秀忠とともにあり、この頃は塩尻を抜け、木曾（きそ）手前の奈良井（ならい）辺りを彷徨（さまよ）っている最中であった。

躁心の中、参陣している徳川家臣の顔を思い出しては溜息を吐くが、その中でも決意せねばならなかった。家康は井伊直政を傍に呼んだ。

「万千代か。今より、そちは忠吉を連れて物見にまいれ」

「物見でござるか」

物見役など、下々の者がいるであろうと、怪訝な表情をする直政に、家康は念を押す。

「左様、物見じゃ」

しばし考えた直政は、顔をこわばらせて問う。

「危うきことになりますが、それでも構いませぬか」

以心伝心、直政は家康の思案を理解したようであった。

「一つ助言致すならば、この地に移動する最中、霧が深くて前が見えず、先頭の福島と一番後ろを進む宇喜多の荷駄組がかち合ったそうじゃ。不慮の事故は致し方ないの」

惚けた調子で言うと、直政は口許を歪めた。

「畏まりました。されば、吉報をお待ちくだされ。ご免」

承知した直政は家康の本陣を出ていった。

（なにがあっても徳川が勝てば帳消し。かようなことをせねばならぬのも倅がいないゆえじゃ）

家康は天正七年（一五七九）、自刃させた嫡男・信康を思い出した。

信康は勇猛果敢で覇気に満ち、誰もが認める跡継ぎだった。徳川家が拡大する最中、切り取り次第に所領が増える浜松衆に対し、手伝い戦に参じさせられて身入りの少ない岡崎衆との対立が起こり、これに武田家が調略の手を伸ばしてきたので徳川家は内部分裂の危機に陥った。

当時の家康は織田信長の後ろ楯がなければ武田勝頼に対抗できぬ状態であり、信長の介入を受けぬためにも、家中の乱れを公に露呈するわけにはいかなかった。

家康は悩んだ末に「泣いて馬謖を切る」の故事に倣い、信康と正室の築山御前を切腹させた。築山御前は自刃を拒んだので、家臣が斬るはめになった。

（乱世は力が全て。力があればなんでもできる。戦は勝利せねばならぬ。大丈夫じゃ。儂は運が強い）

家康は己を納得させる。

今川家の人質となり、松平家は今川の先兵として遣い減らしにされる運命にあると、田楽狭間で織田信長が今川義元を討ち、人質から解放してくれた。三方原の戦いでは壊滅寸前にまで追い込まれたが、武田信玄が兵の損失を嫌ったおかげで生き延びることができた。その信玄はほどなく信濃の駒場で病死した。信長が恐ろしき武田家を潰してくれたが、邪魔者として排除される恐れを抱いていると、今度は惟任（明智）光秀が本能寺で信長を討ってくれた。

危険な伊賀越えも忍びを配下に多数抱えていたことにより事なきをえた。

小牧・長久手の戦いでは、局地戦では勝利したが、同盟者の織田信雄が秀吉に下ったお陰で総合的に見れば負け戦。これも天正十三年（一五八五）十一月二十九日の中部から近畿にかけての大震災と、秀吉の大陸出兵を念頭に置いた戦略のお陰で滅亡から逃れることができた。秀吉の強引な政略結婚で膝を屈することにはなったが、豊臣政権では秀長とともに次席の地位を得ることができた。その秀吉も、馬鹿な大陸出兵をしてくれたお陰で豊臣家の屋台骨は歪み、さらに病死してくれた。

（儂を押さえつける輩は全て滅ぶのじゃ。儂に刃向かう治部もまた然り。この戦、秀忠が参陣せずとも勝利する。儂は強運の持ち主じゃ）

家康は何度も己に言いきかせていた。

家康の怪しい下知を受けた井伊直政は自陣の左隣に陣を布く松平忠吉の許に足を運んだ。

井伊直政は遠江の井伊谷城主・井伊直親の息子として生まれた。直親は謀叛の疑いにより主の今川氏真に殺された。二歳の直政は父の友人・新野親矩により助命され、その養子となった。親矩の死後、母の再婚先の松下清景に救われ、三河の鳳来寺に身を寄せた。十五歳の時、家康が浜松城下で鷹狩をしていた時に見出され、その後の戦功は数知れず、知略にも長けていた。

天正十年（一五八二）、本能寺の変後、武田旧臣たちは家康の麾下に参じた時、家康の命令で赤い甲冑を着用していた山縣（やまがた）衆・小幡（おばた）衆を配下にしたことから「井伊の赤備え」と呼ばれるようになり、各地で勇猛に戦った。それゆえに、家康は四男の松平忠吉に直政の姫を娶らせた。忠吉は武蔵の忍城主で秀忠と同腹である。

「上様の下知にて、これより某とともに物見にまいります」

「左様か」

忠吉は義父の直政に全幅の信頼を置いていた。

直政は忠吉を伴い、赤い具足に身を固めた三百人ばかりの兵を従えて前進した。

関ヶ原の視界は極めて悪い。『慶長年中卜齋記』には「十五日、小細雨降り、山間なれば、霧深くして五十間先は見えず。霧、明ければ百間も百五十間先も僅かに見ゆるかと思へば、そのまま霧降りて、敵の旗少しばかりも見ゆることもあるかと思へば、そのまま見えず」とある。両軍ともに軽々しく行動できなかった。

濃霧の中を泳ぐように足を進めると、先陣である福島正則勢に出くわした。それでも、直政は黙ってすり抜けようとした。

すると、福島家臣の勇猛な可児才蔵（かにさいぞう）に呼び止められた。

「待て、何者か？」

「徳川家臣、戦の目付を賜る井伊兵部少輔（ひょうぶのしょう）直政じゃ」

「まだ、戦は始まっておらぬのに、目付が何用じゃ。さては、抜け駆けを致すか」

大兵の才蔵は刺すような目で睨めつけ、続ける。

「こたびの先鋒は我が主の福島左衛門大夫なり。誰も通すわけにはまいらぬ」

井伊直政にすれば、待ってましたと口を開いた。

「こちらにおわすは内大臣が子息の松平下野守でござる。こたびは初陣ゆえ敵の陣形を見せるために前進したまで。決して抜け駆けをするためではない」

うまく切り返したつもりだが、可児才蔵の疑念は消えない。

「されば、人数をば、ここに置き、御手廻ばかりにて通られよ」

「承知致した」

直政は答え、家老の木俣右京に残りの騎馬を預け、四、五十騎ほどを連れて前進した。無事、抜けられて直政は安堵した。この時、鉄砲の火縄に火を灯していれば、物見と称しても怪しまれたであろうが、直政は鉄砲衆を置き、手鑓を持つ者のみを率いて前進した。物見も命がけだ。

歩を進めると、風が僅かに吹き出し、少しずつ霧が晴れてきた。すると、朧げながら敵の姿があらわになってきた。味方ではないかと思うほどの近さである。

「これは……」

真向かいには、紺地に白の『兒』文字の軍旗が立ち並ぶ。宇喜多秀家の陣である。しかも敵の前衛は僅か十間（約十八メートル）ほど先である。

「おっ」

敵も直政らに気がついた。宇喜多勢の先陣を預かるのは杭瀬川の戦いでも活躍した明石掃部助全登である。全登も赤備えの集団を見て驚いた。

「敵ぞ、かかれ！」

全登が叫ぶより早く、直政は怒号した。

「うおおーっ！」

号令を受けた井伊家臣は、野獣にも似た雄叫びをあげて宇喜多勢に突撃した。

「敵ぞ、迎え撃て！」

慌てて全登が命じた。咄嗟のことなので、鉄砲を向けることはできなかった。

互いに手鑓を持った騎馬武者が砂塵をあげて接近し、ついに関ヶ原合戦における最初の剣戟が響き渡った。『寛政重修諸家譜』の直政の項には「敵陣に馳せ入り、勇を振って力戦す」とある。また、『藩翰譜』の松平忠吉の項では「初め、井伊が守殿の御供せし時は、則ち我が手の者の、宇喜多が勢と軍する中に馳せ入りて」と共に敵陣に突き入って戦ったことが記されている。

霧の中を前進し、偶発的な小戦闘をした。これならば、福島正則も納得するはず。しかも、鉄砲ではなく、敵に刀鑓をつけた。徳川家にとって、これ以上の名誉はない。

「退け！」

充分に目的を果たした直政は、すぐに兵を退かせた。

「逃すか。鉄砲組、構え、放て！」

全登の怒号で、鉄砲衆が前に出て、引き上げる井伊、松平勢に発砲した。

「なんじゃ？」

発射音を聞きつけた福島正則は、敵に先駆けられたと激怒した。

「後れをとるな！」

福島正則は家老の福島治重（はるしげ）に命じ、鉄砲八百挺を前に出し、夥しい轟音を響かせた。

天下分け目の関ヶ原合戦の戦端が開いた。時に辰ノ刻（午前八時頃）であった。

三

霧が晴れる中、凄まじい鉄砲音が轟き、しかも消えることなく続いている。宇喜多陣の左端から左近の陣まで六町（約六百五十五メートル）と離れていないのでよく聞こえた。

福島勢、宇喜多勢に遅れるなと、隣陣する大名たちは、東西揃って引き金を絞ったので、衝撃音の旋律（せんりつ）を奏（かな）でている。霧の代わりに硝煙で辺りが灰色に煙るほどだ。

これを聞き、三成の笹尾山と黒田長政が陣を布く丸山から開戦の狼煙が上げられた。

「いよいよ始まりましたな」

前線に立つ左近の横で下河原平太夫が告げる。

「うむ」

左近は小さく頷いた。左近はこの戦いのために兜と具足を新調した。前立に朱の天衝を付けた赤黒漆塗烏帽子形兜をかぶり、赤黒漆塗横矧桶側胴具足を着用し、浅葱木綿の陣羽織を羽織っていた。左近は東軍を眺めながら全身の血が沸いた。

夥しい旗指物や馬印が立ち並び、高々と突き上げられた長柄の鋭利な先端が、時折、雲の間から覗く陽で輝いて見えるのは壮観な眺めである。

半里（約二キロ）ほど先の桃配山に、『葵』の紋を染めた陣幕が張られ、『金無地開扇』の馬印が、これみよがしに掲げられている。西軍の誰もが首級を討ちたいと願う徳川家康の御座所である。

家康本陣から西側に陣を布く諸将は、石田、島津、小西、宇喜多、大谷その他の西軍諸将よりもさすがに多い。あてにならぬ松尾山と南宮山の諸将を抜きにすれば、これだけでも劣勢である。しかも、家康本陣より東には、間違いなく後詰の兵がいる。改めて家康の大きさを実感した。

「とは申せ、半里じゃ。半里進めば内府が本陣に突き入ることができる」

左近は家康本陣を睥睨し、独りごつると、下河原平太夫が口を開く。

「その前に、蹴散らさねばならぬ敵が多々ございますな」

目標とする家康との間には、雑草が生えるかのごとく敵兵が犇めいている。

まず、正面よりやや北の丸山に黒田長政の五千四百、その横に長岡忠興の五千、加藤嘉明の三千、筒井定次の二千八百、田中吉政の三千。皆、三成の旗指物を見て涎を垂らしている姿が目に浮かぶその軍勢が前進してきた。馬蹄や、馬の嘶き、地を踏みしめる足音、甲冑の摩擦音が鯨波となって近寄る。腹底を揺るがす戦独特の音である。

「そろそろまいりますな」

「うむ。鉄砲衆の用意は整っておるか」

「はい、いつにても放つことができまする」

「よく引き付けて放つのじゃ。彼奴らは傾斜を登ってこなければならぬ。対して、我らは竹矢来と堀に守られている。決して臆するでない。国友の鉄砲は日本一ぞ」

左近は前線で構える鉄砲足軽に指示を出し、激励した。

その間にも敵は接近する。紺地に白の『藤巴』は黒田長政、白地に黒の『九曜』は長岡忠興、白地に筆文字の『十』は加藤嘉明、『諸手梅鉢』の四半は見覚えある筒井定次の軍旗、田中吉政の軍旗はよく見えないが『左三巴』の家紋の旗指物は目に入った。

左近の様子を『黒田家譜』は「石田が先鋒の嶋左近、要地を取り、旗正々として少しも撓まず、寄手の勢いを待ち居たり」と記す。

皆、白地に黒で『鎮宅霊符神・鬼子母善神十羅刹女・八幡大菩薩』と記された旗指物が立つ左近の陣まで一町（約百九メートル）ほどのところに迫った。

「放て！」

左近の号令とともに、筒先が火を噴き、渇いた銃声が谺した。途端に、敵兵は断末魔の悲鳴をあげ、血を噴いて倒れた。だが、条件は同じだ。

敵が鉄砲を放つと、竹束や楯に隠れきれぬ石田勢が宙を朱に染めて事切れる。まさに一瞬の出来事である。戦場では当たり前の光景であった。

互いに引き金を絞り、轟音を響かせる。しばし遠間からの飛び道具による戦いが続くものの、鉄砲は連射すると、銃身が熱化して歪み、あるいは銃口が開いて本来の力を発揮できなくなる。その間、水をかけたりして冷やし、あるいは矢で間に合わせたりする。発砲音が下火になる瞬間である。

「よし、者ども、かかれ！」

左近は漆黒（しっこく）の駿馬に跨がり、軍配を黒田勢に向かって振り下ろした。

「うおおーっ！」

左近の獅子吼とともに、石田兵は餓えた野獣にも似た雄叫びをあげると、竹矢来を飛び出して敵に向かって砂塵をあげる。

「我は石田治部少輔三成が家臣・嶋左近丞清興なり。我と思わん者はかかってまいれ」

太刀を抜いた左近は真一文字に黒田勢に突撃して大音声で叫ぶ。寄せる敵を馬上で袈裟がけに斬り捨て、横に薙（な）ぎ、首を裂き、肉を抉る。左近が触れるたびに黒田兵は血飛沫（ちしぶき）を上げて地に伏せた。

「鑓衾（やりぶすま）を作れ。組になって討ち取れ！」

黒田八虎の一人、黒田三左衛門は怒号するが、左近は黒田勢が形を整える前に馬首を返して突き崩し、時には輪乗りで敵を誘っては仕留めた。

「弓（左）手に廻って支えよ。馬（右）手は、徹底して圧せ」

己が戦うだけではなく、左近は配下を巧みに指揮し、敵を撓擾した。

石田勢は寡をもって多勢の中で奮戦する。

辺りでは戦鼓、陣鉦、法螺の響き、喊声と呶声、馬の嘶き、甲冑を叩き、ぶつかり合い弾き合う音。剣戟、銃撃音、白刃と兜がぶつかる音など、ありとあらゆる音が渦を巻き、いつ果てるともしれず、激戦に次ぐ激戦を繰り返していた。

「かようなところで止まっている場合ではない。内府の陣まで突き進むのじゃ」

馬の前足で敵を蹴散らし、敵中深く突き込んだ。頃合を見て叫ぶ。

「退け！」

左近の命令に配下は潮が引くように退いていく。黒田勢は呆気にとられている。少しして気がつき、侍大将たちは唾を飛ばして命じる。

「寡勢の敵は疲労した。追い討ちをかけよ。一気に突き崩せ！」

攻守逆転と、黒田勢は左近らを追う。

左近は竹矢来を間近に見て、笹尾山本陣に鑓を振った。その刹那。

天地を響動もすような雷鳴が轟くような爆音がし、少しして地響きとともに地雷火が夥しい泥土を跳ね上げ、黒田兵を吹き飛ばす。この戦のために用意した大筒である。

直撃した兵は木っ端微塵の肉片となり、掠った兵は腕や、足を失う。黒田兵は驚愕した。

　これを見た左近は馬首を返し、再び敵に向かう。

「敵は臆しておる。弱兵ぞ。好きなだけ討ち取れ」

　左近は獅子吼し、再び馬腹を蹴って敵を突き崩す。まるで狩りをするかのように黒田兵を斬り裂き、串刺しにし、屍の山を築いていった。

　誰が見ても老体であるが、嘘のように軽やかに動く。敵の行動がよく読め、切っ先など陣羽織にさえ掠らせぬ自信があった。

「まだまだ、儂が戦うは、かようなところではない。早く、あの山に向かうのじゃ」

　左近は敵を跳ね飛ばしながら東へ向かう。目に映るのは『金無地開扇』であった。

　黒田勢に突き入り、ほどなく引き上げて大筒の餌食とする。これを三度ほども繰り返すと、敵は恐れ、警戒して寄せる力が弱まった。左近は押すに押す。

　漆黒の一ノ谷の兜を冠る黒田長政も後退せざるをえなかった。長政とすれば悔しくて仕方なかろう。普段は戦を知らぬ奉行ずれ、と馬鹿にしていた三成の兵に押されている。朝鮮の役で讒言を受け、父の如水は蟄居させられた。また、長年の忠功も評価されず、豊前に小禄で追いやられている。これは三成の誣告によるものであった。

　また、長岡忠興も蒲生頼郷に押し返されている。忠興は最愛の正室の珠を死に追いやられ、父の幽齋も田辺城で攻められた。なにがなんでも自らの手で三成を討ちたいであろうが、怒りはそのまま攻撃力に比例せず、劣勢であった。

序盤は東西両軍共に三分の一程度の軍勢で戦っていた。

両軍、寄せ集めの軍勢であり、霧が晴れる途中、井伊直政・松平忠吉の抜け駆けぎりぎりの行為で始まったせいか、双方ともに作戦どおりには進まなかった。『徳川實紀』には「かかる大戦は前代未聞の事にて。諸手打込の軍なれば、作法次第という事もなく、我がちに懸かり敵を切り崩したる事にて。追い留めなどという事もなく、四方八方に敵を追い行きたれば、中々脇ひら（ひらかな盛衰記）を見る様なる事ならずと見えたり。これ目撃の説、尤も実とすべし」と記されている。

開戦一刻後、隙間を縫って東軍の藤堂高虎、京極高知、寺澤廣高、古田重勝、井伊直政、松平忠吉ら二陣の武将たちが参陣した。

西軍では大谷吉継、戸田勝成、平塚為広らが参戦。島津惟新・豊久は、時折、攻撃してくる東軍に応戦するだけで、自ら陣を出るようなことはしない。それでも、まだ西軍は優勢であった。

鉄砲合戦の合間を探し、宇喜多勢は五段に兵を構え、明石全登、長船定行（おさふねさだゆき）、宇喜多太郎左衛門（たろうざえもん）、延原（のぶはら）土佐の指揮する諸組が鑓衾を作り、遮二無二突き進むと、福島勢は五町（約五百四十五メートル）ほども後退した。大谷勢は藤堂、京極勢を引き付けて奮闘。小西勢は織田、寺澤らの諸勢と激闘を繰り返していた。

太田牛一の『関原御合戦双紙』には「敵味方押し合い、鉄砲を放ち、矢叫びの声、天を轟かし、地を動かし、黒煙立ち、日中も暗夜と成り、敵も味方も入り合い、錣(しころ)を傾け、干戈を抜き持ち、おっつまくりつ攻め戦う。切っ先より火炎を降らし、日本国二つに分けて、ここを詮度（先途）とおびただしく戦い、数ヶ度の働きこの節なり」とある。まさに死闘であった。

桃配山の本陣にいる家康の許には、あまりいい報せが届けられない。

「申し上げます。福島勢、宇喜多勢に押されております」

「ご注進！　黒田勢、石田勢の嶋組に先陣を崩されております」

「上様に申し上げます。長岡勢、石田勢の蒲生組に押し返されております」

報告を受けながら、思わず家康は親指の爪を噛んでしまう。

（おのれ、弱腰ども相手に、なんたる腑甲斐無さか）

家康は当初、一刻ぐらいで片がつくと思っていたが、逆に劣勢であるのが信じられなかった。窮鼠、猫を噛んでいるだけなのか。それとも、なにか手抜かりがあったのか。戦乱の中ではある程度、仕方のないことであるが、好転しない理由を探していた。

その時、刺すような目を向ける家康の前を、野々村四郎右衛門(ののむらしろうえもん)が馬で横切った。視線を遮られた家康は立腹し、太刀を抜いて四郎右衛門に斬りかかった。怯えた四郎右衛門は、そのまま馬で走り逃げた。それでも、家康の怒りは収まらず、傍らにいた小姓の指物を一刀のもとに両断した。

「倅はまだ腰を上げぬのか。誰ぞ、遣いを送り、宇喜多の横腹を突くよう申せ」

指示を出しただけでは苛立ちと不安は消えない。

「ここでは遠すぎる。陣を移す」

敵への威嚇と、味方への鼓舞のため、家康は桃配山を離れ、三成本陣の松尾山中腹から僅か五町ほどの地、現在陣場野と呼ばれているところに本陣を移し始めた。

四

「おっ、あれは⁉」

徳川家康の軍旗、馬印が近づいてくる。一旦、陣に戻り、水で喉を潤した左近は、家康の移陣を見て、精気が漲った。

「飛んで火にいるなんとやら。自ら狸が首を差し出しにまいったぞ」

疲労など一瞬で消え、左近は駿馬に飛び乗った。

「者ども続け。今より黒田を蹴散らし、狸狩りに向かう。肥えた古狸の首級（しるし）をあげれば、恩賞は思いのまま。勇むのは今ぞ！」

大音声で叫ぶと、家臣たちは、あらんかぎりの声で呼応する。

「おおーっ！」

気概ある雄叫びを聞きながら、左近は嶋家臣と、三成家臣を率いて出撃した。

(彼奴を、彼奴さえ討てば、この戦は勝利。この戦は終いじゃ)

三万の軍勢に守られた黒い集団が少しずつ近づいてくる。その間には二、三万もの軍兵が犇めいているが、左近にはただの石や木程度にしか見えなかった。

一方、これより少し前の黒田陣。大将の長政は何度も左近に撃退され、躁擾していた。

「左近さえ討てば、石田陣を崩し、三成の首を取れる」

そう判断した黒田長政は、菅六之助、白石正兵衛らを手許に呼んだ。

「よいか、そちらは鉄砲衆を率いて迂回せよ。なんとしても左近を仕留めるのじゃ。仕留めねば帰陣できると思うでない。よいな」

黒田長政は斬らんばかりの剣幕にて命じると、菅六之助らは息を飲むようにして頷いた。六之助ら鉄砲衆三十人ばかりを率いて、北側の丸山の茂みに入っていった。

そうとは知らず、左近は黒田勢ではなく、家康に向かって駆けに駆けた。

「おおっ、左近じゃ。嶋左近じゃ」

湿った泥を跳ね上げて左近が接近すると、黒田兵はおののき、避けようとする。左近にとっては好都合。そのまま徳川本陣まで道を開けて欲しいぐらいだ。とその時であった。

左側から渇いた音が聞こえたかと思った瞬間、左の腿、肩、脇腹に熱い衝撃が走った。途端に宙を鮮血で朱に染めた。どうやら被弾したようである。それは左近のみならず、騎乗していた駿馬も同じでどっと倒れた。また、配下も的になって多数が血塗れになって周囲に横倒した。

左近は危うく馬の下敷きになりそうになったが、かろうじて免れた。すぐに起き上がろうとしたが、左の手足に力が入らずに、顔を顰めた。

「ぐっ」

「殿、お気を確かに。浅手でございます。誰ぞ、手を貸せ、殿を運ぶのじゃ」

下河原平太夫は駆け寄り、配下に声をかけて抱き起こした。

「儂に構うな。それよりも、儂に代わって指揮を取れ。すぐに敵が殺到する。鉄砲衆を並べ、鎧衾を作って敵を防げ。臆して退けば、ただ敵に首をくれてやるだけぞ」

左近は下河原平太夫の手を払って怒号した。

「承知しております。されど、まずは一度、戻られませ」

「おのれ、あと十町ほどであったものを……」

左近は配下の両肩に担がれながら悔しさをこぼした。

「なんの、手当てをして、今一度打って出ましょうぞ」

下河原平太夫が励ますが、被弾した箇所がずきずき痛み、血は止めどなく流れた。

『黒田家譜』には、「左近が兵、多く討たれ、左近も鉄砲に当りて落馬す。左近は隠れなき大剛の者にて、大音あげて下知しける声、雷霆（らいてい）のごとく陣中に響き、敵味方に聞こえて耳を驚かしけるが、深手負ければ力及ばず」と記されている。

左近が銃弾に倒れると嶋・石田勢は浮き足立った。そこへ、左近を負傷させた、菅六之助、白石正兵衛、竹森庄助（たけもりしょうすけ）、上原新助（うえはらしんすけ）、戸田平左衛門（とだへいざえもん）の他、黒田三左衛門、後藤基次らの勇士が繰り出し、嶋・石田勢を討っていった。

ほどなく左近は石田本陣に担ぎ込まれた。

「左近、大丈夫か？」

すでに報せは受けているようで、三成は駆け付け、青い顔をして左近の顔を覗き込む。

家臣たちによって甲冑が外されると、負傷箇所の出血の酷さがあらわになった。

「なんの浅手でござる。一息吐けば、再び出撃する所存でござる」

と強がりを言うが、左手で脇差を抜くことも、とてもできそうにもなかった。

左近の容態を見た三成は、突如、怒りの鉾先を味方に向けた。

「おのれ、島津はなにゆえ動かぬ。助左衛門、助左衛門はおるか！」

三成が怒号すると、すかさず八十島助左衛門が駆け付け、跪いた。

「今一度、島津が陣にまいり、繰り出すよう促してまいれ」

「はっ」

返事をするや、八十島助左衛門は早足で陣を出ていった。

島津家の陣は、豊臣家の旗本を挟んだ隣にある。前線には若い豊久、後備に惟新。周囲が激しい乱戦をする中、紛れてくる敵のみを排除するという静かな戦をしていた。島津惟新は開戦直後、家臣の長寿院盛淳と毛利覚右衛門を三成の許に遣わし、戦の行の相談をするために往復させたと『義弘公御譜』にある。

前半は西軍が押していた。これに松尾山の小早川勢と南宮山の毛利勢らが加われば、勝利は間違いない。二陣で少数の島津勢は追撃に備えていたわけだ。

　八十島助左衛門は先鋒の指揮をする豊久のところに駆け込んだ。

「なにをぐずぐずなされておる。早う出撃なされませ」

　騎乗したまま、居丈高に八十島助左衛門は告げた。本来、使番は他家の陣では下馬して伝えるのが礼儀であるが、助左衛門は朝鮮の陣でも島津家の中次をしており、気安さがあった。また、急用でもあるので無礼とは思っていなかった。

「委細、心得候」

　と答えたが島津豊久は動かず、惟新のもとに遣いを出した。

「貴殿は先鋒を任されながら、後詰の意見を聞かねば戦えぬのでござるか」

「ぼっけもんが、下馬せんか！」

　豊久が怒号して床几を蹴ると、豊久の家臣数名が抜刀して近づいた。

「島津は使番に刀を向けるのか」

「何放くか、斬り捨てい」

顔を顰めた豊久が命じると、家臣はのちに薩摩示現流と呼ばれる兵法の蜻蛉の構えに刀を振り上げた。

これを見た八十島助左衛門は、慌てて鐙を蹴って石田本陣に戻っていった。

「なんと、島津の田舎もんは使番を刀で追ったのだな」

聞くや三成は家臣が止めるのも聞かず、馬に飛び乗るや豊久の陣に向かった。

助左衛門は、騎乗したまま告げたとは三成に伝えていないが、それでも三成は武士の礼儀として下馬し、豊久の前に向かう。

豊久は三成が来ても、無視するように東の戦場に目を向けていた。

「中務大輔殿、中務大輔殿！」

一度で振り向かないので、三成は歩きながら二度声をかけた。すると、豊久は面倒臭げに少し顔を傾けた。立腹しているようで礼すらしない。無礼には無礼で応えるということか。火急のことなので、三成は細かなことは気にしなかった。

「なにゆえ兵をお出しにならぬ。今、我らは勝とうとしておるところでござるぞ」

「されば、勝てばよか」

豊久は口もとを歪めた。その表情は勝てるわけないと言っている。

「なんと！　今、我らは敵の本陣に突き入るので、あとに続いて戴きたい」

「俺らに構わず、突けばよか」

「なんと、なにゆえ、兵を出されぬのか」

「俺らの前に兵を出す者がおるんではなかか？」

豊久は松尾山や南宮山の方に目を向け告げ、続ける。

「島津は寡勢で頼りにならん。お前の口から出た言葉じゃなかか。じゃっどん、今日の戦は、おのおの勝手に働きもす。左様、心得て給んせ」

「それは、本陣におられる惟新殿のご意思か」

「かような戦の最中、伯父御の腹内など、お前にゃ関係なか。俺の言葉は島津の意思。左様、心得るがよか」

言い放つや、豊久は三成から目を逸らし、再び戦場方面に視線をやった。

「左様か、好きなようになされよ」

三成は言い残し、豊久の陣を出た。憤恚が滾り、押さえられない。このまま惟新の陣に行けば、憤怒のまま言い争いになり、仲間割れをしそうなので、止めにした。

島津一千五百よりも、小早川、毛利が動けば戦は勝利する。島津家の処分は、あとで充分。三成は何度も己に言い聞かせて石田本陣に戻るや、再び出撃の狼煙を上げさせた。

笹尾山だけではなく、天満山の南北、小西行長、宇喜多秀家からの狼煙も明確に見えている。それでも、南宮山の毛利秀元は動かない。狼煙だけではなく、東隣に陣を布く安国寺恵瓊、長束正家からの催促も何度か来た。

「狼煙など上がったか？　鉄砲の煙（硝煙）ではないのか」

毛利秀元は恍けるが、実際、南宮山から笹尾山の狼煙は見えなかった。

他にも督促はくるが、そのつど毛利秀元は、「まだ潮時ではない」と拒んでいた。

すでに開戦されている。毛利秀元は出撃して家康の後方を突くつもりでいるが、鼻先を押さえる形で陣を布く、従兄の吉川廣家には戦気を感じられないので、廣家の許に足を運んだ。

「我ら罷り出るべし」

毛利秀元は吉川廣家に詰め寄ると、廣家は衝撃的なことを口にした。

「我ら毛利一族は内府殿と約定がなり、戦わぬことで本領は安堵されておる。ゆえに約定を破るわけにはまいらぬ。これは、安芸の大殿も御存じのことゆえ、勝手な行動はなされぬよう」

「さては、左様の沙汰これ有りとは、夢にも知らざること」

真実を聞き、毛利秀元は失意の声をあげた。

その後も安国寺、長束家からは矢のような催促が来る。まさか内応しているので兵は出せないとはいえないので、秀元は苦心の挙げ句に告げた。

「ただ今、弁当をつかわしている最中にござる」

少しすると、再び安国寺の使いが来る。そのたびに秀元は同じことを繰り返した。

そのため戦後、秀元は「宰相殿の空弁当」と揶揄されることになる。

本来、若き毛利秀元は勇猛果敢で覇気に満ち、朝鮮の陣でも活躍した。その秀元が吉川廣家とともに徳川本陣の背後を突いたならば、安国寺、長束は言うに及ばず、長宗我部盛親も加わり、家康の首を取ることはできぬまでも東軍を敗走させることは充分にありえ、歴史は変わっていたかもしれない。あるいは、家康は廣家の内応がなければ、関ヶ原に移陣しなかったかもしれない。

いずれにしても、家康は後方に不安を抱えていなかったので、前進できた。

狼煙を見て動かない武将がもう一人いる。松尾山の小早川秀秋である。

三成らは西軍として頼りにしているが、秀秋にすればいい迷惑である。伏見城入城の時より東軍と旗色を鮮明にしている。たまたま諸事情によって逆に伏見城攻めをしたにすぎず、松尾山に陣した時は、逆に、三成方を誑かせると思っていたほどだ。

三成と家康を比べれば、どちらにつくかなど赤子でも判ること。秀吉すら後れを取ったことのある家康に一奉行が勝てるわけがない。しかも、豊臣恩顧の猛将たちは、挙って東軍として戦っている。開戦すれば、圧倒的な差で家康が勝利するであろう。おそらく、腰を上げる前に片がつくのではないか。秀秋は呑気に思っていた。

だが、南宮山の吉川、毛利ら諸勢が参戦しないにも拘らず、西軍が東軍を押している。秀秋は考えて、少し様子を見ることに決めた。誰でも敗軍には味方できるわけはない。

小早川の陣には、徳川家の目付として奥平貞治（おくだいらさだはる）がおり、平岡頼勝に何度も出陣の催促をしたが、秀秋はなかなか腰を上げようとしなかった。

また、黒田家から人質として大久保猪之助（おおくぼいのすけ）がおり、猪之助も頼勝に再三促した。それでも秀秋は兵を押し出そうとはしなかった。

山の麓で秀秋の裏切りを予測していたのは大谷吉継と美濃・垂井城主の平塚為広である。開戦して一刻半頃、為広は親しい大谷の陣を訪れ、告げた。

「松尾山の金吾殿は二心を抱かれているようだが、日和見をしておるは、いずれが勝利するか決めかねている様子。ゆめゆめ、御油断めされるな」

「儂も左様に心得る。たびたび使者を遣わしたが、確たる返事をせぬ。万が一、返り忠致したならば、貴殿と戸田殿（勝成）と儂とで彼奴を討ち取りましょうぞ」

早くから秀秋を怪しんでいた大谷吉継は、平塚為広に答えた。

五

午ノ刻（正午頃）になっても、依然として西軍は優勢であった。

陣を移したばかりの家康は、相変わらず爪を嚙んでいる。そのうち血が出そうだ。

何度、松尾山に使者を送っても秀秋は軍勢を出さない。そこで家康は山上郷右衛門を黒田長政のもとに遣わし、秀秋の出撃を確かめさせた。

「今は戦の最中ぞ！　金吾が味方するか否かなど、儂の知ったことではない！　されど、万が一にも約定を違えたならば、治部が首を刎ねたのち、彼奴も討ち取ってくれようぞ！」

三成の陣を突き崩せぬ長政は憤怒の剣幕で怒号した。

ほどなく山上郷右衛門は戻り、家康に告げた。

「倅めに謀られたか。なんと口惜しきことか！　小僧め」

家康はこの時、遂に親指の爪を嚙み割った。家康は決意する。

「小早川の倅めに向かい、大筒と鉄砲を放たせよ。惜しみなく放つのじゃ！」

下知を受けた鉄砲頭の布施孫兵衛と、福島家の鉄砲頭・堀田勘兵衛は揃って鉄砲衆を率いて松尾山に向かい、筒先を向けた。

家康はイギリス人のウイリアム・アダムス、のちの三浦按針に自身の特別顧問を務めさせたところ、最新鋭のカルバリン砲を贈られており、これを持って参じていた。

同じ頃、大久保猪之助は平岡頼勝に詰め寄った。

「合戦が始まって、すでに二刻。未だ出撃の下知をせぬのはいかなことか。万が一、我が主に偽りを申されたならば、貴殿と刺し違えねばならぬ」

猪之助の左手は頼勝の胸ぐらを摑み、右手は脇差を握っていた。

「出陣の儀は我らにお任せ戴きたい。神仏にかけて約定に違えることはない」

平岡頼勝は顔をこわばらせ、猪之助の手を払った。

その時である。耳を劈くような轟音とともに、小早川家の陣幕を張った近くの樹が鉛玉で薙ぎ倒された。衝撃的な光景を目の当たりにして、小早川秀秋は驚愕した。いわゆる問い鉄砲は鉄砲のみならず、大筒も混ざっていた。

小早川秀秋は日和見を決め込み、うまく勝ち馬に乗ろうとしていたところ、まさか、徳川勢が自陣に大筒を放って来るとは思わなかった。連続しての咆哮ではないので、まだ敵視されてはいないであろうが、最後通牒であることは認識できた。

「子細あって治部を討つ。まず、目指すは大谷刑部の陣じゃ。かかれーっ！」

正午を少し過ぎた頃、秀秋の采が振られ、小早川勢は雪崩れのごとく下山した。

「返り忠とは汚し」

先鋒の松野重元が朋輩を止め立てたが、軍勢を止めるには致らなかった。

小早川勢一万五千六百人は堰を切ったように、麓の大谷陣に殺到した。

「うおおーっ！」

獰猛な喊声とともに、家老の平岡頼勝、稲葉正成を先頭にした小早川勢は山を駆け下り、大谷勢に向かった。小早川勢は六百の筒先から火を噴かせ、陣中に突撃した。夥しい弾を浴び、大谷勢は次々に屍を晒した。

「返り忠とは汚し」

背信を目の当たりにした平塚為広と戸田勝成は、それまで干戈を交えていた藤堂高虎、京極高知との戦いを止め、小早川勢の横腹を突いた。

「敵は寡勢ぞ、退くでない」

平岡頼勝、稲葉正成は大声で叱責するが、大軍の小早川勢はすぐに戦闘態勢をとれずに狼狽えた。

この機を逃さず、平塚、戸田両勢は矢玉を放ち、鑓で蹴散らし押しに押す。

平塚、戸田両勢の奮戦で、小早川勢は五町ほども後退させられた。これにより小早川兵は三百七十余人が討死した。小早川兵たちに必死の覚悟がないのか、あるいは、内応の後ろめたさがあるのか、西軍に威圧され、兵の多くは再び松尾山に退いた。

小早川勢を追撃する大谷勢に向かい、今度は藤堂、京極勢が横合いから突き入った。寡勢は止まれば踏み潰される。そこで大谷勢の中から一人の若武者が進み出た。鉢形(はちがた)の星兜(ほしかぶと)を頂き、緋縅(ひおどし)の甲冑を身に着ける武士、左近の嫡男・政勝である。

小早川秀秋が内応した瞬間、大谷吉継は左近の許にまいって報せよと告げた。

「それは、逃げるようで嫌にございます。まずは敵を蹴散らしたのちに報せます」

嶋政勝は戻ろうとせず、敵に向かった。

「儂は当手の軍奉行の嶋政勝なり。目の前にて戦いを決せよ」

大音声で嶋政勝が叫ぶと、藤堂家の中から一人が名乗り出た。

「儂は藤堂佐渡守が家臣の藤堂玄蕃頭嘉清(げんばのかみよしきよ)じゃ」

「望むところ、いざ、勝負」

嶋政勝と藤堂嘉清は構え合い、正々堂々一騎討ちを行った。嘉清は剛の者であるが、政勝は若くて左近譲りの大柄な体型。鑓合わせをしたのちにぶちかまし、倒れたところを串刺しにした。すると、嘉清の従者・高木平三郎が政勝の脇腹を鑓で貫いた。

「おのれ！」

深々と刺さった穂先に抉られ、政勝は宙でなにかを摑むようにして倒れた。

他にも至るところで激しい戦いが繰り返される中、小早川勢の参戦に応じて、赤座直保、小川祐忠、朽木元綱、脇坂安治らも内応し、大谷吉継、平塚為広、戸田勝成の陣に突撃した。

こうなれば、もはや支えきれず、あっという間に崩れていった。戸田勝成は津田信成を撃退したが、織田有楽斎の息子・長孝に討たれて戦死した。また、平塚為広は十文字鑓を振って小川勢と死闘を繰り広げた。戦の最中、取った首の一つに「名のために、捨つる命は惜しからじ、つひに止まらぬ浮き世と思へば」という歌を添えて吉継に届けさせ、再び小川勢に突撃すると、樫井太兵衛の鑓に突き倒され、勇ましく生涯を閉じた。

今や大谷吉継本陣も崩れ、わずかに嫡子の吉勝と木下頼継が防戦しているばかり。目も体も不自由な吉継は、すでに自刃の覚悟をしており、為広から送られてきた首を撫でた。

「祝着至極、この世では見れぬゆえ、冥土にてお目にかかろう」

と言い、松尾山の方を白眼で睨んだ。

「金吾中納言が陣は、その方か。秀秋の無事は三年は過ぎまじきぞ」

と告げると腹を切り、家臣の三浦喜兵衛、磐田治助は吉継の首を隠して討死した。

また、『名将言行録』には、報告を受けた平塚為広の家臣に向かい、

「武勇といい和歌といい、感ずるに余りあり。早や自害して追い付き、再開（会）すべし」

と労ったのち、己の家臣である湯浅五助に向かった。

「汝、介錯して、我が首、決して敵方へ渡すべからず」

と告げたのちに腹を十文字に掻き切ったともいう。享年四十二。義に殉じた武将であった。

大谷、平塚、戸田勢が壊滅すると、小西勢も崩壊し、行長は逃亡した。

小西勢が退いても宇喜多秀家は福島勢を相手に優勢に戦い、良く攻めたてた。後半は筒井、京極、藤堂勢をも相手にしながら、孤軍奮闘、最後まで西軍を支えたが、さすがに三方を囲まれると耐えられなくなり、自軍からも逃亡兵が出始めて、もはや踏み止まることはできなくなった。

「おのれ！　かくなる上は、かの小倅めと刺し違えて憤恨を晴らすべし」

激怒した宇喜多秀家は小早川勢に突き入ろうとした。

「お怒りはご尤もなれど、殿は諸将の進退を御下知なされる御身にて、粗忽な振る舞いをなさるべきではありませぬ。まずは退かれませ」

明石掃部助全登が必死に抑えた。

「そちの意見は尤もじゃ。されど、小倅が逆心を怒るのは粗忽にあらず。輝元は兼ねての約定を違い、出馬なきことさえ不審なるに、秀元、廣家も約定を変ずる上は、天下傾覆の時節じゃ。しからば、今日討ち死にして、太閤殿下の御恩を報ずべし」

秀吉の恩義を感じる秀家は、自棄になった。

「たとえ奉行（大老）、年寄（奉行）の輩が、みな関東に降参したとしても、天下の危機を御救いになり、とにもかくにも秀頼様の御行く末をお量り給えかし」

心ならずも明石掃部助の忠言を承諾し、宇喜多秀家も小西行長のあとを追うように、逃走した。

大筒をぶっぱなし、敵を食い止めていた三成の許に、小早川の裏切り、西軍の崩壊、さらに逃亡している事実が伝えられた。

三成は呆然とした顔で本陣に戻り、戸板の上で横たわる左近の前に立った。

「左近、どうやら、こたび儂は負けるようじゃ」

「左様でございますな」

左近は出血が酷く、顔は白んでいる。声も少しずつ弱まっていた。

「平塚も戸田も、刑部も死んだそうじゃ」

「皆、いずれ死にまする。早いか遅いかだけでござる」

「うむ。されど、儂はまだ死ぬわけにはいかぬ。儂が死ねば秀頼様がどうなる。豊臣が倒れる。ゆえに儂も小西や宇喜多殿のごとく、再起を期して逃げようと思う」

「それがようござる」

「他人事のように申すな。そちも一緒じゃ」

「それは、無理な命令にござる。この身にて一緒にいれば、殿の足手纏いになるだけ。さあ、早うお逃げ下され」

「……左様か」

嚙み殺すように呟いた三成は、わずかに目頭を潤ませた。秀吉の死に際しても涙を見せなかった三成が意外である。ゆえに左近には目新しく、なにか滑稽（こっけい）にも見えた。お陰で左近は頬を緩めたが、自分の目にも涙が浮いていることを知った。己を高く評価した主との別れだからであろうか。

「左近、一つ聞きたい。こたびの戦、負けるわけがなかった。兵の布陣は完璧であった。後世、いかな名将といえども、布陣図を見れば儂の勝ちと申すであろう」

「仰せのとおり」

「されば、なにゆえ負けたのか。その理屈が判らぬ」

「判れば、某が内府に成り変わっております。ただ一つ。好機の数は少なく、これを逃せば、もはやないということ。勝てる時に勝たねば、あとは負けるのみ」

「左様か。心得ておこう」

と、三成が告げると、横から磯野平三郎が進言する。

「申し上げます。数万にも及ぶ敵が迫っております。早う退かれますよう」

「あい判った。左近、礼を申すぞ。そなたのお陰で少しは皆の鼻を明かしてやれた」

「某もでござる。よき死に場所を与えて戴きました。武運をお祈り致します」

「うむ。さらばじゃ」

言うや三成は本陣から出ていった。これに磯野平三郎、塩野清助(しおのせいすけ)、渡辺甚平(わたなべじんぺい)が続く。

「さて、このままでは儂も死ねぬ」

一人で起き上がろうとするが、無理であった。

「お別れはお済みになられましたか」

本陣に入ってきたのは下河原平太夫の他、十四、五人の嶋家臣であった。

「平太夫か、なにゆえ逃げなんだ」

平太夫に起こされながら左近は言う。

「殿を置いて逃れられますか。さあ、もう一踏ん張り。馬の用意ができてござる」

家臣たちに抱えられ、左近は馬に乗せられた。

「おう、助かったぞ。さあ、そちたちも逃げよ。まだ間に合う」

「なんの、黒田、細川はおろか、内府が相手でももの足りませぬ。その次は地獄で鬼との戦。某らがいませぬと、戦になりませぬぞ」

言うや平太夫は笑みを作る。これに左近も釣られた。

「なんと我が家中はもの好きばかりがおるの。されば、こののちも戦い続けようぞ」

「うおおーっ！」

僅か十数人の喊声であるが、左近には十万人の声にも聞こえた。

左近らは笹尾山中腹をゆっくりと降りていくと、甘味な樹液に叢る大蟻のごとく、東軍兵がこちらに向かってくる。

「皆の者よいか。当所は内府が本陣。息の続く限り走るのじゃ。続け！」

最後の力を振り絞り、左近は鐙を蹴って栗毛の駿馬を疾駆させた。

すでに渡辺勘兵衛、杉江勘兵衛、蒲生頼郷などは討死しているが、そんなことは、どうでもいい。残る命でどこまで走れるかしか興味はなかった。

徐々に敵が近づく。目の前に黒い壁があるような気がする。

「儂は嶋左近丞清興なり。我と思わんものはかかってまいれ！」

掠れた声で左近は獅子吼し、餓狼の群れの中に突撃した。

「鬼の左近じゃ。放て！」

ダダダダダーン！　ダダダダダーン！

「放て！」

ダダダダダーン！　ダダダダダーン！
「放て！」
ダダダダダーン！　ダダダダダーン！
轟音が響く硝煙の中に、鬼神をも欺くと謳われた嶋左近は消えていった。
夥しい鉄砲玉を浴びたはずなのに、誰一人、左近の姿も遺体も見た者はいない。
あるいは鬼神をも欺き、いずれかに逃れたのかもしれない。

（了）

参考文献　敬称、出版社省略

【史料】

『史料綜覧』『浅野家文書』『伊達家文書』『毛利家文書』『吉川家文書』『小早川家文書』『上杉家文書』『細川家史料』『細川家記』『言経卿記』『豊太閤真蹟集』東京大学史料編纂所　『岩淵夜話』大道寺友山著　『佐竹古文書』千秋文庫編　『真田家文書』米山一政編　『群書類従』塙保己一編　『續群書類従』塙保己一編・太田藤四郎補　『續々群書類從』国書刊行会編纂　『當代記　駿府記』続群書類従完成会編纂　『新訂　寛政重修諸家譜』高柳光寿・岡山泰四・斎木一馬編　『歴代古案』羽下徳彦・阿部洋輔・金子達校訂　『舜旧記』鎌田純一・藤本元啓校訂　『三藐院記』近衛通隆・名和修・橋本政宣校訂　『義演准后日記』彌永貞三・鈴木茂男・酒井信彦ほか校訂　『慶長日件録』山本武夫校訂　『萩藩閥閲録』山口県文書館編・監修　『武徳編年集成』木村高敦編　『國史叢書』『毛利秀元記』以上、黒川眞道編　『改定　史籍集覧』近藤瓶城編　『古文書集三』滝沢武雄編　『通俗日本全史』早稲田大学編輯部編『關原役　近世日本國民史』徳富猪一郎著　『關ヶ原戰記』柴田顯正編著・岡崎市役所編纂『黒田家譜』貝原益軒編著　『大和志料』奈良県・斎藤美澄編　『佐竹家譜』原武男校訂　『武家事記』山鹿素行著　『上杉家御年譜』米沢温故会編　『豊公遺文』日下寛編　『朝野舊聞裒藁』史籍研究会編　『綿考輯録』細川護貞監修　『伊達治家記録』平重道責任編集　『新編藩翰譜』新井白石著　『太閤史料集』桑田忠親校注　『家康史料集』小野信二校注　『真田史料集』小林計一郎校注　『奥羽永慶軍記』今村義孝校注　『島津史料集』北川鐵三校注　『上杉史料集』井上鋭夫校注　『毛利史料集』三坂圭治校注　『関八州古戦録』中丸和伯校注　『太閤記』小瀬甫庵著・桑田忠親校訂　『関ヶ原合戦史料集』藤井治左衛門編著　『伊達政宗卿伝記史料』藩祖伊達政宗公顕彰会編　『徳川實紀』黒板勝美編　『看羊録』姜沆著・朴鐘鳴訳注　『岡山県古文書集』藤井駿・水野恭一郎編　『徳川家康文書の研究』中村孝也著　『新修徳川家康文書の研究』

徳川義宣著『改正三河後風土記』桑田忠親監修『毛利家乗』長府毛利家編『加賀藩史料』前田育徳会編『高山公実録』上野市古文献刊行会編『十六・七世紀イエズス会日本報告集』松田毅一監訳『フロイス日本史』松田毅一・川崎桃太訳『壬辰戦乱史』李烱錫著『鹿児島県史料 旧記雑録後編』鹿児島県維新史料編さん所編『伊乱記』百地織之助訂

【研究書・概説書】

『関ヶ原の戦い』『文禄・慶長の役』『黒田如水』『石田三成』『決戦関ヶ原』『風雲伊達政宗』『裂帛島津戦記』『奮闘前田利家』『驀進豊臣秀吉』以上、学習研究社編『真説関ヶ原』桐野作人著『大名列伝』児玉幸多・木村礎編『関ヶ原合戦四百年の謎』笠谷和比古著『関ヶ原合戦のすべて』小和田哲男編『上杉景勝のすべて』『大谷刑部のすべて』『島左近のすべて』『直江兼続のすべて』『前田利家のすべて』以上、花ヶ前盛明編『豊臣秀吉のすべて』桑田忠親編『島津義弘のすべて』三木靖編『加藤清正のすべて』安藤英男編『細川幽斎・忠興のすべて』米原正義編『石田三成の生涯』『真説 石田三成の生涯』『石田三成とその一族』『石田三成とその子孫』以上、白川亨著

『義に生きたもう一人の武将 石田三成』三池純正著『石田三成伝』中野等著『戦国宇喜多一族』立石定夫著『筒井順慶とその一族』籔景三著『新編物語藩史』児玉幸多・北島正元監修『豊臣秀吉読本』新人物往来社編『戦国合戦大事典』戦国合戦史研究会編著『日本城郭大系』児玉幸多ほか監修・平井聖ほか編『戦国大名家臣団事典』山本大・小和田哲男編『日本戦史』参謀本部編『織田信長家臣人名辞典』高木昭作監修・谷口克広著『豊臣政権の研究』三鬼清一郎編『安国寺恵瓊』河合正治著『石田三成』今井林太郎著『真田昌幸』柴辻俊六著『伊達政宗』小林清治著『前田利家』岩沢愿彦著『豊臣秀吉の朝鮮侵略』北島万次著『大和志』大和国史会編『偽書「武功夜話」の研究』藤本正行・鈴木眞哉著『天下人の条件』『戦国15大合戦の真相』『〈負け組〉の戦国史』『その時、歴史は動かなかった!?』『戦国軍事史への挑戦』以上、鈴木眞哉著『関ヶ原合戦』『関ヶ原合戦と近世の国制』『論争

関ヶ原合戦』以上、笠谷和比古著『関ヶ原合戦全史』渡邊大門著『秀吉死後の権力闘争と関ヶ原前夜』『関ヶ原への道』以上、水野伍貴著『関ヶ原前夜』光成準治著『新「関ヶ原合戦」論』『新解釈関ヶ原合戦の真実』以上、白峰旬著『関ヶ原合戦の深層』谷口央編『「関ヶ原」を読む　戦国武将の手紙』外岡慎一郎著『関ヶ原合戦の経緯』高橋陽介著『小山評定　武将列伝』小山市編『小山評定の群像』産経新聞社宇都宮支局編『家康傳』中村孝也著『新編日本武将列伝』桑田忠親著『毛利輝元卿傳』三卿伝編纂所編『直江兼續傳』木村徳衛著『正伝直江兼続』渡邊三省著『佐竹氏物語』渡部景一著『征夷大将軍』高橋富雄著『信長軍の司令官』『秀吉戦記』以上、谷口克広著『小田原合戦』相田二郎著『豊臣秀吉研究』桑田忠親著『小田原合戦』下山治久著『豊臣秀次の研究』藤田恒春著『細川幽斎伝』平湯晃著『關ヶ原合戰梗概』藤井治左衛門編『島津義弘の賭け』『「関ヶ原」の決算書』以上、山本博文著『平群谷の驍将嶋左近』坂本雅央著『成田記』小沼十五郎保道著・大澤俊吉訳『石田三成』市立長浜城歴史博物館編『行田市譚』行田市史編纂委員會『大いなる謎・関ヶ原合戦』近衛龍春著『石田三成』谷徹也編著

【地方史】
『秋田県史』『山形県史』『宮城県史』『福島県史』『茨城県史』『栃木県史』『埼玉県史』『神奈川県史』『新潟県史』『長野県史』『愛知県史』『岐阜県史』『滋賀県史』『三重県史』『京都府史』『奈良県史』『石川県史』『福井県史』『岡山県史』『山口県史』『愛媛県史』『福岡県史』『大分県史』『熊本県史』『鹿児島県史』
『米澤市史』『米沢市史』『会津若松市史』『行田市史』『小田原市史』『上田市史』『上田小県誌』『関ヶ原町史』『新修彦根市史』『水口町志』『上野市史』『伊賀町史』『鳥羽市史』『京都市史』『奈良市史』『平群村史』『平群町史』『安堵町史』『新訂王寺町史』『大和郡山市史』『福知山市史』『鳥取市史』『松山市史』

各府県市町村の史編さん委員会・編集委員会・史刊行会・教育会・役場編集・発行

【雑誌・論文等】

『歴史群像』四十七「大谷吉継の関ヶ原合戦」『歴史群像』五十五「加賀前田家の『関ヶ原』」『歴史群像』五十六「黒田如水の関ヶ原」以上、ワン・パブリッシング『戦況図録関ヶ原大決戦』別冊歴史読本『歴史読本』六三七「関ヶ原合戦の謎」七二〇「豊臣五大老と関ケ原合戦」七五九「関ヶ原合戦の謎と新事実」七八〇「関ヶ原合戦全史」以上、新人物往来社『市史編さんだより』七号

二〇〇五年十二月学研M文庫刊
（『嶋左近』改題）

実業之日本社文庫 こ63

嶋左近の関ヶ原

2024年4月15日　初版第1刷発行

著　者　近衛龍春

発行者　岩野裕一
発行所　株式会社実業之日本社
〒107-0062　東京都港区南青山6-6-22 emergence 2
電話［編集］03(6809)0473［販売］03(6809)0495
ホームページ　https://www.j-n.co.jp/
DTP　ラッシュ
印刷所　大日本印刷株式会社
製本所　大日本印刷株式会社

フォーマットデザイン　鈴木正道（Suzuki Design）

ISBN978-4-408-55877-6（第二文芸）